W0208807

ISKARI

1. ASHA, TUEUSE DE DRAGONS

Kristen Ciccarelli

ISKARI

1. Asha, tueuse de dragons

Traduit de l'anglais (États-Unis)
par Vanessa Rubio-Barreau

Gallimard Jeunesse

Titre original : *The Last Namsara*

Cette édition est publiée dans le cadre d'un accord avec Kristen Ciccarelli C/O The Bent Agency, en collaboration avec L'Autre agence, Paris, France. Tous droits réservés. Aucune partie de cette publication ne peut être reproduite ou transmise sous quelque forme ou par quelque moyen que ce soit (électronique, mécanique, par photocopie, sous forme enregistrée ou autre) sans autorisation écrite des éditeurs.

© Kristen Ciccarelli, 2017, pour le texte
© Elsa Kroese, pour la carte pages 6-7
Illustration initialement commandée par Blossom Books
© Éditions Gallimard Jeunesse, 2019, pour la traduction française

À Joe, compagnon, bien-aimé,
champion de mes rêves.

Îles
TERRE DES BROUSSES
Maison des Chants
Maison des Étoiles

N
NO
NE
O
E
SO
SE
S
Darmoor
LA FAILLE
TERRES
ROCAILLEUSES
New Haven
MER DE SABLE
FIRGAARD

Chapitre 1

Asha avait attiré le dragon avec une histoire. Une histoire des temps anciens, plus vieille que les montagnes alentour. Asha avait dû aller la chercher au plus profond de sa mémoire.

Elle avait horreur de ça. Il était interdit de raconter ce genre d'histoires. Mais après avoir passé dix jours à traquer ce dragon à travers les terres rocailleuses, ses esclaves chasseurs n'avaient plus de provisions. Il ne lui restait qu'une alternative : rentrer en ville sans dragon ou enfreindre la loi de son père qui interdisait de raconter les histoires des temps anciens.

Asha n'était jamais revenue bredouille, et ça n'allait pas commencer aujourd'hui. Elle était l'Iskari, après tout, elle avait des quotas à respecter.

Alors elle avait raconté l'histoire.

En secret.

Pendant que les esclaves la croyaient en train d'affûter sa hache.

Le dragon sortit en rampant de la terre ocre rouge, ce fourbe animal. Le sable tomba en cascade de ses flancs, scintillant comme de l'eau, révélant ses écailles gris terne, de la couleur de la roche.

Il était trois fois plus grand qu'un cheval et dominait Asha de toute sa hauteur. Il fouetta l'air de sa queue et, les yeux plissés, fixa la jeune fille qui l'avait convoqué. Celle qui l'avait attiré avec son histoire.

D'un sifflement strident, Asha ordonna à ses esclaves de lever leurs boucliers, puis elle stoppa ses archers d'un simple geste de la main. Le dragon avait passé des jours et des nuits enfoui dans le sable froid du désert. Les rayons du soleil levant n'étaient pas assez chauds pour lui permettre de faire remonter sa température corporelle et de prendre son envol.

Il était acculé. Et un dragon acculé est toujours plus féroce.

De sa main gauche, Asha serra contre elle son bouclier ovale tandis que, de la droite, elle saisissait la hache passée à sa ceinture. Les hautes touffes de sparte bruissaient tandis que le dragon tournait autour d'elle, guettant le moment où elle baisserait la garde.

Ce fut sa première erreur. Asha ne baissait jamais la garde.

La seconde fut de cracher du feu sur elle.

Asha n'avait plus peur du feu depuis que le Premier Dragon en personne avait laissé une hideuse cicatrice sur toute la moitié droite de son corps. Elle portait dorénavant une armure complète, patchwork des peaux de tous les dragons qu'elle avait tués, ainsi que son casque préféré en forme de tête de dragon, avec ses cornes noires. Le cuir tanné, moulant comme une seconde peau, la protégeait parfaitement du feu.

Elle leva son bouclier jusqu'à ce que le jet de flammes cesse.

Quand le dragon eut épuisé ses réserves de feu, Asha lâcha son bouclier. Elle avait cent battements de cœur devant elle, le temps que ses poumons ne se remplissent d'acide, lui permettant de cracher à nouveau. Il fallait qu'elle le tue avant.

Asha brandit sa hache de combat. Sa lame en métal incurvée étincela au soleil levant. Le manche en bois était lisse sous ses doigts recouverts de cicatrices. Une sensation agréable au creux de sa paume.

Le dragon siffla.

Asha plissa les yeux.

« Il est temps d'en finir. »

Avant qu'il puisse approcher, elle visa et lança son arme – droit au cœur. La hache s'enfonça dans la chair, lui arrachant un rugissement. Le dragon se débattit frénétiquement, tandis que son sang se répandait sur le sable. Il la fixa de ses yeux furieux en montrant les dents.

C'est alors que quelqu'un la rejoignit, la déconcentrant. C'était sa cousine, Safire. Elle planta le manche de sa hache dans le sable tout en contemplant le dragon en furie. Ses cheveux bruns étaient coupés au menton, soulignant ses pommettes saillantes et l'ombre d'un hématome sur sa mâchoire.

– Je t'ai dit de rester derrière les boucliers, gronda Asha. Où est ton casque ?

– Je n'y voyais rien là-dessous. Je l'ai laissé auprès des esclaves chasseurs.

Safire portait une tenue de chasse en cuir, qu'Asha lui avait dégottée en toute hâte, et les gants à l'épreuve du feu qu'elle lui avait prêtés. Elle n'avait pas eu le temps d'en faire confectionner une seconde paire.

Le dragon en sang se traîna dans le sable pour rejoindre Asha. Ses écailles crissaient sur le sol. Il avait la respiration sifflante.

Asha tendit la main vers la hache. Combien de temps s'était écoulé depuis son dernier jet de flammes ? Elle avait perdu le compte.

– Va-t'en, Saf. Retourne à l'abri des boucliers.

Safire ne bougea pas, perdue dans la contemplation du dragon à l'agonie, dont le cœur ralentissait petit à petit.

Boum, boum.

Boum… boum.

Le crissement s'interrompit.

Le dragon renversa la tête en arrière pour rugir sa haine aux oreilles de l'Iskari. Et juste avant que son cœur ne s'arrête, un jet de flammes jaillit de sa gorge.

Asha se jeta devant sa cousine.

– Baisse-toi !

Sa main nue était encore tendue. Exposée.

Le feu engloutit ses doigts, sa paume, lui brûlant la peau. Elle étouffa un cri de douleur.

Lorsque les flammes s'éteignirent et que le dragon s'écroula, raide mort, Asha fit volte-face. Sa cousine était à genoux dans le sable, indemne. Elle l'avait protégée des flammes.

Elle poussa un soupir de soulagement, un peu tremblant.

Le regard de Safire tomba sur la main de sa cousine.

– Mais… tu es touchée !

Asha repoussa son casque et contempla sa paume. La peau avait cloqué. Une vive douleur irradiait dans tout son bras.

La panique la saisit. Cela faisait huit ans que le dragon l'avait brûlée.

Asha jeta un coup d'œil vers les esclaves, qui baissaient leurs boucliers. Ils ne portaient pas d'armures, juste du fer – le fer de leurs flèches, de leurs hallebardes, de leurs lances, le fer des colliers qu'ils avaient autour du cou. Leurs yeux étaient rivés sur le dragon. Ils n'avaient pas vu l'Iskari se faire brûler.

« Bien. Moins il y a de témoins, mieux c'est. »

– Le feu de dragon est toxique, Asha. Il faut que tu soignes ça.

Asha hocha la tête. Sauf qu'elle n'avait pas emporté de quoi soigner les brûlures. Elle n'en avait jamais eu besoin auparavant.

Pour se donner une contenance, elle tendit le bras vers son sac. Dans son dos, Safire murmura :

– Je croyais pourtant qu'ils ne crachaient plus de feu.

Asha se figea.

« Ils ne crachent plus de feu tant qu'ils n'ont plus d'histoires », pensa-t-elle.

Safire se releva en époussetant son armure en cuir. Elle évita soigneusement de croiser le regard de sa cousine pour demander :

– Pourquoi s'y remettraient-ils *maintenant* ?

Asha regretta soudain de l'avoir emmenée.

Mais si elle l'avait laissée là-bas, il n'y aurait pas eu seulement l'ombre d'un bleu sur sa mâchoire. Ç'aurait été bien pire.

Deux jours avant qu'Asha ne se mette en route pour cette partie de chasse, elle avait trouvé Safire coincée par des soldats dans sa propre chambre. Comment avaient-ils réussi à entrer sans clé, cela demeurait un mystère.

À son arrivée, ils avaient paniqué et filé, effrayés par la présence de l'Iskari. Mais qu'en serait-il la prochaine fois ? Asha devait partir chasser pendant plusieurs jours et son frère, Dax, avait suivi Jarek, le commandant, pour tenter de négocier la paix avec le peuple de la Terre des Brousses. Il n'y avait personne pour veiller sur leur cousine skral. Asha avait donc emmené Safire avec elle. Parce que s'il y avait pire que de rentrer de la chasse bredouille, c'était bien de rentrer en trouvant Safire encore une fois à l'infirmerie.

Le silence d'Asha ne découragea cependant pas sa cousine.

– Tu te rappelles l'époque où tu partais à l'aube et que tu revenais avec un dragon de plus à ton tableau de chasse avant le dîner ? Que s'est-il passé ?

La douleur lancinante de la brûlure lui faisait tourner la tête. Asha avait du mal à garder l'esprit clair.

– C'était un peu trop facile, répondit-elle en sifflant ses esclaves pour qu'ils viennent dépecer le dragon. Peut-être que le défi me stimule.

En vérité, les dragons s'étaient faits de plus en plus rares au fil du temps, et elle avait de plus en plus de mal à rapporter des trophées à son père. Voilà pourquoi, en secret, elle s'était mise à leur raconter les histoires des temps anciens… Car les légendes attiraient les dragons comme les pierres précieuses les hommes. Aucun dragon ne pouvait résister au plaisir d'entendre un conte.

Mais les histoires ne se contentaient pas d'attirer les dragons… elles leur redonnaient de la vigueur.

D'où le feu.

C'était assez simple : les histoires des temps anciens attiraient les dragons. Et les dragons apportaient le chaos, la trahison, le feu. Oui, le feu, surtout. Et les brûlures. Asha le savait mieux que quiconque. Son visage en portait la preuve.

Safire soupira, résignée.

– Va soigner cette brûlure, dit-elle en laissant sa hache plantée dans le sable pour rejoindre la silhouette gisant à terre.

Tandis que les esclaves approchaient, Safire fit le tour du dragon pour l'examiner. Ses écailles d'un gris poussiéreux lui permettaient de se fondre dans le paysage montagneux. Ses cornes et ses pics dorsaux étaient tous d'un ivoire immaculé, sans la moindre fissure ni ébréchure.

Dès que Safire eut tourné le dos, Asha essaya de plier les

doigts… et dut se mordre la joue pour ne pas hurler tant la douleur fut vive. Autour d'elle, les plaines se brouillaient, le sable rouge, les herbes jaune pâle et le gris moucheté de la roche se mélangeaient. Ils étaient dans l'entre-deux, entre le désert plat de l'ouest, et les montagnes sombres et escarpées de l'est.

– Il est magnifique ! lui lança Safire.

Asha s'efforça de rester concentrée sur sa cousine, qui commençait à devenir aussi floue que le reste. Elle cligna des yeux, espérant éclaircir sa vision. Comme ça ne fonctionnait pas, elle s'appuya sur la hache de Safire.

– Ton père va être ravi.

La voix de sa cousine lui paraissait lointaine, étouffée.

« Si mon père savait la vérité… », pensa-t-elle.

Tout tournait… Elle se cramponna à l'arme plantée dans le sable, plissant les yeux pour se concentrer sur sa cousine.

Safire allait et venait parmi les esclaves aux couteaux étincelants. Asha l'entendit saisir le manche de la hache. Prendre appui en enfonçant le talon de sa botte dans le flanc du dragon. Arracher l'arme. Asha distingua même le gargouillis du sang qui coulait sur le sable, épais et poisseux.

Mais elle ne voyait plus rien. Fini.

Tout était noyé dans un brouillard blanc.

– Asha… Ça va ?

Elle appuya son front contre l'acier glacé de la hache. Ses doigts indemnes se crispaient comme des griffes autour du manche tandis qu'elle luttait contre le vertige.

« Je devrais avoir davantage de temps… »

Des pas pressés sur le sable.

– Asha, qu'est-ce qu'il y a ?

Le sol tangua. Asha se sentit partir. Sans réfléchir, elle tendit la main vers sa cousine au sang skral. Celle qui, selon la loi, n'avait pas le droit de la toucher.

Safire étouffa un cri et recula hors de sa portée. Asha tituba, sans parvenir à rétablir son équilibre, et s'affala dans le sable.

Même si Safire avait lancé un coup d'œil inquiet vers les esclaves, même si c'était leur regard qu'elle craignait et non le sien, ça faisait mal. Toujours.

Mais les esclaves parlaient entre eux. Sa cousine le savait mieux que quiconque. C'étaient les commérages des esclaves qui avaient trahi ses parents. Et justement, elles étaient entourées d'esclaves. D'esclaves parfaitement conscients que Safire n'avait pas le droit de toucher Asha, n'avait même pas le droit de la regarder dans les yeux. Parce qu'elle avait du sang skral dans les veines.

– Asha…

Soudain, chaque chose retrouva sa place. Asha battit des paupières. Il y avait le sable sous ses genoux. L'horizon au loin, ligne d'or rougeoyant contre le bleu turquoise du ciel. Et le dragon qu'elle avait tué devant elle : bien net, gris et mort.

Safire s'accroupit à ses côtés. Trop près.

– Arrête, fit Asha plus sèchement qu'elle n'en avait l'intention. Ça va.

Elle se leva en se mordant les lèvres pour lutter contre la douleur. Le venin ne pouvait pas faire effet si vite. Elle devait être déshydratée, c'est tout. Elle avait juste besoin d'eau.

– Tu ne devrais même pas être là, dit Safire dans son dos d'une voix préoccupée. Tu te maries dans sept jours. Tu devrais être en train de te préparer au lieu de fuir.

Asha chancela légèrement. Malgré sa main en feu et le soleil de plus en plus haut, elle fut parcourue d'un frisson.

– Je ne fuis pas, répliqua-t-elle en fixant l'horizon verdoyant.

La Faille.

Son seul espace de liberté.

Le silence se fit, troublé seulement par le sifflement des lames que les esclaves affûtaient avant de dépecer le dragon. Lentement, Safire se rapprocha d'elle, toujours dans son dos.

– Il paraît que les cœurs de dragon sont à la mode ces temps-ci…

Asha sentit le sourire prudent qui pétillait dans sa voix.

– … surtout comme cadeaux de mariage.

Asha fronça le nez à cette seule pensée. Elle s'accroupit devant son paquetage, fait d'une épaisse peau de dragon. Elle en tira sa gourde en cuir tandis que Safire se dressait au-dessus d'elle.

– La lune de sang ne dure que sept jours, Asha. As-tu seulement pensé à ton cadeau de mariage ?

Asha se releva avec un grognement. À nouveau, tout tournait autour d'elle. Elle réussit à rester debout au prix d'un terrible effort de volonté.

Bien sûr qu'elle y avait pensé. Chaque fois qu'elle se retrouvait face à cette hideuse lune – toujours un peu plus mince que la veille –, elle y pensait : les cadeaux, le mariage, et le jeune homme qu'elle devrait bientôt appeler son époux.

Le mot lui pesait comme une pierre sur le cœur. Brusquement, tout était parfaitement net.

– Bien, fit Safire en souriant légèrement, tout en contemplant les collines. Un immonde cœur de dragon sanguinolent ? C'est le cadeau idéal pour un homme qui n'en a pas.

Asha secoua la tête, mais le sourire de sa cousine était contagieux.

– Pourquoi es-tu toujours aussi répugnante ?

C'est alors que, loin derrière Safire, elle aperçut un nuage de sable rouge doré en provenance de la ville.

Elle crut d'abord à une tempête de sable. Elle allait donner des ordres, avant de se rendre compte qu'ils étaient en terrain rocailleux et non en plein désert. En plissant les yeux, elle distingua deux chevaux galopant dans leur direction. L'un n'avait pas de cavalier, l'autre portait un homme vêtu d'un long manteau de laine couvert de sable rouge. Il avait un collier en or autour du cou qui étincelait au soleil et indiquait qu'il s'agissait d'un des esclaves du palais.

Alors qu'il approchait, Asha cacha sa main brûlée dans son dos.

Lorsque le nuage de sable retomba, elle vit un esclave âgé qui tirait sur les rênes de sa jument. Ses cheveux grisonnants étaient trempés de sueur. Il plissait les yeux, ébloui par le soleil.

– Iskari, haleta-t-il, essoufflé d'avoir tant galopé.

Il fixait docilement la crinière de sa monture pour éviter de croiser son regard.

– Votre père vous demande.

Dans son dos, Asha serrait nerveusement son poignet.

– Parfait, je compte justement lui rapporter mon trophée de chasse ce soir.

L'esclave secoua la tête, les yeux toujours rivés sur son cheval.

– Non, vous devez rentrer au palais immédiatement.

Asha fronça les sourcils. Il n'était pas dans les habitudes du roi dragon d'interrompre une partie de chasse.

Elle contempla le cheval sans cavalier. C'était Oleander, sa jument. Sa robe scintillait, brillante de sueur, et un voile de poussière rouge teintait l'étoile blanche de son chanfrein. Reconnaissant sa cavalière, Oleander secoua nerveusement la tête.

– Je m'occupe de finir ici, affirma Safire.

Asha se tourna vers elle.

Sa cousine n'osa pas croiser son regard. Pas devant un esclave du roi.

– Je te retrouve à la maison.

Safire défit les lacets des gants de cuir qu'elle lui avait empruntés.

– Tiens, tu n'aurais jamais dû me les prêter.

Elle les ôta et les lui tendit.

– Vas-y.

Ignorant les cris de protestation de sa peau à vif, Asha enfila les gants pour cacher ses brûlures à l'esclave de son père. Tournant le dos à Safire, elle saisit les rênes d'Oleander et monta en selle. La jument hennit et piaffa, puis partit au galop dès que les talons d'Asha pressèrent légèrement ses flancs.

– Je te garde le cœur ! lança Safire tandis que sa cousine filait vers la ville dans un nuage de sable rouge. Au cas où tu changerais d'avis !

Au commencement...

L'Ancien se sentait seul. Voilà pourquoi il se fabriqua deux compagnons. Il créa le premier d'un morceau de ciel et le baptisa Namsara. Namsara était un enfant radieux. Quand il riait, des étoiles brillaient dans ses yeux. Quand il dansait, toute guerre cessait. Quand il chantait, tous les maux étaient guéris.

Pour la seconde, l'Ancien prit du sang et un rayon de lune. Il la nomma Iskari. Iskari était une enfant triste. Là où Namsara semait le rire et l'amour, Iskari semait la mort et la destruction. Quand Iskari arrivait, les gens se terraient chez eux. Quand elle parlait, les gens pleuraient. Quand elle chassait, elle ne ratait jamais sa proie.

Mécontente de sa nature, Iskari s'en vint voir l'Ancien et lui demanda de la refaire. Elle détestait ce qu'elle était ; elle voulait ressembler à Namsara. Mais l'Ancien refusa. Elle lui demanda pourquoi. Pourquoi son frère avait-il la chance de créer alors qu'elle ne pouvait que détruire ?

– Pour préserver l'équilibre du monde, déclara l'Ancien.

Iskari quitta le divin souverain, furieuse. Elle chassa pendant des jours. Des jours qui s'allongèrent en semaines. Sa fureur ne faiblissait pas. Bien au contraire, sa soif de sang devint insatiable.

Elle tuait sans pitié, sans émotion, et la haine enflait dans son cœur. Elle haïssait son frère car il était heureux et aimé. Elle haïssait l'Ancien qui avait fait qu'il en soit ainsi.

Alors, Iskari installa des pièges pour attraper l'Ancien en personne.

Ce fut une terrible erreur.

L'Ancien la foudroya, lui laissant une marque aussi longue et large que la Faille. Pour avoir attenté à sa vie, il la dépouilla de son immortalité, la lui arrachant comme un vêtement de soie. Et pour qu'elle expie son crime, il la maudit et l'envoya errer seule dans le désert, hantée par les vents cinglants et les tempêtes de sable hurlantes. Desséchée par le soleil brûlant. Gelée sous la cape glacée de la nuit.

Mais ni la chaleur ni le froid ne la tuèrent.

C'est l'insoutenable solitude qui eut raison d'elle.

Namsara parcourut le désert à sa recherche. Le ciel changea sept fois avant qu'il retrouve son corps dans le sable, la peau carbonisée par le soleil, les yeux dévorés par les corbeaux.

À la vue de sa sœur morte, Namsara tomba à genoux et pleura.

Chapitre 2

En principe, en revenant de la chasse, Asha prenait un bain. Elle lavait le sang, le sable et la sueur de sa peau. Un rituel de transition, qui lui permettait de passer du monde sauvage et violent qui s'étendait au-delà des murs du palais à une vie qui lui comprimait le ventre comme une ceinture trop serrée.

Ce jour-là, cependant, Asha fit l'impasse sur le bain. Ignorant les ordres de son père, elle passa devant ses gardes pour se rendre à l'infirmerie, où on conservait les remèdes. C'était une pièce blanchie à la chaux, qui sentait le tilleul. Le soleil entrait à flots par l'ouverture sur la terrasse, éclairant le motif floral du carrelage, ainsi que les étagères chargées de pots en terre, ocre et or.

Elle s'était réveillée dans cette infirmerie huit ans plus tôt, quand Kozu, le Premier Dragon, l'avait brûlée. Asha s'en souvenait parfaitement : allongée sur son lit de douleur, emmaillotée de bandages, avec ce poids terrible qui pesait sur sa poitrine, lui rappelant qu'elle avait fait quelque chose d'affreux.

Chassant ce souvenir de son esprit, Asha pénétra dans l'infirmerie par la petite porte voûtée. Elle détacha son armure et ses gants, les ôtant lentement, puis posa sa hache par-dessus.

Le feu de dragon ne se contentait pas de faire fondre la peau et la chair de sa victime jusqu'à l'os, il était toxique. La moindre petite brûlure finissait par la tuer en l'empoisonnant si elle n'était pas soignée à temps, et correctement. Une brûlure sévère, comme celle qu'avait subie Asha huit ans auparavant, devait être traitée sur-le-champ et, même dans ce cas, les chances de survie étaient très minces.

Asha connaissait un remède pour éliminer le poison, mais il fallait en couvrir la plaie pendant deux jours complets. Elle n'avait pas le temps. Son père l'avait convoquée. Il était sûrement déjà au courant de son retour. Elle avait cent centaines de battements de cœur devant elle, pas plus.

Asha ouvrit les placards, scrutant les pots d'écorce séchée et de racines. Elle était à la recherche d'un ingrédient bien spécial. Dans sa hâte, elle tendit sa main blessée et, lorsqu'elle saisit le pot de terre cuite, la douleur fut telle qu'elle le lâcha.

Il se brisa en mille morceaux rouges mêlés de bandes de tissu.

En pestant, Asha s'agenouilla pour ramasser les débris de sa main valide. Hébétée par la souffrance, elle ne remarqua même pas l'intrus qui s'accroupit près d'elle pour ramasser les éclats.

– Je m'en charge, Iskari.

La voix la fit sursauter. Levant les yeux, elle distingua un collier en argent, une touffe de cheveux en broussaille.

Asha vit les mains réparer les dégâts. Elle connaissait ces mains constellées de taches de rousseur. C'étaient celles qui servaient le dîner à Jarek. Celles qui lui versaient du thé à la menthe brûlant dans les verres de Jarek.

Asha se raidit. Si l'esclave de son promis se trouvait au palais, c'est que ce dernier devait être de retour de la Terre des Brousses, où il était chargé de superviser les négociations de Dax.

« Est-ce pour cela que mon père veut me voir ? »

Tout à coup, les doigts de l'esclave se figèrent. Levant les yeux, Asha s'aperçut qu'il fixait sa brûlure.

Il fronça les sourcils.

– Iskari… il faut soigner ça.

Elle s'enflamma, agacée. Évidemment qu'il fallait soigner ça. Elle serait en train de le faire si elle n'avait pas été aussi maladroite.

Mais il était aussi important de s'assurer du silence de l'esclave que de soigner la brûlure. Jarek se servait fréquemment de ses esclaves pour espionner ses ennemis. Dès qu'Asha l'aurait congédié, celui-ci pourrait filer tout raconter à son maître.

Et une fois Jarek au courant, son père le serait également.

Il comprendrait instantanément qu'elle avait raconté les histoires des temps anciens. Il comprendrait qu'elle n'avait pas changé, qu'elle avait toujours le cœur mauvais.

– Si tu répètes ça à quiconque, Skral, je t'envoie au fond de l'arène.

Pinçant les lèvres, il baissa les yeux vers le carrelage où d'élégantes namsaras – des fleurs du désert très rares qui guérissaient tous les maux – formaient des motifs compliqués.

– Veuillez m'excuser, Iskari, dit-il en achevant de ramasser les éclats de terre, mais je n'ai pas à vous obéir, par ordre de mon maître.

Elle brûlait d'envie de saisir sa hache, qui gisait contre le mur avec le reste de son armure.

Elle aurait pu le menacer, mais cela risquait de le pousser à dévoiler son secret pour se venger. Mieux valait tenter de le soudoyer.

– Et si je te donne quelque chose pour acheter ton silence ?

Ses doigts s'immobilisèrent au-dessus du tas de débris.

– Qu'est-ce que tu voudrais ?

Les coins de ses lèvres se soulevèrent légèrement. Elle en eut la chair de poule.

– Je n'ai pas toute la journée, le pressa-t-elle, mal à l'aise.

– Non, répondit-il. En effet.

Son sourire s'évanouit tandis qu'il contemplait sa peau à vif. Elle commençait à trembler sous l'effet de l'infection.

– Je vais réfléchir pendant qu'on soigne cette brûlure.

Asha lui tourna le dos. Ces tremblements l'inquiétaient. Aussi, pendant qu'il finissait de nettoyer, retourna-t-elle chercher ce qu'il lui fallait sur les étagères. Elle trouva enfin le bon pot : de la cendre d'os de dragon.

Utilisée seule, elle était aussi mortelle que le feu de dragon, sauf que la toxine fonctionnait différemment. Au lieu d'empoisonner le corps, la cendre d'os de dragon le vidait de toute substance. Asha n'avait jamais vu quelqu'un mourir de cette façon, mais une histoire des temps anciens racontait qu'une reine dragon s'en était servie pour se venger de ses ennemis. Elle les avait invités au palais et avait mis une pincée de cendre d'os de dragon dans leur repas tous les soirs. À la fin de leur séjour, on les avait tous retrouvés morts dans leurs lits, complètement vidés. Comme si toute vie en avait été aspirée.

Malgré tout, bien dosée et mélangée avec les herbes adéquates, la cendre d'os permettait de drainer hors du corps le poison du feu de dragon – justement grâce à ses propriétés dépuratives. Asha fit sauter le bouchon de liège pour mesurer la poudre.

Un bon esclave devait sentir quand on avait besoin de lui sans qu'il soit nécessaire de le lui dire. Or Jarek n'achetait toujours que le meilleur – dans tous les domaines. Pendant qu'Asha rassemblait ses ingrédients, les écrasait et les faisait bouillir afin d'obtenir une pâte épaisse, l'esclave de Jarek entreprit donc de déchirer des bandes de linge propre pour lui panser la main.

– Où est-il ? demanda-t-elle tout en touillant afin de refroidir plus vite la mixture.

Elle n'avait pas besoin de préciser de qui elle parlait. Son esclave le savait.

– Endormi dans son gobelet de vin.

Il s'arrêta un instant pour examiner ses mains.

– Je pense que ça a assez refroidi, Iskari.

Asha suivit son regard. Ses mains tremblaient violemment. Elle lâcha la cuillère et les leva à hauteur de son visage pour les contempler.

– Je devrais avoir plus de temps devant moi…

L'esclave lui prit le récipient, calme et posé.

– Asseyez-vous, dit-il en désignant la table du menton.

Comme si c'était lui qui donnait les ordres et elle qui devait obéir, dorénavant.

Asha n'aimait pas recevoir d'ordres. Mais elle aimait encore moins trembler comme une feuille. Elle se hissa sur la table d'une main, tandis qu'il prenait une cuillerée de pâte noire et soufflait délicatement dessus.

Elle posa sa main brûlée en appui sur sa cuisse tandis qu'il étalait l'onguent grumeleux sur sa paume et ses doigts.

Asha laissa échapper un sifflement de douleur, serrant les dents. À plusieurs reprises, il s'arrêta, alarmé par sa réaction. Mais elle lui fit signe de continuer. Malgré l'odeur nauséabonde d'os brûlé, elle sentait l'action bénéfique de la cendre, qui refroidissait sa peau, l'apaisait, luttait contre le mal.

– Ça va mieux ? demanda-t-il, gardant les yeux baissés, tandis qu'il soufflait sur la prochaine cuillerée.

– Oui.

Il appliqua encore deux couches d'onguent sur la plaie avant de saisir une bande de tissu.

Mais alors qu'il s'apprêtait à lui bander la main, ils hésitèrent tous les deux. Asha recula tandis qu'il se figeait, penché vers elle. Le bandage blanc cassé flottait comme un auvent entre ses deux mains pendant que la même pensée leur traversait l'esprit : comment allait-il pouvoir lui bander la main sans la toucher ?

Et un esclave qui touchait un Draksor sans la permission de son maître pouvait être condamné à trois nuits de cachot sans nourriture. Pour un crime plus grave encore – toucher un Draksor de haut rang, comme Asha –, il serait également fouetté. Et dans les très rares cas de contact intime, s'il y avait une relation amoureuse entre un Draksor et un esclave, ce dernier était condamné à mort et envoyé dans l'arène.

Comme Jarek n'était pas là pour l'y autoriser, cet esclave ne devait pas – ne pouvait pas – la toucher.

Asha voulut prendre le bandage pour tenter de panser sa main elle-même, mais il le tint hors de sa portée. Sous ses yeux ébahis, il se mit à panser sa plaie, lentement et délicatement, ses mains agiles évitant tout contact.

Elle leva les yeux vers son visage fin, allongé, constellé de taches de rousseur. Aussi nombreuses que les étoiles dans le ciel. Il était si proche d'elle qu'elle sentait sa chaleur. Si proche qu'elle sentait sa peau salée.

S'il avait remarqué son regard insistant, il ne le montra pas. En silence, il enroulait le bandage, encore et encore, autour de sa paume à vif.

Asha examina ses mains à lui. Paumes larges. Longs doigts aux bouts calleux.

« Étrange pour un esclave domestique. »

– Comment vous êtes-vous fait ça ? demanda-t-il sans cesser sa tâche.

Elle le sentit presque lever les yeux vers elle puis se raviser. Il prit une bande de tissu plus étroite et s'attaqua à ses doigts.

« J'ai raconté une histoire des temps anciens. »

Asha ignorait si un Skral pouvait être au courant du lien entre les histoires et le feu de dragon.

Elle ne répondit pas tout haut. Personne ne pouvait savoir la vérité : que malgré toutes ces années à essayer de racheter ses fautes, Asha avait toujours le cœur aussi corrompu. Si on l'avait coupée en deux, on aurait pu constater qu'elle était aussi laide à l'intérieur qu'à l'extérieur. Hideuse, immonde.

« J'ai raconté l'histoire d'Iskari et Namsara. »

Iskari était la déesse dont elle avait hérité son titre. De nos jours, Iskari signifiait « voleuse de vie ».

Le sens de Namsara avait également évolué au fil du temps. C'était à la fois le nom de la fleur qui ornait le carrelage de cette pièce, et un titre. Un titre donné à qui se battait pour une noble cause – son royaume ou sa foi. Le mot « namsara » évoquait instantanément un héros.

– J'ai tué un dragon, finit par répondre Asha. Et il m'a brûlée en rendant l'âme.

Tout en l'écoutant attentivement, l'esclave rentra les extrémités de son bandage. Pour avoir une meilleure prise, ses doigts glissèrent sur son poignet. À croire qu'il avait complètement oublié qui elle était.

À son contact, Asha étouffa un cri. Il réalisa alors qu'il avait dépassé les limites et se figea.

Elle allait faire sèchement claquer un ordre lorsqu'il demanda tout doucement :

– Ça va, comme ça ?

Comme s'il se souciait plus de la brûlure d'Asha que de sa propre vie.

Comme s'il n'avait absolument pas peur d'elle.

L'ordre mourut sur ses lèvres. Elle regarda les doigts qui enserraient son poignet. Ni tremblants, ni hésitants. Assurés, chauds et forts, au contraire.

Ne la craignait-il donc pas ?

Comme elle ne répondait pas, il fit encore pire. Il leva les yeux vers elle.

Une vague de chaleur la submergea lorsque leurs regards se croisèrent. Il avait les yeux perçants, comme une pointe de métal fraîchement aiguisée.

Il aurait dû détourner la tête.

À la place, sans ciller, son regard s'aventura de ses yeux – noirs comme ceux de sa mère – à sa cicatrice, qui descendait le long de son visage et de son cou pour disparaître dans l'encolure de sa chemise.

Les gens ne pouvaient pas s'empêcher de regarder. Elle avait l'habitude. Les enfants la montraient du doigt, la fixaient, mais la plupart des regards se détournaient bien vite, effrayés, dès qu'ils se posaient sur sa cicatrice.

Cet esclave, en revanche, prit son temps pour l'examiner. Curieux, attentif, comme si Asha était une tapisserie dont il ne voulait pas manquer le moindre détail.

Elle savait exactement ce qu'il avait sous les yeux. C'était ce qu'elle voyait chaque fois qu'elle se regardait dans le miroir. Une peau marbrée, vérolée, décolorée. La cicatrice partait du haut du front, descendait le long de sa joue droite, coupait l'extrémité de son sourcil, empiétait sur la ligne des cheveux. Elle s'étendait vers son oreille, qui n'avait jamais retrouvé son aspect d'origine et n'était maintenant plus qu'un tas de bosses informe. La cicatrice mangeait un tiers de son visage, la moitié de son cou, et se poursuivait sur tout son côté droit.

Safire lui avait un jour demandé si elle la détestait. Mais non. Elle avait été brûlée par le plus féroce de tous les dragons et elle avait survécu. Qui pouvait en dire autant ?

Asha portait sa cicatrice comme une couronne.

Le regard de l'esclave descendit encore. Comme s'il imaginait le reste de la cicatrice sous ses vêtements. Comme s'il imaginait le reste de son corps sous ses vêtements.

Cela la fit réagir. Elle affûta sa voix, la fit tranchante comme un couteau.

– Si tu continues comme ça, Skral, tu n'auras bientôt plus d'yeux pour regarder.

Ses lèvres se soulevèrent d'un seul côté. Comme si elle lui avait lancé un défi qu'il acceptait.

Asha repensa alors à la révolte de l'année passée, quand un groupe d'esclaves avait pris le contrôle du quartier qui leur était réservé. Ils avaient pris des otages parmi les Draksors et tué les soldats qui s'approchaient. C'était Jarek qui avait infiltré les lieux et mis fin au soulèvement, exécutant de ses mains les responsables.

« Ce Skral est aussi dangereux qu'eux. »

Asha avait soudain très envie de reprendre sa hache en main. Elle descendit de la table pour mettre de l'espace entre eux.

– Je sais ce que je veux en échange, déclara-t-il dans son dos.

Elle ralentit le pas. Se retourna face à lui. Il avait plié les bandages inutilisés et était en train de nettoyer le reste d'onguent au fond du pot.

L'air de rien. À croire qu'il ne venait pas d'enfreindre la loi.

– En échange de mon silence...

La cuillère en bois crissait contre le pot en terre.

– ... je veux une danse.

Asha le dévisagea.

« Quoi ? »

D'abord, il osait la regarder dans les yeux, et maintenant il voulait danser avec elle ?

Avait-il perdu la raison ?

Elle était l'Iskari. L'Iskari ne dansait pas. Et encore moins avec un Skral. C'était absurde. Inimaginable.

Interdit.

– Juste une danse, insista-t-il.

Ses yeux plongèrent dans les siens. Une fois de plus, le choc l'ébranla.

– À l'endroit et à l'heure de mon choix.

Asha porta la main à sa hanche, mais sa hache gisait par terre, sur son armure.

– Choisis autre chose.

Il secoua la tête, fixant sa main.

– Je ne veux pas autre chose.

Elle le toisa.

– Je suis sûre que c'est faux.

Il soutint son regard.

– Seul l'imbécile est sûr de lui, mais ça ne lui donne pas raison.

La fureur la gagna.

Il venait de la traiter d'imbécile, non ?

En trois pas, Asha saisit sa hache, fondit sur lui et plaqua sa lame aiguisée et étincelante contre sa gorge, prête à la trancher pour le faire taire.

Il lâcha le pot qui se brisa sur le sol et serra les dents, mais ne détourna pas les yeux. Entre eux l'atmosphère était tendue, hautement inflammable. Il avait beau faire une demi-tête de plus, Asha avait l'habitude de s'attaquer à des proies plus grosses qu'elle.

– Ne me tente pas, Skral, fit-elle en appuyant sur la lame.

Il baissa les yeux.

Enfin.

Elle aurait dû commencer par ça.

D'un coup de manche de hache dans l'épaule, Asha le repoussa. Il tituba et s'écroula sur une étagère chargée de pots, qui tangua dangereusement.

– Tu vas garder le secret, car même Jarek ne pourra pas te protéger si tu parles.

Il garda les yeux baissés en se redressant sans un mot.

Tournant les talons, elle le planta là. Asha avait mieux à faire que de traîner cet esclave devant Jarek pour énumérer ses crimes. Elle devait retrouver ses gants de soie, cacher sa main et faire semblant que tout allait bien pendant la discussion avec son père – qui l'attendait toujours.

Elle s'occuperait de l'esclave de Jarek plus tard.

La naissance d'une chasseuse

Il était une fois une fille attirée par le mal.

Et en particulier par les histoires interdites des temps anciens.

Même si ces histoires avaient tué sa mère. Même si elles en avaient tué beaucoup d'autres avant elle. La fille se laissa charmer par les histoires qui lui dévorèrent le cœur et le remplirent de noirceur.

Sa noirceur attirait les dragons. Les dragons qui avaient incendié les maisons de ses ancêtres et massacré leurs familles. Les dragons qui crachaient un feu vénéneux.

La fille n'en avait cure.

Sous le couvert de la nuit, elle grimpait sur les toits, se faufilait à travers les rues désertes. Elle sortait de la ville pour rejoindre la Faille où elle racontait les histoires aux dragons, nuit après nuit.

Elle leur raconta tant et tant d'histoires qu'elle réveilla le plus dangereux des dragons : un dragon aussi noir qu'une nuit sans lune. Et aussi vieux que le temps.

Kozu, le Premier Dragon.

Kozu voulait la fille pour lui. Il voulait posséder le pouvoir infini qui s'écoulait de ses lèvres. Il voulait qu'elle lui raconte des histoires à lui et lui seul. Pour l'éternité.

Kozu lui fit prendre conscience de ce qu'elle était devenue.

Elle prit peur. Et cessa de raconter les histoires des temps anciens.

Mais ce n'était pas aussi simple. Kozu la piégea. Il cingla l'air de sa queue et siffla une menace : si elle refusait de se plier à son désir, elle le paierait.

Elle trembla, pleura, mais tint bon. Elle n'ouvrit pas la bouche.

Mais nul ne défie impunément le Premier Dragon.

Kozu entra dans une fureur terrible. Et quand la fille essaya de s'enfuir, il cracha un jet de flammes mortelles.

Ça ne suffit pas à le calmer.

Il passa sa colère sur son royaume.

Il déversa sa rage sur ses murs blanchis à la chaux et ses tours en dentelle de pierre. Il cracha son feu vénéneux sur son peuple qui hurla et sanglota en écoutant agoniser ceux qui étaient piégés dans leurs maisons incendiées.

C'est le fils du commandant qui trouva la mauvaise fille, que Kozu avait laissée pour morte au fond de la Faille. Le garçon porta son corps calciné jusqu'à l'infirmerie du palais pendant que son père sauvait la ville.

Son père leva l'armée et repoussa le Premier Dragon. Il ordonna aux esclaves d'éteindre les incendies et de réparer les dégâts. Le commandant sauva la ville, mais ne put sauver sa femme. En entendant ses cris d'agonie, il se rua dans leur maison en flammes… et n'en ressortit pas.

La fille, elle, survécut.

Elle se réveilla dans un lit inconnu, dans une pièce inconnue, sans aucun souvenir de ce qui s'était passé. Au début, son père lui cacha la vérité. Comment avouer à une fillette de dix ans qu'elle a causé la mort de plusieurs milliers de personnes ?

Il ne la quitta pas. Il demeura à son chevet durant les nuits de douleur. Il fit venir les meilleurs experts en brûlures pour la soigner. Quand ils déclarèrent qu'elle ne retrouverait jamais sa mobilité, il fit venir de meilleurs experts encore. Et, petit à petit, il combla les blancs de sa mémoire.

Lorsque la fille présenta des excuses publiques et que son peuple lui cracha dessus, il demeura à ses côtés. Lorsqu'elle promit de se racheter, et qu'ils soufflèrent le nom d'une déesse maudite, son père saisit l'insulte au vol et la changea en titre de gloire.

– Les héros des temps anciens étaient surnommés Namsaras, en l'honneur d'un dieu chéri, déclara-t-il.

On la surnommerait Iskari, en mémoire d'une déesse maudite.

Chapitre 3

La salle du trône, avec ses doubles arcades, ses soldats alignés le long des murs et ses mosaïques ouvragées, avait été conçue pour diriger le regard vers un seul point : le trône du roi dragon. Pourtant, lorsque Asha franchissait l'immense porte voûtée, c'était toujours la flamme sacrée qui attirait son attention en premier. À mi-chemin entre l'entrée principale et le trône doré se dressait un piédestal d'onyx poli supportant une vasque métallique où brûlait une flamme blanche crépitante.

On avait été chercher la flamme sacrée dans la grotte de l'Ancien, quand Asha était petite, pour éclairer la salle du trône. À l'époque, ça l'impressionnait énormément.

Plus maintenant.

Désormais, elle avait le sentiment que c'était la flamme qui la regardait et non l'inverse.

Une flamme incolore qui brûle sans rien d'autre que de l'air ? Ce n'était pas naturel. Elle aurait aimé que son père la renvoie au fond de la grotte. Seulement, c'était son trophée, le symbole de ce qu'il avait accompli.

– Désolé d'avoir interrompu ta partie de chasse, ma chérie.

La voix de son père résonna dans la salle, la tirant de ses

pensées. Asha leva les yeux vers les murs d'un blanc étincelant, entrecoupés de tapisseries représentant les rois et reines dragons d'antan.

– Vous n'avez rien interrompu du tout. Je venais de le tuer quand votre messager est arrivé.

Avec ses gants de soie qui montaient jusqu'à ses coudes et son caftan indigo qui froufroutait au moindre de ses pas, Asha traversa la salle sous le regard scrutateur des tapisseries. Ses pas claquèrent à peine sur la mer de carreaux bleu et vert, tandis qu'un rayon de soleil se faufilait par la lucarne de la coupole cuivrée, illuminant les spirales de poussière qui flottaient dans les airs.

L'homme qui l'attendait possédait tous les attributs du roi : l'écusson royal – un dragon avec un sabre planté dans le cœur – brodé sur l'épaule droite de sa robe ; un médaillon en citrine en pendentif, et des mules dorées aux délicates broderies blanches aux pieds.

C'était l'homme qui se tenait à son chevet lorsqu'elle s'était réveillée à l'infirmerie, presque huit ans plus tôt. Sa vue fit remonter un souvenir à sa mémoire.

Les flammes rouges de Kozu qui l'engloutissaient. Cette affreuse odeur de chair et de cheveux brûlés. Les cris de douleur prisonniers de sa gorge.

Voilà ce qu'Asha se rappelait : elle était en feu. Elle avait oublié tout le reste.

– Jamais tu n'étais partie chasser aussi longtemps, constata-t-il.

Asha s'arrêta au pied des marches dorées qui menaient à son trône.

– Je commençais à m'inquiéter.

Elle baissa les yeux vers le sol. La honte lui piquait la gorge. Comme si elle avait avalé un cactus hérissé de piquants.

Son père avait assez de sujets d'inquiétude sans qu'elle en rajoute : la guerre qui couvait contre les Terreux des Brousses, la menace permanente d'une nouvelle révolte des esclaves, les tensions avec le temple, et – bien qu'il n'aborde jamais le sujet avec elle – la montée en puissance de son commandant.

Sous les gants de soie, Asha sentait sa paume brûlée l'élancer, hurlant le crime qu'elle avait commis le matin même. Comme si elle voulait la dénoncer. Asha laissait ses bras pendre sur les côtés, espérant que son père ne poserait aucune question sur les gants.

– Ne vous en faites pas pour moi, Père. Je trouve toujours ma proie.

Le roi dragon lui sourit. Derrière lui, une mosaïque élaborée ornait le trône d'or, dessinant volutes et arabesques. Aussi tortueuses que le dédale des rues de la cité, ou le labyrinthe de couloirs et de passages secrets du palais.

– Ce soir, j'aimerais que tu présentes le fruit de ta chasse en public. En l'honneur de nos invités.

Elle se redressa soudain.

– Des invités ?

Le sourire de son père vacilla.

– Tu n'as donc pas entendu la nouvelle ?

Asha secoua la tête.

– Ton frère est revenu avec une délégation de Terreux des Brousses.

Elle avait la bouche sèche, tout à coup. Les Terreux vivaient de l'autre côté de la mer de sable et refusaient de reconnaître l'autorité du roi. Ils étaient contre la chasse au dragon et l'exploitation des esclaves. Voilà pourquoi son père avait eu tant d'ennuis avec eux – sans compter qu'ils essayaient régulièrement de l'assassiner.

– Ils ont accepté une trêve, lui expliqua-t-il. Ils sont venus négocier un traité de paix.

Faire la paix avec les Terreux ? Impossible.

Asha avança d'un pas vers le trône et demanda d'une voix tendue :

– Ils sont entre les murs du palais ?

Comment Dax avait-il pu faire entrer leurs plus vieux ennemis dans le palais ?

Personne ne s'attendait à ce qu'il rencontre le moindre succès dans ses discussions avec les habitants de la Terre des Brousses. Pour être honnête, personne ne s'attendait à ce qu'il en *revienne*, même.

– C'est trop dangereux, Père.

Sur son trône, le roi dragon se pencha en avant pour la fixer d'un regard chaleureux. Il avait un nez long et fin, une barbe impeccablement taillée.

– Ne t'inquiète pas, ma chérie.

Ses yeux parcoururent la cicatrice qui zébrait son visage.

– Une fois qu'ils t'auront vue, ils n'oseront plus jamais me contrarier.

Asha fronça les sourcils. S'ils ne craignaient pas le billot – punition en cas de tentative de régicide –, pourquoi craindraient-ils l'Iskari ?

– Mais ce n'est pas pour ça que je t'ai fait venir.

Le roi dragon se leva de son trône et descendit les sept marches de l'estrade. Les mains dans le dos, il alla contempler les tapisseries du mur gauche de la salle. Asha le suivit, ignorant les soldats qui se tenaient au garde-à-vous entre chaque panneau, les yeux cachés par leur casque à crête, leur cuirasse étincelant sous les rayons poussiéreux du soleil.

– Je veux te parler de Jarek.

Asha redressa brusquement le menton.

Après avoir vu leur toit, leur vie et leur famille réduits en cendres par le feu de Kozu, les habitants de Firgaard avaient réclamé la mort de la fillette diabolique responsable de cette catastrophe. Le roi, incapable de mettre à mort sa propre fille, lui avait offert à la place une chance de se racheter. Il avait promis sa main à Jarek – le garçon qui l'avait sauvée des flammes. Le garçon qui avait perdu ses parents dans l'incendie par sa faute.

Leur union, avait-il déclaré, serait la dernière étape de sa rédemption. Lorsqu'ils seraient en âge de se marier, Jarek s'unirait à Asha, lui témoignant ainsi son pardon. Jarek, qui avait tant perdu par sa faute, montrerait au peuple de Firgaard qu'il pouvait également lui pardonner.

De plus, pour le récompenser de son héroïsme, le roi avait formé Jarek pour qu'il reprenne le poste de son père en tant que commandant des armées.

C'était un acte de foi et de gratitude.

Entre-temps, le petit héros était devenu un jeune homme puissant. À vingt et un ans, Jarek dirigeait l'armée d'une main de fer. Ses soldats lui étaient complètement dévoués. Trop dévoués, selon Asha. Une fois qu'il l'aurait épousée, Jarek serait au plus près du trône. Un trône qu'il n'aurait aucun mal à prendre par la force. Et cela inquiétait Asha.

– Il ne doit surtout pas être au courant de cette conversation. Compris ?

Asha, perdue dans ses pensées, leva les yeux pour trouver son père planté devant une tapisserie représentant sa grand-mère – la reine dragon qui avait conquis et réduit en esclavage leur plus féroce ennemi, le peuple skral. L'artiste avait choisi un camaïeu de rouges foncés pour le fond sur lequel se détachait le gris argent de ses cheveux. Asha avait l'impression qu'elle la fixait d'un œil réprobateur. Comme si elle sondait son cœur pour y lire tous ses secrets.

Instinctivement, Asha rapprocha sa main brûlée de son corps.

– Ne répète à personne ce que je vais te dire.

Détachant les yeux de l'ancienne reine, elle les plongea dans ceux de son père. Ses yeux si chaleureux.

Un secret ? Toute sa loyauté allait à son père. Elle lui devait par deux fois la vie.

– Bien entendu, Père.

– Pendant que tu chassais, un dragon a été repéré dans la Faille. Un dragon qu'on n'avait pas vu depuis huit ans. Grand, noir, avec une balafre sur l'œil.

Asha sentit ses jambes vaciller. Elle recula vers le mur, craignant qu'elles ne se dérobent sous son poids.

– Kozu ?

C'était impossible. On n'avait pas revu le Premier Dragon depuis qu'il avait attaqué la ville.

Son père acquiesça.

– C'est l'occasion ou jamais, Asha. Une occasion à saisir.

Il lui adressa un sourire étincelant avant d'ajouter :

– Je veux que tu me rapportes la tête de Kozu.

L'odeur de la chair brûlée emplit soudain le nez d'Asha. Elle sentit les cris s'étrangler dans sa gorge.

« C'était il y a huit ans, tenta-t-elle de se rassurer. Il y a huit ans, je n'étais qu'une enfant. Ce n'est plus le cas. »

Voyant qu'elle était partagée, le roi dragon tendit la main pour la toucher – ce qui n'arrivait jamais. Mais il avait ce regard... le regard de tous ceux qui posaient les yeux sur elle.

Son père le cachait, parce qu'il l'aimait. Parce qu'il ne voulait pas lui faire de peine. Mais parfois cela se sentait malgré tout.

Le roi dragon avait peur de sa propre fille.

Un battement de cœur plus tard, le regard avait disparu. La main de son père retomba sur le pommeau en or de son sabre d'apparat.

– Si tu rapportes un trophée de chasse prouvant que tu as tué le Premier Dragon, les religieux n'auront plus aucune raison de défier mon autorité. Les Terreux des Brousses seront obligés de reconnaître que les temps anciens sont révolus. Ils se soumettront tous à mes ordres. Mais, surtout, Asha, tu ne seras plus obligée d'épouser Jarek.

Il se tourna à nouveau vers la tapisserie. Vers le portrait de sa mère.

Asha avala sa salive, le temps de s'imprégner de ses paroles.

Les raconteurs – ceux qui contaient les histoires sacrées des temps anciens – les avaient toujours mis en garde contre la mort de Kozu. Selon eux, le Premier Dragon était la source de toutes les histoires. Le lien vivant entre l'Ancien et son peuple.

Si Kozu venait à être tué, toutes les histoires des temps anciens seraient effacées des esprits, des parchemins, des langues, comme si elles n'avaient jamais existé. L'Ancien tomberait à jamais dans l'oubli et le lien qui l'attachait à son peuple serait rompu. Mais tant que Kozu vivrait, les histoires continueraient à vivre également. Et l'Ancien garderait le peuple d'Asha sous son joug.

Même les plus impies des chasseurs n'auraient pas osé traquer Kozu. Son père en était parfaitement conscient. C'était pour ça qu'il le lui demandait, à elle. Asha avait plus de raisons que quiconque de tuer le Premier Dragon.

Ce serait le prétexte ultime. Un moyen de réparer sa faute.

– Tu as entendu, Asha ? Si tu me rapportes la tête de Kozu, tu n'auras plus besoin d'épouser Jarek.

Émergeant de ses pensées, elle leva les yeux vers son père, qui lui souriait.

– Alors… dis-moi ce que tu en penses, Asha. Tu vas le faire ?

Bien sûr que oui. La seule question était : aurait-elle le temps d'accomplir sa mission avant que la lune de sang ait disparu ?

Le dernier Namsara

Autrefois, les Draksors étaient puissants. Ils étaient les battements d'ailes dans la nuit. Ils étaient le feu qui pleut du ciel. Ils étaient la dernière vision avant la mort.

Personne n'osait les affronter.

Mais une tempête s'abattit sur le désert. Des envahisseurs venus de l'autre côté de la mer, un peuple qu'on appelait skral, avaient conquis les îles du Nord et en voulaient encore. Les Skrals convoitaient Firgaard, étoile scintillante dans ce royaume désertique. Capitale prospère bâtie sur une rivière, qui séparait le sable blanc des dunes du manteau vert des montagnes. Conquérir Firgaard, c'était conquérir le monde.

Espérant prendre les Draksors par surprise, les Skrals s'approchèrent dans le secret de la nuit.

Mais quand les ténèbres s'abattent, l'Ancien allume une flamme.

L'Ancien avait entendu l'ennemi arriver. Il survola du regard les villages poussiéreux et les dunes, cherchant l'homme qui conviendrait.

Un homme du nom de Nishran.

En chuchotant simplement ce nom, l'Ancien tira le Premier

Dragon du sommeil. Le Premier Dragon fila à tire-d'aile, au-dessus du désert, à la recherche de celui qui le portait.

Nishran était tisserand. Il était assis devant son métier lorsque le Premier Dragon arriva. Les pédales cessèrent de cliqueter, la navette cessa de naviguer tandis que le tisserand levait les yeux vers un mur d'écailles plus noir qu'une nuit sans lune.

La peur le prit à la gorge.

Mais l'Ancien avait désigné Nishran comme Namsara et on ne pouvait rien refuser à l'Ancien.

Pour l'aider, il lui avait donné le don de voir dans la nuit. Malgré l'obscurité, Nishran put donc conduire la reine dragon et son armée à travers les sables du désert, sous les rayons de la nouvelle lune, jusqu'au campement des Skrals.

Les envahisseurs venus du Nord n'étaient pas préparés à ce réveil sous une pluie de flèches et de feu de dragon. Ils furent vaincus par ceux qu'ils venaient conquérir.

Quand ce fut fini, la reine dragon ne chassa pas l'ennemi de son royaume. Elle ne pouvait laisser les Skrals libres de semer le trouble ailleurs ou de revenir, plus forts, se venger. Elle ne voulait pas non plus être responsable de la destruction d'un autre peuple. Alors, avec le Namsara à ses côtés, la reine dragon ordonna qu'on passe au cou de chaque Skral jusqu'au dernier un collier d'esclave, pour les punir des horreurs qu'ils avaient commises dans les îles du Nord.

Une fois les Skrals réduits en esclavage, les Draksors retrouvèrent la paix. La nouvelle de leur victoire sur leurs envahisseurs se répandit aux quatre coins du monde. Les souverains de contrées lointaines traversaient les déserts, les montagnes et les mers pour faire serment d'allégeance à la reine dragon.

Mais la paix fut de courte durée.

Les ténèbres s'abattirent à nouveau sur Firgaard lorsque les dragons se retournèrent brusquement contre leurs cavaliers, attaquant leurs familles et incendiant leurs foyers. Au lieu de danser et chanter autour des feux de joie, le peuple de Firgaard se consumait sous le feu de dragon. La fumée épaisse voilait le jour. Les dragons jetaient leur ombre noire sur les ruelles étroites avant de s'engouffrer dans la Faille pour ne plus jamais en ressortir.

Firgaard était plongée dans le chaos. Certains se rangèrent aux côtés de leur reine, qui maudissait ces traîtres de dragons ; d'autres prirent le parti de la grande prêtresse, qui rendait la reine responsable de ce désastre.

C'était Draksors contre Draksors. De nouvelles maisons partirent en fumée. Firgaard tombait en ruines.

Ce fut la première trahison.

La seconde prit la forme des histoires.

Chapitre 4

Il existait à Firgaard une très ancienne tradition : quand un dragon était tué, le trophée était présenté au roi dragon. C'était le moment qu'Asha préférait dans la chasse. L'entrée triomphale, les spectateurs ébahis et surtout la fierté qui brillait dans le regard de son père.

Ce soir-là, cependant, à l'idée qu'un dragon plus grand, plus vieux, errait dans la nature, hors des murs de la cité, Asha ne tenait pas en place, pressée de planter sa hache dans son cœur.

« Bientôt », pensa-t-elle lorsqu'elle passa avec Safire sous les arcades menant à la cour principale du palais. La musique flottait en volutes, telle de la fumée. Le luth chuchotait sous les accords cuivrés de la trompette et le rythme vif, syncopé, des tambours.

Avant d'entrer dans la cour, par habitude, Asha vérifia que sa cousine n'avait pas de nouveaux hématomes. Parfait. Elle était rayonnante au contraire, dans son caftan vert pâle, brodé de fleurs de jasmin.

– Je croyais que tu avais horreur de ça, dit Safire en désignant les gants de soie d'Asha.

Jarek les lui avait rapportés d'un voyage à l'étranger presque un an auparavant, pour ses dix-sept ans.

Effectivement, elle les détestait. Ils lui rendaient les mains moites et ne cessaient de tomber en accordéon sur ses poignets, mais avaient l'avantage de cacher ses brûlures.

Asha haussa les épaules.

– Ils vont bien avec le caftan.

Un caftan qu'elle avait trouvé dans une boîte argentée au pied de son lit. Encore un cadeau de Jarek.

– C'est ça, répliqua Safire, qui avait très bien compris la véritable raison. Comme tes bottes.

Asha baissa les yeux et constata que, dans sa hâte, elle avait oublié d'échanger ses bottes de chasse contre ses ballerines dorées. Elle étouffa un juron. C'était trop tard, maintenant.

Les lanternes en bronze éclairaient toutes les galeries longeant la cour. Leur verre coloré baignait les danseurs de lueurs changeantes. Au centre s'étendait un bassin dont la surface lisse scintillait, reflétant la nuit étoilée.

En principe, les galeries étaient animées et les invités, alanguis sur les méridiennes, discutaient en sirotant du thé sucré. Pas ce soir-là. Pour cette cérémonie en l'honneur du retour de l'héritier, parti depuis un mois, les galeries étaient désertes et la cour remplie de Draksors qui chuchotaient en petits groupes, jetant des regards aux sofas abandonnés.

Ce fut Safire qui la première en repéra la raison.

– Regarde.

Elle désigna les invités à l'accoutrement étrange massés dans un coin de la galerie, qui surveillaient discrètement les Draksors de la cour, craignant une embuscade. Ces derniers discutaient à la belle étoile, vêtus de caftans de couleurs vives ou de tuniques ajustées tombant aux genoux, ornées de broderies compliquées et de perles délicates. Tandis que les invités abrités sous la galerie portaient des tenues beaucoup plus simples, avec des écharpes en coton drapées autour de leurs épaules et des sabres aux lames courbes rangés dans leurs fourreaux à la ceinture.

– Des Terreux des Brousses.

Des ennemis en plein cœur du palais. Le palais du roi qu'ils avaient essayé de tuer à trois reprises.

Dax avait-il perdu la raison ?

Pour un peuple aussi attaché aux traditions, ils étaient étonnamment prompts à défier leur dieu et à ignorer la règle séculaire interdisant le régicide. C'était l'une des seules lois des temps anciens que son père avait conservée. Justifiée par la légende de la déesse Iskari, qui avait essayé de tuer l'Ancien, elle décrétait que quiconque attenterait à la vie du roi ou de la reine dragon serait condamné à mort. Ce qui signifiait qu'un Terreux des Brousses tentant de tuer son père commettait volontairement un acte suicidaire.

Safire murmura son prénom, la tirant de ses pensées.

– Oui ? fit Asha en se retournant.

– *Mmm ?*

Sa cousine était occupée à compter les Terreux tout en repérant les plus entraînés et ceux qui semblaient les plus susceptibles d'avoir caché des armes sous leurs vêtements. C'était son premier réflexe dès qu'elle entrait dans une pièce. Une seconde nature. Un instinct de survie.

– Tu m'as appelée ? insista Asha.

– Non, pas du tout.

Asha fit volte-face, scrutant le couloir sombre qui menait à la galerie, puis les soldats qui se tenaient droits comme des lances le long du mur. Il n'y avait personne d'autre dans les parages.

Avant qu'elle ait pu creuser la question, un murmure paniqué parcourut la cour. La musique se tut brusquement, laissant place à un silence de plomb. Asha n'avait même pas besoin de se retourner pour en connaître la raison.

Ils avaient aperçu l'Iskari.

« C'est juste un mauvais moment à passer. »

Elle sortit de la galerie et s'avança dans la cour.

Tous les regards étaient fixés sur elle. Elle sentait leur poids, alourdissant encore le cœur hideux qui battait dans sa poitrine. Certains battements étaient mus par la colère, aiguisés comme des poignards, d'autres paniqués comme ceux d'un animal pris au piège. Asha garda la tête haute.

Un à un, les regards s'abaissèrent. Un à un, les gens s'écartèrent sur son passage, ouvrant un chemin silencieux jusqu'à son père qui croisa son regard noir de l'autre bout de la cour.

À ses côtés se tenait un jeune homme tout d'or vêtu, reflet presque parfait du roi dragon : cheveux frisés, yeux bruns chaleureux et nez busqué, cassé par deux fois déjà.

Il s'agissait de Dax, son frère aîné.

Sauf que quelque chose clochait.

Après un mois passé en Terre des Brousses, Dax n'était plus que l'ombre de lui-même. Où étaient ses yeux pétillants de malice, son sourire qui faisait fondre les filles, ses poings qui cherchaient la bagarre ? Le Dax qu'elle connaissait avait disparu. À sa place se tenait un garçon fatigué, amaigri et… comme fané.

Asha dut abandonner Safire. Sa cousine ne pouvait s'approcher davantage du roi dragon. En tant que fille de Lillian, esclave de l'ancienne reine dragon, et de Rayan, son fils, Safire avait déjà de la chance d'avoir survécu. On l'avait laissée vivre, et même vivre entre les murs du palais où avait eu lieu cette relation interdite. Par la grâce du roi, elle avait le droit de pénétrer dans la cour, mais c'était tout. Safire était exclue à jamais de sa propre famille.

Asha vint se poster aux côtés de son père. Elle lança un regard préoccupé à Dax avant que les hérauts n'annoncent à grand renfort de trompettes l'arrivée de quatre de ses esclaves chasseurs, portant la tête du dragon sur un plateau d'argent. Ses yeux jaunes aux pupilles fendues étaient vitreux désormais, et sa langue pendait hors de sa gueule. Ce n'était plus que l'ombre de la féroce créature qu'il avait été.

De le voir si proche, Asha sentit sa brûlure se réveiller. Elle serra les dents. Pour lutter contre la douleur, elle imagina la tête de Kozu sur ce plateau. Elle n'avait qu'une envie, s'évader de cette cour pour le traquer.

Puis, soudain, elle entendit à nouveau son nom.

Elle se retourna, scrutant la foule. Tous ceux qui croisaient son regard s'empressaient de baisser les yeux. Comme si la regarder en face risquait d'attirer sur eux le feu du dragon.

Elle tendit l'oreille et ouvrit l'œil, mais celui qui l'avait appelée demeurait silencieux.

« J'entends des voix, maintenant ? »

L'espace d'un demi-battement de cœur, la panique l'envahit. Peut-être avait-elle trop tardé. Peut-être le poison du dragon avait-il déjà atteint son cœur. Quelle honte ce serait de mourir d'une brûlure de dragon devant toute la cour.

Asha secoua la tête. Ce n'était pas possible. Elle avait traité la brûlure à temps.

« Peut-être que les histoires se vengent enfin sur moi. Qu'elles m'empoisonnent comme elles ont empoisonné ma mère. »

Mais Asha guettait scrupuleusement les signes. Et jusque-là, il n'y en avait eu aucun.

Son père félicita l'Iskari pour son trophée. Il récita son discours habituel sur le danger et la duplicité des dragons, qui étaient autrefois leurs alliés avant de se retourner contre eux durant le règne de sa mère. Il répétait ceci après chaque partie de chasse. Asha ne l'écoutait donc que d'une oreille... jusqu'à ce qu'il saisisse sa main gantée – sa main brûlée. Elle retint un hurlement de douleur.

D'une poigne ferme, le roi dragon poussa une Asha toute tremblante devant lui, l'offrant en pâture aux regards avides des Terreux des Brousses.

– Voyez ce qu'ils ont fait à ma fille! Voilà ce qui arrive quand on traite avec les dragons.

Il la relâcha, repensant sans doute au jour où la cité avait été incendiée. Au jour où Jarek lui avait ramené son corps brûlé.

– Mon Iskari a consacré sa vie à pourchasser ces bêtes féroces! Et elle ne s'arrêtera que lorsque le dernier d'entre eux sera mort. Alors, seulement, nous connaîtrons la paix.

Il lui sourit. Asha voulut lui rendre son sourire, sans y parvenir. Pas avec sa main brûlée juste sous son nez, preuve douloureuse qu'elle avait raconté les histoires des temps anciens.

Quand le roi dragon eut congédié ses esclaves chasseurs et que la musique eut repris, Dax s'approcha d'Asha. Il sentait le thé à la menthe poivrée.

– Ma redoutable petite sœur.

Lorsqu'il lui sourit, Asha remarqua les rides profondes qui encadraient sa bouche. Des rides qui n'y étaient pas avant son départ.

– Tu as vu ce que j'ai rapporté?

Il désigna les Terreux des Brousses du menton. Comme s'ils pouvaient passer inaperçus.

– Pas tout à fait aussi impressionnant qu'un dragon, mais…

Il portait sa tunique préférée, à manches longues, qui lui tombait aux genoux. Des broderies en spirale tournoyaient autour du col et des boutons, contrastant avec la chatoyante soie dorée.

« De l'or pour un garçon au cœur d'or », pensa Asha.

Autrefois, ce vêtement lui allait parfaitement. Il mettait en valeur ses épaules carrées et sa haute taille. Mais à présent, il flottait sur son corps émacié. Ses yeux d'ordinaire pleins d'étoiles étaient ternes comme la pierre. Le stress de son séjour en Terre des Brousses, sans parler du long voyage de retour à travers le désert, l'avait manifestement épuisé. Ainsi amaigri et éreinté, il lui rappelait quelqu'un, mais Asha ne voyait pas qui…

– Tu as raté les présentations, dit-il en la dévisageant avec autant d'attention qu'elle.

– J'avais des choses à faire.

« Comme dissimuler la preuve de ma trahison. »

– Tu aimerais faire connaissance avec nos invités ? demanda-t-il en prenant le gobelet de vin que lui proposait un serviteur.

– Pas vraiment, répondit Asha avant de refuser à son tour le verre qu'on lui tendait.

– Parfait ! Je vais te les présenter…

Elle suivit à contrecœur son frère à travers la foule, jusqu'à ce qu'il s'arrête brusquement devant quelqu'un. Lorsqu'il s'écarta, Asha découvrit une jeune femme vêtue d'une robe de coton fin, couleur crème. Elle repoussa le foulard qui lui couvrait la tête, révélant un regard vif et sombre, ainsi que la ligne fière de son menton racé. Sur son poing ganté était perché un faucon aussi blanc que la brume qui montait de la Faille à l'aube.

Asha regarda le rapace qui la fixa de ses étranges yeux d'argent.

Elle recula instinctivement, mais la fille ne le remarqua pas, absorbée dans la contemplation de sa cicatrice.

– Voici ma sœur, l'informa Dax. L'Iskari.

Tout en parlant, il caressait le jabot blanc du faucon du bout des doigts. Ce n'était visiblement pas la première fois, car l'oiseau frotta sa tête contre sa main.

– Asha, je te présente Roa. Fille de la maison des Chants. Son frère n'a pas pu être présent, mais il a également très envie de rencontrer la tristement célèbre Iskari. Je lui ai promis que tu m'accompagnerais la prochaine fois.

Il lui adressa un clin d'œil, sachant parfaitement ce qu'elle en pensait.

Asha n'avait aucune intention de mettre les pieds en Terre des Brousses. C'était une région plate, morne, misérable – tout du moins, d'après ce qu'on lui avait décrit. Et le pire, c'était que ses habitants suivaient les traditions des temps anciens. Elle se demandait donc comment Dax avait pu les convaincre de venir jusqu'ici, dans cette capitale qui représentait tout ce qu'ils détestaient.

Asha adorait son frère, mais ce n'était pas un diplomate. Si on l'avait envoyé là-bas, c'était avant tout pour l'éloigner de la ville. Un soir de beuverie, il s'était battu avec le second de Jarek, qui était tombé d'un toit et s'était brisé le cou. Cela avait fait scandale et tendu les relations entre le roi et son armée.

Dax collectionnait les scandales comme des trophées. Il cherchait la bagarre. Jouait l'argent du trésor royal. Flirtait avec les filles des plus hauts dignitaires de la cour.

L'héritier de la couronne n'attirait à son père que de l'embarras et mettait sa patience à rude épreuve. Le souverain avait donc envoyé Dax négocier avec les Terreux des Brousses, accompagné de Jarek, qui lui en voulait d'avoir causé la mort de son second. Le roi savait qu'avec lui, son fils filerait doux.

Roa porta son poing à son cœur, le salut rituel de la Terre des Brousses, sans cependant quitter la cicatrice d'Asha des yeux.

– L'Iskari en chair et en os, fit-elle d'une voix aux inflexions de miel et de tonnerre. D'après Dax, vous êtes capable de tuer un dragon à mains nues.

Asha aurait ri, mais l'arrivée d'un jeune homme la coupa dans son élan. Lorsque son ombre tomba sur elles, la gorge d'Asha se serra.

Jarek.

C'était lui qui avait attrapé et mis à mort les trois Terreux des Brousses qui avaient tenté d'assassiner son père. Lui qui avait mis fin à la révolte des esclaves. Lui qu'Asha allait épouser d'ici la fin de la lune de sang.

Sauf si elle tuait Kozu avant.

En présence du commandant, Dax avait presque l'air d'un garçonnet. Jarek le dominait de toute sa taille. Il se tenait droit, les épaules carrées, comme un pilier de forteresse. Sa chemise en soie moulait son torse large, mettant en valeur sa musculature.

Asha remarqua que Roa contemplait le commandant sourcils froncés.

Ce n'était pas la réaction habituelle. D'ordinaire, son physique avantageux impressionnait les femmes. Mais Roa paraissait… tendue.

Tout en toisant l'héritier de la couronne et sa nouvelle amie des Brousses, Jarek prit Asha par la taille, l'attirant contre sa hanche comme une épée ou un sabre, en la serrant à lui faire mal.

Il était l'un des seuls à oser la toucher.

– Tu t'es fait des amis, Asha ?

Il dégageait une odeur aigre d'alcool.

Elle savait qu'il était inutile de tenter de se débattre ou de lui faire comprendre qu'il lui faisait mal.

– Dax était en train de me présenter…

– Nous nous sommes déjà rencontrés.

Le regard de Jarek s'attardait sur la coupe du caftan de sa promise, il la dévorait des yeux. L'aspirait comme un gobelet de vin.

– Tu as trouvé ton cadeau, à ce que je vois.

Asha gardait les yeux rivés devant elle, entre Dax et Roa. Son regard tomba sur une esclave qui servait le thé dans la galerie. Elle levait la théière si haut que le liquide doré décrivait un arc gracieux dans les airs avant de remplir les tasses.

Jarek se pencha vers elle.

– Alors… il te plaît ?

Il connaissait déjà la réponse à sa question.

Par rapport aux autres caftans de la cour, qui étaient élégants et discrets, celui d'Asha attirait tous les regards. Oh, il était de belle facture. Il coûtait sans doute plus qu'un mois de solde pour un militaire de base – mais ce n'était rien pour Jarek, qui avait hérité une fortune de son père.

Ce caftan était d'un somptueux violet indigo. Le tissu fin et soyeux, fluide comme le sable, suivait ses moindres mouvements, retenu par une large ceinture qui soulignait sa taille. Asha supposait qu'il l'avait acheté à Darmoor, le plus grand port de commerce du royaume. Sauf que ce caftan était fait pour être porté par une fille belle et désirable. Et non hideuse et défigurée.

C'étaient le décolleté plongeant et le tissu transparent qui la gênaient le plus. Qui dévoilaient trop son corps à Jarek. Mais la dernière fois qu'elle avait refusé un de ses cadeaux, Safire avait subi des représailles. Alors Asha préférait le porter.

– Tu as l'air d'une déesse.

Elle se figea. Le regard qu'il portait sur elle lui donnait envie de disparaître. Elle aurait voulu pouvoir fendre la foule sans qu'on la remarque, prendre son armure et sa hache, et filer chasser Kozu à l'instant même.

À la place, elle répondit :

– Tu ne dirais pas ça si tu m'avais vue tout à l'heure, couverte de tripes de dragon de la tête aux pieds !

Mais il en fallait davantage pour dégoûter Jarek. Il se rapprocha d'elle sans toutefois tourner le dos à son frère et à l'étrangère. Le commandant ne tournait jamais le dos à une menace.

– Danse avec moi.

Asha fixa à nouveau l'esclave qui servait le thé.

– Tu sais bien que je ne danse pas.

– Il faut une première fois à tout.

Jarek resserra son emprise, afin de l'éloigner de son frère et son amie.

– Hé, bouffeur de sable !

Dax saisit Jarek par sa manche de chemise.

– Elle n'a pas envie de danser avec toi.

Les yeux du commandant étincelèrent. Il repoussa Dax sans effort.

L'héritier trébucha, renversant son verre de vin sur Roa. Elle en resta bouche bée, plaquant ses mains sur la tache bordeaux qui s'étendait rapidement sur sa robe couleur crème.

– Veuillez nous excuser, fit Jarek avec un sourire mauvais, poussant Asha devant lui, vers les musiciens.

Cette dernière lança un coup d'œil par-dessus son épaule et croisa le regard de Roa, sous ses sourcils froncés.

– Je ne t'ai pas vue depuis un mois, lui dit Jarek à l'oreille.

Je t'ai acheté une robe qui coûte une fortune. Alors tu vas me faire le plaisir d'obéir.

Asha allait lui répéter qu'elle ne voulait pas danser – plus clairement, cette fois – quand elle entendit à nouveau la voix qui susurrait son nom. Elle ne chercha même pas des yeux qui l'appelait. Elle savait que c'était inutile. D'abord, où aurait-elle cherché ? La voix venait de toutes les directions à la fois.

« Asha. Asha. Asha. »

Ça lui rappelait une histoire…

Elle chassa cette pensée de son esprit tandis que Jarek la traînait de force vers les musiciens. Il l'attira contre lui, la prenant par les hanches pour que leurs corps soient face à face. Pour qu'elle sente son désir, dur et saillant.

Dégoûtée, Asha eut un mouvement de recul. Pourtant, il ne fallait pas. C'était dangereux de montrer la moindre faiblesse en présence du commandant. Mais après dix jours à chasser dans la Faille, elle n'avait plus l'énergie de faire semblant.

– Je n'aime pas danser, répéta-t-elle, en posant fermement ses mains contre la soie noire de sa chemise pour le repousser.

– Moi, je n'aime pas qu'on me dise non.

Jarek resserra encore son étreinte. Il avait les yeux avides d'un animal affamé.

Asha détourna la tête et son regard tomba justement sur son esclave, celui aux taches de rousseur. Le Skral se tenait parmi le petit groupe de musiciens, au centre de la cour, tournant le dos à l'eau paisible du bassin.

Tandis que Jarek continuait à parler, Asha observait, fascinée, les doigts de l'esclave qui allaient et venaient telles des araignées le long des cordes de son vieux luth en forme de poire. Concentré sur la musique, il avait les yeux fermés, comme s'il était ailleurs, bien loin de cette cour.

Sentant son regard sur lui, l'esclave ouvrit les yeux. À la vue de l'Iskari, il rata une note mais se reprit rapidement, puis fixa l'homme qui la retenait prisonnière. Son air rêveur avait disparu pour laisser place à un masque de fureur, sombre comme l'orage.

– Tu n'as pas écouté un mot de ce que je disais ! gronda Jarek.

Il paraissait tellement loin.

Pour la dernière fois de la soirée, Asha entendit son nom. Porté par le vent. Sauf que, cette fois, il résonnait dans la cour tout entière.

« Et les autres ? Ils ne l'entendent pas ? »

Visiblement non car, autour d'elle, les Draksors dansaient, riaient, buvaient leur thé sans réagir.

Quelque chose clochait. Asha le sentait au plus profond de ses entrailles. Il fallait qu'elle parte vite d'ici.

Elle s'arracha à l'étreinte de Jarek, qui ne s'y attendait pas et la laissa s'échapper sans résistance. Dans sa hâte, elle trébucha, bousculant les autres danseurs, et la musique se tut brusquement.

Son prénom résonnait à ses oreilles. Battait à ses tempes. Couvrait tout le reste.

« Asha. Asha. Asha. »

Ça lui donnait le tournis. Lorsqu'elle releva la tête, elle croisa le regard de l'esclave de Jarek.

« Détourne les yeux ! » pensa-t-elle.

Mais le ciel orangé tanguait, la mosaïque de la cour se dérobait sous ses pieds. Et quand Asha ferma les yeux pour lutter contre le vertige, elle se sentit chanceler… et tomber.

L'esclave la rattrapa avant qu'elle ne heurte le sol.

Comme tout tournait autour d'elle, Asha enfouit son visage contre sa poitrine pour que ça s'arrête.

« Voilà ce qui arrive lorsqu'on raconte les histoires des temps anciens. »

Elle pensa à sa mère, que les histoires avaient tuée.

Mais alors qu'elle sombrait dans les ténèbres, ce ne fut pas à ses derniers instants qu'elle pensa, ce fut à la manière dont il la prenait dans ses bras.

« Exactement comme ça. »

– Je vous tiens, dit sa voix à son oreille. Ça va aller.

Le dernier son qu'elle entendit était celui d'un cœur qui battait régulièrement contre sa joue.

La Rupture

Avant la grande Rupture, les raconteurs protégeaient les histoires. Ces vénérables griots racontaient les histoires des temps anciens à voix haute : les légendes sacrées de l'Ancien, son Premier Dragon, ses héroïques Namsaras. Les raconteurs se transmettaient les histoires de père en fils. Ils voyageaient de ville en ville, tissant les récits comme des étoffes devant le peuple en échange d'une pièce, du gîte pour la nuit ou d'un repas.

C'était un honneur d'accueillir un raconteur sous son toit et de lui servir du pain chaud, car il s'agissait d'un homme saint, investi d'une mission sacrée.

Mais une fois les dragons partis, les raconteurs dépérirent et moururent. Les histoires des temps anciens commencèrent à empoisonner ceux qui les racontaient, les dévorant de l'intérieur. Elles se retournaient contre eux, comme les dragons s'étaient retournés contre leurs cavaliers.

Les raconteurs continuèrent cependant à les dire à voix haute. Et à mourir. Comme l'épidémie se propageait, la peur s'insinua dans le cœur des Draksors. Cette fois, ils n'accusèrent pas leurs voisins. Cette fois, ils s'enfermèrent chez eux pour se mettre en sécurité. Ils craignaient que les histoires des temps anciens ne leur arrivent aux oreilles. Ils avaient peur de ce nouveau fléau que l'Ancien leur avait envoyé.

C'est alors que la reine dragon intervint.

Elle renia l'Ancien, qui les avait trahis. Elle interdit les histoires des temps anciens et annonça que tout raconteur continuant à exercer serait emprisonné. Comme cela n'arrêtait pas les raconteurs, que la grande prêtresse avait convaincus de poursuivre leur mission, la reine dragon considéra qu'il était de son devoir de protéger son peuple contre la cruauté de l'Ancien.

Elle fit trois choses :

Premièrement, elle démit la grande prêtresse de ses fonctions.

Deuxièmement, elle amenda sa loi. Au beau milieu de la grande place, elle annonça à tout Firgaard que raconter les histoires des temps anciens était désormais un crime – passible de la peine de mort.

Et que fit-elle en dernier lieu ?

Elle instaura une nouvelle tradition : la chasse au dragon.

Chapitre 5

La fumée enveloppait Asha, s'agrippait à ses cheveux et lui piquait les yeux. Son souffle allait et venait comme la marée de Darmoor, l'odeur âcre de la fumée accompagnant chaque flux et reflux.

Elle était plongée dans l'obscurité. Sous sa main elle sentait la fraîcheur du mur fissuré. En pire. Comme le sol sous ses pieds.

« Je suis morte », pensa-t-elle.

Mais si c'était le cas, était-ce le feu de dragon ou les histoires qui l'avaient tuée ?

Asha croyait pourtant être immunisée contre leur effet toxique. Depuis qu'elle avait commencé à raconter des histoires pour attirer les dragons, elle guettait – presque obsessivement – l'apparition du moindre signe : perte de poids, fatigue anormale, tremblements... Mais jusque-là, elle n'avait ressenti aucun symptôme. Les histoires ne l'affectaient pas, contrairement à sa mère ou aux raconteurs.

Peut-être parce que Asha et les histoires des temps anciens étaient faites du même bois. La toxicité de l'une annulait celle de l'autre.

Ou alors, elle n'avait pas été assez attentive. Peut-être était-elle en train de mourir à petit feu, sans s'en rendre compte.

« Si je suis morte, je ne pourrai jamais rapporter à mon père la tête de Kozu. »

« Si je suis morte, je ne serai pas obligée d'épouser Jarek. »

Des pensées douces-amères.

Asha suivit la fumée et les cendres. Plus elle s'enfonçait dans la grotte, plus cet endroit lui semblait familier. Pas comme si elle y était déjà venue, non… plutôt comme si elle en avait rêvé toute sa vie.

Après des années enfouies au plus profond, les histoires remontaient aisément à la surface, bourdonnantes de vie, évoquant dans un murmure le Premier Dragon, les Namsaras et l'Ancien en personne. Asha serra les dents à en avoir mal pour ne pas qu'elles s'échappent.

Ses pas la menèrent à l'ombre d'un homme, accroupi devant un petit feu crépitant. Lorsqu'il se leva, les flammes éclairèrent son visage, révélant des yeux noirs d'onyx, un crâne chauve, une courte barbe grise taillée en pointe. Son corps disparaissait sous une longue robe blanche, capuche rabattue dans le dos.

Asha en eut le souffle coupé.

Elle le connaissait. Un portrait de lui ornait les murs d'une pièce où elle n'aurait jamais dû pénétrer. Petite, elle avait entendu son nom dans l'ombre, un murmure sortant des lèvres de sa mère.

– *Elorma.*

C'était comme un râle dans sa bouche.

Il s'agissait du Premier Namsara. L'homme qui avait rapporté la flamme sacrée du désert et fondé Firgaard. Un messager de l'Ancien – qui les avait trahis.

– Je t'attendais.

Sa voix de velours résonna dans la grotte.

– Approche.

Asha n'osait pas.

Le feu brûlait entre eux. Elle leva la main pour protéger son visage de la chaleur. Elorma lui sourit. Son rictus la mit mal à l'aise. Comme le sourire d'un esclave fomentant un soulèvement.

– Comme tu voudras, dit-il en plongeant les mains dans les flammes.

Asha étouffa un cri, sûre que le feu allait dévorer sa chair. Mais quand il les ressortit, elles étaient indemnes et brandissaient deux épées d'un noir luisant, aux lames courbes, en forme de croissant de lune. Les flammèches qui dansaient sur leur pourtour s'éteignirent.

– Les épées sacrées de l'Ancien, déclara-t-il en les lui tendant. Prends-les.

Asha savait qu'elle ne devait pas lui faire confiance. Elle savait qu'elle ne devait accepter aucun cadeau de l'Ancien. Elle ne bougea pas.

– J'ai bien plus d'armes qu'il ne m'en faut.

– Mais celles-ci ont été forgées spécialement pour toi, Asha, affirma-t-il. Elles se loveront dans tes mains comme nulle autre. Elles se plieront à ta volonté et tueront tes ennemis plus vite qu'aucune hache.

« Comment peut-il savoir que j'ai une hache ? »

Mais puisqu'il connaissait son nom, pourquoi ne saurait-il pas quelle était son arme de prédilection ?

Asha se doutait que ce genre de lames devait être idéal pour tuer des dragons – en portant un coup rapide, précis, mortel. Elle secoua la tête. C'était déjà terrible de raconter les histoires à haute voix. Mais traiter directement avec l'Ancien ? Ce serait encore pire. Elle n'osait imaginer à quel point son père serait horrifié s'il l'apprenait.

Elle recula d'un pas.

– Je croyais qu'on t'appelait Iskari, s'étonna Elorma. Ce nom ne te sied point selon moi. Iskari était féroce et sans peur. Toi, tu es toute tremblante et apeurée.

Elle plongea ses yeux dans les siens. Cette lumière lui donnait l'air d'un dieu. Sa peau luisait, comme illuminée de l'intérieur, et son regard semblait venir du fond des temps. Il voyait tout. Il avait tout vu.

Elle baissa les yeux vers les armes.

Quelle joie elle éprouverait à stopper le cœur de Kozu en y plantant une de ces lames. Quel plaisir de prendre les armes de l'Ancien pour les retourner contre lui. Comme il s'était servi d'elle contre son propre peuple. Son propre père.

« Il faut endurer d'immenses souffrances afin de s'endurcir contre le mal », lui avait dit ce dernier il y a si longtemps.

Exact. Mais cette fois, elle avait les yeux bien ouverts. Cette fois, elle ne se laisserait pas faire.

Nul besoin de mettre son père au courant avant que tout soit fini. Avant qu'elle dépose la tête sanguinolente de Kozu à ses pieds. Et à ce moment-là, il comprendrait. Il la féliciterait d'avoir été si maligne.

Asha tendit la main vers les épées. Un sourire se peignit sur les lèvres d'Elorma. Lorsque leurs poignées ouvragées entrèrent en contact avec ses paumes, Asha sentit son sang crépiter dans ses veines. Les flammes blanches remontèrent le long de ses bras, tissant un lien invisible. Comme un cadenas qui se verrouille. Il n'avait pas menti. Elles se lovèrent parfaitement au creux de ses mains, légères comme le vent.

– Il y a une condition, cependant...

Il l'éblouit de son sourire aux dents immaculées.

– Ces épées ne peuvent servir qu'à redresser les torts.

– Quoi ?

Sans se départir de son sourire, il répondit :

– Nous nous reverrons bientôt, Asha.

Puis il se fondit dans l'obscurité.

Asha eut beau l'appeler, Elorma était parti. Le feu s'éteignit. La grotte vacilla, se déforma jusqu'à ce que les parois de pierre l'engloutissent.

Asha se retrouva seule, dans le noir, avec des histoires bourdonnant à ses oreilles, des armes sacrées entre les mains et un mauvais pressentiment au fond du cœur.

« Qu'est-ce que j'ai fait ? »

Elle laissa tomber les épées dans le sable.

Chapitre 6

Juste avant l'aube, Asha se réveilla, baignée par l'odeur des fleurs d'oranger.

Dans la fraîcheur de la nuit, elle serra sa couverture en laine contre elle et s'assit, écartant les voilages de son lit à baldaquin, plissant les yeux dans la pénombre bleutée de sa chambre. Elle scruta le mur opposé où s'alignaient ses armes préférées – en majorité des haches et des couteaux. Un ou deux poignards pour la chasse. Et ses épées en bois, pour s'entraîner avec Safire.

Pas de lames noires en croissant de lune.

Asha ferma les yeux en soupirant.

« Ce n'était qu'un rêve. »

Elle leva sa main blessée et en ôta les bandages pour examiner la peau cloquée. Elle arrivait encore à plier les doigts, au prix d'une douleur étourdissante. Et si elle arrivait encore à plier les doigts, elle pourrait brandir sa hache dès que la plaie aurait cicatrisé. En attendant, elle se servirait de son autre main. Parce que l'urgence était désormais de retrouver Kozu.

Une fois qu'elle l'aurait tué, elle n'aurait plus rien à cacher.

– Dis-moi..., fit une voix familière.

Asha se tourna vers la fenêtre cintrée, une ombre était juchée sur le rebord.

– Pourquoi ce dragon a-t-il craché du feu ?

Safire sauta à bas de son perchoir et écarta les voilages du lit. Elle ne prit même pas la peine d'éviter de croiser le regard de sa cousine. Pas ici, dans l'intimité.

– Cinquante ans se sont écoulés depuis la Rupture, lui rappela-t-elle. Cinquante ans que les histoires ont disparu.

« Cinquante ans que les dragons ont arrêté de cracher du feu. »

À part Kozu, le Premier Dragon, la source des histoires. Qui n'avait pas besoin qu'on lui en raconte pour incendier une ville.

Safire prit une allumette et alluma la bougie qui se trouvait sur la table de chevet. Au lieu de lui répondre, Asha changea de sujet :

– Tu as passé la nuit là ?

– C'est moi qui pose les questions, répliqua Safire en se retournant pour décrocher les épées de bois du mur. Habille-toi, vite. On monte sur le toit.

– Pas aujourd'hui, Saf. J'ai la main…

Elle lui montra sa main blessée, et s'aperçut ce faisant que quelqu'un lui avait ôté ses gants. La panique la saisit. La personne qui avait fait cela avait forcément vu le pansement.

« Et a-t-elle vu ce qu'il y a en dessous ? »

– Tu crois peut-être que Jarek va te ménager parce que tu t'es brûlé la main ?

Asha contempla sa cousine, et Safire soutint le regard de l'Iskari. Ses yeux étincelaient à la lueur de la bougie.

Safire devait savoir ce qui s'était passé. Elle devait savoir qui l'avait déshabillée.

En s'entraînant avec sa cousine, Asha pourrait découvrir qui exactement était au courant de sa brûlure. Et après s'être assurée que son secret était bien gardé, elle pourrait partir sur les traces de Kozu.

Rejetant sa couverture, elle sortit du lit et frissonna lorsque ses pieds touchèrent le carrelage de marbre glacé. Elle lança un regard noir à sa cousine tout en déboutonnant sa chemise de nuit. C'était en ces moments-là qu'elle était ravie de s'être débarrassée de ses esclaves personnels depuis des années. Ils tremblaient tellement en sa présence que le moindre geste de la vie quotidienne prenait deux fois plus de temps.

Les deux épées de bois dans une main, Safire tapotait impatiemment contre sa botte. Lorsque Asha fut habillée, elles sortirent sur la terrasse ombragée par un treillis et gravirent les marches étroites menant sur le toit. En contrebas s'étendait un jardin plein de palmiers-dattiers poussiéreux, d'orangers en fleur et d'hibiscus, qui appartenait autrefois à la mère d'Asha et lui rappelait la Terre des Brousses, son pays natal.

Asha inspira l'odeur sucrée qui en montait.

Mais la nuit se dissipait, l'heure tournait. Elle n'avait plus que six jours pour tuer Kozu.

– Dépêchons-nous, dit-elle en prenant les épées des mains de Safire.

Au moins, sa cousine la battrait aisément.

Quand Asha n'était pas à la chasse, elles combattaient tous les matins – c'était un bon entraînement pour Safire et un exercice utile pour Asha, qui était plus douée pour chasser que pour se battre. Elle apprenait ainsi à se défendre. Contre Jarek, surtout.

Safire ôta sa cape couleur safran et la jeta sur le pavage du toit-terrasse. Asha remarqua l'ourlet élimé, les coutures effilochées. Sa cousine n'aurait pas dû avoir à porter de tels haillons.

«Je vais en commander une nouvelle à la couturière en prétextant que c'est pour moi.»

Autour d'elles, les autres toits du palais étaient déserts. Dans le dos de Safire, une brume dorée nimbait l'horizon et le ciel passait du bleu foncé au violet. Les esclaves devaient se lever aux aurores pour vaquer à leurs occupations. Bientôt, ils s'affaireraient sur tous les toits.

Mais pour le moment, Asha et Safire étaient seules.

– Pourquoi tu ne m'as pas dit que les dragons avaient recommencé à cracher du feu?

Safire donna un violent coup d'épée qu'Asha para tant bien que mal, et le choc, bois contre bois, se répercuta dans son bras.

Sa cousine n'aurait sûrement pas su se défendre contre un dragon, mais elle était bien plus douée qu'elle en combat singulier. Pour survivre dans un monde qui aurait préféré la voir morte, il fallait être forte. Les muscles de ses bras saillaient et elle avait déjà pris le dessus sur Asha.

– Parce que... tu t'inquiètes... pour rien, répondit cette dernière entre ses dents serrées.

Incapable de résister plus longtemps, elle se baissa, déséquilibrant son adversaire.

– Et visiblement, j'ai raison de m'inquiéter...

Safire se redressa et se remit en position de combat.

– ... vu que tu t'es évanouie au milieu de la cour de ton père. Ne me dis pas que ça n'a rien à voir avec ta brûlure.

Asha serra la garde en bois lisse au creux de sa paume. Elle avait espéré que c'était seulement dans son rêve qu'elle avait perdu conscience.

– Et mon père m'a vue m'évanouir ?

– Évidemment.

– Qu'est-ce qu'il a dit ?

Safire tournait autour d'Asha, préparant son prochain coup.

– Rien. Il n'y avait que Jarek qui parlait. Ou plutôt qui hurlait… sur son esclave. Celui qui t'a rattrapée dans ta chute. Sans lui, on serait sûrement en train de nettoyer ta cervelle écrasée sur le carrelage.

Asha leva les yeux au ciel. Ce n'était qu'une simple chute, pas besoin d'en rajouter.

Soudain, Safire se jeta sur elle, son épée siffla à ses oreilles. Asha eut à peine le temps de lever la sienne pour encaisser le coup, qui la projeta en arrière.

– Et si je n'avais pas réussi à convaincre le médecin que tu étais juste déshydratée, il aurait insisté pour t'examiner et il aurait vu ta brûlure.

Elle désigna du menton sa main blessée.

– Tu me dois une fière chandelle.

Asha baissa son épée.

Son père n'était donc au courant de rien.

Elle essuya la sueur qui perlait à son front, soulagée.

– Merci.

– Pourquoi faire tant de cachotteries ? Personne ne pense que tu es faible, Asha. Tu es l'Iskari. Tu as tué ce dragon. Et des centaines d'autres auparavant.

Cette brûlure n'était pas un signe de faiblesse – pas au sens où Safire l'entendait, en tout cas. Mais un signe qu'elle était corrompue.

Sa cousine avait baissé son arme, elle était vulnérable, Asha saisit donc l'occasion et chargea.

Les yeux étincelants, Safire bloqua l'attaque, vive comme l'éclair.

Le claquement des lames résonna aux oreilles d'Asha. Elle tourna autour de sa cousine, cherchant à exploiter la moindre faiblesse. Mais Safire était toujours en alerte, ne lui laissant aucune opportunité, comme si elle lui claquait la porte au nez.

– Et de toute façon, reprit-elle d'une voix haletante, parant coup pour coup, à qui pourrais-je le répéter ?

– À Dax, tiens.

Son frère serait horrifié d'apprendre que sa petite sœur racontait les histoires des temps anciens à haute voix, perpétuant ce qui avait tué leur mère. Et même s'il n'était pas vraiment en bons termes avec leur père, s'il s'inquiétait pour Asha, il risquait d'avertir le roi.

Il était hors de question que Dax soit au courant. Que quiconque soit au courant.

Une brèche apparut. Asha saisit l'occasion, pointant son arme sur sa cousine.

Mais tout ce qu'elle obtint, ce fut un violent coup dans le tibia, et la brèche se referma instantanément.

– Aïe !

Asha baissa son arme.

– Juste une fois ! J'aimerais que tu me laisses gagner rien qu'une fois.

– Tu peux toujours rêver ! répliqua Safire. Moi, j'aimerais savoir pourquoi les dragons crachent du feu. Et pourquoi tu me caches tant de choses.

Elle recula, fixant sa cousine qui massait son tibia endolori.

– Et aussi pourquoi ton idiot de frère a été autorisé à ramener des Terreux des Brousses avec lui.

Elle coinça la pointe de son épée entre deux pavés et s'appuya dessus.

– En parlant de Dax, qu'as-tu pensé de son amie ? La plus discrète.

– Roa ?

Hors d'haleine, Asha regardait avec envie l'outre que Safire avait apportée. Elle se pencha pour la prendre.

– Jarek nous a interrompus avant que je puisse me faire un avis.

Alors qu'Asha haletait, dégoulinante de sueur, Safire était à nouveau fraîche comme la rosée.

– Tu as vu ce qu'elle portait ?

Asha prit une longue goulée d'eau avant de reboucher la gourde.

– Son couteau ?

Roa était la seule des Terreux à ne pas porter d'arme à la ceinture, mais Asha avait repéré la bosse que formait le poignard sanglé à sa cuisse, sous sa robe.

– Non, son pendentif.

Asha n'avait pas remarqué de pendentif.

– C'était un cercle taillé dans la pierre. De l'albâtre, je pense.

Elle fronça les sourcils.

– Et alors ?

– Ça ressemblait aux bijoux que fabrique Dax.

À part son physique, il n'y avait qu'une chose que Dax avait héritée de son père : sa passion pour la sculpture. Quand leur mère était encore en vie, le roi dragon lui taillait toutes sortes d'objets dans de l'os : des peignes, de petites boîtes serties de pierres, des bagues. Et Dax, pour susciter sa fierté, avait appris à faire de même.

– Qu'est-ce que tu insinues ?

Safire vint se planter devant Asha et lui prit l'outre des mains.

– Rien, juste que c'est intéressant. Cette fille – Roa – est de la maison des Chants. Ce n'est pas là que Dax passait ses étés ? Avant… ?

Le reste de sa phrase mourut sur ses lèvres.

Mais Asha savait ce qu'elle avait voulu dire : « Avant que ta mère ne meure et que les Terreux des Brousses ne se retournent contre nous. »

Petit, Dax était un garçon calme et curieux, mais toujours un peu lent. Il lui avait fallu du temps pour savoir parler et marcher. Et quand il avait dû apprendre à lire et écrire, il avait eu beau y mettre tout son cœur, il n'avait pas réussi. Ses précepteurs s'agaçaient, impatients. Ils avaient convaincu le roi que son fils avait un problème. Selon eux, il était attardé. Ils perdaient leur temps avec lui.

Leur mère avait donc envoyé Dax chez son amie d'enfance, Desta, qui était à la tête de la maison des Chants. Pendant des années, Dax avait passé tous ses étés en Terre des Brousses, à étudier avec les enfants de Desta, dont les maîtres étaient plus patients.

Et puis leur mère était morte. La paix entre Firgaard et la Terre des Brousses avait volé en éclats. La maison des Chants s'était retournée contre eux. D'invité d'honneur, Dax était devenu prisonnier. Asha ne connaissait pas les détails de l'histoire car son frère refusait d'en parler. Mais elle savait que c'était une blessure avec laquelle il devrait vivre à jamais.

– Je dis juste, reprit Safire en penchant la tête en arrière, que ça m'avait tout l'air…

Elle but goulûment, puis essuya l'eau qui lui coulait sur le menton.

– … d'un gage d'affection.

Ces mots eurent sur Asha l'effet d'un éboulement dans la Faille.

– Dax ? s'étrangla-t-elle. Amoureux d'une Terreuse ?

Safire écarta les mains, comme pour dire : « Je te raconte juste ce que j'ai vu. »

– Même si c'est bien lui qui a sculpté ce pendentif, tu le connais. Il flirte avec tout le monde, fit valoir Asha. Ça ne veut rien dire. Et j'ai l'impression que Roa est le style de fille – « racée, royale, fière » – qui n'apprécierait pas.

– Ce n'est pas Roa qui m'inquiète.

Asha fronça les sourcils. Elle voyait très bien où Safire voulait en venir.

C'était effectivement étrange qu'il ait ramené ces Terreux. Ce n'était pas le genre de choses qu'il avait pu mettre en place seul. Et s'il était vraiment amoureux de Roa ? Et si, le sachant, elle avait décidé de se servir de lui ? Pour approcher le roi, par exemple ?

La gorge d'Asha se serra. Car sous ses dehors bravaches et ses provocations, son frère avait un cœur d'or.

Pour quelle raison Dax s'était-il battu avec le second de Jarek, en réalité ? Pas parce qu'il était saoul. Mais parce que cet homme avait battu Safire au point qu'elle avait dû rester alitée pendant trois jours.

Le frère d'Asha était certes un idiot bêtement téméraire, mais c'était un idiot bêtement téméraire qui défendait ceux qu'il aimait coûte que coûte.

Elle dévisagea sa cousine.

– Tu vas le surveiller. Ne le quitte pas d'une semelle, assure-toi qu'il ne s'attire pas d'ennuis.

– On peut veiller sur lui toutes les deux.

Sauf qu'Asha ne pouvait pas. Elle avait un dragon à tuer.

Elle s'approcha du bord du toit pour contempler les montagnes qui se dressaient au loin, au-delà des murailles de la cité. La brume matinale était tapie dans leurs vallées vertes et leurs crevasses grises. Au-dessus, la lune décroissante s'agrippait encore à un morceau de ciel.

Plus que six jours avant qu'elle ait complètement disparu. Et ensuite, Asha appartiendrait à Jarek.

Si seulement elle avait eu un peu plus de temps…

– J'ai quelque chose d'important à faire avant.

Tournant les talons, Asha ramassa les épées. Elle sentait le regard de sa cousine dans son dos. Cette fois, elle n'osa pas énoncer tout haut les questions qui lui brûlaient les lèvres.

– Dès que ce sera fait, je te raconterai tout. Promis.

Elle savait que sa cousine ne trahirait pas son secret. Mais si le roi dragon découvrait que Safire était au courant des activités criminelles de sa fille, elle serait perdue. Asha ne pouvait la mettre dans une telle situation, car son père n'aurait aucune pitié pour elle.

Pour son bien, moins elle en savait, mieux ça valait.

Une histoire en forme d'avertissement

Il était une fois une esclave nommée Lillian. Comme toute bonne esclave, elle faisait ce qu'on lui demandait, tête baissée. Elle servait la reine dragon, patiente et attentive. Elle la lavait et l'habillait, nattait ses longs cheveux et aspergeait son cou d'eau de rose. Comme toutes les bonnes esclaves, Lillian était invisible.

Le second fils de la reine dragon se nommait Rayan. Comme la plupart des jeunes Draksors de haut rang, il ne portait que les linges les plus fins et ne buvait que les vins les meilleurs. Il pariait sur les dragons les plus féroces dans l'arène et parvenait à mater les étalons les plus rebelles. Comme tout bon prince, il attirait les regards de toutes les femmes.

Un jour, de retour d'une promenade à cheval dans le désert, en traversant l'orangeraie de sa mère, Rayan s'arrêta soudain. Quelqu'un chantait d'une voix de rossignol.

Il se cacha sous les arbustes en fleur et regarda, fasciné, une esclave esquisser des pas de danse, pieds nus, sa robe virevoltant tandis qu'elle tournoyait au rythme de sa chanson.

Chaque jour, Rayan retourna à l'orangeraie, guettant l'esclave de sa mère. Juste pour la regarder. Sans être vu.

Mais Lillian le vit. Elle se figea au beau milieu d'un pas. Sa voix se brisa au beau milieu d'une phrase. Et elle s'enfuit.

Rayan la poursuivit pour tenter de s'expliquer. Il l'avait aperçue par hasard, ce jour-là, sous les arbustes en fleur. Et s'il était revenu chaque jour depuis lors, c'était malgré lui. Il aimait seulement la regarder danser, l'écouter chanter. La contempler, c'était apaisant, comme contempler les eaux calmes d'un lac.

Lillian se retrouva dos au mur, toute tremblante, les yeux écarquillés, refusant de le regarder en face. Elle tomba à genoux, en supplication. Rayan, confus, ne cessait de lui répéter de se relever.

Et soudain, il comprit.

Elle pensait qu'il voulait la prendre contre son gré. Comme un étalon prend une jument.

Cette pensée lui porta un coup au cœur.

Et cette fois, ce fut lui qui prit la fuite.

Lorsque Lillian releva la tête, elle était seule. Elle se mit debout, prenant appui sur le sol de marbre du salon de sa maîtresse. Elle chercha partout le fils de la reine dragon, mais il avait disparu.

Le lendemain matin, au réveil, elle découvrit un bouquet de fleurs d'oranger – délicates étoiles aux pétales blancs –, avec un petit mot : « Je suis désolé. »

Lillian retourna à l'orangeraie. Elle trouva Rayan qui l'attendait. Il lui tournait le dos, le regard perdu dans les verts ramages. Elle aurait pu partir. Il ne l'aurait jamais su.

Mais elle resta.

Lillian prononça le nom du second fils de la reine dragon, et Rayan se retourna. Son visage s'illumina à sa vue. Quand il s'approcha d'elle, elle ne prit pas la fuite. Elle le laissa la regarder. Et pendant ce temps, elle toucha ses cheveux, sa joue, sa gorge.

À compter de ce jour, leurs regards se croisèrent à travers les cours du palais. Leurs mains s'effleurèrent dans les corridors sombres et étroits. Protégés de la nuit, dans des jardins secrets, des alcôves oubliées, des terrasses isolées, Lillian et Rayan se donnèrent l'un à l'autre.

Bientôt, un enfant grandit en elle. Chose interdite pour une esclave de la reine.

Trahie par une autre Skral, Lillian se présenta devant sa maîtresse pour lui demander grâce. Lorsque Rayan l'apprit, il était hors de la cité, chevauchant son étalon. Il revint à bride abattue à travers les étroites ruelles pavées. Il courut dans les couloirs du palais et fit irruption dans la salle du trône.

– Je l'aime, avoua-t-il. Je veux l'épouser.

Peut-être était-ce son jeune âge. Peut-être la folie de l'amour.

Sa mère lui rit au nez.

Rayan tenta de se défendre. Ses sentiments pour Lillian étaient sincères, ce n'était pas un simple coup de tête. Ce n'était même pas de l'amour – c'était plus. L'amour lie un homme à son épouse. Mais le jour où il avait découvert Lillian dans l'orangeraie, Rayan avait eu l'impression d'être le Premier Namsara posant les yeux sur sa hika – son âme sœur, sa compagne sacrée, conçue pour lui par l'Ancien.

Lillian était sa hika, affirma Rayan.

Sa mère le chassa hors de sa vue.

La reine dragon attendit la naissance du bébé, mais pas plus. Elle traîna son esclave au cœur de la cité et la fit brûler vive sur la place publique, sous les yeux de son fils impuissant, retenu par des soldats.

Trois jours plus tard, Rayan mit fin à ses jours. Il laissa derrière lui un bébé vagissant. Une petite fille qui portait le nom que sa mère lui avait donné : Safire.

Trois jours plus tard, la reine fut retrouvée morte dans son lit. Certains racontent qu'elle aurait succombé à la honte. D'autres au chagrin. Mais qu'importe ce qui l'avait tuée. L'important dans l'histoire, c'était que le fils d'une reine dragon avait osé aimer une esclave et que ça ne s'était pas bien fini – ni pour l'un ni pour l'autre.

Chapitre 7

Asha prit le chemin le plus rapide menant à la porte nord, à travers le quartier neuf. Elle filait à pas pressés dans les ruelles étroites. Après l'attaque de Kozu, quand le quartier avait brûlé pendant trois jours d'affilée, son père avait ordonné qu'il soit reconstruit. Il avait fallu six ans de travail et des milliers d'esclaves.

Désormais, Asha avait l'impression de traverser une mer verte. Vert, la couleur du renouveau. Les esclaves avaient peint les murs ainsi en hommage à ceux qui avaient péri dans l'incendie.

Les rues étaient à peine assez larges pour laisser passer une charrette tirée par un âne. Et même s'il ne s'agissait pas, loin de là, du plus grand marché de la ville, des étals de marchandises s'alignaient le long des murs. Des montagnes de safran, d'anis, de paprika émergeaient de gros sacs de toile. L'odeur puissante du cuir s'élevait des stands de chaussures. Des coupons de soie végétale aux couleurs vives ondoyaient dans la brise.

Tout au bout de la rue, les murs blancs du temple se dressaient vers le ciel bleu. Asha était à mi-chemin lorsqu'une femme se planta devant elle et tomba à genoux, lui bloquant le passage. Elle dégageait une odeur métallique et, à la noirceur des plis de sa peau et de ses ongles, Asha devina qu'elle travaillait dans une forge.

– I… Iskari…

Tête baissée, elle lui tendit un ballot de tissu de ses grosses mains tremblantes.

– Voici pour vous.

Autour d'elles, les esclaves qui faisaient le marché pour leur maître ralentirent. Asha sentait leurs regards curieux. La forgeronne agenouillée au beau milieu de la chaussée attirait par trop l'attention.

– Relève-toi.

La femme secoua la tête, levant les mains plus haut.

– Prends-les, je t'en prie.

Asha baissa les yeux pour examiner le ballot de tissu plein de suie, entouré d'une corde. Une forme familière. Ses cheveux se dressèrent sur sa nuque.

Elle prit le paquet, malgré son bandage. Dès qu'elle l'eut entre les mains, elle sut exactement de quoi il s'agissait.

– J'ai travaillé toute la nuit pour les finir à l'aube, expliqua la forgeronne. L'Ancien en personne m'a expliqué comment les façonner.

Asha se figea. Elle scruta les maisons environnantes. Dès qu'elle croisait un regard à une fenêtre, sous un porche ou sur une terrasse, celui-ci se rencognait dans l'ombre, derrière un rideau jaune ou un volet en bois.

Asha serra le paquet contre son cœur.

– Quelqu'un t'a entendue forger ?

La femme gardait les yeux rivés sur les pavés.

– Je travaille souvent la nuit. Le voisinage est habitué au bruit.

– Surtout, n'en parle à personne.

Sans lever les yeux, la forgeronne acquiesça. Asha la contourna et s'éloigna, tenant le paquet serré contre sa poitrine.

Les soldats de garde ne lui causèrent aucun souci, mais elle les entendit marmonner pendant qu'ils ouvraient la lourde porte de fer forgé de la ville.

« Où sont ses esclaves ? se demandaient-ils. Je croyais qu'elle venait de rentrer de la chasse. »

L'Iskari partait toujours chasser accompagnée de nombreux esclaves. Mais aujourd'hui, elle était seule et lourdement armée, avec sa hache à la ceinture. Le fait qu'elle reparte dans la Faille, vingt-quatre heures à peine après son retour, éveillait les soupçons.

Ils avaient beau se poser des questions, les soldats ne l'arrêtèrent pas. On n'arrête pas l'Iskari.

Néanmoins, elle savait que la nouvelle arriverait vite aux oreilles de Jarek.

« Soit. »

Asha se raidit à sa pensée tandis qu'elle s'engouffrait entre les arbres sur un sentier de chasse.

« Quand je reviendrai avec la tête de Kozu, je n'aurai plus à me soucier de lui. »

Elle marchait vite cependant, au cas où quelqu'un aurait eu l'idée de la suivre.

Asha se faufilait à travers les hautes herbes. Autour d'elle, les cèdres grinçaient et bruissaient. Pour invoquer un dragon – le plus dangereux de tous les dragons –, elle devait s'éloigner le plus possible de la ville. Elle devait réparer les torts qu'elle avait causés, et non répéter son erreur.

En fin d'après-midi, elle escalada les falaises délavées par le soleil de la Faille, puis se tourna vers Firgaard, s'assurant que les murs de la ville étaient loin, minuscules à l'horizon. Elle posa le ballot de la forgeronne sur la roche, dénoua la corde et écarta le tissu.

Elle découvrit deux élégantes épées, à la lame noire comme la nuit, courbe comme la lune. La poignée était taillée dans l'os, sertie de fer et d'or. Il y avait un paquet plus petit à l'intérieur. Asha le déballa : il contenait deux fourreaux passés sur une bandoulière. Elle l'enfila et y glissa les deux épées l'une après l'autre, de sorte qu'elles soient croisées dans son dos.

Maintenant, le plus difficile. Il ne lui restait plus que six jours pour débusquer Kozu et le tuer. Elle n'avait pas de temps à perdre. Le dragon avait été aperçu dans la Faille. Elle pourrait l'attirer dans les parages en racontant une histoire des temps anciens.

Mais laquelle choisir pour capter l'attention du plus vieux et du plus dangereux de tous les dragons ? Une histoire au sujet d'Elorma, le Premier Namsara ?

Asha sortit du sentier pour s'enfoncer entre les pins, tranchant les lianes qui gênaient sa progression. Tout en avançant, elle chercha une histoire dans les profondeurs de sa mémoire. Comme un seau remonté du fin fond d'un puits, mais rempli de poison et non d'eau.

Elle ouvrait la bouche pour la raconter, lorsqu'elle déboucha de la forêt sur un promontoire rocheux.

Un dragon beige roulé en boule se fondait dans le décor, réchauffant ses écailles au soleil. Dans son dos, la Faille se faisait luxuriante, envahie par la végétation poussant le long de la rivière qui serpentait dans le fond.

Lorsque le dragon tourna la tête vers elle, Asha se figea. L'odeur de fumée qu'il dégageait la prit à la gorge. Ses cornes étaient à peine sorties, il entrait donc dans l'adolescence. À en juger par sa couleur discrète, il s'agissait d'une femelle.

La dragonne fit claquer sa langue d'un air menaçant en lui faisant face. Les dragons les plus jeunes étaient souvent les plus agressifs. Avec une forte tendance à se battre plutôt qu'à prendre la fuite. Et celle-ci ne dérogeait pas à la règle.

Elle déploya ses ailes comme un volatile qui gonfle ses plumes pour paraître plus gros et plus effrayant face à l'ennemi. Le soleil filtrait à travers ses membranes translucides, révélant l'ossature puissante qui permettait à ce corps gigantesque de voler.

La dragonne siffla.

Les doigts d'Asha se refermèrent sur le manche de sa hache. En toute autre occasion, elle aurait été ravie de croiser un dragon.

Elle serra les dents.

« Plus vite je m'en débarrasse, plus vite je pourrai invoquer Kozu. »

Rabattant la visière de son casque, Asha agrippa sa hache… et finalement se ravisa.

De sa main indemne, elle remit sa hache dans sa ceinture et dégaina l'une de ses épées. Dès que sa paume entra en contact avec la poignée, elle sentit son sang bouillir.

« Ces épées ne peuvent servir qu'à redresser les torts », lui rappela une voix dans sa tête.

« Je vais redresser un tort », pensa-t-elle.

Elle brandit la lame sacrée, éblouissant l'adversaire par son reflet, puis passa à l'attaque. La dragonne l'esquiva, ses écailles crissant contre la roche. Asha eut juste le temps de se plaquer au sol pour éviter sa queue hérissée de piques. Elle retint la leçon : ne jamais perdre de vue la queue de l'adversaire.

Avant qu'elle ait pu se remettre debout, la dragonne se jeta sur elle, découvrant ses crocs venimeux, prête à mordre. Asha roula à terre, l'évitant de justesse. Puis elle fit une autre roulade pour se retrouver sous son ventre couleur coquille d'œuf.

Et elle enfonça sa lame dans la chair pâle.

Deux choses se produisirent. D'abord la dragonne poussa un cri perçant, battant des ailes frénétiquement pour tenter de s'enfuir. Puis Asha sentit une vive douleur remonter dans son bras, et ses hurlements se mêlèrent à ceux de la dragonne.

Elle lâcha son arme ; la dragonne, libérée, en profita pour se traîner jusqu'au bord de la falaise.

Asha s'assit. Son bras pendait, inerte. Sa respiration était saccadée. La douleur avait laissé place à un engourdissement plus inquiétant encore.

Elle ne sentait plus son bras ! Elle ne pouvait pas remuer les doigts ! C'était comme si elle n'avait plus de bras !

« Ces épées ne peuvent servir qu'à redresser les torts. »

À nouveau, elle essaya de bouger le bras. À nouveau, il ne répondit pas.

Elorma l'avait piégée.

Furieuse, Asha cria sa haine de l'Ancien :

– Traître !

Le mot résonna contre les parois de pierre jusqu'à ce que le vent l'emporte.

Asha se tourna vers le bord de la falaise, où la jeune dragonne gisait, immobile. Peut-être n'était-elle pas morte, mais simplement blessée.

Peut-être Asha pouvait-elle arranger les choses.

– Je t'en prie, ne meurs pas, murmura-t-elle en s'approchant.

Mais lorsqu'elle saisit l'épée avec sa main brûlée pour la retirer de la plaie, le sang forma une mare à ses pieds.

Asha tomba à genoux devant la dragonne morte qui gisait sur la pierre, les yeux clos.

Elle avait la main droite brûlée, le bras gauche paralysé. Comment allait-elle bien pouvoir tuer Kozu désormais ?

La lame noire souillée de sang était posée sur ses genoux. Asha avait envie de la jeter dans le précipice.

Si l'Ancien pensait pouvoir l'arrêter avec ce genre de ruse, alors il la sous-estimait. C'était Asha qui, à dix ans à peine, avait attiré les plus dangereux dragons et pratiquement détruit une ville. C'était Asha qui avait un tableau de chasse plus long que n'importe quel autre chasseur de dragons.

Asha était redoutable. Il ne fallait pas la chercher. Parce que, même diminuée, elle allait traquer Kozu et rapporter sa tête à son père. Elle allait mettre un terme à ces traditions d'un autre âge une bonne fois pour toutes, même si c'était la dernière chose qu'elle ferait sur cette terre.

Chapitre 8

– Tu peux te tenir tranquille ?

Asha appuya sa tête contre le mur frais de l'alcôve afin d'obéir à sa cousine. Elle avait le bras en écharpe et les genoux sous le menton. Elle était allée directement voir Safire en rentrant de la Faille et sa cousine, vêtue d'une cape flambant neuve, lui avait hurlé dessus.

Sa chambre avait beau être située dans l'aile des femmes, au sein des appartements royaux, elle était minuscule et sinistre. Les murs étaient fissurés et jaunis ; il n'y avait pas de terrasse et, malgré la fenêtre sans vitre, elle était très sombre. Avant les soulèvements, c'était ici que dormaient les esclaves de la reine dragon. Maintenant, ils passaient la nuit confinés dans leur quartier, sous bonne garde.

– J'aimerais bien savoir comment tu t'es fait ça, dit Safire en considérant le bras paralysé, sourcils froncés.

Elle avait essayé de faire un bandage plus épais autour de la main brûlée afin qu'Asha puisse s'en servir – au moins un peu.

Asha regardait sa cousine emmailloter sa main dans une bande de tissu. Elle repensa à l'époque lointaine où, cachées dans le jardin, sous les massifs de chèvrefeuille, elles regardaient sa nourrice l'appeler en vain, blotties l'une contre l'autre, tentant d'étouffer leurs gloussements. Elle repensa aux nuits où, allongées côte à côte sur le toit, elles cherchaient des noms pour toutes les étoiles.

C'était avant la mort de sa mère. La reine dragon était assez souple sur les lois concernant les personnes de sang skral.

– Voilà, déclara Safire en nouant le bandage. Comment ça va, comme ça ?

Asha avait désormais une grosse boule blanche à la place de la main, complètement engloutie par le pansement. Elle se baissa pour prendre sa hache, qui gisait à terre. Sa peau protesta légèrement quand elle la saisit, mais c'était supportable. Elle ne pourrait pas la tenir bien longtemps ni s'en servir correctement, cependant c'était mieux que rien.

Asha s'apprêtait à remercier sa cousine lorsqu'on cogna à la porte.

– Saf !

La voix paniquée de Dax leur fit relever la tête.

Safire se leva d'un bond et traversa la pièce.

Lorsqu'elle ouvrit la porte, Dax entra en titubant, l'air hagard. Ses cheveux étaient trempés de sueur, sa peau luisante. Sa tunique était maculée de sang.

Soudain, Asha sut qui il lui rappelait.

Leur mère.

Dans les jours qui avaient précédé sa mort, elle n'avait plus que la peau sur les os et ses yeux étaient enfoncés dans leurs orbites. Asha l'entendait tousser toute la nuit. Et à la fin, elle crachait du sang.

Beaucoup de sang.

Asha se leva – ce qui n'était pas chose facile avec un bras en écharpe et une main bandée.

– Qu'est-ce qui t'arrive ? s'inquiéta Safire. Tu es blessé ?

– J'ai commis une terrible erreur.

Son regard était vide. Ailleurs.

En voyant l'expression de sa sœur, il baissa les yeux vers sa tunique tachée de sang.

– Ce n'est pas le mien, dit-il.

Il remarqua alors son bras, sa main.

Avant qu'il puisse poser des questions, Safire le coupa :

– Qu'est-ce qui s'est passé ?

Il regarda Asha dans les yeux.

– J'ai besoin de ton aide.

Y avait-il un problème avec les Terreux ? Étaient-ce eux qui l'avaient blessé ?

Asha se redressa de toute sa taille, prête à faire la peau à quiconque avait fait du mal à son frère.

– C'est Torwin.

Ce nom ne lui disait rien.

– Qui ?

– L'esclave de Jarek, expliqua Safire.

Asha se souvenait de lui. Son regard perçant. Ses joues étoilées de taches de rousseur. Ses longs doigts pinçant les cordes du luth.

« Torwin. »

– Je pensais pouvoir empêcher…

Dax se prit la nuque, au désespoir.

– Tu connais Jarek. Dès que tu lui montres que tu tiens à quelque chose…

– Il en profite, termina Asha.

Les bras de son frère retombèrent, ballants. Il s'approcha d'elle.

– Il faut que tu l'aides.

Asha secoua la tête, incrédule.

– Tu es l'héritier du trône, Dax. Tu n'es pas censé faire quoi que ce soit pour lui. C'est un esclave.

Safire la dévisagea.

– Quoi ?

Elle soutint le regard de sa cousine.

Ici, avec Dax, il n'y avait pas de danger.

– Tu n'es pas une esclave, Saf.

Si Dax avait une faiblesse, c'était bien cela. Pire que les bagarres à répétition, ses flirts incessants ou son addiction au jeu. Dax ne pensait pas en roi. Il pensait en… héros. Il était trop gentil. Trop bon. Trop sensible. C'était ce qui le perdrait.

– Asha.

Il fit un pas vers elle.

– Je t'en supplie.

« Les rois ne supplient pas. »

– Si c'est moi qui supplie Jarek de l'épargner, il le tuera, c'est sûr. Alors que si c'est toi…

– Tu es en train de me demander d'éviter à un Skral rebelle un châtiment qu'il a mérité.

Asha dévisagea son frère. Il avait passé le mois dernier en Terre des Brousses, à partager ses repas avec de dangereux fanatiques qui refusaient d'avoir des esclaves.

Et si au lieu que Dax arrive à les convaincre de changer d'optique, c'étaient eux qui l'avaient converti à leur vision des choses ?

– Ce n'est pas…

Dax secoua la tête. Il serra les poings, puis les ouvrit à nouveau. Comme s'il avait envie de la prendre par les épaules pour la secouer.

– Il a été puni à cause de toi, Asha. Parce qu'il t'a touchée devant Jarek. Devant tout le monde.

Dax inspira profondément et ses narines se gonflèrent élégamment.

– Mais s'il ne t'avait pas rattrapée, tu te serais fait mal.

– Il a fait plus que me rattraper, gronda-t-elle en repensant au regard d'acier qu'il avait planté dans le sien.

« Une danse, avait-il réclamé. À l'endroit et à l'heure de mon choix. »

– Il descendra dans l'arène demain matin et il n'en ressortira pas, plaida son frère.

Comme si le fait qu'un esclave meure dans l'arène était censé l'émouvoir. Des esclaves y mouraient tous les jours.

Asha secoua la tête, incrédule.

– Oui, parce que c'est là que finissent les esclaves rebelles.

Pourtant, en prononçant ces mots, elle repensa au cœur qu'elle avait senti battre contre sa joue. À ces bras forts qui l'avaient soutenue.

Cela faisait huit ans qu'elle n'avait pas entendu battre le cœur de quelqu'un. Huit ans que personne ne l'avait tenue dans ses bras avec une telle délicatesse.

– Ça ne te coûte rien, Asha.

Elle détestait la façon dont Dax la regardait. Cette déception profonde. Comme s'il venait de se rendre compte que sa sœur était une personne méprisable.

Cela lui rappela l'histoire d'un frère et d'une sœur : l'un issu du ciel et de l'esprit, l'autre du sang et de la lune.

« Là où Namsara semait le rire et l'amour, pensa Asha, Iskari semait la mort et la destruction. »

Safire vint se planter au côté de Dax.

– Je suis d'accord avec lui.

– Jarek est commandant, leur rappela Asha. Il doit appliquer la loi, et cet esclave lui appartient.

Elle revit alors les mains du Skral qui pansait avec précaution sa brûlure.

Elle s'empressa de chasser ce souvenir.

– Je ne peux rien faire.

– Sornettes ! s'écria Dax. Tu peux au moins essayer.

Elle lui lança un regard noir.

– Je t'en prie, Asha. Comment faut-il que je te supplie ?

La dernière fois qu'elle avait entendu son frère supplier, c'était quand, enfant, elle avait volé l'épée favorite de Jarek afin de la jeter dans les égouts. Pour éviter que Jarek la punisse, Dax s'était accusé à sa place. Jarek l'avait forcé à demander grâce. Les larmes aux yeux, elle l'avait vu plaqué au sol, sans avoir le courage de se dénoncer.

Dax dut sentir qu'il avait touché un point sensible parce qu'il poursuivit :

– Tu es son point faible, Asha. Sers-t'en. Use de ton charme. De ton pouvoir de séduction. Fais... ce que font toutes les filles pour obtenir ce qu'elles veulent.

À ces mots, Safire recula, horrifiée.

Asha pinça les lèvres. L'idée même de charmer Jarek lui retournait l'estomac.

– Ou pas, soupira Dax en voyant leur expression.

– Je n'ai pas le temps, décréta Asha en pensant à la lune de sang qui décroissait un peu plus chaque jour.

Elle avait un dragon à traquer, et il lui restait seulement six jours pour le tuer. Elle devait retourner dans la Faille.

Contournant son frère, elle se dirigea vers la porte.

– Attends...

Elle n'attendit pas.

– Et si... je te donnais ça.

Asha s'arrêta sur le seuil de la chambre. Le bois vermoulu. La poignée de cuivre ternie par le temps. Quiconque voulait du mal à Safire n'aurait aucune difficulté à forcer sa porte. Il fallait la changer.

– Ça appartenait à notre mère.

Elle se tourna tandis que Dax ôtait un objet de ses doigts trop maigres. Un anneau en os reposait dans sa paume. Mais ce n'est pas ce qui attira son attention, c'est les callosités au bout des doigts de son frère. Comme sur ceux de l'esclave de Jarek.

– Père l'avait sculpté pour elle.

La jalousie planta ses griffes dans le cœur d'Asha. Les affaires de leur mère avaient été brûlées à sa mort. Comment se faisait-il que ce bijou y ait échappé ? Et pourquoi était-ce Dax qui l'avait conservé ?

– Père me l'a donné juste avant mon départ pour la Terre des Brousses.

Son frère fit un pas vers elle.

– Si tu sors Torwin de ce mauvais pas, je te le donnerai.

Asha revit sa mère sur son lit de mort. Empoisonnée par les histoires des temps anciens.

Elle ne possédait rien qui avait appartenu à sa mère. Pourquoi leur père avait-il donné cet anneau à Dax ?

« Parce que je ne le mérite pas. Parce que, si je n'avais pas été là, elle n'aurait jamais raconté ces histoires à haute voix. Parce que, sans moi, elle serait toujours en vie. »

Asha ne méritait peut-être pas l'anneau de sa mère, mais elle avait envie de l'avoir.

Et même si elle ne l'aurait jamais reconnu, même si cela lui échappait complètement, elle voulait autre chose. Elle voulait qu'un certain cœur continue à battre.

– D'accord.

Dax lui adressa son sourire éblouissant. Ça ne la réconforta pas. Au contraire, elle remarqua davantage à quel point ses joues étaient creuses, à quel point il avait maigri.

« Que s'est-il passé là-bas ? » se demanda-t-elle.

Elle chassa la question de son esprit et se dirigea vers la porte.

Safire voulut la suivre mais Asha lui lança un regard menaçant. Il n'était pas question qu'elle emmène sa cousine avec elle pour négocier la vie d'un esclave rebelle. Si Asha devait marchander avec la loi, cela se ferait loin de Safire. Inutile de rappeler à Jarek par quel moyen il pouvait l'atteindre et se venger de l'avoir contrarié.

Juste avant de s'enfoncer dans le couloir sombre, où les torches jetaient des ombres dansantes sur les murs, Asha entendit Dax demander :

– Qu'est-ce qu'elle a au bras ?

– Elle n'a pas voulu me le dire, répondit Safire.

Asha referma soigneusement la porte derrière elle.

Chapitre 9

Les appartements de Jarek s'ouvrirent dès le premier coup frappé à la porte. Une esclave aux cheveux gris, voûtée par l'âge, se tenait dans l'encadrement de la porte, ses joues ridées striées de larmes.

Sa présence surprit Asha. Selon la loi, tous les esclaves devaient regagner leur quartier au coucher du soleil.

– Je viens voir le commandant, annonça-t-elle en poussant la porte pour pénétrer dans le vestibule turquoise qui sentait l'eau de rose.

Ses pieds s'enfoncèrent dans un tapis moelleux.

Un cri de colère résonna à travers les corridors, suivi par un bruit reconnaissable entre tous : le claquement mat de la shaxa, un nœud en corde hérissé d'éclats d'os. Asha l'entendit siffler dans les airs et déchiqueter, coup après coup, le dos de quelqu'un.

La vieille esclave se mordit les lèvres. Dans le long couloir, Asha passa devant de multiples portes ouvragées, en bois de cèdre incrusté d'ivoire et de cuivre. Enfin, elle arriva dans la petite cour, au centre des appartements du commandant. Le parfum capiteux des ipomées – les fleurs de lune – l'enveloppa.

C'est alors qu'elle vit l'esclave.

Il s'était écroulé au centre de la cour. Il était dans l'ombre, mais elle vit que ses mains étaient attachées à la fontaine. Du sang coulait dans son dos, teintant de rose l'eau du bassin.

Jarek apparut alors, lui cachant la scène. Il avait ôté sa tunique. Son dos ruisselait de sueur et ses muscles roulaient tandis qu'il faisait les cent pas autour de sa « propriété ».

– Alors, Skral ? fit-il d'une voix épaissie par l'alcool. Ça en valait la peine ?

Asha se plaqua contre le mur, le cœur battant.

Certes, elle était l'Iskari. Certes, elle tuait des dragons et rapportait leurs têtes en trophées. Mais Jarek avait l'armée de son père à sa botte. Tous les soldats lui étaient fidèles, jusqu'au dernier. Et pour une raison qui lui échappait, il n'avait jamais eu peur d'elle.

Elle aurait pu tourner les talons et filer. Rien ne l'obligeait à intervenir. Cet esclave n'aurait jamais dû la toucher, c'était sa faute après tout.

– Je vous en prie, Iskari.

Ces mots coupèrent court à ses pensées, tel un coup de hache. Asha rouvrit les yeux et se retrouva face au visage implorant de la vieille esclave. Elle se tordait les mains – de vieilles mains ridées à la peau tachetée. Ses cheveux gris étaient rassemblés en une tresse épaisse.

– Je vous en prie, aidez-le.

Un craquement sourd retentit, suivi par un grognement furieux. Asha risqua un œil. L'une des méridiennes de Jarek était cassée, le pied brisé, au milieu des ipomées violettes dont les pétales s'épanouissaient au clair de lune.

« Use de ton charme, lui avait conseillé Dax. De ton pouvoir de séduction. »

Mais Asha ne savait pas comment s'y prendre. C'était une chasseuse. Elle était experte dans l'art de tuer des proies. Pas de séduire.

Elle repensa à la manière dont l'esclave l'avait touchée dans l'infirmerie. À la manière dont il l'avait prise dans ses bras dans la cour du palais, la serrant délicatement contre lui. Comme s'il n'éprouvait pas la moindre peur.

Elle en eut honte. Si lui n'avait pas peur – d'Asha, de la loi, de son propre maître qui risquait de le battre à mort –, alors comment se faisait-il qu'elle ait peur ? Elle, l'Iskari.

Jarek cracha. Il lui tournait toujours le dos. Il reprit la shaxa en main, prêt à distribuer une nouvelle volée de coups. Plus Asha attendait pour intervenir, plus la vie de l'esclave s'échappait, peu à peu.

La shaxa siffla dans les airs et mordit la chair. Le bruit monstrueux résonna dans la cour, jusque dans le cœur d'Asha. Elle ferma les yeux. Elle tira une de ses épées de sa main bandée, serrant les dents pour contrôler la douleur.

Alors que Jarek s'apprêtait à donner le coup suivant, Asha s'avança et stoppa le fouet de la pointe de son arme. Quand Jarek voulut frapper à nouveau, la shaxa s'entrava. Asha tint bon malgré la douleur.

Jarek tituba. Il se retourna, plissant les yeux, la vue brouillée par les vapeurs d'alcool. Son visage était déformé par la haine, luisant de sueur.

– Il y a quelqu'un ?

Le bassin était rouge de sang. Le glouglou joyeux de la cascade semblait complètement déplacé en ces circonstances.

– Ça suffit, décréta-t-elle avec plus d'assurance qu'elle n'en avait réellement. Je vais le libérer.

Le visage de Jarek s'assombrit.

– Je suis dans mon droit, affirma-t-il en tirant sur la shaxa pour la ramener à lui.

Mais elle résista.

– Tu vas le tuer.

Décelant le tremblement de sa voix, un tremblement qu'elle ne parvenait pas à contrôler, Jarek retrouva son assurance et répliqua avec un calme glaçant :

– Depuis quand t'intéresses-tu à la santé de mes esclaves, Asha ? Tu crois que j'ai oublié tes tares familiales ?

Il lui fallut un instant pour comprendre à quoi il faisait allusion. « Rayan. » Son oncle. Le Draksor qui était tombé amoureux d'une Skral.

– C'est donc ce qui m'attend quand nous serons mariés ?

Comme il titubait légèrement, il se rattrapa au tronc d'un citronnier.

– Ma femme qui fricote avec mes esclaves sous mon toit ?

Elle s'efforça de répondre d'une voix posée :

– Tu as une réflexion encore plus idiote à faire ?

Il baissa les yeux vers l'esclave à demi mort.

– C'est répugnant, décréta-t-il.

Il lâcha la shaxa, sortit un poignard à double lame et se dirigea vers la fontaine.

– Je ne le tolérerai pas.

La panique la submergea. Asha laissa tomber l'épée qui retenait le fouet. Elle tira la seconde, malgré la douleur qui lui vrillait la paume, et fonça vers la fontaine. Sobre et vive, elle arriva avant lui.

Elle se retourna face à Jarek et, brandissant son arme, elle s'interposa entre son esclave et lui.

Il avait beau être saoul, il était bien plus grand et plus fort qu'elle. Et elle n'avait qu'un bras valide.

Si bien que, quand il se jeta sur elle avec ses mains comme seule arme, Asha fit la seule chose qui lui traversa l'esprit : comme il s'abattait sur elle, elle lui assena un grand coup du pommeau de son épée dans la tempe.

Jarek, assommé, s'affala sur elle. Il était lourd, tout en muscles, et la plaquait au sol comme un rocher.

Asha se retrouva coincée sous lui, une joue contre la pierre, l'autre contre son torse trempé de sueur. Elle essaya de respirer en vain.

« Il m'étouffe... »

Elle se débattit, s'efforçant de le repousser. Son épée gisait à quelques pas de là, mais hors de sa portée.

Elle avait les poumons en feu. La vue trouble. Dans un effort désespéré pour obtenir une bouffée d'air, elle rassembla ses forces et poussa un grand coup avec ses jambes et son bassin. Avant que le monde ne sombre dans l'obscurité, deux mains se tendirent vers elle. Des mains noueuses, tachetées par l'âge. Elles essayèrent de la tirer et, comme ça ne fonctionnait pas, elles firent rouler Jarek sur le côté avec une force surprenante, libérant Asha. L'air emplit instantanément ses poumons. Elle inspira à grosses goulées, comme de l'eau.

Le commandant gisait par terre, en vrac. Sur sa tempe, ses cheveux étaient collés par le sang, mais son cœur battait toujours. Elle sentait son pouls à la base de son cou. Ignorant si sa blessure était grave et combien de temps il allait rester évanoui, elle se leva, reprit ses épées qu'elle rengaina. Elle ramassa le poignard de Jarek par terre et courut porter secours à l'esclave.

Pataugeant dans l'eau sanglante, Asha coupa la corde qui lui liait les mains. Lorsqu'elle céda, l'esclave s'affala dans l'eau.

Asha jeta le poignard qui tomba au fond du bassin. Elle se pencha pour essayer de le saisir par les bras afin de le hisser sur son épaule, mais d'une seule main, c'était trop difficile.

– J'ai besoin de ton aide.

Il tourna les yeux vers elle, mais ne répondit pas. Ses paupières se fermèrent lentement. Comme s'il sombrait dans l'inconscience.

– Non ! Reste avec moi.

Ses yeux se rouvrirent sans parvenir à se fixer.

– Iskari ? fit-il, entrouvrant ses lèvres sèches et craquelées. C'est un rêve ?

– Passe ton bras autour de mes épaules.

Il obéit.

– Maintenant, cramponne-toi et mets-toi debout.

Elle n'attendit pas sa réponse et passa son bras valide autour de lui pour l'aider à se relever. Il vacilla tandis qu'ils traversaient le bassin ensanglanté. Et quand Asha voulut lui faire enjamber le rebord et qu'il faillit tomber, elle le rattrapa par la taille, de sa main brûlée, étouffant un cri de douleur.

– Écoute-moi bien, dit-elle entre ses dents serrées, si tu veux sortir d'ici vivant, il faut que tu marches.

Il hocha la tête. Il inspira par la bouche, rassemblant ses forces. Il s'appuya lourdement sur elle, se raidissant de douleur à chaque pas, le souffle court.

Il fallait sortir d'ici avant que Jarek reprenne conscience. De plus, l'aube approchait. Une fois le jour levé, Asha ne pourrait plus traverser la ville en servant de béquille à l'esclave de son fiancé à demi mort. Les gens pourraient les voir. Et les gens parleraient.

Il fallait avancer plus vite.

La vieille esclave reparut avec l'une des capes de Jarek. Rouge. Elle la jeta sur les épaules du jeune Skral et lui attacha la capuche sous le menton.

– Où l'emmenez-vous, Iskari ?

Asha ne savait pas. Elle ne pouvait pas le cacher au palais. Elle ne pouvait pas non plus l'emmener au quartier des esclaves qui, à cette heure-ci, était fermé à clé et grouillait de soldats.

Tandis qu'ils regagnaient la porte à pas lents, elle s'efforça de trouver un endroit sûr. Où personne ne songerait à le chercher.

Elle pensa à ses secrets. Aux endroits où elle les avait cachés.

La Faille, c'était un peu trop loin. Et Asha ne tenait pas vraiment à ajouter « a libéré un esclave » à la liste de ses crimes.

– Au temple, murmura le Skral.

Asha le dévisagea.

Le temple était opposé au roi dragon depuis plusieurs années, mais elle doutait néanmoins que les gardiennes acceptent de cacher un esclave en fuite.

– Iskari, murmura-t-il d'une voix entrecoupée, faites-moi confiance.

Elle n'avait aucune raison de lui faire confiance – mis à part qu'il tenait sûrement plus à sa vie qu'elle. Elle suivit donc son conseil.

Elle le traîna à travers les rues silencieuses. Les relents salés de sa sueur se mêlaient à l'odeur âcre de son sang. Plus vite il serait en sécurité, plus vite elle pourrait annoncer à son frère qu'elle avait rempli sa mission, récupérer l'anneau de leur mère et retourner chasser Kozu.

Elle se concentra sur cet objectif tout en soutenant l'esclave jusqu'au temple dont les murs blanc perle luisaient dans la pénombre.

Le temple avait été à une époque le plus haut bâtiment de la ville, rivalisant avec les montagnes auxquelles il faisait face. Mais le palais l'avait depuis longtemps surpassé. Ce qui était autrefois le cœur du pouvoir de Firgaard n'était plus aujourd'hui qu'une coquille vide. Une relique obsolète.

Sur le chemin, il se mit à pleuvoir. Si Asha avait cru en la prière, elle aurait pu en envoyer une au ciel. Car la pluie lava le sol de leurs traces sanguinolentes.

C'est alors qu'elle ressentit un picotement dans son bras paralysé. Comme si on y plantait des centaines d'aiguilles. Le temps d'arriver au temple, elle avait l'impression de pouvoir remuer légèrement les doigts.

Elle repensa aux lames croisées dans son dos.

« Ces épées ne peuvent servir qu'à redresser les torts. »

Asha baissa les yeux vers l'esclave qui s'agrippait à elle. Sous le capuchon, elle voyait ses dents serrées, son front plissé par l'effort, son regard embué par la douleur.

Pourtant, il s'efforçait de rester debout, de continuer à avancer. Elle se dit alors qu'elle l'avait mal jugé. Oui, il avait enfreint la loi. Oui, il avait touché la fille du roi dragon. Mais simplement pour l'empêcher de se faire mal. S'il n'était pas intervenu, n'aurait-il pas été puni aussi sévèrement ? Ne valait-il pas mieux qu'il l'ait rattrapée ?

– Ne t'inquiète pas, lui dit-elle en resserrant son étreinte. Je ne te laisserai pas tomber.

Il tourna les yeux vers elle et se détendit un peu.

Il n'y avait pas de gardes à l'entrée du temple, avec ses murs blancs écaillés et ses bas-reliefs qui s'effritaient. Aux alentours, les rues étaient désertes et silencieuses.

Asha aida l'esclave à monter le perron menant à la porte principale. Le bois de cèdre portait le symbole de l'Ancien : un dragon de métal avec un cœur enflammé en verre rouge.

Avec un bras en écharpe et une main bandée, elle ne pouvait pas frapper. Elle cria à la place. Comme personne ne répondait, elle cria plus fort. Elle y mit toute l'énergie qui lui restait, après avoir porté un si lourd fardeau.

Enfin, la porte s'ouvrit et une silhouette encapuchonnée portant une chandelle passa la tête dans l'entrebâillement. La femme était vêtue d'une robe écarlate. À la lueur de la bougie, Asha ne distinguait pas ses traits, mais d'après la couleur de sa tenue, il s'agissait d'une des gardiennes du temple, ces femmes chargées des rituels sacrés – mariages, crémations et naissances.

Quand elle comprit qui se tenait sur son seuil, elle recula vivement.

– Iskari...

– Ce temple était un lieu d'asile autrefois, répondit Asha en se raidissant. Je vous en prie. Il vous demande l'asile.

La femme regarda tour à tour Asha et l'esclave, hésitante. Juste avant qu'elle ne s'écroule, la gardienne se décida, passa la tête sous l'autre bras du Skral pour prendre son poids sur ses épaules et les aida à entrer.

La lourde porte se referma derrière eux avec un bruit sourd.

À l'intérieur, cela sentait le vieux plâtre. Les chandelles qui brûlaient dans les alcôves murales jetaient de longues ombres. Leurs pas résonnaient sur la pierre tandis qu'ils s'enfonçaient dans le temple.

– Par ici, dit la gardienne.

Elle les conduisit à travers un dédale de couloirs et de portes, jusqu'à un escalier étroit.

En haut des marches, une petite porte en bois toute simple était gravée d'une fleur à sept pétales. La namsara. Symbole qui autrefois identifiait les lieux de soins. Les infirmeries, en particulier.

La gardienne ouvrit la porte. La pièce était plongée dans l'obscurité, mais elle s'y mouvait avec aisance, précédée par la lueur vacillante de sa chandelle. Elle aida l'esclave à s'asseoir sur une couche moelleuse.

– Que lui est-il arrivé ? demanda-t-elle en posant son chandelier de cuivre à côté du lit.

Elle dénoua les cordons de sa cape. L'esclave ne put retenir un cri tandis qu'elle écartait le lainage de son dos lacéré.

– Le commandant, dit simplement Asha en se laissant tomber à terre.

La femme examina ses blessures. Le visage ruisselant de sueur, il s'agrippait aux montants du lit, tremblant de douleur. Ses bras et son torse étaient nus, barbouillés de sang.

– Je m'appelle Maya, dit la gardienne en repoussant sa capuche, découvrant des pommettes hautes et de grands yeux vifs. Je vais faire bouillir de l'eau et rapporter une pommade désinfectante. Je reviens.

Une fois qu'elle fut partie, l'esclave garda les yeux rivés sur Asha. Il la fixait, sans ciller. Comme si seule la présence de l'Iskari l'empêchait de perdre conscience.

À quoi bon, maintenant, lui intimer de détourner les yeux ?

– Pourquoi ?

La question, rauque, s'échappa de ses lèvres craquelées.

Elle fronça les sourcils.

– Comment ça ?

– Pourquoi avez-vous fait ça ?

Asha pensa à l'anneau de sa mère que Dax lui avait promis.

– Mon frère me l'a demandé.

Il secoua la tête.

– Vous ne faites jamais ce que votre frère vous dit.

Asha en resta bouche bée.

« Comment peut-il le savoir ? »

Il se pencha vers elle. Vu comme il clignait des yeux, plissait les paupières, elle supposa qu'il voyait trouble.

– Quelle est la véritable raison ?

Elle le toisa.

– Je viens de te la donner.

Il baissa la tête.

Asha suivit son regard. Son bras en écharpe. Elle tenta de remuer les doigts. À sa grande surprise, ils obéirent – vaguement. Sous le regard de l'esclave, elle défit le foulard. Son bras tomba sur ses genoux, inerte. Mais avec beaucoup de volonté, elle arrivait à bouger tout doucement sa main.

La porte s'ouvrit en grinçant. L'esclave se redressa et détourna vite les yeux de l'Iskari, agenouillée à son chevet. Il se concentra sur Maya, à la place. Elle avait un bol d'eau chaude à la main, un linge propre sur le bras.

Asha devait partir. Rentrer au palais.

Elle n'avait rien à faire ici.

Mais son corps était lourd comme la pierre et elle n'avait même pas le courage de se relever.

Alors, pendant que la gardienne nettoyait et pansait les blessures du Skral, Asha se blottit par terre, au pied du lit, son bras engourdi replié contre sa poitrine. Juste pour se reposer un peu.

Elle ne pensait pas s'endormir si vite.

Chapitre 10

– Iskari, il est bientôt midi.

Asha ouvrit les yeux et vit Maya penchée sur elle. Elle avait repoussé sa capuche et, dans cette petite pièce sans fenêtre, la lumière d'une lanterne éclairait ses traits doux.

Le corps d'Asha protesta. Elle était épuisée et courbatue. Il lui fallut un effort monumental pour s'asseoir. Elle prit d'abord appui sur sa main brûlée et la douleur intense qui se propagea dans son bras acheva de la réveiller. Sans réfléchir, elle recommença avec son bras paralysé.

Et réussit.

Elle se figea. Maintenant assise, elle leva sa main à hauteur de ses yeux pour l'examiner et plia ses doigts un à un. Son bras n'était plus engourdi. Plus inerte.

Elle n'avait pas vraiment le temps de s'extasier, cependant. Car elle avait un souci à régler : ses vêtements étaient maculés de sang séché. Elle ne pouvait pas quitter le temple dans cette tenue. Pas en plein jour.

– Nous avons une source pour nous laver, expliqua Maya.

Elle avait un ballot de tissu bleu sous le bras.

– Et voici un caftan pour vous changer.

– Pourquoi m'aidez-vous ? demanda Asha en se mettant debout. Je me suis introduite dans les appartements de mon fiancé et, sous la menace d'une arme, je lui ai volé quelque chose qui lui appartenait. Cela fait de moi une criminelle.

Maya eut un petit sourire.

– Comme vous l'avez dit, cet endroit est un lieu d'asile.

Asha se tourna vers l'esclave allongé sur sa couche, profondément endormi. Son torse était enveloppé de bandages qui se teintaient déjà de sang. Derrière lui se dressaient des étagères chargées de parchemins dont les poignées de bois sculptées dépassaient.

La veille, Maya avait tourné la clé dans la serrure pour ouvrir cette petite pièce au fin fond du temple. Que contenaient ces écrits pour qu'il faille les mettre ainsi à l'abri ?

– Dépêchez-vous de vous laver et de filer. La ville entière est rassemblée dans l'arène.

– Il y a un combat prévu ?

Maya acquiesça.

Son frère y serait. Asha devait l'informer qu'elle avait accompli sa mission. Ensuite, elle pourrait enfin repartir sur les traces de Kozu.

Elle prit le caftan.

– Montrez-moi où se trouve la source.

L'arène se trouvait à l'autre bout de la ville, près de la porte sud. Bâtis sous le règne de la grand-mère d'Asha, ses murs étaient hérissés de piques pareilles à des dents, si bien que l'entrée ressemblait à une gueule béante. Comme d'habitude, juste devant, des Draksors protestaient contre les combats. Quelques mois plus tôt, la manifestation avait tourné à l'émeute. Les soldats n'avaient pas réussi à la contenir et le combat avait dû être annulé.

Aujourd'hui, les manifestants se contentaient de leur jeter des pierres en hurlant. Le temps qu'Asha arrive à l'entrée, la moitié étaient menottés. L'un d'eux lui lança un regard noir tandis qu'un soldat l'emmenait.

Les Draksors de cette espèce, qui estimaient que les Skrals devaient être libres, auraient été furieux s'ils avaient su qu'Asha allait chasser Kozu pour son père. Ils pensaient qu'il fallait revenir aux traditions des temps anciens au lieu de les piétiner. Ils ne valaient pas mieux que les Terreux.

Car tout le monde savait ce qui se passerait si on libérait les Skrals : ils se retourneraient contre leurs anciens maîtres et achèveraient ce qu'ils avaient commencé sous le règne de sa grand-mère. Ils voulaient prendre Firgaard.

Ces Draksors étaient vraiment stupides d'imaginer qu'il pourrait en être autrement.

Au milieu de l'arène, Asha détonnait autant qu'une Terreuse, ainsi vêtue d'un caftan bleu sans broderies ni perles, et complètement démodé. Pire encore, elle ne portait ni armure ni armes. Elle avait laissé ses deux épées au temple. Elle retournerait les chercher après.

Elle s'enfonça dans la foule qui applaudissait à tout rompre. Quelle odeur... Trop d'hommes entassés dans un espace réduit. Les gradins étaient remplis de Draksors venus assister au combat.

Mais la nouvelle de l'arrivée de l'Iskari se propagea plus vite que le vent, et bientôt les acclamations furent remplacées par des murmures inquiets, les applaudissements par des poings serrés. Tous les regards se tournèrent vers elle et la foule s'écarta bien vite sur son passage. Personne ne voulait risquer de frôler la fille qui avait attiré sur eux le feu de dragon et causé la mort de leurs proches.

– Hé, fit une voix dans son dos.

Asha se retourna. Sa cousine Safire garda docilement les yeux baissés vers le sol jonché de coques de pistaches et de noyaux d'olives. La capuche de son nouveau manteau cachait son visage, ainsi elle se fondait mieux dans la foule.

– Où étais-tu passée ? On s'est inquiétés.

– Ça va, répondit Asha en passant devant les cachots où les esclaves criminels attendaient d'être envoyés dans la fosse.

Elle se demandait ce qu'ils avaient bien pu faire pour mériter ça.

– Où est Dax ?

Safire désigna du menton le dais de velours bordeaux qui surplombait l'arène. La fosse était entourée de gradins, comme des cercles concentriques se forment à la surface de l'eau quand on y jette un caillou. La tente du roi dragon s'élevait au-dessus de ces vaguelettes. C'était de là qu'on avait la meilleure vue sur les combats.

Elles y grimpèrent, lentement. Quand elles furent entourées de Draksors vociférant de tous côtés, Safire se serra contre sa cousine et lui glissa à l'oreille :

– Le bruit court que...

Elle jeta un bref regard aux alentours, pour vérifier que personne n'écoutait.

– On raconte que quelqu'un se serait introduit chez Jarek, l'aurait attaqué et serait reparti avec un de ses esclaves.

Un frisson parcourut Asha.

Elle pensa à son frère plaqué contre l'une des riches tapisseries murales des salons du palais. Les grosses mains de Jarek sur sa gorge. Les jambes de Dax qui s'agitaient en tous sens alors qu'il étouffait.

Jarek n'aimait pas qu'on lui prenne ses affaires.

Asha fixa la tente tout là-haut. Ses voilages rouges gonflés par le vent. Il fallait juste qu'elle prévienne Dax, puis elle filerait.

Les spectateurs s'écartèrent à mesure que les deux cousines approchaient de la tente rouge. Asha pénétra à l'intérieur tandis que Safire restait dehors.

Son père était assis sur un trône doré. Il adressa un signe de tête à sa fille en la voyant entrer, mais elle lut une question dans ses yeux : « Pourquoi n'es-tu pas à la chasse ? »

« J'y retourne », avait-elle envie de lui répondre, mais à la place, elle se tourna vers Dax, assis à côté de sa Terreuse, à l'avant de la loge. Roa avait un foulard bleu lâchement drapé autour de la tête et des épaules. Dans le désert, ce genre d'écharpe protégeait du sable et du vent, de la chaleur et du froid.

Asha observa son frère. Sa façon de se pencher vers la fille, agrippant le dossier du banc derrière elle. Il lui jetait de fréquents coups d'œil, tapotant nerveusement du pied, sourcils froncés.

En général, avec les filles, Dax était très sûr de lui, séducteur. Il savait quoi dire pour les charmer et hanter leurs rêves la nuit.

Mais là… c'était différent.

Roa paraissait tendue. Elle avait le dos raide, les mains crispées sur les genoux – elle n'avait franchement pas l'air de passer un bon moment. Elle ne semblait même pas remarquer la présence de Dax. Les yeux rivés droit devant elle, vers la fosse, avec son faucon blanc perché sur son épaulette de cuir. Comme si elle pensait à mille choses plutôt qu'au garçon qui se trouvait à ses côtés.

« Elle a peut-être en tête de massacrer tous les habitants de Firgaard dans leur sommeil », pensa Asha.

C'était dangereux de l'avoir amenée ici. Si près du roi.

Soudain, quelqu'un se planta devant elle, lui cachant son frère.

Elle leva les yeux et se retrouva face à son fiancé.

Cheveux luisants. Mâchoire dure et sévère. Joues fraîchement rasées. Le seul détail qui détonnait était son gros bleu sur la tempe.

– Asha.

Sa manière de prendre ses mains dans les siennes, comme une menace, lui apprit que malgré son état d'ébriété avancé de la veille, il se rappelait tout ce qui s'était passé. Son sabre était dans son fourreau, passé à sa ceinture.

– Où étais-tu ?

La sueur perlait au front d'Asha.

– Je dormais, répondit-elle sur le même ton que lui. J'ai eu une nuit difficile.

Il se pencha vers elle. Son corps se raidit comme face à un dragon prêt à charger.

– Rends-le-moi…

Ses lèvres effleurèrent sa joue indemne.

– … et on fera comme si de rien n'était.

Asha essaya de libérer ses mains de son emprise, mais il la resserra. Il parlait si bas qu'autour d'eux les gens devaient s'imaginer qu'il lui chuchotait des mots d'amour.

– Sinon, quand je le retrouverai… et je le retrouverai, crois-moi, je te forcerai à regarder jusqu'au bout.

Comment pouvait-il donc s'imaginer qu'elle nourrissait pour cet esclave les mêmes sentiments que Rayan pour Lillian ? Elle n'en revenait pas.

– Vas-y, le défia-t-elle.

Comme le roi dragon regardait dans leur direction, Jarek la lâcha.

Voyant l'inquiétude briller dans les yeux de son père, elle secoua la tête pour le rassurer. Elle contourna Jarek pour aller s'asseoir à côté de Dax et essuya ses mains moites sur le tissu râpeux du caftan de Maya.

Jarek n'avait rien à gagner à ébruiter cette histoire. Jarek voulait Asha. Il désirait la posséder comme il désirait posséder le plus mortel des sabres ou le plus rebelle des étalons. Il voulait la posséder et la soumettre. Et si les rumeurs disaient vrai, s'il avait réellement l'intention de s'emparer du trône, leur mariage lui faciliterait grandement les choses. Il n'allait pas saboter ses plans en exposant son crime au grand jour. Pas alors qu'il avait d'autres moyens à sa disposition pour la punir.

Jarek la suivit et s'assit sur le banc à côté d'elle, serrant sa cuisse contre la sienne.

En voyant cela, Dax se raidit et la regarda.

Avant qu'elle ait pu lui parler, Jarek se pencha et la coupa :

– Mes soldats m'ont rapporté que tu étais allée chasser, hier.

Asha se redressa, sur le qui-vive.

– Ils m'ont dit que tu étais partie toute seule.

Si Jarek se doutait de la vérité, s'il découvrait ce que son père lui avait promis en échange de la tête de Kozu...

– Elle a peut-être simplement besoin de respirer un peu, intervint une voix mielleuse.

Asha se tourna vers la Terreuse, assise près de son frère, qui fixait la jambe de Jarek bloquant la sienne.

Le commandant plissa les yeux.

– Je ne crois pas t'avoir demandé ton avis, Terreuse.

Le faucon de Roa se rengorgea, gonflant son jabot blanc. Ses yeux argentés se fixèrent sur Jarek.

– Dans mon pays, reprit Roa, une femme n'a pas besoin qu'on lui demande son avis pour le donner. Elle est libre de ses mots.

Asha se tourna vers son frère. Il aurait dû avertir Roa, la prévenir que Jarek était susceptible, et lui dire ce qui se produisait lorsqu'on le contrariait.

– Voilà pourquoi ton peuple ne sortira jamais de la fange dans laquelle il vit, répliqua-t-il.

Le regard de Roa s'assombrit. Seul signe extérieur que ces mots l'avaient atteinte. Dax, à l'inverse, bouillait de rage. Il tremblait, incapable de contrôler son impulsivité comme chaque fois que, enfant, il s'était interposé entre Jarek et les autres. Chaque fois qu'il était devenu la cible pour protéger plus faible que lui.

Avant qu'il puisse recommencer, Asha glissa à l'oreille de son frère :

– Il est au temple. Demande la gardienne nommée Maya.

Cela fonctionna.

La tension nerveuse diminua tandis qu'il la dévisageait. De si près, elle voyait les os de son frère pointer sous la peau. Comme ceux de leur mère à la fin.

– Merci, articula-t-il silencieusement.

Puis, se remémorant leur marché, il ôta l'anneau en os de son doigt et le lui tendit d'une main tremblante.

Asha le prit et le passa à son annulaire.

Ce n'était pas un beau bijou, mais sa simple présence avait un pouvoir. Le même pouvoir que la voix de sa mère dans le noir. Ou que les mains de sa mère prenant son menton en coupe pour lui dire de ne pas avoir peur.

Cet anneau lui rappelait que les gens n'avaient pas toujours eu peur de la toucher.

Ou de l'aimer.

Le poids du bijou à son doigt la rassurait.

Dax se leva. Roa jeta un regard à Asha avant de se lever également et de s'engouffrer dans la foule avec lui.

Jarek fit signe aux deux soldats qui se tenaient à l'arrière de la tente. Ils s'élancèrent immédiatement à leur suite.

Asha allait leur courir après pour les avertir lorsqu'un grondement monta de la foule. Les Draksors se levèrent d'un bond, grimpèrent sur les gradins, hurlant en direction de la fosse. Jarek se leva, une main sur le pommeau de son sabre, l'autre en visière au-dessus de ses yeux.

Asha n'avait pas besoin de regarder. Elle savait ce qui se passait : un esclave allait être tué.

Elle avait perdu tout intérêt pour les combats de l'arène depuis qu'il n'y avait plus de dragons. Après la traque, il n'en restait plus assez pour divertir le public. Les piques métalliques qui entouraient la fosse servaient simplement de balustrade désormais, empêchant les Draksors trop ivres de basculer dans le fond. À l'époque, lorsque des dragons s'affrontaient sur le sable, on abaissait les barres de fer afin de les empêcher de s'envoler.

– À mon avis, l'issue de ce combat devrait t'intéresser, affirma Jarek.

Un nouveau rugissement de la foule. Glacée, Asha se leva. Dans les profondeurs de la fosse, un jeune Skral força une vieille esclave à s'agenouiller. Ses cheveux gris étaient retenus en une natte épaisse.

En la reconnaissant, Asha resta pétrifiée.

– Hier soir, un intrus a pénétré dans mes appartements, m'a assommé et m'a volé mon esclave.

Jarek désigna l'esclave aux cheveux gris du menton et dit d'une voix assez forte pour que tout le monde l'entende :

– Greta a fait entrer cet intrus.

Asha n'arrivait plus à respirer.

– Elle aurait simplement pu me dire où il était parti, mais elle a refusé, expliqua-t-il. Alors je suis obligé de la punir, j'en ai bien peur.

Asha serra les poings sous son vieux caftan.

– Il n'est pas trop tard…

Il se tourna vers elle.

– Si elle me disait maintenant où est mon esclave, j'oublierais toute cette histoire.

Asha aurait dû lui dire la vérité, ici et maintenant. Innocenter la vieille Skral dans la fosse et s'accuser à la place. Leur révéler que l'esclave qu'ils recherchaient était caché au temple.

Mais elle aurait beau dire tout ça, Greta mourrait quand même – elle était complice du crime d'Asha. Et malgré ce qu'il affirmait, Jarek n'était pas du genre à pardonner. Dès qu'Asha aurait avoué, l'esclave aux yeux gris mourrait et elle avec. Ainsi que Maya, la gardienne du temple, probablement.

Asha pinça les lèvres.

Elle plongea les yeux dans la fosse.

Les adversaires se connaissaient, voilà pourquoi le combat avait autant duré. Des étrangers en auraient déjà fini depuis longtemps.

Le jeune Skral connaissait Greta, c'était pour cela qu'il avait tant de mal à la tuer.

La vieille femme jeta son couteau en s'agenouillant. Sa lame étincelante brillait dans le sable rouge, hors de sa portée. Le jeune tomba à genoux face à elle. Il prit son menton dans sa main libre. Asha vit ses lèvres remuer, il lui posait une question.

Greta acquiesça.

Le garçon lui trancha la gorge.

Le sang écarlate coula sur ses mains. Il attira Greta contre lui jusqu'à ce que son dernier souffle s'échappe.

Des cris de victoire ou de défaite, en fonction des paris, s'élevèrent des gradins. Des Draksors bondirent de leur banc. Ceux qui avaient fait le bon choix descendirent encaisser leurs gains. Les autres restèrent en arrière, fixant d'un œil sombre le sable taché de sang.

Asha demeurait figée, la gorge serrée, à regarder le jeune enfouir son visage dans le cou de Greta pendant que son sang imprégnait sa tunique. Il déposa un baiser sur le sommet de son crâne en murmurant une sorte de prière, jusqu'à ce que les soldats lui arrachent son corps des bras pour l'emporter.

Alors il retourna son couteau contre lui-même.

Chapitre 11

Si Asha était sûre d'une chose, c'était qu'elle n'épouserait jamais Jarek. Si elle était tuée en pourchassant Kozu, alors très bien. Elle préférait mourir que d'épouser un monstre.

Elle se fraya un chemin dans la foule des Draksors et fila à travers la ville, pressée de planter sa hache dans le cœur d'un dragon. Les murs trop proches l'étouffaient. Elle voulait sentir le fond de la Faille sous ses pieds et le vent du désert sur sa peau. Et surtout, elle voulait brandir la tête du Premier Dragon devant toute la ville rassemblée et voir l'expression de Jarek quand son père annoncerait que leur mariage était annulé.

Alors, profitant que tout le monde était dans l'arène, Asha fouilla les cuisines du palais. Elle avait encore cinq jours avant ses noces, il lui fallait des provisions pour tenir jusque-là.

Un écrin au couvercle en argent l'attendait dans sa chambre. Lorsqu'elle l'ouvrit, le collier en or serti de rubis l'éblouit. Un nouveau cadeau de Jarek.

Asha referma violemment l'écrin.

Elle revêtit sa tenue de chasse, saisit son armure et son paquetage, et prit la direction du temple. Une fois à l'intérieur, elle se tapit dans l'ombre, passant devant les alcôves éclairées par des bougies où les gardiennes récitaient leurs prières. Elle avançait sans bruit dans les longs couloirs, distinguant la mélodie étouffée d'un luth au loin.

Tout en marchant, elle ne pouvait chasser de son esprit l'image de la vieille esclave aux cheveux gris. Son sang qui coulait sur les mains de son adversaire. Son corps qui s'affaissait. Greta avait protégé un autre Skral et l'avait payé de sa vie.

Bientôt, Asha se retrouva au pied de l'étroit escalier qu'elle cherchait. La musique était plus forte ici. Elle grimpa les marches jusqu'à la porte sculptée, prête à frapper, lorsqu'un bruit arrêta son geste.

Voilà d'où provenait la musique.

De l'autre côté de la porte, quelqu'un pinçait les cordes d'un luth. Une voix se mêlait aux notes. Une voix douce comme la pluie sur le sable.

Une histoire enfla en elle, poussant, insistant pour être racontée. Elle pensa à Rayan qui regardait Lillian danser dans l'orangeraie.

« La contempler, c'était apaisant, comme contempler les eaux calmes d'un lac. »

« Non. » Asha refoula l'histoire, la força à retourner dans ses profondeurs les plus sombres, et cogna à la porte. La chanson s'interrompit brusquement.

Lorsque la porte s'ouvrit, Asha se retrouva face à un visage constellé de taches de rousseur. Deux demi-lunes noires cernaient ses yeux.

– Tu as envie de mourir ? Je t'entendais de l'autre bout du temple.

Elle désigna le luth pâle et hors d'âge qu'il avait à la main.

– Où as-tu trouvé ça ?

Elle passa derrière lui et s'arrêta net. Tout vêtu d'or, Dax se redressa alors qu'il était accroupi devant l'étagère de parchemins.

L'esclave ferma la porte.

– C'est votre frère qui me l'a apporté.

Asha se tourna vers Dax, en quête d'une explication. Mais il se contenta de la dévisager un instant avant de se replonger dans la lecture de son parchemin.

« Qu'est-ce qui se passe, ici ? » se demanda-t-elle.

Mais elle n'avait pas le temps de poser des questions. Elle se ravisa donc et les toisa tous les deux d'un œil méfiant tout en tirant ses épées de derrière le lit.

Dax la regarda revêtir son armure par-dessus sa tenue de chasse.

– Où vas-tu comme ça ?

Elle l'ignora.

Le cuir à l'épreuve du feu s'enroula comme un parchemin autour de ses jambes et de ses bras, se superposant par endroits. Elle attacha chaque partie à sa place avant d'enfiler sa cuirasse par la tête.

– On dirait qu'elle va chasser, avança l'esclave en s'asseyant sur le lit de camp.

Il se remit à jouer du luth et, cette fois, Asha remarqua le nom Greta gravé en lettres élégantes au bas de l'instrument. Il gémit une fois ou deux jusqu'à ce que le plaisir de jouer lui fasse oublier la douleur. Par instants, il tapotait la caisse de résonance du luth. À un moment, Dax se mit à taper du pied en rythme, un léger sourire aux lèvres.

Asha les regarda, les yeux écarquillés, bouche bée.

Elle ne savait pas ce qui la mettait le plus en colère : le mépris affiché de son frère pour son rang ou le fait qu'il n'ait cure de faire du bruit – bruit qui risquait de mettre à nouveau cet esclave en danger… alors qu'elle venait justement de l'en tirer.

Elle avait envie de le secouer. Ce n'était pas un comportement digne d'un futur roi. C'était un comportement d'imbécile.

Elle ne pouvait le supporter.

– Alors c'est ça, ton plan ? demanda-t-elle en se dressant face au Skral. Mener Jarek jusqu'à toi ?

Il étouffa les cordes et leva les yeux vers elle.

– Quelqu'un s'est levé du mauvais pied ce matin.

Elle se hérissa, mais avant qu'elle puisse répliquer, il poursuivit :

– Vous allez vraiment à la chasse ? s'étonna-t-il en la toisant de la tête aux pieds. Parce que selon la loi, vos esclaves ont droit à trois jours de repos avant de repartir.

Asha leva les yeux au ciel. On aurait tout vu : maintenant les esclaves domestiques s'intéressaient aux lois régissant la chasse au dragon ? Quoi qu'il en soit, elle laissait toujours cinq jours de repos à son escorte. Car des esclaves bien reposés chassaient mieux.

– Je ne les emmène pas.

Le Skral posa son instrument et se leva. Il s'approcha d'elle avec sa drôle d'expression, les sourcils froncés.

– Vous partez seule ?

Ses yeux pétillants s'arrêtèrent brièvement sur son visage. Il était si près qu'elle aurait pu compter ses taches de rousseur.

– Franchement, je me demande lequel de nous deux a envie de mourir…

Elle lui lança un regard noir.

Dax rangea son parchemin dans l'étagère avant de s'interposer entre eux.

– Asha…

Le sourire de son frère s'était depuis longtemps évanoui.

– C'est trop dangereux.

– Parce que voler l'esclave de Jarek, ce n'était pas dangereux ?

Des images lui revenaient en mémoire : les pointes hérissées de la shaxa. La haine qui brûlait dans les yeux de Jarek. Elle se revoyait, écrasée sous son poids, suffoquant.

Le silence se fit.

Une fois que la scène eut commencé à se rejouer dans sa tête, Asha fut incapable de l'arrêter. Elle vit Greta qui repoussait Jarek pour la libérer. Puis qui autorisait son adversaire à lui ôter la vie. Son sang imbibant le sable.

– Iskari ? Ça va ?

Les yeux du Skral la fixaient. Elle y lut de la tendresse. Une sorte d'inquiétude. Par réflexe, elle faillit lui ordonner de les baisser. Mais il fallait bien l'avouer, personne ne posait sur elle un tel regard : attentif, comme s'il pansait une plaie ; délicat, pour ne pas la blesser.

Asha soutint son regard. Elle étudia l'arête bien droite de son nez, la saillie de ses pommettes, la courbe de sa mâchoire. Il était vif et sûr de lui. Comme sa hache fétiche.

Et tout comme sa hache fétiche, il était dangereux.

Dangereux… mais rassurant.

« Non. »

Paniquée par le cours que prenaient ses pensées, Asha le contourna, ramassa son casque et le posa sur sa tête. Ainsi, elle ne voyait rien d'autre que la porte qu'elle ouvrit, franchit, et referma derrière elle.

Une fois de l'autre côté, elle s'adossa au battant de bois, attendant que son cœur se calme. Puis elle dévala les marches deux par deux, en se jurant de rester aussi loin de ce Skral que possible.

Chapitre 12

Officiellement, il y avait deux manières de sortir de la ville : par la porte nord, qui débouchait sur le paysage rude et sauvage de la Faille; et par la porte sud qui donnait sur l'impitoyable désert.

Mais en réalité, il existait une autre issue.

Un passage secret.

Dans les sous-sols du temple se trouvait une crypte, qui menait à la grotte sacrée de l'Ancien. Entre ses murs reposaient les cendres des morts, dans des jarres en céramique. Mais dans l'un d'eux s'ouvrait une minuscule alcôve, juste assez grande pour que puisse s'y faufiler une enfant curieuse, comme Asha, lorsqu'elle venait au temple avec sa mère. Au fond de cette alcôve, un tunnel conduisait droit à la Faille, loin des murs de la ville gardés par les soldats.

Ce tunnel qui était à l'origine de tous leurs problèmes avec les dragons.

Jarek lui ayant fait part de ses soupçons, il était hors de question qu'elle passe par l'une des portes. Elle emprunta donc le petit escalier voûté qui s'enfonçait dans les profondeurs du temple. En bas, elle poussa une porte vermoulue. Éclairée par-derrière, elle projeta une ombre tout en longueur dans la crypte.

Sans torche pour éclairer ses pas, Asha effleurait les murs à tâtons, laissant la roche froide la guider dans l'obscurité. Enfant, elle avait passé tant d'heures à fouiner dans les sous-sols qu'elle se rappelait exactement la longueur du tunnel : quatre-vingt-treize pas dans le noir et l'humidité.

Et au bout… la grotte sacrée.

Personne n'y avait mis les pieds depuis des années. Depuis qu'Asha avait invoqué Kozu et qu'il avait brûlé la moitié de la ville. Auparavant, cette grotte était un lieu de culte. La flamme sacrée était le cœur battant du temple.

Une Draksor ne pouvait pénétrer dans la grotte qu'après trois jours de jeûne et des ablutions à la source sacrée. Elle devait y entrer pieds nus et, même après tout cela, elle n'était pas autorisée, sous aucun prétexte, à s'introduire dans le sanctuaire.

C'était dans ce sanctuaire qu'Elorma était apparu pour la première fois à Asha. Elle se moquait que l'Ancien la punisse pour sa désobéissance. Elle voulait être punie. Ce jour-là, Asha était arrivée folle de rage. Elle était venue pour laisser libre cours à sa fureur, crier, casser. Pour déverser sa haine au cœur du sanctuaire sacré de l'Ancien.

Sa mère était morte, tuée par les histoires des temps anciens, comme les raconteurs avant elle.

Le chagrin d'Asha en avait fait une proie facile, ce jour-là. Il avait créé une fêlure en elle. Dès qu'elle avait mis un pied dans le sanctuaire, l'Ancien avait détecté cette faille. Il l'avait creusée et y avait enfoui une monstrueuse, une insatiable faim. Une faim qui la pousserait à se retourner contre son père, son peuple, son royaume.

Ce jour-là, les histoires des temps anciens avaient élu domicile en elle, l'avaient envahie. C'était cela qui avait attiré Kozu, ces histoires fichées dans son cœur. Qui bouillonnaient juste sous la surface, qui voulaient sortir. C'était à cause de cela qu'elle avait failli détruire la ville.

Désormais, le sanctuaire était vide et sa flamme sacrée brillait ailleurs.

Asha n'aimait pas repenser aux quelques jours juste avant l'incendie. Elle n'aimait pas se dire qu'elle avait été manipulée par l'Ancien, qu'il l'avait attirée hors de la ville, nuit après nuit, pour assouvir l'inextinguible soif d'histoires de Kozu. Elle n'avait pas beaucoup de souvenirs du moment où il l'avait brûlée, mais elle se rappelait les jours qui avaient précédé. Attendre que le soleil se couche derrière les montagnes. Se faufiler sans bruit de toit en toit. S'enfoncer dans le tunnel qui menait à la Faille.

En l'empruntant aujourd'hui, Asha se força à se remémorer l'enchaînement des événements. Comment elle avait trahi son père, jour après jour. Comment elle s'était laissé corrompre.

Quand elle émergea dans la Faille, au milieu des cèdres et des chants d'oiseaux, elle se força à remonter plus loin encore dans ses souvenirs, tandis qu'elle reprenait le chemin des plaines où Kozu l'avait brûlée.

Asha se revoyait petite fille, pieds nus. Elle entendait à nouveau les histoires qui s'échappaient de ses lèvres tandis qu'elle courait dans la Faille au clair de lune. Elle sentait son cœur s'emballer à mesure qu'elle approchait de ce démon ancestral.

Asha détestait cette petite fille, mais elle avait besoin d'elle en cet instant précis. Elle n'avait pas intérêt à commettre la moindre erreur cette fois-ci. Elle craignait, en racontant une histoire des temps anciens à haute voix, d'attirer le premier dragon venu qui l'entendrait. Or elle n'avait pas le temps d'affronter un autre dragon. Il lui fallait Kozu et seulement lui. Évoquer ces souvenirs était le meilleur moyen de le retrouver.

Le jour commençait à baisser et Asha n'avait pas encore atteint les plaines. Elle n'y voyait plus bien, elle trouva donc une petite clairière où elle s'installa et ôta son armure.

Elle n'osa pas faire de feu. À la place, elle tira une tunique en laine épaisse de son paquetage et l'enfila pour se réchauffer. Si, la journée, la chaleur était étouffante, les nuits glaciales de la Faille auraient eu tôt fait de tuer un chasseur.

Asha n'avait pas peur de fermer les yeux. Au fil des années, elle avait appris à dormir d'un sommeil léger et à se réveiller au moindre petit bruit. Même si une chose ou une autre la surprenait endormie, Asha demeurait la créature la plus dangereuse de toute la Faille.

Elle n'avait peur de rien.

L'obscurité profonde du sommeil s'anima bien vite. Asha rêva d'une grotte emplie de fumée qui lui piquait la gorge. Elle entendait le feu crépiter, elle sentait sa chaleur sur sa peau. Mais les histoires criaient encore plus fort, une nuée d'histoires bourdonnantes. Elles étaient si bruyantes, envahissantes…

Asha savait exactement où elle se trouvait. Et elle sut qui l'attendait avant de le voir.

À son arrivée, Elorma fixait les flammes comme s'il y déchiffrait un message. Quand elle entra dans la clarté du feu, il leva les yeux vers elle et repoussa sa capuche.

– Je croyais t'avoir clairement précisé la condition qu'avait posée l'Ancien, fit-il d'une voix sévère. Ces épées ne devaient servir qu'à redresser les torts.

– Mais… c'était le cas, affirma Asha en repensant à la jeune dragonne qu'elle avait tuée. Quel plus grand tort y a-t-il à redresser ?

Il pinça les lèvres. Comme s'il avait goûté une chose amère.

– Franchement, Asha, cette chasse au dragon perpétuelle finit par appauvrir ton imagination.

Elle s'emporta. Elle n'avait pas de temps à perdre avec ces sornettes.

– L'Ancien peut toujours essayer de m'en empêcher s'il le veut, mais je vais trouver Kozu. Et quand je l'aurai trouvé, je le tuerai.

– Tu as raison sur le premier point, répondit-il. Mais pour le deuxième, on verra en temps et en heure.

Un craquement soudain brisa le silence. Comme une branche cédant sous un pas lourd. Mais ce devait être le feu, car il n'y avait pas d'arbres aux alentours. Les arbres ne poussent pas dans les grottes.

– L'Ancien te fait don de son deuxième présent ce soir. Comme pour le premier, il y a une condition.

Elorma se leva.

– Tu dois le protéger du danger.

Quelque chose siffla dans le noir. Les poils d'Asha se hérissèrent sur ses avant-bras.

« Ce n'est pas réel, se rassura-t-elle. Ce n'est qu'un rêve. »

Sauf que ce n'était pas un rêve. Et qu'elle ne se trouvait pas dans une grotte, bien en sécurité sous terre. Elle était dans la Faille, assoupie, exposée au danger.

Elle sut avant même d'ouvrir les yeux qu'elle n'était pas seule.

Chapitre 13

Asha se réveilla. Sa vue mit un instant à s'accoutumer à l'obscurité. Alors, elle distingua un gros œil jaune, fendu au milieu, qui la fixait.

Son cœur s'emballa. Plutôt que de tirer ses épées, Asha saisit sa hache. Elle la sortit de son paquetage et se leva sans bruit.

Une série de cliquetis résonna dans l'obscurité, lui indiquant à quelle distance approximative se trouvait le dragon. Elle recula lentement en essayant de se remémorer la taille de la clairière, l'endroit où s'arrêtaient les arbres. Mais ce n'était pas évident, car la nuit était déjà tombée lorsqu'elle avait installé son campement.

L'œil disparut, et il y eut du mouvement dans les arbres. Les branches craquèrent, les frondaisons bruissaient contre une peau couverte d'écailles. Asha serra le manche de sa hache dans sa main, ce qui fit gronder le dragon.

Un battement de cœur plus tard, Asha roula à terre pour esquiver un jet de flammes qui incendia un tas de feuilles et de brindilles sèches. Elle aperçut alors le plus grand dragon qu'elle ait jamais vu. Tellement immense qu'il aurait rempli la cour de Jarek.

Un seul dragon au monde n'avait pas besoin du pouvoir des

histoires pour cracher du feu : Kozu, le Premier Dragon. La source même des histoires.

Huit ans s'étaient écoulés depuis leur dernier face-à-face. À l'époque, Asha tremblait, terrorisée. Elle n'était qu'une enfant.

Désormais, elle avait grandi. Et elle avait des centaines de dragons à son tableau de chasse.

Le Premier Dragon lui tourna autour. À la lumière des flammes, Asha distingua l'affreuse cicatrice qui traversait son œil aveugle pour descendre le long de sa joue et bifurquer au niveau de la mâchoire. Une cicatrice semblable à la sienne.

Elle se mit en position de combat, prête à l'attaque.

Ce soir, elle allait réparer les torts qu'il lui avait causés. Elle allait mettre fin aux traditions des temps anciens une bonne fois pour toutes. Elle allait tuer le dragon qui l'avait défigurée et laissée pour morte, et déposer sa tête aux pieds de son père.

Quelque chose siffla à ses oreilles. Accompagnée d'un bruit sinistre, une douleur intense lui déchira le torse. Elle vola dans les airs, balayée par la queue de Kozu, désormais plantée dans ses côtes.

Le souffle coupé, elle retomba sur le dos. Tout tournait autour d'elle.

« Ne jamais perdre de vue la queue de l'adversaire. »

C'était la règle de base.

Asha leva sa hache et l'abattit d'un geste leste. Kozu hurla. L'odeur métallique du sang de dragon bouillant lui monta au nez.

Elle eut deux fois plus mal lorsque Kozu arracha sa queue de la plaie.

Asha sentit sa tunique en laine s'imbiber de sang. Elle se leva et aperçut les multiples feux allumés ici et là.

Kozu sifflait dans l'obscurité, mais ne fouettait plus l'air de sa queue. Il était blessé, en sang. Comme elle.

Asha tournait autour de lui, guettant le faux pas. Le côté de son vêtement était trempé de sang. Elle avait la tête qui tournait. Elle perdait trop de sang. Il fallait stopper ça.

Entendant un nouveau sifflement, elle eut juste le temps de s'abaisser tandis que la queue du dragon passait au-dessus de sa tête, lui ébouriffant les cheveux. Des gouttes de sang chaud tombèrent sur sa peau au passage.

Kozu s'arrêta. Asha entendait son pouls résonner dans ses oreilles. Le dragon siffla à nouveau, sans attaquer.

Trois pas. C'est tout. Trois pas pour plonger sa hache dans sa poitrine.

C'était l'occasion ou jamais.

Asha se rua sur lui.

Juste avant qu'elle ne l'atteigne, une ombre s'interposa entre eux et reçut le coup à sa place. Sa hache rencontra des cornes et non de la chair. Un grognement sourd retentit, mais ce n'était pas Kozu. Asha se retrouva face à deux yeux pâles et fendus.

Elle recula, paniquée.

« Un deuxième dragon ? »

L'ombre siffla et la força à reculer, à s'écarter de Kozu. Dans la pénombre, Asha vit sa queue fourchue battre rageusement.

La fureur la submergea. Comment ce dragon osait-il s'interposer entre elle et sa proie ?

Elle serra sa hache dans sa main, mais la tête lui tournait. Le sol tanguait sous ses pieds. Elle baissa les yeux. Le côté droit de son corps luisait dans l'obscurité.

Le cliquetis rapide de la langue des dragons résonna dans la nuit. Kozu et ce dragon de l'ombre étaient en train de discuter. De préparer leur prochaine attaque.

Asha chercha à tâtons son couchage et en déchira une large bande. Serrant les dents, elle l'enroula autour de son torse pour bander la plaie hideuse qui béait sur ses côtes. Elle la comprima si bien qu'elle arrivait à peine à respirer.

Un rugissement lui fit lever la tête. Elle s'attendait à voir les deux dragons fondre sur elle.

À la place, elle découvrit... qu'ils se battaient.

Entre eux.

Le dragon de l'ombre était plus petit et plus jeune que Kozu, mais deux fois plus rapide. Lorsque Kozu se jeta sur lui, il l'esquiva et fit un tour sur lui-même pour rester entre le Premier Dragon et l'Iskari. La queue de Kozu saignait énormément. Il fouetta les airs, exposant son ventre... Le jeune dragon ne cessait de charger, d'esquiver en tournant autour de lui, presque comme un jeu, cherchant visiblement à fatiguer le Premier Dragon.

Si Asha n'avait pas été aussi affaiblie, elle aurait profité que les deux dragons soient occupés pour attaquer.

Mais elle sentait qu'elle perdait conscience. Elle avait envie de poser sa tête... Besoin de fermer les yeux...

« Non. Reste éveillée. »

Si elle ne retournait pas en ville, si elle s'écroulait ici, au beau milieu de la Faille, elle se viderait de son sang et mourrait.

À moins qu'un dragon ne l'achève avant.

D'une main tremblante, elle glissa ses épées dans son dos. Elle abandonna tout ce dont elle n'avait pas besoin, y compris sa hache. Elle en avait plein d'autres.

Kozu essayait de l'atteindre, de finir ce qu'il avait commencé des années plus tôt. Mais le dragon de l'ombre le bloquait, gagnait du terrain, le forçait à reculer entre les arbres. Tout en cliquetant et en murmurant. En le taquinant et en le cherchant. Pour l'épuiser.

Au bout d'un moment, Kozu finit par abandonner. Asha croisa ses pupilles fendues tandis qu'elle filait en titubant dans la pénombre.

Un gémissement puissant déchira la nuit. Asha stoppa net, surprise. « Un chant funèbre. » Généralement réservé au décès d'un compagnon dragon ou à la perte d'un jeune. C'était l'expression du chagrin, du désespoir.

Asha frissonna. Elle jeta un regard en arrière, d'où provenait le cri, mais Kozu avait disparu.

En revanche, le dragon de l'ombre était toujours là.

– Si tu oses m'approcher, je t'arrache le cœur, menaça-t-elle.

Le dragon la dévisagea, la tête penchée, fouettant l'air de sa queue. Dès qu'elle faisait un pas, il avançait. Et quand elle s'arrêtait, il s'arrêtait. Comme un chiot perdu qui aurait décidé de la suivre.

Asha revoyait la cicatrice de Kozu. Elle entendait le battement de son cœur de monstre. Une seconde de plus et elle aurait pu lui porter le coup fatal. Sauf que ce dragon l'en avait empêchée. Dès qu'il serait assez près, elle le tuerait.

Mais alors même qu'elle bouillait de rage, une voix résonna dans sa tête : « L'Ancien te fait don de son deuxième présent ce soir. »

Asha s'arrêta.

Elle fixa l'ombre mouvante, entre les arbres.

« Tu dois le protéger du danger. »

Ce… ce dragon était son deuxième présent ?

« Non… »

Comprenant qu'elle avait vu juste, Asha poussa un hurlement rageur – contre Elorma, contre l'Ancien, contre la lune de sang qui décroissait dans le ciel. Quand elle eut fini de crier, le dragon de l'ombre était toujours là. La tête penchée sur le côté. Les yeux rivés sur elle. Comme s'il demandait : « Où tu vas ? Je peux venir avec toi ? »

Chapitre 14

Asha traversa tant bien que mal le temple, pour gagner l'escalier sombre et poussiéreux. Laissant les corridors éclairés derrière elle, elle trébuchait sur les marches dans la pénombre. Elle sentait son sang battre à ses tempes. Elle traînait les pieds, les jambes lourdes, comme si elle était enchaînée.

« Reste consciente. Encore un tout petit peu. »

Il lui fallut ce qui lui sembla une éternité avant de s'écrouler contre la porte et sa bonne odeur de cèdre. Pour rester debout, elle appuya son front contre la fleur sculptée dans le bois.

– Skral !

Son cri ne rencontra que le silence. Elle frappa du plat de la main.

– Je t'en prie…

De l'autre côté, elle entendit crépiter une allumette. Cliqueter la serrure. Grincer la porte. Qui s'entrouvrit, et un visage lumineux surgit de la pénombre. Constellé de taches de rousseur. Gonflé de sommeil.

Sans appui, Asha s'efforça de tenir debout. En vain.

– Iskari ?

Il la rattrapa en la serrant contre lui.

– Qu'est-ce que vous vous êtes encore fait ?

Mais Asha ne put articuler un seul mot. Le Skral posa sa lanterne. Il la prit dans ses bras et ferma la porte derrière eux d'un coup de pied.

Asha se réveilla au milieu de la nuit. Le Skral était penché sur elle. Quelqu'un avait changé ses bandages. Son pansement autour du torse était blanc et frais.

Une vive douleur dans les côtes la fit sursauter, le souffle coupé.

– Restez tranquille, ordonna-t-il en posant une main chaude sur son épaule pour l'obliger à se rallonger.

De l'autre main, il tenait une aiguille qui brillait à la lueur de la lanterne.

– J'ai presque fini.

Elle se raidit à son contact, mais obéit. Il lui lâcha l'épaule. Voûté comme un rapace, sourcils froncés, il recousait sa plaie – qui saignait désormais à cause de son mouvement soudain.

– Qui m'a nettoyée ? s'inquiéta-t-elle.

Sa tunique trempée de sang avait disparu. Elle avait les cheveux mouillés et soigneusement nattés sur le côté. Mais ce n'était pas le pire.

Elle portait une chemise d'esclave. Son tissu fin et grossier était rêche contre sa peau.

« Sa chemise », réalisa-t-elle.

Elle portait sa chemise. Et rien d'autre.

Afin de recoudre sa blessure, il avait relevé le pan de tissu sur sa poitrine, et couvert le bas de son corps d'un plaid. Mais tout son torse était visible, y compris sa cicatrice qui descendait le long de ses côtes en se rapprochant petit à petit de son nombril.

Croisant son regard horrifié, il ne dit rien. Ce n'était pas la peine. Asha sut instantanément qui avait lavé son corps de tout ce sang.

« Ce n'est qu'un esclave. Il a passé sa vie à déshabiller et baigner ses maîtres. Ça n'a aucune importance. »

Sauf que si. Il avait tout vu. Toute l'étendue de sa laideur.

Pour la première fois depuis fort longtemps, Asha n'était pas fière de sa cicatrice.

Elle en avait honte.

Elle se laissa retomber sur le lit de camp, détournant la tête.

– Tenez, dit-il en prenant un plateau par terre pour le poser sur ses genoux.

Des olives scintillaient dans l'huile de leur coupelle, à côté d'un petit pain.

– Vous avez perdu beaucoup de sang. Il faut que vous mangiez.

– Je n'ai pas faim.

– Iskari.

Asha se tourna vers lui.

– S'il vous plaît.

Serrant les dents, elle se redressa. Elle trempa un bout de pain dans l'huile avant de le porter à sa bouche.

– Que s'est-il passé ? demanda-t-il en enfonçant à nouveau son aiguille.

Asha étouffa un gémissement et avala sa bouchée de pain.

– Je l'ai trouvé. Enfin, c'est plutôt lui qui m'a trouvée.

– Le dragon que vous chassiez ?

Asha acquiesça, en prenant un nouveau morceau de pain trempé dans l'huile d'olive.

– Il m'a fait ça avec sa queue, expliqua-t-elle en désignant sa blessure.

L'esclave s'arrêta de coudre.

– Vous l'avez tué ?

Elle mit le pain dans sa bouche en secouant la tête. Elle revoyait la silhouette du dragon entre les arbres. Sa queue battante.

« C'est la première fois que je reviens bredouille de la chasse. »

Son poing se serra malgré elle à cette pensée.

Comme elle ne disait plus rien, l'esclave se remit au travail. Il fredonnait un début de mélodie, s'interrompait, reprenait sur une note différente, ou dans un autre ordre. Comme s'il testait sa chanson, mais n'était pas satisfait.

Asha se rallongea et se concentra sur le chant plutôt que sur la douleur que lui causait le va-et-vient de l'aiguille.

Une histoire lui vint à l'esprit, sans prévenir.

« En traversant l'orangeraie de sa mère, Rayan s'arrêta soudain. Quelqu'un chantait d'une voix de rossignol. »

Asha la repoussa.

– Je peux te poser une question, Skral ?

Le chant s'interrompit. Demeurant penché sur son travail, il haussa les sourcils et leva seulement les yeux vers elle, le front plissé.

– Tu crois en l'Ancien ?

Décidant que cette question ne méritait que la moitié de son attention, il se remit au travail.

– Je n'ai pas besoin de vos dieux.

– Mais tu crois qu'il existe ? insista-t-elle en se redressant en appui sur un coude pour mieux le voir.

Ce mouvement la fit tressaillir, elle étouffa un cri. Il fronça les sourcils d'un air réprobateur.

– De nombreux Draksors en sont convaincus.

– Ce n'est pas ce que je te demande.

En soupirant, il ôta l'aiguille du fil et fit un nœud.

– Pourquoi me posez-vous cette question ?

Il examina son travail en effleurant délicatement la cicatrice du bout des doigts.

À son contact, une étrange chaleur envahit son ventre.

Asha le dévisagea à la lueur orangée de la lanterne. Le collier d'argent qu'il avait autour du cou jetait une ombre sur ses clavicules. C'était un esclave en fuite dont la tête était mise à prix. Elle pouvait lui confier ce qu'elle voulait, ça n'avait pas d'importance.

Comme elle ne répondait pas, il se lava les mains dans une bassine d'eau posée par terre.

– Je crois en un seul dieu, dit-il en les secouant pour les égoutter. La Mort miséricordieuse.

Elle s'assit face à lui et la chemise retomba sur son torse, cachant sa cicatrice.

Il désigna la plaie, les bandages à la main.

– Je dois encore la panser.

– La Mort est une voleuse, déclara-t-elle en pensant à une histoire des temps anciens.

Encore une histoire d'Elorma, à qui la Mort avait arraché son grand amour au cours de leur nuit de noces.

– Peut-être pour vous, dit-il tandis qu'il enroulait les bandages autour de sa cage thoracique, effleurant sa peau à plusieurs reprises. Pour certains, la Mort est une libération.

Asha leva les yeux. Il était si près d'elle qu'elle sentait sa chaleur sur sa peau, comme un feu. Quand il se pencha encore davantage pour passer le bandage d'une main à l'autre dans son dos, sa joue frôla son oreille.

Le cœur d'Asha battait à tout rompre. Le Skral s'interrompit et allait tourner les yeux vers elle quand il se ravisa. Il redressa le menton. Asha sentit qu'il s'efforçait de garder sa joue parallèle à la sienne tout en continuant à enrouler le pansement.

Elle s'aperçut alors que, durant tout ce temps, elle avait retenu son souffle.

Dans cette pièce sans fenêtre, il était impossible de se repérer dans le temps. Si bien que, lorsque Asha se réveilla, elle ignorait si c'était le matin ou le milieu de la nuit. En tout cas, elle était bien réveillée, fixant les étagères chargées de parchemins à la lueur faible de la lanterne. Dès qu'elle essayait de bouger, une douleur terrible lui vrillait les côtes, alors elle préféra rester immobile un long moment. Quand elle n'en put plus, elle se tourna avec précaution sur le côté... et découvrit quelqu'un assoupi par terre, au pied de son lit de camp.

L'esclave de Jarek.

Quand il dormait, il avait l'air d'une fleur de lune dont les pétales ne se déploient qu'à la nuit tombée, une fleur superbe et rare à la lueur des étoiles. Asha tendit la main et augmenta la luminosité de la lanterne afin de mieux voir l'ombre papillonnante de ses cils. Elle suivit des yeux sa silhouette ferme et osseuse. Ses cheveux lui rappelaient la mer de Darmoor : agitée, remuante, pleine de vagues.

Elle repensa alors à Rayan contemplant Lillian à l'orangeraie, et se remit bien vite sur le dos, les yeux rivés au plafond, chassant toutes ces images de son esprit. Comme elle n'y parvenait pas, elle remonta le col de la chemise sur son nez et sa bouche, et inspira. Le vêtement était imprégné de son odeur. Une odeur musquée, salée, qui lui fit battre le cœur à la chamade.

Elle rabaissa vite le col et se tourna vers les étagères de parchemins, de l'autre côté de sa couche, pour penser à autre chose. Elle effleura la surface lisse et huilée de leurs poignées. Elles étaient toutes neuves, fraîchement sculptées. Elles sentaient encore le bois de thuya.

Et voilà qu'elle s'assit, vêtue de la chemise de l'esclave, avec un parchemin sur les genoux, ignorant la douleur qui lui vrillait les côtes. Comme il faisait trop sombre, elle posa la lampe à huile à côté d'elle sur le lit, augmentant encore la flamme.

Elle avait à peine commencé à lire qu'elle s'arrêta.

Il s'agissait d'une des histoires des temps anciens. Celle du troisième Namsara, un homme qui avait conçu les aqueducs de la ville durant une longue année de sécheresse. Comme les poignées, le parchemin était tout neuf. L'encre était encore bien noire, luisante... mais l'écriture était étrange. Un peu tremblante, manquant d'assurance. Et certains mots étaient mal orthographiés.

Asha leva les yeux vers l'étagère où des centaines de parchemins étaient soigneusement empilés. Elle en tira d'autres et les déroula pour découvrir, comme elle le craignait, d'autres histoires des temps anciens. Tous les récits interdits jusqu'au dernier. L'histoire de chacun des Namsaras – sept en tout – qui s'étaient dressés pour défendre leur peuple, pourchasser l'ennemi et détrôner les rois félons. Les histoires du Premier Dragon, compagnon des Namsaras et lien vivant entre l'Ancien et son peuple.

Asha prenait les parchemins l'un après l'autre, n'en lisant qu'une phrase avant de les laisser tomber par terre et d'en prendre un autre. C'était plus qu'un simple crime. Les histoires avaient été interdites et brûlées bien avant sa naissance. Les transcrire et les conserver... c'était de la haute trahison.

Lorsqu'elle déroula le parchemin suivant, cependant, elle ne le lâcha pas. Elle serra la poignée plus fort, au contraire.

– Qu'est-ce que ça raconte ?

Asha leva les yeux. L'esclave couché par terre bâilla et se passa la main dans les cheveux. Elle le regarda avant de revenir à l'écriture tortueuse qui noircissait le parchemin.

– C'est l'histoire de Willa, dit-elle.

La voix de sa mère s'éleva en elle. Ou plutôt l'écho de la voix de sa mère. Après toutes ces années, malgré ce qu'elle avait fait, ce souvenir réveillait toujours en elle une douce chaleur au niveau du sternum.

Le lit de camp s'enfonça et, lorsque Asha releva les yeux, l'esclave fixait également le parchemin. Sa cuisse était dangereusement proche de son genou qui sortait de sous la chemise. Asha faillit lui dire de se pousser. Mais après tout – il l'avait lavée, il avait pansé ses plaies –, cela semblait futile.

– Quand j'étais petite, reprit-elle, je faisais des cauchemars toutes les nuits.

Elle n'avait pas évoqué cela depuis des années.

– Ma mère disait qu'il s'agissait de terreurs nocturnes parce que, lorsque j'ouvrais les yeux, je les voyais.

Tout en parlant, elle traquait discrètement les fautes d'orthographe sur le parchemin.

– Ma mère m'a emmenée consulter tous les médecins de la ville et ils m'ont tous prescrit un traitement différent. Celui-ci me conseillait de boire du lait de chèvre chaud au coucher. Un autre de suspendre des bouquets de racines et d'herbes au pied de mon lit. L'un d'eux nous a même recommandé de glisser une dent de dragon sous mon oreiller.

Elle plissa le nez.

– Et ça a fonctionné ?

Asha secoua la tête.

– Les cauchemars ont empiré. Ma mère a donc essayé son propre remède.

Elle pouvait bien le lui dire. Tout le monde le savait, de toute façon, parce que les esclaves restaient l'oreille collée à la porte pour écouter. C'étaient eux qui avaient répandu la rumeur, après sa mort : la reine dragon avait raconté les histoires des temps anciens à sa fille pour la soigner, c'était pour cela qu'elle était morte si jeune.

– Quand mes cris la réveillaient, au milieu de la nuit, elle se levait, faisait sortir les esclaves de ma chambre et s'y enfermait avec moi.

Asha leva les yeux, il la dévisageait attentivement.

– Et elle me racontait des histoires jusqu'à en avoir la voix rauque, jusqu'à ce que le soleil filtre par la fenêtre. C'était la seule chose qui chassait mes cauchemars.

Mais voilà, les symptômes n'avaient pas tardé à se manifester : chute de cheveux, perte de poids, tremblements, toux…

Et pour finir, la mort.

Asha roula le parchemin. Elle n'avait plus envie de parler de ça. Cependant, alors qu'elle allait le reposer avec les autres, elle hésita.

– Moi aussi, je fais des cauchemars.

Il contemplait ses mains, posées paumes vers le ciel sur ses genoux. Asha mourait d'envie de les toucher. D'effleurer ces larges paumes. De frôler du bout des doigts leurs callosités.

– D'aussi loin que je me souvienne, je fais le même rêve, chaque nuit.

– Le même cauchemar toutes les nuits ?

Il acquiesça.

– Au début, ce n'était pas un cauchemar. Quand j'étais petit, j'aimais aller me coucher pour pouvoir la voir.

– La voir ?

Ses épaules se soulevèrent et s'abaissèrent dans un soupir.

– Oui… la voir…

Il prit le parchemin des mains d'Asha, le déroula, puis le roula à nouveau. Pour s'occuper les mains.

– Je la prenais pour une sorte de déesse. Je pensais qu'elle m'avait choisi pour accomplir un grand destin.

Ses mains se crispèrent sur le parchemin. Quand il s'en aperçut, il le lui tendit.

– Quel idiot.

Il se força à sourire, un sourire dénué de toute légèreté. Évitant de croiser le regard d'Asha, il compléta :

– Désormais, elle hante mes nuits et je ne peux lui échapper.

Sa cuisse touchait son genou. Retenant son souffle, Asha regarda la zone de contact entre leurs deux corps, s'attendant à ce qu'il s'écarte d'un bond.

Mais il n'en fit rien.

– Votre frère a raison, vous savez. Vous ne devriez pas chasser seule.

Ces mots la tirèrent de sa torpeur.

« Kozu. »

Asha ignorait l'heure qu'il était, mais elle était sûre d'une chose : la lune était plus fine que lorsqu'elle s'était endormie. Le temps filait.

– Il faut que j'y aille…

Elle se leva, et les parchemins s'éparpillèrent avec fracas à ses pieds. La chemise de lin blanc tomba sur ses hanches, laissant ses jambes nues – une lisse, l'autre balafrée.

– Attendez, dit l'esclave en se penchant pour prendre quelque chose par terre. Vous ne pouvez pas partir ainsi. Enfilez ça.

Il lui tendit un nouveau caftan en toile grossière.

– Maya l'a déposé pendant que vous dormiez.

Leurs doigts s'effleurèrent lorsqu'elle le prit.

Elle n'eut pas besoin de lui demander de se retourner pendant qu'elle s'habillait, il le fit de lui-même.

Après avoir ramassé les différentes parties de son armure, Asha voulut reprendre ses épées sous le lit de camp. Mais sa main ne rencontra que le marbre glacé, rien d'autre. Elle tomba à genoux pour chercher à tâtons sur le sol, coupée en deux par la douleur.

Ses épées n'y étaient pas.

« Pourtant je les ai rapportées avec moi, j'en suis sûre. »

Elle fouilla toute la pièce… en vain. Ses épées avaient disparu.

Or, une seule autre personne avait passé la nuit dans cette pièce. Asha le fixa comme un chasseur sa proie. L'esclave se tenait à la porte, le torse bandé, soutenant son regard.

– Où sont-elles ?

– Je ne vois pas de quoi vous parlez, affirma-t-il.

Mais sa voix disait le contraire.

Asha le rejoignit, sa colère enflant à chaque pas. Colère contre lui pour l'avoir piégée et colère contre elle-même pour être tombée dans le piège.

Elle le plaqua violemment contre la porte.

L'esclave laissa échapper un sifflement de douleur, la tête projetée en arrière. Asha le revit, attaché à la fontaine de Jarek. Elle revit la shaxa qui lui lacérait le dos. Elle venait sans doute de rouvrir toutes ses blessures.

– Voleur, gronda-t-elle en le maintenant contre le battant en bois. Dis-moi où elles sont.

Ses yeux étincelèrent comme une lame d'acier aiguisée. Il agrippa son caftan pour l'attirer contre lui, lui rappelant qu'il n'était pas aussi innocent qu'il en avait l'air. C'était un Skral. Dorénavant, elle se méfierait davantage de lui.

– Dis-moi d'abord comment tu fais pour sortir de la ville sans être vue, répliqua-t-il avec une familiarité soudaine.

– Je ne vois pas de quoi tu veux parler, mentit-elle.

Il l'attira plus près, manquant de l'étouffer. Si près que leurs nez se touchaient presque.

– Les soldats te laissent passer pour aller chasser seule ? Ton fiancé ne l'autoriserait jamais.

– Parce que tu crois que j'ai besoin de son autorisation ? Jarek n'est pas mon maître, à moi.

– Il le sera bientôt, rétorqua l'esclave.

Asha ouvrit la bouche pour répliquer… mais n'était-ce pas justement ce qu'elle craignait ?

N'était-ce pas pour cela qu'elle voulait tuer Kozu ?

Elle baissa les yeux, fixa sa gorge où son pouls battait frénétiquement.

– Tu as raison, finit-elle par avouer. Je ne sors pas toujours par la porte.

– Mon maître va finir par me retrouver, ce n'est qu'une question de temps. Si je reste ici, je suis mort.

Asha desserra les poings.

– Tu veux que je te montre comment quitter la ville ?

Il hocha la tête.

Après tout, quelle importance. Il ne survivrait pas tout seul dans la Faille.

– Rends-moi mes armes et je te montrerai.

– Quand ?

– Ce soir.

Elle avait tout laissé dans la Faille, à part son armure et ses épées. Il lui fallait une nouvelle tenue de chasse, un nouveau matelas et une hache.

– D'accord pour ce soir, répondit-il.

Son regard s'était radouci. Il scrutait son visage.

Asha avait brusquement l'impression d'être une dragonne captivée par une histoire des temps anciens, consciente qu'il s'agissait d'un piège, mais incapable de résister.

« Il faut endurer d'immenses souffrances afin de s'endurcir contre le mal. »

Asha avait toujours eu quelque chose qui clochait. Une tendance à céder trop facilement à la tentation. Sa fascination pour les histoires – celles-là mêmes qui avaient tué sa mère – en avait été la première manifestation. La deuxième avait été l'incident avec Kozu. Et maintenant...

Cette incapacité à dire non à ce Skral auquel, allez savoir pourquoi, son frère tenait tant.

Un sourire se dessina sur ses lèvres. Asha sentit son cœur s'emballer.

– Je serai là, Iskari.

La trahison de la reine dragon

Le royaume était coupé en deux par une mer de sable. D'un côté se dressait Firgaard, cité pavée, raffinée, protégée de murailles. De l'autre s'étendait la Terre des Brousses, pays sauvage, féroce et libre. Des frères ennemis. Des rivaux amers.

Ébranlé par la mort de sa mère, le roi dragon voulait la paix. Tout le monde le savait. Mais personne ne pensait qu'il y parviendrait.

Pourtant, il réussit.

Au sein de l'une des cinq grandes maisons de l'autre côté de la mer de sable vivait Amina – une jeune Terreuse, fille de la maison des Étoiles. Amina serait son pont entre l'ancien et le nouveau monde, entre la cité aux rues pavées et la vaste étendue sauvage.

Le roi dragon se lia à elle au cœur même du désert. Il la ramena à la capitale, pensant qu'il ramenait avec lui la paix.

Amina était sage et douce. Même si c'était une Terreuse, le peuple de Firgaard l'aimait.

Bientôt, elle donna naissance à deux héritiers : un garçon et une fille. Le garçon était à l'image de sa mère, alors que la fille était instable et rebelle.

– Elle est possédée par un mauvais esprit, murmuraient les esclaves derrière les portes closes.

– C'est son sang de Terreuse qui parle, chuchotaient en aparté les courtisans.

Amina remarqua les regards insistants. Elle entendit les claquements de langue réprobateurs. Mais elle aimait l'énergie de sa fille. Elle lui rappelait son pays.

Quand vinrent les cauchemars, que sa fille se réveilla terrorisée, en pleurs, toutes les nuits, Amina fit venir les meilleurs médecins de Firgaard. Ils donnèrent des instructions. Ils administrèrent des remèdes. Mais les cauchemars empirèrent. Et bientôt les médecins posèrent sur la fille d'Amina le même regard mauvais que les autres.

« Mauvaise, lisait-elle dans leurs yeux. Possédée. »

Amina décida donc de procéder à sa manière.

Une fois qu'on avait éteint les lanternes et mouché la flamme des chandelles, une fois que son mari ronflait, Amina se glissait hors du lit, se faufilait dans les couloirs du palais et s'enfermait avec sa fille.

Là, hors de la vue de quiconque, Amina chassait les cauchemars de son enfant avec des histoires. Des histoires des temps anciens. Des histoires interdites. Elle les racontait à haute voix, tout au long de la nuit, jusqu'à ce que sa fille cesse de pleurer et s'endorme.

Mais chaque fois que la reine dragon s'introduisait dans la chambre de sa fille pour raconter les histoires des temps anciens, elle se sentait de plus en plus faible. De plus en plus malade. Les histoires l'empoisonnaient, comme elles avaient empoisonné les raconteurs avant elle. Ces histoires étaient mortelles, c'était pour cela qu'on les avait interdites.

Cependant, à mesure qu'elles affaiblissaient Amina, elles guérissaient sa fille. Elles tenaient les cauchemars à distance. La petite dormait mieux que jamais.

Lorsque le roi dragon le découvrit, qu'il comprit à quel risque sa femme s'était exposée, il intervint immédiatement. Hélas, il était trop tard. Les histoires avaient vidé Amina de son énergie vitale.

Avant la nouvelle lune, Amina était morte.

Sa mort brisa le cœur du roi dragon.

En raison de sa trahison – parce qu'elle avait enfreint ses lois et mis leur fille en danger –, il ne put lui organiser une crémation digne de ce nom. Il ne put lui administrer les derniers sacrements. Il ne put que regarder les gardiennes déposer son corps hors les murs de la ville, et le laisser pourrir au soleil comme les autres traîtres avant elle.

Quand les Terreux apprirent la mort d'Amina, ses funérailles profanes, ils pleurèrent de chagrin et hurlèrent de rage. Ils décrétèrent que le roi dragon était un monstre et, dans leur fureur, se vengèrent sur son fils – un garçon de douze ans à peine, invité dans leurs pays – et le firent prisonnier. Héritier d'un roi monstrueux, il deviendrait un monstre à son tour, il méritait donc un tel traitement. C'est ainsi que l'alliance entre les Terreux et le roi vola en éclats, éparpillés dans le sable.

Quant à Amina, on ne souviendrait point d'elle comme la douce et sage reine qui avait réussi à guérir sa fille de ses cauchemars.

Non, elle resterait dans les mémoires, pour toujours et à jamais, une traîtresse.

Chapitre 15

Le problème, c'est qu'en repassant au palais à quatre jours à peine du mariage, Asha risquait de se faire repérer dès qu'elle mettrait un pied dans la cour. Et si on la voyait, elle s'exposait à des questions.

Elle ne fut donc pas surprise d'entendre crier :

– Iskari !

C'était une esclave, qui travaillait pour la couturière du palais.

– Vous êtes en retard pour votre essayage.

– Quel essayage ?

– Pour votre robe.

Asha fronça les sourcils. En ce moment, elle avait besoin d'une tenue de chasse, pas d'une robe !

– Votre robe de mariée, Iskari.

Elle était coincée. Piégée. Car, exactement au même moment, voilà que Jarek surgit devant elle. Asha s'arrêta net.

Il jeta un regard à l'armure qu'elle avait sous le bras, puis au caftan qu'elle portait. Un caftan qui ne lui appartenait visiblement pas. Elle vit les rouages de son esprit se mettre en branle, tenter de donner un sens à son accoutrement étrange, à la présence de sa tenue de chasse au dragon… Il essayait d'assembler les pièces du puzzle, mais il en manquait trop.

La perspective de se réfugier dans sa chambre pour essayer une robe sembla tout à coup très enviable à Asha. Avant qu'il puisse l'interroger, elle le doubla d'un pas pressé.

– Désolée, je suis en retard pour mon essayage.

Jarek voulut la retenir, mais elle l'esquiva lestement.

– Tu as vu Safire ? lança-t-il.

Asha se figea. Elle fit volte-face et affronta le sourire narquois de son fiancé.

– Moi non plus, ajouta-t-il.

Elle lui tourna le dos. Malgré la panique qui la gagnait, malgré le frisson qui lui glaçait la nuque, elle s'éloigna d'un pas qu'elle voulait calme et posé.

Dès qu'elle eut bifurqué au bout du couloir, elle se mit à courir.

Elle ne se rendit pas dans sa chambre, mais dans celle de Safire, qui était vide. La porte avait été réparée – Asha avait demandé à un esclave de l'échanger avec le battant plus solide d'une autre pièce – et il n'y avait aucun signe de lutte.

Elle alla ensuite voir à l'infirmerie.

Vide. Vide, à part une odeur de citrons fraîchement pressés.

– S'il vous plaît, Iskari, ça ira beaucoup plus vite si vous vous tenez tranquille.

Mais à force, Asha avait les bras endoloris et sa plaie au niveau des côtes la faisait souffrir. Ça faisait une éternité qu'elle se tenait immobile et bien droite pendant que les esclaves s'affairaient – épinglant le tissu délicat aux endroits trop lâches, le marquant là où il était trop moulant. Mais elle avait du mal à rester tranquille avec cette blessure et les questions qui tournaient en rond dans sa tête.

Et si c'était un piège ? Jarek savait, mieux que personne, comment la contrarier. Il avait sans doute évoqué Safire juste pour l'inquiéter.

Asha serra les dents. Elle avait gardé ses gants pour cacher sa brûlure. Malgré la douleur, elle s'efforçait de rester les bras tendus, sans bouger.

– Vous pouvez baisser les bras, maintenant, Iskari, déclara l'esclave qui était venue la chercher.

Elle se tourna pour noter quelque chose. Soulagée, Asha obéit. Les deux autres filles allèrent ranger leurs épingles, la laissant face au miroir. Sa robe scintillait comme le soleil sur la mer – Asha s'y baignait autrefois, lorsqu'elle allait à Darmoor avec sa mère. Cette cité portuaire était bordée sur trois côtés par une vaste étendue d'eau salée.

Les manches longues en forme de pétales étaient fendues aux coudes et couvraient ses poignets. Des fleurs brodées s'entrelaçaient autour du décolleté. Il y avait deux couches de tissu : du doré pour le fond de robe et un voile blanc par-dessus. À partir de la taille, la robe s'évasait en pans de tissu aussi fins et légers que de l'écume.

Elle n'avait jamais rien vu d'aussi beau.

Ça ne lui allait pas du tout.

Cette élégance, cette délicatesse faisaient ressortir sa cicatrice plus encore que d'habitude. La peau décolorée, marbrée qui partait de son front pour continuer le long de son oreille droite, suivait sa mâchoire, descendait dans son cou et disparaissait dans le décolleté. Le reste était caché par le tissu.

Personne ne pouvait le voir.

Pourtant, l'esclave de Jarek l'avait vu. Il avait tout vu d'elle.

À cette pensée, une bouffée de honte lui monta au visage.

L'esclave revint avec un coupon de tissu doré, arrachant Asha à la contemplation de son reflet.

– Pouvez-vous lever les bras, Iskari ? demanda-t-elle en posant ce qui serait bientôt sa ceinture sur sa taille.

Asha s'exécuta.

Un cri rompit alors le calme des lieux.

Deux soldats firent irruption dans la pièce sans frapper, le casque de travers.

– Il y a un dragon dans la ville, Iskari !

Ils étaient pâles de terreur.

Asha n'eut aucun mal à ôter la couche supérieure de la robe, en revanche, pour le fond de robe, ce n'était pas si simple. Jarek avait donné des instructions bien précises : la robe était fermée dans le dos par une rangée de boutons minuscules, impossibles à défaire sans aide extérieure. Seul l'époux pourrait ainsi libérer son épouse lors de la nuit de noces.

Une autre démonstration de son pouvoir. Une autre forme de domination.

– Enlevez-moi ça ! ordonna-t-elle.

Les trois esclaves accoururent ; leurs doigts tremblants s'affairaient à détacher les boutons tandis que d'autres cris s'élevaient. Le claquement rythmé des bottes des soldats résonnait dans les couloirs. Asha s'impatientait. Elle saisit un couteau de chasse accroché au mur et le mit entre les mains de l'esclave.

Les yeux écarquillés, la fille s'en saisit. Asha lui tourna le dos. Dans un silence effaré, on entendit le couteau inciser le délicat tissu. La robe tomba des épaules d'Asha. Si quelqu'un remarqua les bandages autour de son torse, personne n'osa rien dire.

Dès qu'elle fut libre, Asha enfila une tenue de chasse, puis attacha son armure. Elle choisit sur son mur une hache au manche serti de pierres précieuses, que son père lui avait offerte pour son dernier anniversaire. Jusqu'à aujourd'hui, elle avait été réduite à un usage purement décoratif, mais sa lame était toujours aussi aiguisée. Elle la glissa dans sa ceinture, laça ses bottes et partit trouver le dragon qu'elle pensait avoir semé.

Courant à perdre haleine dans les couloirs du palais, elle l'apercevait par les ouvertures en ogive. Jeune et fin, le dragon survolait la ville, semant la terreur.

La première fois, elle repéra seulement sa silhouette se découper contre le ciel bleu.

Puis elle reconnut sa queue rouge et fourchue, la forme de sa tête.

Enfin, lorsqu'elle déboucha dans la cour extérieure, avec le soleil dans le dos, elle distingua ses yeux pâles, à la pupille fendue. Ces yeux qui l'avaient fixée tout en empêchant son assaut final.

Les paroles d'Elorma lui revinrent en mémoire : « Tu dois le protéger du danger. »

Des soldats la doublaient, obéissant à des ordres contradictoires :

– Montez sur le toit !

– Descendez dans la rue !

En cas d'intrusion de dragon à Firgaard, leur priorité était de défendre la ville. Les gardes du palais avaient ordre de quitter leur poste pour monter sur le toit armés de flèches et de lances – des armes adaptées à la lutte contre un dragon – ou bien de rejoindre les ruelles étroites et tortueuses pour maintenir l'ordre malgré la panique.

Or, avec un dragon en liberté, la rue était l'endroit le plus exposé.

Asha sortit du palais avec eux. À tous les coins de rue gisaient des charrettes renversées, des étals de marchandises abandonnés. Les gens se bousculaient, couraient en tous sens pour échapper au dragon, tandis que les soldats s'efforçaient de faire revenir le calme en les poussant à rentrer chez eux.

Les citoyens les plus courageux étaient montés sur les toits avec les soldats, équipés de lance-pierres et de projectiles divers – éclats de verre, pierres, bouts d'os brisés. Touché, le dragon rugit furieusement. Asha s'attendait à ce qu'il réplique, mais il prit de l'altitude et fila en direction de la Faille.

Elle le suivit jusqu'à la porte nord.

La muraille se dressait devant elle, lui bloquant la vue des montagnes. Les soldats se tenaient droits comme des colonnes contre les remparts poussiéreux, fixant la silhouette dans le ciel. Jarek avait doublé leurs effectifs après la dernière fouille du quartier des esclaves qui avait mis au jour des armes cachées dans les placards et les marmites, glissées sous les matelas, dissimulées dans les cadres de lit.

Une demi-douzaine de soldats se dressaient devant la porte. Asha ralentit.

– Pas la peine d'y aller, Iskari. Le commandant a déjà envoyé des chasseurs.

La main d'Asha se crispa sur le manche de sa hache. Qu'adviendrait-il si les hommes de Jarek tuaient le dragon ?

Pour s'être servie à mauvais escient du cadeau de l'Ancien et avoir ignoré ses consignes, elle avait eu le bras paralysé.

Il fallait qu'elle arrête ces chasseurs.

– Ouvrez la porte.

Sous leurs visières d'acier, les soldats échangèrent des regards.

– Nous avons ordre de ne pas l'ouvrir.

Asha fronça les sourcils.

– Qui a donné cet ordre ?

Ce n'était sûrement pas son père.

– Le commandant.

– Servez-vous Jarek ou servez-vous le roi ?

Asha caressa du bout du pouce la lame aiguisée de sa hache.

– Parce que c'est mon père qui m'envoie. Il m'a chargée de traquer jusqu'au dernier dragon.

Elle désigna l'ombre de la créature dans le ciel.

– Y compris celui-ci.

Ils ne répondirent pas. Ce n'était pas la peine. Leur silence indiquait clairement qu'ils suivaient les ordres du roi… sauf si ceux-ci entraient en conflit avec ceux de leur commandant.

Asha se raidit, furieuse. C'était bien ce qu'elle craignait.

– Ouvrez cette porte.

Au-dessus de leurs têtes, le dragon plongea vers la Faille – où des chasseurs étaient postés en embuscade pour le tuer.

– OUVREZ !

Personne ne bougea.

– Asha ! gronda une voix dans son dos.

La colère l'embrasa. Jarek fondit sur elle comme une tornade. Son blason officiel – deux sabres croisés – étincelait sur son torse.

– Ordonne-leur de m'ouvrir, dit-elle en désignant la porte de la pointe de sa hache.

Jarek se planta face à elle et plongea son regard dans le sien.

Voilà ce qui impressionnait tant les gens : le commandant n'avait absolument pas peur d'elle.

– Dis-moi où il se trouve, répliqua-t-il, et j'y réfléchirai.

« Il ».

L'esclave.

Pourquoi tout le monde s'intéressait-il tant à lui ?

Elle revit ses doigts calleux qui recousaient sa plaie à la lueur de la chandelle. Elle revit son genou si près du sien quand elle lui avait parlé de ses cauchemars.

Asha chassa ces images de son esprit et soutint le regard de Jarek.

– N'est-ce pas ton devoir de retrouver et d'arrêter les criminels ? Peut-être que si tu cessais de te mêler de mes affaires, tu aurais plus de succès avec les tiennes.

Ses yeux étincelèrent d'un éclat furieux.

– Cinq chasseurs ont une large avance sur toi, Asha. L'un d'eux va forcément l'abattre.

– Tu sais comme moi que nul ne m'arrive à la cheville lorsqu'il s'agit de tuer un dragon, gronda-t-elle. Je suis l'Iskari.

Il la prit par le bras et le serra à lui faire mal pour lui montrer que, Iskari ou pas, il la dominait. Et qu'il la dominerait d'autant plus une fois qu'ils seraient mariés. Une fois qu'il n'y aurait plus personne pour l'arrêter.

Voilà pourquoi elle ferait tout pour que cela n'arrive jamais.

Il se pencha vers elle.

– Il est de mon devoir de te protéger du danger, Iskari.

Les yeux d'Asha s'enflammèrent. Le feu de la colère lui brouillait la vue, tout devenait rouge.

Ne comprenait-il pas ?

– C'est moi, le danger ! hurla-t-elle.

Jarek fit signe au soldat le plus proche.

Celui-ci tira un trousseau de clés de sa poche. Il ouvrit une petite grille, qui permettait d'accéder aux remparts. Il y avait quelques cellules à l'intérieur, où Jarek faisait enfermer les voyageurs suspects qui cherchaient à franchir la porte.

Le soldat réapparut avec la cousine d'Asha.

Sa capuche tomba sur ses épaules, révélant un œil au beurre noir et une lèvre fendue. L'ourlet de sa tunique était maculé de sang et, vu comme elle se tenait pliée, elle était sans doute grièvement blessée.

C'était comme si Jarek avait planté un couteau dans le cœur d'Asha.

Voilà ce qui se produisait lorsqu'on lui résistait.

Le dragon devrait attendre.

Chapitre 16

Asha conduisit sa cousine auprès de Dax. Tandis que Safire expliquait ce qui lui était arrivé, Dax demeura silencieux, mais son regard se durcit sous son front soucieux.

Roa n'était pas là.

« Tant mieux », pensa Asha. Elle espérait que son frère était revenu à la raison et qu'il avait éloigné les Terreux du roi.

Pendant qu'il veillait sur leur cousine, Asha aiguisa sa hache sertie de pierres précieuses en attendant le coucher du soleil. Sous le couvert de la nuit, elle risquait moins d'être repérée par les soldats de Jarek. Dès que le disque doré plongea derrière les montagnes, elle grimpa sur son appui de fenêtre, jeta son casque sur le toit et se hissa à sa suite.

Elle bondit de toit en toit jusqu'aux vergers du palais qui étaient déserts au crépuscule. Le parfum sucré des fleurs embaumait la nuit, les silhouettes frémissantes des chauves-souris papillonnaient entre les branches. Elle franchit le mur extérieur du palais et sauta dans la rue en contrebas.

Asha serpenta à travers la ville, s'éloignant des tambours et des chants du marché de nuit, des boniments enjôleurs des commerçants. Elle ne prenait que les ruelles étroites où elle risquait moins de croiser des soldats pour rejoindre les portes du temple et s'introduire sans bruit à l'intérieur.

Arrivée devant la porte en cèdre, son casque sous le bras, Asha leva le poing et frappa.

– Iskari ?

L'esclave ouvrit et elle entra en le contournant.

– Tout va bien ?

Sans répondre, Asha alla prendre les épées jumelles posées sur le lit de camp, se voyant déjà traîner à travers les rues de Firgaard la tête sanguinolente de Kozu. Imaginant l'expression de Jarek quand ce qu'il désirait le plus lui échapperait.

– Que s'est-il passé ?

Asha revit alors le visage contusionné de Safire.

– J'aimerais savoir comment lui faire peur, dit-elle.

Un silence gêné s'installa entre eux. Asha leva les yeux ; l'esclave la fixait. Il voyait tout. Mieux, il entendait tout ce qu'elle ne disait pas.

Elle se détourna et son regard tomba sur les étagères chargées de parchemins.

Il y eut alors comme une étincelle dans sa mémoire. Un souvenir lui revint. Son frère dans cette pièce, en train de tirer les rouleaux de parchemin. Ces parchemins couverts d'une écriture maladroite, pleins de fautes d'orthographe.

Elle en tira un à son tour, qu'elle déroula en contemplant les lettres malhabiles griffonnées sur sa surface blanche. C'était encore tout frais.

Elle se rappela alors les leçons avec Dax, autrefois, la frustration de leurs précepteurs parce qu'il n'arrivait pas à déchiffrer un seul mot. Elle se rappela ce qu'ils murmuraient dans leur barbe.

« Bête. Idiot. Incapable. »

Ils pensaient tous que Dax n'avait jamais appris à écrire.

« Mais ils se trompaient peut-être, pensa Asha. Si ça se trouve, il a appris sans que personne ne le remarque. »

Elle passa en revue les changements récents dans son comportement. Les tremblements. La perte de poids. Son regard terne, qui avait brusquement perdu son éclat. Puis elle fit le rapprochement : les symptômes de leur mère étaient apparus lorsqu'elle s'était mise à lui raconter les histoires des temps anciens la nuit.

Et si c'était Dax qui avait écrit les histoires sur ces parchemins ?

Et si les écrire avait les mêmes effets que de les raconter ?

– On dirait que l'Iskari a vu un fantôme, remarqua l'esclave.

Asha releva la tête.

– Mon frère… je crains qu'il soit malade.

Elle repensa à sa mère.

« Quelle a été l'étape suivante, après les tremblements ? La toux. »

Elle ouvrirait l'œil et guetterait les symptômes. Une fois qu'elle aurait réglé son compte à Kozu.

L'esclave portait la cape écarlate de Jarek. Avec la capuche bien serrée autour de son cou, personne n'aurait pu le reconnaître. Non que ce déguisement fût réellement utile. Car lorsque l'Iskari mena l'esclave dans les sous-sols du temple, ils ne croisèrent pas la moindre gardienne.

– Dis-moi, où as-tu trouvé ces épées que tu as dans le dos ? demanda-t-il.

– Dis-moi, comment se fait-il qu'un esclave domestique soit au courant des lois qui régissent la chasse ?

Une fois dans la crypte, Asha alluma la lampe à huile. Sa lueur orangée dansa sur les parois de pierre. Elle projeta les longues ombres des jarres rangées dans les alcôves. Des jarres sacrées qui contenaient les restes de ses ancêtres.

– Greta était une esclave chasseuse avant que mon maître l'achète, expliqua-t-il.

Greta. La vieille esclave. Son nom pesait sur le cœur d'Asha comme une pierre. Il ignorait qu'elle était morte, réalisa-t-elle soudain. Il était en train de se remettre de ses blessures ici au temple quand c'était arrivé. Il devait la croire en sécurité dans le quartier des esclaves.

– Tout ce que je sais de la chasse et des dragons, c'est Greta qui me l'a appris, reprit-il.

Il frôlait du bout du doigt les murs scintillants d'humidité, comme s'il tentait de suivre le cheminement de sa mémoire.

– Tout ce que je sais, c'est Greta qui me l'a appris. C'est elle qui m'a élevé.

Asha revit alors la soirée dans les appartements de Jarek. Greta en larmes qui lui ouvrait la porte. Elle aurait dû être au quartier des esclaves, mais elle était restée. Parce qu'elle aimait ce Skral. Asha ne le comprenait que maintenant.

Elle déglutit. Il fallait que quelqu'un le lui dise.

– Greta est morte.

Le bruit de ses pas s'interrompit. Un frisson glacé parcourut le dos d'Asha. Il était sorti du cercle de la lampe, elle ne voyait pas son visage.

– Quoi ?

C'était un souffle plus qu'un mot.

Asha ne bougea pas.

– Je… je l'ai vue mourir.

Le silence emplit l'obscurité. Puis un sanglot étouffé résonna dans la crypte tandis qu'un poing frappait la paroi de pierre. La gorge d'Asha se serra. Tout doucement, elle avança avec sa lanterne à la main pour le rejoindre. Il s'était laissé glisser au sol, roulé en boule, le visage enfoui entre ses mains.

Asha ne se rappelait pas la dernière fois qu'elle avait pleuré. Elle ne savait pas quoi lui dire. Pourtant, il fallait dire quelque chose, elle le sentait. Comme si soudain sa poitrine était devenue trop petite pour son cœur.

Quand elle n'y tint plus, elle brisa le silence :

– Le tunnel est par là.

Levant la lanterne, elle éclaira une fente dans la pierre.

– Maintenant, tu sais comment rejoindre la Faille. Tu peux t'enfuir. Tu es libre.

Et Asha pouvait ajouter « a libéré un esclave » à la liste de ses crimes.

Il ne répondit rien. Ne releva même pas la tête.

Ne sachant que faire, elle le laissa là. Il fallait qu'elle retrouve son dragon de l'ombre. Puis qu'elle traque Kozu. Il ne lui restait plus que quatre jours.

Elle avait tenu sa promesse. Elle lui avait montré le tunnel. Ce serait sa faute s'il se faisait prendre ici à pleurer comme un bébé.

Mais à mesure qu'elle avançait, elle réfléchissait. Même si le Skral réussissait à atteindre la Faille, il y avait les bêtes sauvages, les éléments… et, en plus, les chasseurs de Jarek. Et s'ils le capturaient ?

Alors Asha fit volte-face et rebroussa chemin.

Chapitre 17

Ils n'avaient pas échangé un mot depuis qu'ils étaient arrivés au bout du tunnel. Ce qui convenait parfaitement à Asha. Elle n'avait pas besoin parler. Quand ils sortirent au clair de lune, le doux hululement d'un hibou les salua. Asha inspira l'air frais de la nuit tandis que l'esclave stoppait net. Il tendit le bras et Asha lui rentra dedans. Elle allait le repousser quand, à l'orée de la forêt de cèdres, juste en face, elle vit ce qui l'avait arrêté : deux pupilles pâles et fendues qui les observaient dans la nuit.

Asha soupira. Le dragon de l'ombre. Les chasseurs ne l'avaient donc pas eu.

– Continue d'avancer, ordonna-t-elle.

– Quoi ?

– Tu vas voir.

Asha s'engouffra entre les cèdres. Sans se faire voir, le dragon se faufila à leur côté. Par-dessus le murmure du vent, Asha entendait son corps effleurer les feuilles. Elle entendait le doux cliquetis de ses écailles à mesure qu'il se mouvait. Asha continua à marcher tandis que la forêt s'épaississait, devenait plus touffue. Elle suivit le clapotis de l'eau et s'arrêta au bord d'un ruisseau. Cela sentait la terre mouillée. Là, elle s'allongea dans l'herbe et chercha le dragon entre les arbres. Il l'avait suivie et soutenait son regard. Qu'était-elle censée faire ?

L'esclave s'assit à côté d'elle, les yeux écarquillés, tremblant de tous ses membres.

– Tu peux y aller, lui dit-elle en s'asseyant à son tour, les bras autour des genoux. Je ne te retiendrai pas.

– Tu sais quel est le châtiment pour avoir libéré un esclave ?

Asha le savait.

– L'amputation d'une main, dit-il au cas où elle l'aurait ignoré.

Elle haussa les épaules. Il faudrait prouver que c'était bien elle la responsable.

Et elle n'avait besoin que d'une seule main pour tuer Kozu.

– Évite les sentiers de chasse, lui conseilla-t-elle. Ils commencent par ici, dans le bas de la Faille, et vont vers l'est, en direction des terres d'élevage. Si tu continues tout droit vers l'est, il se pourrait que tu atteignes Darmoor.

Mais c'était une très longue marche. Et la Faille était un endroit extrêmement dangereux. Seul, il avait peu de chances d'y parvenir.

Il devait le savoir, car il dit :

– Je pense que je vais rester ici pour l'instant.

Asha le regarda. Il saisit un long brin de sparte, qu'il enroula autour de ses doigts.

– Il y a un dragon par là-bas.

Il désigna les arbres du menton tout en cueillant deux autres tiges. Il les tissa ensemble, formant une sorte de tresse.

– Puisque tu es une chasseuse de dragons, je préfère rester avec toi jusqu'à ce qu'il soit mort ou parti.

– Malheureusement pour nous, murmura-t-elle, aucune de ces deux issues n'est probable.

– Comment ça ? fit-il en jetant un regard entre les arbres, où le dragon s'était couché. Pourquoi ?

En soupirant, elle se laissa tomber dans l'herbe, contemplant la lune qui n'était plus qu'un fin croissant rouge dans le ciel noir.

– Je ne peux pas le tuer, chuchota-t-elle. J'aimerais pourtant, mais...

Elle lui lança un regard gêné.

– Je suis censée le protéger.

L'esclave se tourna vers elle pour la dévisager, lui masquant la vue de la lune.

– Mais tu es l'Iskari. La chasseuse de dragons du roi.

– S'il meurt, déclara-t-elle en le regardant droit dans les yeux, l'Ancien me punira.

– L'Ancien... ?

Il haussa un sourcil d'un air moqueur.

– Iskari, tu as tué des centaines de dragons. T'a-t-il déjà punie ?

Il posa une main au-dessus de sa tête afin de se pencher plus près.

« Trop près. »

Le cœur d'Asha s'emballa. Elle l'esquiva et se leva d'un bond. Concentrant son attention sur le dragon, elle remonta le ruisseau. Si elle parvenait à l'attraper, elle pourrait peut-être l'apprivoiser. Lui apprendre à ne pas la suivre en ville.

Elle sentit sa présence entre les arbres. Couché, prêt à bondir. Elle s'approcha lentement. Avec précaution. Quand elle ne fut plus qu'à quelques pas, elle ralentit encore. Elle fit claquer doucement sa langue, imitant les bruits de ses congénères pour l'attirer.

Le dragon disparut dans l'obscurité.

– Très bien ! Va-t'en ! cria-t-elle en ramassant des cailloux dans le lit du ruisseau pour les lancer un à un dans les arbres. Bon débarras !

Une fois sa réserve de cailloux épuisée, elle reprit, sans regarder l'esclave qui était resté à distance :

– Il m'a suivie jusqu'au palais, mais il ne me laisse pas approcher.

Elle fit volte-face, revint à grands pas rageurs et donna un coup de pied dans son casque en remontant sur le rivage.

– Comment le protéger du danger dans ces conditions ?

Il la toisa de la tête aux pieds.

– Sincèrement ? Si j'étais un dragon, je ne te laisserais pas approcher non plus.

Asha suivit son regard qui allait de son armure au casque à ses pieds. Elle le ramassa et l'examina. Sa tenue de chasse était entièrement faite de peau de dragon.

Quand l'esclave voulut saisir son casque, Asha le serra contre elle.

Il le lui prit des mains quand même.

– Fais-moi confiance.

Un léger frisson la parcourut tandis qu'elle se revoyait enfant, sans armure face à Kozu.

Le jet de flammes fondant sur elle.

Les cris prisonniers de sa gorge.

Sa peau brûlée vive...

Avec son casque sous le bras, il s'approcha. Assez près pour saisir les boucles de son plastron. Soutenant son regard, il entreprit de les défaire.

Le pouls d'Asha accéléra, elle avait le souffle court.

– Pas question, décréta-t-elle en reculant.

– Comme tu voudras, fit-il en posant son casque à ses pieds.

Il ôta ses sandales et roula son pantalon jusqu'à ses genoux pour s'asseoir au bord du ruisseau et y tremper les pieds.

– Peut-être que tu vas réussir à lui faire tellement peur qu'il s'en ira. Ainsi, je pourrai reprendre mon chemin en toute sécurité.

Il battit des pieds dans l'eau.

Debout sur la rive, Asha contempla son reflet au clair de lune.

Qu'avait-elle à craindre ? Si le dragon avait voulu la tuer, il l'aurait fait depuis longtemps, non ?

Elle défit une à une les boucles et ôta les différentes parties de son armure. Elle avait toujours aussi mal à la main. Elle détacha la bandoulière qui maintenait ses épées sur son dos et les fit glisser à terre, à côté de son armure. L'air de la nuit s'engouffrait sous sa tunique, hérissait ses bras nus. Asha s'accroupit pour délacer ses bottes, puis les ôter.

Pieds nus, avec les brins de sparte qui lui chatouillaient les mollets, Asha avait une impression étrange... comme une arme sortie de son fourreau. Le vent faisait voler ses cheveux. L'air de la nuit effleurait sa peau, sa cicatrice. Sans armure face à un dragon, elle aurait cru se sentir vulnérable, à nu. Et c'était le cas, mais pas seulement...

Elle se sentait aussi...

Sans entraves.

Sauvage.

Libre.

Sans aucune protection, elle contourna l'esclave, traversa le ruisseau et s'engouffra à nouveau entre les arbres – à la rencontre de ces pupilles fendues. Elle entendit le sifflement inquiet d'une queue fourchue sur le sol.

Trois pas. Deux. Et...

Le dragon prit la fuite.

Serrant les poings, Asha pesta :

– Ça n'a pas marché !

La silhouette sombre de l'esclave la rejoignit, mais Asha passa sans s'arrêter et plongea dans l'eau froide du ruisseau, frissonnant dans la nuit. Quelle erreur.

Quand elle se retrouva devant son armure, cependant, elle ne la reconnut pas. On aurait dit une peau sèche et vide, comme une mue de lézard. Elle ne put se résoudre à la remettre.

– Je perds mon temps.

Kozu rôdait quelque part au fond de la Faille. Elle aurait dû être à ses trousses en ce moment, au lieu d'essayer d'apprivoiser cette créature stupide. Il ne lui restait plus que quatre jours avant le mariage. Quatre jours avant que Jarek ne la mette dans son lit.

Les larmes lui montèrent aux yeux à cette seule pensée. Elle se prit la tête entre les mains et s'accroupit dans l'herbe.

Une ombre tomba sur elle.

– C'est une bête sauvage, Iskari. Et toi, une chasseuse. Tu ne peux pas espérer qu'il vienne quand tu l'appelles. Il faut que tu gagnes sa confiance.

Asha leva les yeux vers l'esclave.

– Qu'est-ce que je dois faire, alors ?

– Attendre. Le laisser venir vers toi.

Mais la lune était décroissante. Asha ne pouvait pas attendre.

Peut-être n'était-ce pas nécessaire. Elle savait comment attirer un dragon ; combien de fois l'avait-elle fait ces dernières années ? Bien trop souvent. Son ventre se noua. Si elle attirait ce dragon en racontant une histoire, alors l'esclave connaîtrait son secret. Qu'elle était demeurée cette fille corrompue qui avait fait le malheur de son peuple.

Et alors ? Qu'est-ce que ça pouvait bien lui faire que l'esclave soit au courant ?

Asha releva la tête, prit une profonde inspiration et commença.

L'histoire de Willa

Willa était fille de fermier. Elle causait du souci à ses parents qui n'arrivaient pas à la marier : personne ne voulait d'une femme qui devait se reposer au milieu des moissons. D'une femme qui ne survivrait peut-être pas à un accouchement.

Willa avait le cœur fragile, ce qui faisait d'elle un fardeau – jusqu'au jour où elle emmena paître les moutons et ne revint pas.

L'Ancien lui apparut là-haut sur les collines de sable. Il l'avait choisie pour son Premier Namsara. Elle devait être la hika d'Elorma – une compagne sacrée, une âme sœur, faite pour lui comme le ciel pour la terre. L'Ancien lui ordonna d'abandonner sa famille et de partir à la recherche d'Elorma. Willa, qui avait toujours été pieuse, fit ce qu'il lui demandait.

Elle se mit en route, traversa le désert, et lorsqu'elle arriva à Firgaard, des semaines plus tard, et qu'elle franchit les portes du temple, Elorma – qui ne l'avait jamais vue de sa vie – sut immédiatement qui elle était.

Ils durent cependant attendre neuf lunes avant de pouvoir se marier, car Willa n'avait pas encore dix-huit ans. Pendant ce temps, Elorma lui apprit à lire et à écrire afin qu'elle puisse le seconder au temple. Il lui expliqua les coutumes de Firgaard et les façons de faire des habitants de la ville. Jamais il ne s'agaça qu'elle doive parfois s'arrêter pour reposer son cœur. En réalité, il était de plus en plus amoureux d'elle.

Mais pas elle. Elle faisait ce qu'on lui demandait, mais l'Ancien ne pouvait pas la forcer à aimer un homme.

Elorma essaya de gagner son cœur. Il lui apporta des cadeaux et, comme ça ne fonctionnait pas, il lui écrivit des poèmes, ce qui ne fonctionna pas non plus. Elorma alla demander conseil à l'Ancien, mais celui-ci resta muet.

Un jour, la ville fut attaquée par des ennemis venus de l'ouest. Elorma fut capturé et retenu en otage. Les envahisseurs prirent le commandement de la ville. Ce fut Willa qui poussa le peuple de Firgaard à se révolter. Ce fut Willa qui se présenta devant le roi imposteur avec un millier de poings levés derrière elle, demandant qu'il lui rende son fiancé.

Une fois qu'ils eurent chassé l'envahisseur, Elorma supplia l'Ancien de libérer Willa de sa promesse. Il ne voulait pas forcer un oiseau à vivre en cage.

Cette fois, l'Ancien accéda à sa requête.

Elorma alla trouver Willa. Il lui dit qu'elle était libre, qu'elle pouvait reprendre sa vie d'autrefois.

Willa refusa. Les habitants de la cité ne la considéraient plus comme une paysanne simplette. C'était une héroïne à leurs yeux et elle était désormais chez elle à Firgaard. Elle était la promise d'Elorma.

Le soir de leurs noces, Elorma attendit au temple pendant que Willa traversait la ville. Les citoyens de Firgaard lui lançaient des fleurs. Ils l'embrassaient et lui souhaitaient le meilleur. Cela lui fit chaud au cœur. Elle n'était plus un fardeau dorénavant.

Hélas, Willa ne rejoignit jamais son promis, car elle entendit l'appel de la Mort. Son cœur empli de bonheur, mais toujours fragile, lui fit défaut.

Lorsque Willa tomba à genoux sur les pavés, les cris de joie se turent.

– Mon amour, murmura-t-elle, je t'attendrai à la porte de la Mort.

Le vent porta ses mots à Elorma qui courut rejoindre la fille qu'il aimait. Mais le cœur de Willa cessa de battre avant qu'il arrive. La Mort voleuse l'avait emportée.

Quand Elorma arriva, le corps de son aimée était encore chaud. Il la serra contre lui, injuriant l'Ancien qui ne l'avait pas protégée, sanglotant dans ses cheveux.

Lorsque Willa rejoignit la porte de la Mort, elle se planta devant et se tourna vers le monde des vivants. Les âmes n'avaient pas le droit de rester à la porte, la Mort vint donc la chercher en personne.

Willa ne se laissa pas intimider.

La Mort envoya un froid glacial pour geler l'amour dans son cœur – Willa ne bougea pas.

Elle envoya un feu furieux pour dévorer ses souvenirs – Willa tint bon.

Elle envoya un vent aussi fort que la mer pour la forcer à rentrer – mais Willa se cramponna à la grille, refusant de lâcher prise.

Alors la Mort capitula et la laissa là, pensant qu'elle se lasserait avec le temps. Mais la loyauté de Willa ne faillit jamais. Elle attendit qu'Elorma se présente à la porte, une vie plus tard, et alors seulement, elle lâcha la grille.

– Qu'est-ce qui t'a pris si longtemps ?

Puis, prenant sa main dans la sienne, Willa accompagna son bien-aimé dans la mort.

Chapitre 18

Une fois qu'Asha se fut tue, l'histoire des temps anciens demeura en elle, encore vibrante d'énergie. Dans la version du parchemin, c'était Elorma qui faisait franchir la porte à Willa. Mais Asha n'aimait pas cette fin. C'était l'histoire de Willa. Willa qui avait résisté au froid, au feu, au vent, au temps. C'était elle qui devait faire franchir la porte à Elorma. Aussi Asha avait-elle changé la dernière phrase.

Lorsque l'histoire finit par relâcher son emprise sur elle, elle revint dans les bois et trouva l'esclave penché sur elle. Une nouvelle fois, Asha fut surprise par la douceur de son regard. Dans son regard, il n'y avait pas de sentiment de propriété, comme dans celui de Jarek. Mais pas de peur non plus, comme dans celui de tous les autres. Le regard de l'esclave était tendre et léger.

Un *pfff* discret rompit le silence. Ils levèrent aussitôt les yeux : le dragon se dressait au-dessus d'eux, agitant sa queue d'un air menaçant. Ils sentaient son souffle chaud et rance sur leurs visages.

Les pupilles fendues rétrécirent. Un grondement sourd retentit.

Asha – toujours sans armure et sans armes – paniqua. Elle se releva tant bien que mal, prête à fuir.

– Non.

Une vive douleur irradia dans ses côtes lorsque l'esclave la prit par la taille et la retourna face au dragon.

– Ne t'enfuis pas.

Le feu, rouge et furieux. Brûlant sa peau, emprisonnant ses mots dans sa gorge…

Il résista à ses coups de poing et de coude. Il la tint fermement. Et pendant ce temps, le dragon approchait.

– Chut. Arrête de te débattre.

Comprenant que l'esclave ne la lâcherait pas, Asha capitula. Terrifiée, elle se plaqua contre lui, dans l'attente du feu de dragon.

La nuit se figea. Son cœur battait à ses oreilles.

– Iskari.

Autour de sa taille, l'étreinte se relâcha.

– Regarde.

Le dragon s'était assis. La tête penchée sur le côté, il les regardait.

L'esclave s'adressa à lui dans une suite de claquements, si bien qu'Asha se demanda jusqu'où Greta était allée dans ses explications.

Gardant un bras autour de sa taille, il tendit l'autre en faisant doucement claquer sa langue pour essayer d'attirer le dragon.

Asha retenait son souffle.

Le dragon paraissait hésiter, regardant tour à tour la main tendue de l'esclave et l'Iskari. Au bout de plusieurs battements de cœur, il s'approcha, sans quitter Asha des yeux. Il renifla la paume tendue, puis lui donna un léger coup de museau. L'esclave resserra son étreinte autour d'Asha, craignant qu'elle ne s'enfuie. Il caressa délicatement le museau du dragon, puis prit la main indemne d'Asha dans la sienne et la tendit.

Le dragon mit longtemps avant de lui renifler les doigts, et plus longtemps encore avant de poser son museau dans sa paume. Lorsqu'il s'approcha, qu'elle sentit son souffle dans son cou, Asha saisit délicatement son museau. Il avait affreusement mauvaise haleine. Une haleine de viande pourrie.

– Dis-moi, chuchota l'esclave à son oreille, ce sont les histoires qui ont rendu ta mère malade, c'est bien ça ?

– Oui, confirma Asha, inspirant l'odeur piquante du dragon.

– Alors pourquoi ne t'affectent-elles pas de la même manière ?

– Ma mère était trop douce, dit-elle en l'imitant pour caresser le museau tout chaud du dragon. Trop gentille. Elle n'avait aucun contrôle sur les histoires. Elles l'ont empoisonnée, elles l'ont dévorée vive. Comme les raconteurs. Mais moi… je ne suis pas pareille.

Quand elle se tourna vers lui pour voir s'il avait compris, elle vit un orage passer sur son visage.

– C'est difficile à expliquer.

Elle se tourna de nouveau vers le dragon et appuya son front contre ses écailles rugueuses. Instantanément, il y eut une lueur dans son esprit, comme la flamme d'une bougie. Des images défilèrent : un homme encapuchonné sur le dos d'un dragon noir, une armée traversant le désert.

Quand Asha s'écarta, les images disparurent. Elle dévisagea le dragon, qui leur tournait autour, surexcité. Finalement, il s'assit et la fixa, les yeux pleins d'espoir, comme s'il s'attendait à jouer à une sorte de jeu.

L'esclave dit quelque chose qu'Asha n'entendit pas. Elle était plongée dans ses pensées. Dans ses souvenirs. Elle se revoyait des années auparavant, le cœur papillonnant. Elle fit un pas vers le dragon et prit son museau entre ses mains. À nouveau, des images défilèrent dans son esprit.

C'était le dragon. Il voulait lui raconter une histoire, en échange de la sienne, comprit-elle. Sauf qu'à la place des mots et des phrases, il lui envoyait des images par la pensée. Comme des éclats de verre scintillants, parfois trop coupants pour qu'elle puisse les attraper, tous dans le désordre.

En huit ans, elle avait oublié : les dragons aimaient autant raconter des histoires que les écouter. Asha se força à retourner dans le passé, à se rappeler les années *avec* les dragons plutôt que contre eux.

Kozu était doué pour raconter. Ses histoires étaient faciles à comprendre. Alors que ce dragon… on aurait dit un jeune enfant qui ne sait pas encore construire de véritables phrases.

Asha ferma les yeux pour mieux se concentrer. Elle s'efforça d'assembler ces images éparses dans sa tête, comme les éléments d'une mosaïque.

L'homme encapuchonné avait l'air important. Il revenait sans cesse, sur le dos d'un dragon noir d'encre. Kozu, comprit Asha, avant qu'il soit blessé. Mais seul un Namsara aurait osé chevaucher le Premier Dragon. Cet homme devait donc en être un.

C'était cependant la femme qui les accompagnait qui intéressait davantage Asha. Elle portait autour du cou le médaillon en citrine de son père. Et même si elle était jeune, Asha reconnaissait son visage. Son regard dur, réprobateur. Il la fixait depuis la tapisserie de la salle du trône.

Il s'agissait de sa grand-mère.

Cette histoire était celle du dernier Namsara. Sauf qu'elle ne se terminait pas comme celle qu'elle connaissait – où les Skrals étaient mis aux fers et réduits en esclavage. Le dragon lui racontait ce qui s'était passé après.

La Rupture – nouvelle version

L'Ancien accorda à la reine dragon la victoire sur les Skrals. Il lui donna un Namsara qui la mena droit au camp de ses adversaires pendant qu'ils dormaient. Il lui offrit sa protection contre l'ennemi.

Et elle, que fit-elle en retour ?

Elle le déshonora.

Elle ne chassa pas les Skrals du royaume comme il le lui avait ordonné. Non, au lieu de ça, elle les réduisit en esclavage.

– Les Draksors ne possèdent pas d'esclaves, lui rappela le Namsara. L'Ancien le défend.

– Pense à ce que nous pourrons accomplir, fit valoir la reine dragon. Imagine comme nous serons puissants avec nos ennemis à notre service ! Personne n'osera plus jamais nous attaquer.

– Ignorer les ordres de l'Ancien causera votre perte, l'avertit le Namsara.

Mais la reine réduisit tout de même les Skrals en esclavage.

Les ruelles étroites et tortueuses de la cité se remplirent d'esclaves à qui l'on ajusta un collier autour du cou. En or pour ceux destinés au palais. En argent pour ceux au service des riches. En fer pour les autres.

Le Namsara vint trouver la reine dragon pour lui donner un deuxième avertissement :

– L'Ancien se montrera clément si vous relâchez l'ennemi. Brisez leurs colliers et libérez-les.

La reine chassa le Namsara hors de sa vue.

On attribua un rôle à chacun des esclaves, on leur donna des interdits à respecter :

Ne jamais regarder un Draksor dans les yeux, ne jamais prononcer son nom.

Ne jamais toucher un Draksor autre que son maître.

Ne jamais boire dans le gobelet d'un Draksor, ne jamais manger dans son assiette.

Le Namsara revint une troisième et dernière fois. Mais pas pour implorer la reine. Ni pour lui proposer de lui faire grâce. Non, cette fois-ci, il s'adressa à toute la ville :

– Voilà le destin que l'Ancien vous prédit. Vos plus loyaux alliés se retourneront contre vous. Ils brûleront vos maisons et attaqueront vos familles, leurs ombres en fuite creuseront un fossé à travers tout Firgaard.

Et c'est exactement ce qui se produisit.

Chapitre 19

Ce dragon était un menteur. Son histoire était complètement fausse. Les Skrals étaient impitoyables. Ils avaient pillé et incendié toutes les villes qu'ils avaient traversées. Ils ne laissaient que ruines dans leur sillage. Si la reine dragon les avait relâchés, leurs exactions auraient perduré. La grand-mère d'Asha avait protégé son peuple et tous les autres.

Le dragon déformait la vérité. Tout comme Asha elle-même avait changé la fin de son histoire, ce dragon avait changé celle de la sienne.

Plus tard dans la nuit, une odeur de brûlé réveilla Asha. Prête à invectiver l'esclave qui avait été assez stupide pour faire un feu et révéler leur position, elle se leva d'un bond. Mais elle ravala ses insultes en voyant l'homme assis en face d'elle. Un feu flambait bien entre eux, mais il ne s'agissait pas d'un feu de camp. Et il n'y avait pas la moindre trace du Skral ou du dragon. C'était Elorma qui était assis près d'elle à la place.

– Tu as fait ce qu'il fallait avec ton deuxième cadeau, déclara-t-il. L'Ancien est content.

La colère monta en Asha comme une volute de fumée.

– L'Ancien peut mordre la poussière.

Elorma esquissa un sourire.

– Voyons comment tu te débrouilleras avec ton prochain cadeau.

– Non, supplia-t-elle. Je n'en veux plus.

– Celui-ci va te plaire. Je te le promets.

Il repoussa sa capuche et son regard se posa sur la cicatrice qui zébrait son visage.

– Je pense que tu le trouveras... utile.

Asha ne baissait pas si facilement la garde. Elle serra les dents. Les poings.

– L'Ancien peut se mettre encore et encore en travers de mon chemin, je tuerai son dragon. Je le jure.

Elorma soupira, puis se leva.

– L'Ancien t'offre son troisième cadeau, annonça-t-il d'un ton las. La peau de feu. Tu en auras besoin pour accomplir la mission suivante.

« La peau de feu ? »

Asha desserra les poings.

– Tu vas reprendre la flamme sacrée à qui l'a volée pour la remettre à sa place.

Une vague de panique submergea Asha. C'était son père qui avait volé la flamme sacrée dans la grotte.

– Vous voulez que je trahisse... mon propre père ?

Le silence d'Elorma le confirma. Soudain, elle ne pouvait plus respirer. Comme si elle avait trop couru. Elle avait le vertige. Tellement qu'elle se laissa tomber à terre et posa la tête sur ses genoux pour que le monde cesse de tanguer. Que tout reprenne sa place.

Elle revit son père à l'infirmerie, qui lui tenait la main durant ses longues nuits de douleur. Qui était demeuré à son chevet, alors que tout le monde sifflait et crachait sur elle. Qui la regardait avec fierté quand elle revenait de la chasse et lui servait la tête d'un dragon sur un plateau.

Non, c'était impossible. Asha ne pouvait pas le trahir.

Et même si elle avait osé, ça n'aurait jamais marché. On ne pouvait pas arriver comme ça pour prendre la flamme sacrée. On la verrait, on l'arrêterait avant qu'elle ait fait un pas.

– Je ne peux pas. C'est impossible, affirma-t-elle.

– Tu trouveras un moyen, assura Elorma.

Quand Asha ouvrit les yeux, les alouettes chantaient à réveiller le ciel. Le soleil nimbait la cime des arbres d'une brume d'or. Non loin de là, le dragon couleur terre rouge ronflait paisiblement.

Personne ne savait rien de la sinistre mission que l'Ancien lui avait confiée. Asha ne voulait plus jouer à ce petit jeu. Dans trois jours, elle serait mariée à Jarek. Il fallait qu'elle retrouve Kozu. C'était le seul moyen d'empêcher ce désastre.

Il lui fallait aussi un plan – un plan astucieux pour déjouer celui de l'Ancien.

Asha se frotta les yeux pour en chasser les dernières miettes de sommeil, puis se figea en s'apercevant que sa main brûlée ne lui faisait plus mal. Elle la leva au niveau de son visage, puis entreprit de dérouler le bandage.

Quand le pansement tomba, elle fixa sa main, sous le choc.

La veille, sa peau était à vif, sévèrement brûlée. Ce matin, à la place, elle découvrait une cicatrice encore un peu dure, qui prenait toute sa paume et certains de ses doigts. Sa brûlure avait complètement guéri.

Asha s'assit.

Qu'avait dit Elorma au sujet du troisième cadeau de l'Ancien ?

Il avait parlé de « peau de feu ».

Mais qu'est-ce que ça voulait dire ?

Elle avait sa petite idée.

Asha prit les allumettes à côté de la lampe à huile et en gratta une. Quand elle s'enflamma, elle retint son souffle. Très lentement, elle approcha la flamme tremblante sous sa paume et se mit à compter.

« Un. Deux. Trois. »

« Quatre. Cinq. Six. »

« Sept. Huit. Neuf… »

Rien. Pas la moindre douleur.

Un sourire se dessina sur ses lèvres.

Si elle était insensible au feu, il lui serait encore plus facile de tuer Kozu !

Une main s'interposa, lui arrachant l'allumette des doigts. Elle tomba par terre et s'éteignit.

– Qu'est-ce qui te prend ?

L'esclave s'accroupit à côté d'elle, hors d'haleine. Sur son épaule était perché un faucon blanc comme la brume. Il fixa Asha de ses yeux argentés.

Elle ne s'attendait pas à voir cet oiseau ici.

– C'est le faucon de Roa ? s'étonna-t-elle.

Il tendit la main pour effleurer ses plumes blanches, comme s'il avait oublié sa présence.

– Elle s'appelle Essie.

Il secoua la tête, pour revenir au sujet qui le préoccupait.

– Tu veux te faire du mal ?

Il fronça les sourcils. Visiblement, le fait qu'elle puisse vouloir se faire du mal le perturbait.

– Oui, confirma-t-elle en plongeant ses yeux dans les siens.

Elle prit une nouvelle allumette qu'elle gratta. Soutenant son regard ombrageux, elle tendit la main au-dessus de la flamme.

Ça chatouillait. Ça réchauffait. Mais ça ne brûlait pas du tout.

– C'est mon troisième cadeau.

Le front de l'esclave se plissa encore davantage.

– Quoi ?

Asha éteignit l'allumette en la secouant.

– Il veut que je m'en serve pour voler la flamme sacrée.

– Qui ça ?

Ses sourcils étaient réunis en une unique ligne noire.

Il était particulièrement tendu ce matin. Asha se tourna vers le faucon – *Essie* – en se demandant si c'était à cause de lui.

– Qu'est-ce que tu racontes ?

Leurs voix réveillèrent le dragon qui s'assit.

– L'Ancien m'a fait don de ceci, dit-elle en levant la main guérie qu'elle venait d'essayer de brûler. Tout comme il m'avait fait don de cela, ajouta-t-elle en désignant le dragon du menton. Et de ça également, conclut-elle en montrant les épées sacrées gisant par terre dans leurs fourreaux. Il m'offre chaque cadeau à une condition.

Il voulut lui prendre la main. Surprise, Asha le laissa faire. Il l'examina, sourcils toujours froncés. Quand il passa son pouce sur la peau rêche et décolorée, une vague de chaleur monta en elle.

– Ce n'est pas possible, décréta-t-il.

Perchée sur son épaule, Essie suivit son regard.

– Quand je t'ai bandé la main, il y a quelques jours à peine, elle était complètement à vif.

Asha regarda son pouce passer et repasser sur sa peau. Une fois de plus, elle pensa aux gestes doux de sa mère, lorsqu'elle lui prenait une mèche rebelle pour la lui coincer derrière l'oreille. Ou qu'elle l'interceptait alors qu'elle courait dans les couloirs pour la serrer dans ses bras. Asha se dégageait en gigotant – elle avait toujours mieux à faire.

Maintenant, elle se demandait bien ce qui pouvait être aussi important.

Il lui lâcha la main, la tirant de ses pensées.

– Et quelle est la condition, cette fois ?

Son regard se posa sur ses cheveux.

En y passant la main, elle s'aperçut que sa tresse était défaite.

– Je dois voler la flamme sacrée pour la rapporter dans la grotte.

– Et tu vas le faire ?

– Je ne sais pas.

Elle pourrait peut-être simplement l'emprunter un moment. Le temps de tuer Kozu. Ensuite, ça n'aurait plus d'importance. Rien de ce qui remontait aux temps anciens n'aurait plus la moindre importance.

Les histoires étaient comme les branches d'un arbre dont Kozu était la racine assoiffée. Il suffisait de couper la racine pour que les branches se dessèchent et meurent. Pour faire taire le cœur du Premier Dragon, pour faire taire les histoires à jamais, et ainsi briser l'emprise de l'Ancien sur son peuple.

À la mort de Kozu, les traditions des temps anciens s'effriteraient et tomberaient en poussière.

Asha secoua sa chevelure sombre, y passa les doigts.

Lorsqu'elle releva les yeux, elle croisa le regard de l'esclave.

Il détourna la tête avec une telle hâte que, sur son épaule, Essie poussa un cri. Elle déploya ses ailes blanches et prit son envol.

– Tu as besoin de moi, affirma-t-il sans la regarder.

– Quoi ?

– Tu as dit toi-même qu'il te suivait.

Il se tourna vers le dragon qui se jeta sur le faucon. Écailles couleur terre rouge et plumes blanches tournoyèrent. Puis un cri agacé retentit.

– Dès que tu repartiras, qu'est-ce qui l'empêchera de te suivre à Firgaard ?

Essie s'éleva dans les airs. Ses ailes bruissaient doucement comme les vagues de la mer de Darmoor. Le dragon fixa la proie qui venait de lui échapper, puis rejoignit Asha et l'esclave. Il tourna trois fois autour d'eux avant de s'affaler par terre, leur masquant la lumière du soleil avec ses ailes repliées. Couché, il faisait à peu près la taille d'un cheval.

L'esclave avait raison : si elle voulait avoir une chance d'accomplir sa mission, il lui fallait un endroit où laisser cette créature. Elle n'avait pas le temps de lui apprendre le « pas bouger ». Elle ne pouvait pas prendre le risque qu'il la suive à nouveau.

Le dragon lui donna un petit coup de museau dans le bras. Elle l'ignora. Comme il insistait, elle s'écarta.

L'esclave fit claquer sa langue pour détourner son attention d'Asha et l'attirer sur lui. Comme il le grattouillait sous le menton, le dragon ferma à demi les yeux de plaisir.

– Tu me proposes de garder le dragon ?

– En échange de quelque chose, oui.

La nuque d'Asha se hérissa.

– En échange de quoi ?

– Que tu promettes de m'emmener à Darmoor à dos de dragon quand tu auras accompli ta mission.

Asha écarquilla les yeux. Il n'était pas sérieux !

– Si tu me déposes à Darmoor, je pourrai me faire embaucher sur un bateau, traverser les mers, et tu ne me reverras plus jamais.

– Je ne peux pas t'emmener où tu veux comme ça.

– Et pourquoi donc ?

Elle jeta un regard à la bête.

– Je... je ne suis jamais montée à dos de dragon.

C'était ainsi que s'était tissé le lien entre dragons et Draksors : en volant. L'attachement que lui portait cette créature était déjà gênant, elle n'avait pas envie d'aggraver les choses.

– Ça ne doit pas être si dur que ça. Tes ancêtres l'ont bien fait.

– Les dragons se sont retournés contre mes ancêtres, lui rappela-t-elle. Et de toute façon, je n'ai pas le temps de t'emmener où que ce soit, ajouta-t-elle en fixant le ciel d'un bleu pur.

Le jour avait éclipsé la lune décroissante.

– Et pourquoi ?

Toutes ces questions, c'était infernal !

Asha leva les mains en signe de reddition.

– Il ne me reste que trois jours pour tuer Kozu.

Le sourire narquois de l'esclave s'évanouit.

Asha baissa les yeux vers la terre sèche.

– Si je le tue, mon père annulera mon mariage.

– Quoi ?

Il fronça à nouveau les sourcils.

– Pourquoi voudrait-il... ?

– Mon père veut mettre fin aux traditions des temps anciens.

Pour échapper à son regard perçant, elle commença à tracer des symboles dans le sol poussiéreux.

Le motif du carrelage de l'infirmerie lui revint alors en mémoire : l'élégante namsara à sept pétales.

– Mais l'Ancien continue à m'offrir des « cadeaux » toujours accompagnés d'une condition… J'ai l'impression que c'est sa manière de me ralentir.

Elle secoua la tête.

– Alors, tu vois, je ne peux pas t'aider. Je n'ai pas beaucoup de temps devant moi.

L'esclave demeura un moment silencieux.

– Après avoir tué Kozu, dans ce cas, dit-il, tu pourras me déposer à Darmoor.

– Il n'y a qu'un seul petit problème, répliqua Asha en effaçant du bout du pied les fleurs tracées dans le sable. Je ne sais pas monter à dos de dragon.

– Si tu veux que je garde ton dragon pendant que tu pars en mission suicide, tu devras apprendre. C'est le prix que je demande.

Asha contempla le dragon couleur terre rouge. Comment pourrait-elle voler dans le ciel sur le dos d'une des créatures qu'elle avait juré d'exterminer ?

Une fois qu'elle aurait tué le Premier Dragon, cela n'aurait sans doute plus d'importance. À sa mort, toute trace de l'Ancien partirait en poussière. Cette soudaine passion du dragon pour sa personne s'estomperait sûrement aussi.

Sauf que tout ça, l'esclave l'ignorait.

– D'accord, fit-elle.

– Bien, mais alors donne-moi ta parole. Je ne vais pas attendre ici au risque que tu changes d'avis. Il me faut l'assurance que tu tiendras ta promesse.

« Bon sang. »

Sans réfléchir, Asha effleura l'anneau de sa mère. Elle le regretta aussitôt, car le regard du Skral tomba dessus.

– Ça sera parfait.

Asha secoua la tête.

– Non.

– Alors occupe-toi de ton dragon toute seule.

Il se leva et s'approcha du ruisseau. Il ôta sa chemise, découvrant ses épaules et ses bras musclés. La courbe séduisante de son torse. Les bandages de lin croisés dans son dos.

Bandages où perçait le sang.

Asha fronça les sourcils. Il n'avait sûrement pas apporté de pansements de rechange.

Elle s'efforça de ne pas le fixer lorsqu'il roula son pantalon jusqu'aux genoux pour tremper ses pieds dans le courant étincelant. Il prit de l'eau dans ses mains en coupe et but longuement avant de s'asperger le visage. Asha fit tourner l'anneau de sa mère sur son doigt.

Du moment qu'elle tenait parole, il devrait le lui rendre. Ce n'était pas comme si elle le lui donnait définitivement. Le dragon lui jeta un regard paresseux entre ses paupières mi-closes. Asha s'approcha à son tour du ruisseau.

– Si tu gardes le dragon, je te promets de t'emmener où tu voudras… une fois que j'aurai tué Kozu.

Il releva la tête. L'eau scintillait dans ses cils et dégoulinait de ses cheveux. Cette vision de son corps étincelant au soleil la surprit.

Réalisant qu'elle était en train de le fixer, Asha lui tendit le bijou.

– Tiens.

Prenant l'anneau de sa mère, il le glissa à son petit doigt et l'examina. Lorsque sa bouche se souleva d'un côté, même très légèrement, Asha se détendit. Ce qui le tourmentait étant réglé, il était maintenant d'humeur joueuse. Sans crier gare, il attrapa le bas de sa chemise et l'entraîna dans le ruisseau. Asha cria, saisie par le froid de l'eau. Une fois remise de sa surprise, elle le poussa à son tour. Il tituba en riant, tout joyeux. Et ensuite, comme s'il n'avait absolument pas peur d'elle – pas la moindre peur –, il se pencha et lui éclaboussa le visage.

Furieuse, Asha le poussa plus fort. Cette fois, il tomba. Le courant glacé l'engloutit. Lorsqu'il ressortit, son petit sourire en biais avait disparu, remplacé par un sourire jusqu'aux oreilles. Des deux côtés. Un vrai sourire.

Il sortit de l'eau et s'approcha d'elle, hilare. Ses yeux étincelaient lorsqu'il tendit la main pour glisser une mèche derrière son oreille.

– Tu es jolie avec les cheveux lâchés.

Elle reçut ces mots comme un coup de shaxa.

« Jolie ? »

Il se moquait d'elle ?

Elle aurait pu le tuer pour un tel affront.

Asha se planta devant lui, les yeux plissés.

– Si tu oses redire une chose pareille, Skral, je t'arrache ta sale langue de menteur de mes propres mains.

Dégoulinante de rage, elle tourna les talons, le laissant seul dans le ruisseau.

Chapitre 20

Asha était encore trempée lorsqu'elle remonta de la crypte par l'escalier du temple. Sa colère s'éteignit brusquement quand elle reconnut une voix familière.

– Tu n'es vraiment qu'un imbécile, gronda Jarek de quelque part dans le dédale des couloirs.

Asha suivit sa voix jusqu'à se retrouver au pied d'un escalier. L'escalier qui menait à la petite pièce où son esclave était caché pas plus tard qu'hier.

Son cœur s'emballa.

Le cliquetis de boucles et de ceintures métalliques résonnant au rythme de pas sonores entre les murs blanchis à la chaux lui fit tourner la tête. Deux soldats firent irruption au bout du couloir.

– La prochaine fois que tu enfreindras la loi, fais-nous le plaisir de choisir un crime passible de la peine de mort.

Une seconde voix s'éleva, tout aussi familière et tout aussi féroce :

– Tu sais, Jarek, j'ai vraiment hâte d'assister à votre mariage. Plus précisément au moment où ma sœur te coupera les couilles et les pendra au-dessus de la muraille au matin de votre nuit de noces.

« Dax. »

Ses mots furent suivis d'un craquement sinistre.

Dax jura.

Asha pressa le pas, le cœur battant. Quand elle arriva à la petite porte sculptée, elle était ouverte. À la lueur d'une flamme, elle vit son frère, étourdi par le coup de poing de Jarek, la joue gonflée. Escorté par deux soldats portant des torches, le commandant brandissait un parchemin. D'autres jonchaient le sol à ses pieds, tandis que derrière lui, caché dans l'ombre, se trouvait le lit de camp, aux draps repliés en hâte, repoussé contre le mur. Encore pire : sur l'étagère du bas, dans la pénombre, elle aperçut le vieux luth. Sur le bois pâle et usé était gravé en lettres élégantes le nom de Greta.

Distrait par les parchemins, Jarek n'avait pas encore remarqué cet indice du passage de son esclave fugitif. Mais quand ça arriverait...

Soudain, Maya, la gardienne du temple, sortit de l'ombre. Elle était dans le fond de la pièce, flanquée par un soldat. Elle écarquilla les yeux en voyant l'Iskari sur le seuil. Elle secoua alors imperceptiblement la tête, conseillant à Asha de filer, d'éviter d'être mêlée à tout ça. Asha recula et se rencogna dans l'ombre de la cage d'escalier, plaquée contre le mur, hors de vue.

– J'ignorais que tu savais écrire, remarqua Jarek.

Asha distingua le sous-entendu narquois dans sa voix. Elle l'entendit dérouler un parchemin.

– Ta putain de Terreuse t'a appris ? Ou bien a-t-elle écrit tout ça pour toi ?

Elle vit son frère serrer les dents et les poings.

Jarek déchira le parchemin en deux puis trois morceaux. Ensuite, il en prit un autre et lui fit subir le même sort sous le regard assassin de Dax.

À chaque crissement du papier, le cœur d'Asha saignait.

Une bouffée de honte lui monta aux joues. Elle se moquait bien qu'on déchire des parchemins. Bien sûr, les histoires avaient tué sa mère. Elle les avait en horreur. Elle se réjouissait qu'on les détruise.

Quand Jarek se pencha vers les étagères pour en prendre d'autres, il l'aperçut, tapie dans l'ombre du couloir. Son rictus mauvais s'évanouit.

– Asha ? Qu'est-ce que tu fais là ?

Son bras retomba.

– Pourquoi es-tu trempée ?

Elle jeta un coup d'œil en biais au luth. Dès qu'il se retournerait, il le verrait, le reconnaîtrait.

Il fallait à tout prix empêcher cela.

Elle pénétra dans la pièce et se planta devant Jarek, de façon à lui cacher le luth, puis désigna les morceaux de parchemin à leurs pieds.

– Qu'est-ce qui s'est passé ?

– En apprenant la nouvelle, ce matin, j'ai suivi ton frère jusqu'au temple, répondit Jarek. Et j'ai découvert tout ça.

Il désigna d'un revers de main la pièce, puis ramassa un parchemin qu'il lui tendit.

Elle n'avait pas besoin de le dérouler, bien entendu. Elle savait parfaitement de quoi il s'agissait.

Évidemment, c'était bien le genre de Dax de mener le commandant droit à la preuve de sa trahison.

– La nouvelle ? Quelle nouvelle ? s'étonna Asha en prenant le parchemin.

Jarek plissa les yeux, soupçonneux.

– Personne ne t'a rien dit ?

Elle secoua la tête. Elle avait passé toute la nuit dans la Faille.

– Les Terreux ont pris le port de Darmoor hier soir. Ton père l'a appris ce matin.

Asha repensa à Roa et à son faucon.

À la manière dont Dax était attiré par elle. Comme une fleur de lune tendant sa corolle vers l'astre de la nuit.

À la manière dont Roa ne semblait pas du tout le remarquer.

Asha se tourna vers son frère, qui refusait de croiser son regard, fixant le sol à la place.

« Oh, Dax. »

Les Terreux l'avaient trahi deux fois maintenant.

– Les invités de ton frère…

Jarek avait prononcé le mot « invités » avec un dégoût palpable.

– … ont disparu. Leur séjour ici était une ruse. Pour nous distraire pendant que leur armée prenait notre port.

Jarek toisa Dax.

– Voilà une preuve de plus qu'il n'est pas apte à gouverner.

Asha s'avança pour protéger son frère des moqueries de Jarek, cependant Dax croisa son regard et jeta un coup d'œil discret mais appuyé au luth.

« Fais disparaître les preuves », lui intimait-il silencieusement.

Mais comment était-elle censée s'y prendre, avec Jarek au milieu de la pièce ?

– Si Dax est trop bête pour faire la différence entre un ami et un ennemi, comment veux-tu qu'il protège le royaume ? S'il est trop stupide pour remarquer que je le suis dans les rues de Firgaard, comment veux-tu qu'il remarque que ses ennemis complotent contre lui à sa propre table ?

Dax desserra soudain les poings, comme s'il avait subitement perdu toute envie de se battre. Il n'entendait plus la voix de Jarek, Asha le savait, mais les voix de leurs anciens précepteurs.

« Bête. Idiot. Incapable. »

– Il avait une mission : calmer les Terreux et dompter leurs velléités de rébellion. Au lieu de ça, alors qu'il venait de passer trois mois à négocier avec eux, ils l'ont trahi. J'ai envoyé la moitié de notre armée s'occuper des insurgés. Dax a mis en péril la sécurité de toute la cité.

Jarek secoua la tête, dégoûté.

– Et maintenant, il faut s'occuper de ça.

Il désigna les parchemins.

– Les histoires des temps anciens, interdites par votre propre père.

Jarek parcourut des yeux les étagères, puis le reste de la pièce. Son regard allait tomber sur le lit de camp quand Maya s'avança vers lui pour détourner son attention.

– Quant à toi, dit-il, tu es démise de tes fonctions, avec effet immédiat.

Jarek prit la torche de l'un de ses soldats, en lui faisant signe d'arrêter Maya. Ce n'était plus qu'une question de temps, de quelques battements de cœur à peine, avant qu'il ne découvre le lit et le luth de son esclave. Et c'en serait fini de Maya.

Asha s'interposa.

– Attends.

Tous les regards se tournèrent vers elle.

– Si tu l'arrêtes, tu élargiras le fossé entre le palais et le temple. Ce qui affaiblirait encore le pouvoir du roi.

Les yeux de Jarek s'attardèrent sur sa chemise humide, suivant du regard sa silhouette à travers le tissu. Asha recula contre les étagères, pour s'éloigner de lui.

– L'usage de la force n'est pas la seule solution, déclara-t-elle.

Un mince sourire se dessina sur les lèvres de Jarek. Un sourire qui lui glaça le sang.

– Ah oui ?

Il se rapprocha, la coinçant contre l'étagère. Il la dévorait des yeux à la lueur de sa torche.

– Qu'est-ce que tu proposes, alors ?

Dax voulut venir au secours de sa sœur, mais les soldats le retinrent.

– On pourrait oublier tout ça…

Jarek posa la main sur sa joue balafrée.

– Si tu me proposes quelque chose en échange…

Sa main descendit dans son cou, sur sa gorge, toujours plus bas.

– Si tu venais avec moi maintenant, je pourrais oublier l'incident avec mon esclave…

Asha avait les yeux qui piquaient. Elle se sentait salie. Repoussante. Le contact de Jarek la rendait plus haïssable que jamais à ses propres yeux. Plus que les histoires, le Premier Dragon et l'Ancien. Elle en voulait à son propre corps d'être désirable aux yeux de quelqu'un d'aussi méprisable.

C'était une preuve supplémentaire qu'elle était corrompue.

– Dis-moi comment tu aimerais procéder…

Jarek avait la voix rauque. Enrouée de désir.

– … ma redoutable Iskari.

Asha, elle, avait les doigts qui la démangeaient. Mais elle n'avait pas de hache à portée de main. Alors elle chercha autre chose.

– As-tu déjà entendu parler de Moria et du quatrième roi de Firgaard ?

Le regard furieux de Jarek croisa le sien.

– C'est l'histoire d'un homme qui aimait prendre ce qui ne

lui appartenait pas et de la fille qui a mis fin à ses agissements. Veux-tu que je te la raconte ?

Il y eut un changement d'atmosphère. Jarek desserra son étreinte. Asha s'éloigna des étagères et il recula.

– Donne-moi la torche.

Sans attendre, elle la lui prit des mains.

Avant que quiconque puisse la stopper, Asha mit le feu aux parchemins. Maya plaqua la main sur sa bouche, étouffant un cri en voyant les flammes lécher le papier et le bois. Dax se dégagea de l'emprise du soldat et ouvrit la porte, car la fumée emplissait la pièce. Asha regardait les rouleaux se flétrir, se consumer.

– Les histoires ont tué notre mère, dit-elle sans regarder son frère. Il faut les détruire.

Elle essaya de se rappeler la voix que prenait sa mère pour chasser ses cauchemars, ses bras si doux quand elle la serrait contre elle. Mais ce n'étaient que des souvenirs de souvenirs, bien trop lointains.

Asha replia les bras sur sa poitrine, alors qu'elle observait le feu dévorer les étagères et, avec elles, toute preuve de trahison. Maintenant, si Jarek allait voir le roi, ce serait sa parole contre celle de Dax.

Mais ce n'était pas la seule preuve que l'incendie avait détruite. Au son des cordes du luth qui se pliaient, claquaient, le visage constellé de taches de rousseur du Skral apparut dans son esprit, trempé et souriant, alors qu'il remettait sa mèche derrière son oreille.

« Il y a plein d'autres luths en ville », se dit-elle en levant son col sur sa bouche pour ne pas inspirer la fumée. « Je lui en rapporterai un. »

Moria et le quatrième roi de Firgaard

Le quatrième roi de Firgaard n'était pas un homme bon. Certains le disaient cruel. D'autres malfaisant. D'autres encore avide de pouvoir. Il fit construire un palais qui dépassait le temple. Il écrasait son peuple sous l'impôt. Et partageait son lit avec une fille différente chaque soir.

Si le quatrième roi de Firgaard se présentait à votre porte en demandant votre fille, il fallait la lui donner. Sinon il la prenait quand même et, à l'aube, le reste de la famille était mort.

Moria était la fille de la prêtresse. Élevée entre les murs du temple, elle menait une vie pieuse et protégée du monde extérieur. Elle se couchait tôt et se levait bien avant le soleil pour prier. Elle rendait visite aux pauvres et aux malades et suivait avec application les préceptes de l'Ancien.

Jusqu'au jour où le roi prit sa meilleure amie.

Ce soir-là, Moria n'alla pas se coucher tôt. Elle ne se leva pas avant le soleil. Elle passa le long et froid règne de la lune à genoux sur le sol de pierre du temple, à parler à l'Ancien.

– Je ne peux rien pour elle, lui dit Moria. En revanche, je peux préserver la prochaine.

– Ôter la vie d'un autre être est un acte monstrueux, répon-

dit l'Ancien. Même la vie du pire des pires d'entre vous est sacrée.

– Si je dois devenir un monstre pour arrêter un monstre, répliqua Moria, alors qu'il en soit ainsi.

L'Ancien enchaîna :

– Le prix à payer pour le meurtre d'un roi est la mort.

– Soit, décréta Moria.

Elle se leva et prit le couteau de cérémonie sur l'autel. Sa lame crissa sur la pierre.

Ce soir-là, Moria se brossa les cheveux jusqu'à ce qu'ils brillent. Elle souligna son regard avec du khôl et inonda sa peau d'eau de rose. Elle mit son plus beau caftan et partit pour le palais.

Les gardes la conduisirent au roi.

Moria s'inclina bien bas devant le roi de Firgaard. Elle ne voulait pas croiser son regard de peur qu'il ne voie le feu furieux de ses yeux. Elle ne voulait pas dire son nom de peur qu'il n'entende le tranchant acéré de sa voix.

Le roi dragon renvoya ses gardes.

La flamme qui animait Moria vacilla. Qui était-elle pour s'élever contre un roi ? Elle n'était rien qu'une fille. Pas même dix-huit ans. Il faisait deux fois sa taille.

Quand le roi tendit la main vers elle, Moria se figea.

Quand il défit les boutons de son caftan, elle trembla.

Quand il fit glisser le caftan de ses épaules, le long de ses bras, quand il le laissa tomber à terre, Moria pensa à sa meilleure amie. Elle pensa à toutes les filles qui s'étaient retrouvées là avant elle, tremblantes de peur. Ses vêtements gisant à ses pieds, Moria saisit le couteau fixé à sa cuisse.

En le voyant, le roi écarquilla les yeux, stupéfait.

Et Moria lui trancha la gorge.

Les gardes la trouvèrent plantée devant le corps, son couteau sanguinolent à la main. Quand ses yeux se posèrent sur eux, ils frémirent. Car elle avait les yeux de l'Iskari.

Ôter une vie était interdit. Surtout la vie d'un roi. C'était Elorma en personne qui avait instauré la loi contre le régicide. Elle était aussi vieille que les fondations de Firgaard.

Il faut faire respecter les lois des temps anciens.

Alors, trois jours plus tard, ils conduisirent Moria au billot maculé de sang sur la place publique, où un bourreau armé d'un sabre l'attendait. Tout Firgaard était venu voir. Toutes les filles qui n'avaient pas encore été prises par le roi avaient envahi les rues, escortées par leurs parents.

Quand Moria passa devant eux, flanquée par les gardes, ils posèrent leur poing sur leur cœur. Et Moria marcha jusqu'au billot la tête haute.

Sans crainte.

Chapitre 21

Sous le regard vigilant des soldats, Asha attendait son heure, guettant le moment propice pour voler la flamme.

Elle marchait au côté de son frère sous un soleil de plomb. Jarek était en tête, six pas plus loin, tandis que les soldats les entouraient, leurs regards aiguisés scrutant les murs verts du quartier neuf. Les visiteurs venus de la Terre des Brousses avaient disparu et l'esclave en fuite de Jarek n'avait pas été retrouvé. Toute la ville était en état d'alerte.

– Personne n'est autorisé à entrer ou à sortir, jusqu'à ce qu'on ait retrouvé les Terreux, ordonna Jarek à son commandant en second.

Tandis que son frère broyait du noir à côté d'elle, Asha se concentra sur sa mission. Elle devait voler la flamme sacrée dans la salle du trône sans se faire prendre.

Jarek ôta son manteau, qui l'avait protégé de la fraîcheur de l'aube mais s'avérait désormais inutile sous les rayons cuisants du soleil. Une dague au manche d'ivoire poli pendait à sa ceinture. Dax fixait son dos d'un regard meurtrier, comme s'il cherchait à transpercer sa chemise.

– Tu n'étais pas obligée de les brûler, murmura-t-il.

La sueur collait ses boucles brunes à son front.

– Tu ne m'as pas vraiment laissé le choix.

Si elle n'était pas intervenue, comment Dax s'en serait-il sorti ? Comment aurait-il fait pour cacher les indices du passage de l'esclave ? Elle adorait son frère, mais c'était un doux rêveur. Très doué pour échafauder les plans les plus audacieux, mais incapable de les mettre en œuvre.

Comme pour les parchemins.

Non mais qu'est-ce qui lui avait pris ?

– Où est Torwin ? lui demanda-t-il à voix basse sans la regarder.

– L'esclave ?

Asha secoua la tête.

– Tu as conduit Jarek droit à sa cachette. Et tu voudrais que je te dise où il se trouve, maintenant ?

Dax ouvrit la bouche pour répliquer mais une quinte de toux l'en empêcha. Asha se raidit en entendant ce bruit rauque, douloureux. Dax se plia en deux, les mains sur les genoux.

Asha le contempla. L'espace d'un instant, elle ne vit plus son frère devant elle au beau milieu de la rue, mais sa mère près de la fenêtre de l'infirmerie, cramponnée au rebord avec le peu de force qui lui restait, s'efforçant de tenir debout malgré la violente toux qui la secouait.

« Non », pensa Asha.

Jarek se retourna pour voir pourquoi les soldats s'étaient arrêtés, mais la toux s'était calmée. Dax s'essuya la bouche. Voyant qu'Asha scrutait la manche de sa tunique dorée à la recherche de taches de sang, il s'empressa de la cacher.

Quand ils arrivèrent devant l'imposante porte qui s'ouvrait dans le mur ocre du palais, Jarek s'adressa aux soldats postés de l'autre côté. Avant qu'Asha puisse franchir le seuil à côté de Dax, Jarek l'attrapa par le bras, la forçant à lui faire face.

– Mon offre tient toujours, dit-il à voix basse. Je vais trouver cet esclave et l'achever. Ou alors tu peux accepter, et je l'oublie.

Asha se dégagea de son étreinte et rattrapa son frère.

– Cherche-le tant qu'il te plaira, lança-t-elle par-dessus son épaule.

– La lune décroît, Asha ! lui rappela Jarek. Pourquoi s'évertuer à repousser l'inéluctable ?

Cependant, son père lui avait donné une échappatoire. Mais cela, Jarek l'ignorait.

Une fois qu'elle et Dax eurent franchi la porte, Asha gagna vite les arcades ombragées, laissant son frère derrière. Les fontaines chantaient tandis que leurs jets d'eau s'évaporaient en brume sous la chaleur du soleil.

– Asha, fit Dax, en courant pour la rattraper. Dis-le-moi, je t'en prie.

– À toi ?

Elle se figea et se retourna pour lui faire face.

– À toi qui as entassé ces parchemins dans cette pièce ? Toi qui as fait entrer l'ennemi sous notre toit ? Non, je ne te dirai rien. Jarek a raison. Tu nous as tous mis en danger.

Les esclaves qui s'affairaient à leurs tâches quotidiennes s'étaient arrêtés pour écouter leur conversation. Mais ils reprirent vite leurs activités quand Asha leur lança un regard menaçant.

Elle baissa la voix.

– C'est toi qui as écrit les histoires sur les parchemins ?

Il haussa les sourcils.

– Je suis surpris que tu m'en croies capable.

Ce n'était pas une réponse.

Elle le toisa.

Ses pommettes étaient trop saillantes, ses vêtements trop lâches.

– Tu as le même air qu'elle. Juste avant qu'elle meure.

Une vive émotion se peignit sur son visage. Mais elle disparut aussi vite qu'elle était apparue.

– Il ne faut pas toujours se fier aux apparences, Asha.

Il lança un coup d'œil alentour, traquant les oreilles indiscrètes. Puis, constatant qu'ils étaient seuls, il se pencha et chuchota :

– « Quand s'abattent les ténèbres, l'Ancien allume la flamme. »

Asha fit un pas en arrière.

– Quoi ?

– C'est ce que dit Roa.

« Roa ? » La fille qui l'avait trahi.

Il était sérieux ?

Asha n'avait pas le temps. Son frère était une cause perdue. Elle devait voler la flamme sacrée afin de pouvoir retourner chasser Kozu.

Elle le contourna pour s'engouffrer à l'intérieur du palais.

Les pas de Dax résonnèrent dans son dos.

– Le royaume est divisé !

Elle l'ignora et poursuivit son chemin, alternant entre galeries ombragées et cours lumineuses, traversant des jardins pleins de palmiers-dattiers, longeant des murs couverts de jasmin.

Dax la suivit.

– Tu ne le vois pas parce que tu es en permanence dans la Faille, à faire les quatre volontés de Père. Mais tout va mal et ça ne fait qu'empirer. Bientôt, il nous faudra rendre des comptes.

Quand ils arrivèrent à la salle du trône, Asha se retourna pour lui faire face.

– Et en quoi ça te concerne ? le questionna-t-elle. Depuis quand t'intéresses-tu à ces problèmes, Dax ? Depuis quand te préoccupes-tu de quoi que ce soit, d'ailleurs ?

Il fit un pas en arrière. Comme si elle l'avait poussé. Derrière son regard peiné, elle voyait la rébellion monter. Elle distinguait Dax l'audacieux, le téméraire qui se battait pour sortir. Pour cacher le véritable, le tendre Dax et sa myriade de blessures.

Elle n'aurait pas dû dire ça. Bien sûr qu'il s'en préoccupait. Il se préoccupait même de beaucoup trop de choses.

Sauf que ce n'étaient pas les bonnes.

– L'Ancien ne nous a pas abandonnés, affirma-t-il en la regardant droit dans les yeux. Il est toujours aussi puissant, il attend le bon moment, la bonne personne. Il attend que le prochain Namsara sauve le monde.

Asha se figea, juste à l'entrée de la salle du trône, hors de la vue des soldats qui se trouvaient à l'intérieur.

Est-ce qu'il s'entendait parler ?

On aurait dit un fou. Un traître. Un Terreux.

Asha le dévisagea. Dax avait toujours joué les héros téméraires. Dax était le héros au cœur tendre et Asha la destructrice. Comme Namsara et Iskari.

Mais contrairement à Namsara et Iskari, Asha n'avait jamais détesté son frère. Non, elle s'inquiétait pour lui.

« Ça suffit. Je perds mon temps. »

Tournant le dos à Dax, elle contempla la flamme éternelle qui brûlait dans une coupe métallique sur son piédestal noir.

Le trône du roi dragon avait beau être inoccupé, ses gardes étaient à leur poste, alignés le long des murs. Asha en compta seize. Seize paires d'yeux qui la scrutèrent lorsqu'elle franchit la porte cintrée et pénétra dans la pièce, ses pas résonnant sous la haute coupole. Elle balaya les environs du regard. Il n'y avait pas de mezzanine et une unique porte d'entrée et de sortie. La seule autre issue était la lucarne dans le toit. Les soldats veillaient nuit et jour sur le trône, et la relève de la garde avait lieu à l'aube et au crépuscule.

Et pourtant, Asha devait subtiliser la flamme sans se faire voir.

À court d'idées, elle contempla la flamme qui dansait, blanche et vive, sans un bruit. Elle n'avait pas besoin d'être entretenue, elle brillait toute seule, en permanence, depuis qu'Elorma l'avait rapportée du désert mille ans plus tôt.

« Non, pensa Asha. Il ne l'a pas rapportée ici… »

Elorma avait rapporté la flamme dans la grotte souterraine du temple.

« Tu vas reprendre la flamme sacrée à qui l'a volée pour la remettre à sa place. »

Asha porta ses mains à ses tempes comme si elle pouvait chasser cet ordre de sa tête.

Que faire ?

Son père voudrait qu'elle se concentre sur la chasse au dragon. Une fois Kozu mort, la flamme sacrée pourrait bien brûler ici ou là, peu importerait. La mort de Kozu signerait irrémédiablement la fin du règne de l'Ancien. Devant la preuve que leur dieu avait tort, les Terreux seraient obligés de revenir à la raison et son frère arrêterait de divaguer à propos du Namsara.

Mais si elle ne suivait pas les ordres d'Elorma, quel en serait le prix ?

Elle avait déjà eu le bras paralysé pour avoir fait mauvais usage de ses armes.

Pour être sûre de conserver pleinement ses moyens, elle était obligée de voler cette flamme.

Et ensuite, elle irait tuer Kozu une bonne fois pour toutes.
Sauf qu'elle ne pouvait pas accomplir cette mission seule.
Il lui fallait un complice.
Immense et qui crachait du feu.

Chapitre 22

Asha prit sa jument, Oleander, et fila à travers les étroites ruelles pavées jusqu'au plus grand marché de la ville. Charrettes et chevaux s'écartaient vivement sur le passage de l'Iskari. Des coupons de soie fraîchement teinte pendaient entre les bâtiments, formant des canopées indigo ou safran au-dessus d'elle. De petits comptoirs s'alignaient le long des murs, déversant leurs marchandises dans la rue. Asha cherchait un stand en particulier. Dans sa précipitation, elle faillit le manquer. Oleander se cabra lorsque Asha la stoppa net et fit demi-tour pour revenir vers un étal d'instruments de musique en bois.

Le silence se fit dans le marché. Esclaves et clients chuchotaient en petits groupes, regardant l'Iskari acheter un élégant luth en acajou sombre. Ils restèrent à bonne distance tandis que l'artisan glissait l'instrument dans un étui en cuir puis que la redoutable fille du roi le payait.

Elle repartit ensuite au galop vers la porte de la cité, dispersant les spectateurs. Bien que leur commandant leur ait interdit de laisser entrer ou sortir quiconque de la ville, les soldats n'arrêtèrent pas l'Iskari. Car ils avaient reçu un ordre direct de son père, le roi. Un ordre qu'ils ne pouvaient ignorer malgré leur loyauté envers Jarek.

Elle fila au grand galop. Mais quand elle arriva au ruisseau étincelant et chantant, personne ne l'attendait. Asha arrêta Oleander tout en jetant un coup d'œil dans la clairière. À part le pépiement des pinsons et le vent bruissant dans les pins, tout était silencieux. Il n'y avait aucun signe de présence humaine. Asha ne retrouva même pas l'armure qu'elle avait laissée là la veille.

La panique la gagna.

« Oh, non… Pitié. »

En descendant de selle, elle attacha sa jument à l'ombre et prit le luth dans son étui.

– Skral ?

Personne ne répondit. Elle s'enfonça davantage entre les pins, hésitant à raconter une histoire des temps anciens. C'était le moyen le plus rapide d'en avoir le cœur net. Mais alors l'écho d'une conversation résonna dans la forêt. Asha s'immobilisa, tendant l'oreille. Prenant garde à ne pas faire de bruit, elle suivit les voix avec la discrétion d'un serpent.

Une brindille craqua derrière elle.

Asha se figea. Elle était suivie. Elle sentait une chaleur dans son dos. Elle tendit la main vers sa hache – qui n'était pas là –, puis se retourna lestement, prête à assommer son poursuivant avec l'étui à luth si nécessaire.

Mais elle se retrouva face au Skral. Un visage constellé de taches de rousseur. Des cheveux bouclés tombant sur ses yeux vifs. Sur ses talons se tenait le dragon couleur terre rouge, qui la fixait intensément de ses pupilles fendues. Malgré son cœur qui battait la chamade, le simple fait de les voir la rassura.

L'esclave jeta un coup d'œil appuyé derrière elle, en direction des voix. Asha le saisit par le bas de sa chemise pour l'approcher d'elle. Elle articula sans bruit une question :

« Qui est-ce ? »

« Les hommes de Jarek. »

L'esclave fit un signe de tête vers l'arrière, d'où ils arrivaient. Asha le suivit entre les arbres de plus en plus clairsemés jusqu'à la clairière.

Soudain, des voix montèrent de devant *et* de derrière.

Alors, comme s'il avait fait ça toute sa vie, l'esclave saisit l'aile du dragon, grimpa sur le creux de son genou et se hissa sur son dos. À cheval sur le dragon, il lui tendit la main. Asha le regardait, bouche bée d'horreur.

Une autre brindille craqua dans la forêt qui la tira de sa transe. Asha lui prit la main et il l'aida à grimper derrière lui.

– Tiens-toi bien, murmura-t-il.

Mais elle n'avait rien pour se tenir… à part lui.

Lorsque l'esclave émit un son guttural, le dragon déploya ses ailes. Puis il fit claquer sa langue en donnant deux petits coups de talon.

Le dragon décolla.

Paniquée, Asha passa les bras autour de la taille du Skral.

Un mur d'arbres se dressait juste devant eux. Le dragon prit de l'altitude, grimpant presque à la verticale. Le cœur d'Asha cognait dans sa poitrine. Fermant les yeux, elle enfouit son visage dans le cou de l'esclave. Mais l'accident qu'elle redoutait ne se produisit pas.

Comme il tressaillait sous son étreinte, elle se rappela son dos lacéré.

– Désolée, réussit-elle à articuler.

Mais elle ne parvint pas à relâcher sa prise.

– C'est… bon, dit-il, les dents serrées.

Asha ouvrit les yeux – grossière erreur ! Voyant la cime des arbres défiler en contrebas, elle les ferma de nouveau. Derrière ses paupières closes, elle ne cessait de se répéter : « C'est pas vrai, c'est pas vrai, je suis sur le dos d'un dragon. »

Ce qui n'arrangeait rien.

Des branches craquaient sur leur passage. Entrouvrant les yeux, Asha constata que le dragon volait trop bas. Sa queue et ses ailes se prenaient constamment dans les branchages.

L'esclave lui ordonna de changer de trajectoire en faisant claquer sa langue. Le dragon bifurqua donc pour voler au-dessus de la rivière.

Enfin, sans rien d'autre que le ciel bleu autour d'eux et l'eau scintillante en dessous, Asha se détendit. Elle jeta un coup d'œil par-dessus son épaule, mais elle ne distinguait même pas les murailles de la ville au loin.

Soudain, la forêt laissa place à la roche. Asha regarda devant elle et vit la rivière disparaître…

Ou plutôt tomber.

Une chute d'eau rugissait juste en dessous d'eux.

Et là, sans prévenir, le dragon piqua vers le bas.

Asha étouffa un cri terrifié lorsqu'ils frôlèrent la cascade. Elle sentit la vitesse la soulever légèrement du dos du dragon. Son estomac joua les yo-yo. Elle resserra encore son étreinte autour de l'esclave et colla sa joue contre son épaule. Ses mains se posèrent sur les siennes et ils entrecroisèrent leurs doigts tandis qu'ils s'engouffraient dans un épais brouillard d'eau.

Et dans la pénombre.

Le dragon se posa brutalement sur la pierre, manquant de faire tomber Asha de son dos. L'esclave la retint par la taille tandis que la créature s'ébrouait, aspergeant les alentours de gouttelettes. La seule lumière venait de derrière, filtrant à travers le rideau de la cascade.

Asha resta parfaitement immobile, luttant contre la nausée.

L'esclave sauta à bas de leur monture. Ses pas résonnèrent sur la roche. Un instant plus tard, elle entendit le craquement d'une allumette et sentit l'odeur caractéristique d'un feu. Bientôt une douce lueur éclaira la grotte scintillante d'humidité.

Il posa la main sur sa nuque d'un air gêné.

– Désolé, j'aurais dû te prévenir. On a passé la journée à s'entraîner. Je me suis dit que…

– S'entraîner ?

Asha peina à descendre du dragon, tant elle tremblait.

– *S'entraîner ?* Tu te rends compte de ce que tu as fait ?

C'était en vol que se tissait le lien entre un humain et son dragon. Et il se renforçait chaque fois qu'ils volaient ensemble. Comme Asha avait haussé le ton, le dragon se cacha derrière l'esclave. Il glissa sa tête plate et couverte d'écailles au creux de sa main, en quête de réconfort. L'esclave lui frotta le crâne avec son pouce pour le rassurer en lui disant :

– Je te protège.

Asha leva les bras, exaspérée, et s'approcha de l'entrée de la grotte, juste derrière la cascade, où l'eau ruisselait sur la pierre, rendant le sol brillant et glissant. Mais tandis qu'elle contemplait la chute d'eau rugissante, une question s'insinua entre les flammes de sa colère.

« Pourquoi m'avoir attendue ? »

Le dragon aurait pu emmener l'esclave là où il le souhaitait, lui offrir la liberté. Pourquoi avoir pris le risque de l'attendre dans les bois ?

Asha se retourna et les trouva qui la regardaient tous les deux, comme des images en miroir, même si le dragon assis faisait presque deux fois la taille de l'esclave.

Elle se radoucit – juste un peu.

– Tu aurais pu t'enfuir, dit-elle. Tu aurais pu partir très loin d'ici.

– Nous avons un accord, répondit-il simplement, puis il se tourna et s'enfonça dans la grotte. Viens. Je veux te montrer quelque chose.

– D'accord, mais d'abord, j'ai besoin de ton aide.

Ils passeraient à l'action au coucher du soleil. Asha lui exposa le plan tandis qu'elle le suivait sur des marches humides, taillées dans la pierre.

À un moment, elle glissa et tomba en avant.

– Attention, dit-il, en la rattrapant par la taille, soucieux de ne pas toucher sa blessure aux côtes.

Il était chaud, fort sous ses mains, et pendant un court battement de cœur, ils demeurèrent ainsi.

Un silence gêné s'installa. Puis, tout à coup, il baissa la tête et la relâcha, pour reprendre sa descente, en suivant le *clic clic clic* des serres de dragon en contrebas.

Asha rompit le silence :

– Comment as-tu trouvé cet endroit ?

– C'est Ailerouge qui l'a trouvé.

– Qui ça ?

– Ailerouge, ton dragon.

– Tu lui as donné un nom ?

Il haussa les épaules dans l'obscurité.

– Il fallait bien… Il est rouge… Il a des ailes…

Elle secoua la tête. La prochaine fois qu'Elorma l'accuserait de n'avoir aucune imagination, Asha lui enverrait l'esclave.

Soudain, les ténèbres se dissipèrent. Au pied de l'escalier, ils débouchèrent dans une salle ronde, avec un bassin profond en son centre. Une ouverture naturelle au-dessus laissait pénétrer une colonne de lumière et une nappe d'eau qui s'écoulait doucement le long des murs.

Asha fit le tour du bassin, en regardant en l'air.

– Où sommes-nous ?

Ses mots résonnèrent entre les murs de pierre.

– J'aurais cru que tu le saurais, répondit l'esclave, tout en fixant le dragon.

Cela ressemblait à une sorte d'ancienne grotte sacrée. Quoi qu'il en soit, c'était désormais une cachette parfaite.

– J'ai l'impression qu'il a une déchirure à l'aile…

– Quoi ?

Asha fit volte-face et suivit son regard. Le dragon, penché au-dessus de l'eau, ne quittait pas des yeux un poisson qui tournait en rond.

Elle avait besoin de ce dragon pour son plan. Il ne pourrait pas l'aider s'il avait une aile déchirée. Doucement, Asha s'approcha d'un côté et l'esclave de l'autre.

– Il n'a pas besoin de nom, décréta-t-elle en avançant toujours plus près.

– Et pourquoi ça ?

– Quand tu donnes un nom à une chose, tu t'y attaches, forcément.

Comme les esclaves. Dès qu'on les appelait par leur nom, on commençait à perdre son emprise sur eux. Mieux valait qu'ils demeurent anonymes, plutôt que de risquer qu'ils se soulèvent.

– Kozu a bien un nom, fit-il valoir.

– Oui, et bientôt il sera mort.

Asha se rapprochait pas à pas du dragon penché au bord du bassin.

Elle voyait parfaitement où était la blessure. Du sang noir coulait de la fine membrane.

Elle tendit lentement la main vers l'aile, mais le dragon recula, vif comme l'éclair, et sauta de l'autre côté du bassin. Il battit gaiement de sa queue fourchue.

– Tu hais Kozu à ce point ?

Cette question la déconcentra. Asha pivota face à l'esclave.

– Tu as vu ma tête, Skral ?

Elle fit un pas vers lui.

– Tu sais ce que Kozu a fait à la ville après m'avoir défigurée ?

Il ne tressaillit pas et soutint son regard.

– Tu as vu le collier autour de mon cou, Iskari ?

C'était le calme avant la tempête.

– Ton propre fiancé nous envoie nous entre-tuer dans l'arène et toi, tu regardes en plaçant des paris sur nos têtes.

Ses yeux étaient plus froids que l'acier.

– Alors pour tout ça, je devrais peut-être te tuer.

– Essaie donc pour voir, murmura Asha en se retournant vers le dragon.

Plus vite elle aurait soigné son aile, plus vite elle pourrait mettre son plan en œuvre.

– Il y a quelque chose que je n'ai jamais compris, lui lança-t-il. Pourquoi Kozu s'en est pris à toi à ce moment-là ? Ce jour-là précisément, et pas avant ?

Le dragon couleur terre rouge s'accroupit sur ses pattes avant, fouettant l'air de sa queue, défiant Asha du regard. Elle franchit pas à pas l'espace qui les séparait.

– Et il y a encore autre chose qui m'échappe. Tu aurais dû mourir. Le feu de dragon est mortel, Iskari. Et une brûlure pareille…

Sa voix se radoucit brusquement.

– Tu n'étais qu'une petite fille.

La colère se ralluma dans ses entrailles. Il n'était pas présent ce jour-là. Il ne savait rien.

Profitant de sa distraction, le dragon avait rampé de l'autre côté du bassin, près de l'esclave, qui était plus ami qu'ennemi. Il avait laissé derrière lui une tache noire de sang.

Asha se planta face à l'esclave.

– J'étais seule, commença-t-elle en repensant à l'infirmerie, à son père qui avait complété les blancs de sa mémoire. J'y étais allée pour en finir. Pour annoncer à Kozu que je ne lui raconterais plus d'histoires des temps anciens. Il a insisté, encore et encore, de plus en plus enragé, et comme je refusais toujours, il a explosé, m'a brûlée et m'a laissée pour morte avant de s'attaquer à la ville. Si Jarek ne m'avait pas trouvée à temps…

Elle racontait rarement cette histoire tout haut car elle n'aimait pas évoquer ces souvenirs. Mais là, à l'entendre de sa propre voix, elle s'aperçut que quelque chose clochait. L'esclave avait raison. Une brûlure aussi sévère que celle que Kozu lui avait infligée aurait nécessité des soins immédiats.

Il y avait forcément un détail qu'elle avait oublié. Il faudrait qu'elle soit plus attentive la prochaine fois que son père lui raconterait cet épisode.

Asha fixa de nouveau son attention sur le dragon. Il s'était réfugié derrière l'esclave, qui lui servait de bouclier. Elle le suivit.

L'esclave tendit le bras pour l'arrêter.

– Pourquoi voulais-tu mettre fin à tout ça ? demanda-t-il.

« Parce que les histoires ont tué ma mère. »

Asha se rappelait cette dernière nuit. Sa mère ne pouvait plus parler, elle n'en avait plus la force. Asha était restée avec elle, dans le noir, à caresser ses beaux cheveux, qui tombaient par poignées. Elle avait essayé de la faire boire, mais l'eau lui coulait sur le menton. Alors elle s'était allongée à côté d'elle pour la couvrir de baisers.

Asha se rappelait s'être endormie, bercée par les battements du cœur de sa mère…

… pour se réveiller à côté d'un corps glacé.

Elle ferma les yeux.

– Tu ne sais pas, murmura-t-elle en le contournant, tu n'as aucune idée de tout le mal que les histoires des temps anciens peuvent causer.

Il lui prit le bras pour la stopper.

– Pas l'histoire de Willa. C'est… tout le contraire du mal.

« Il est tellement naïf », pensa Asha.

Les histoires des temps anciens étaient pareilles à des joyaux, scintillantes, étincelantes, attirantes.

– Elles sont dangereuses, reprit-elle en jetant un coup d'œil au dragon par-dessus l'épaule de l'esclave.

– Eh bien alors, répondit-il tout bas, il faut croire que je suis attiré par le danger.

Asha sentit ses joues lui cuire. Elle le regarda dans les yeux.

– J'ai repensé, s'empressa-t-il d'enchaîner, à la première fois que je t'ai vue. Tu avais huit ans, peut-être neuf. Ma maîtresse avait invité ta mère à prendre le thé et tu l'avais accompagnée. Pendant que Greta les servait dans le jardin, tu t'étais aventurée dans la bibliothèque.

Bizarrement, Asha s'en souvenait. Elle se rappelait l'énorme tête de dragon qui ornait le mur de la bibliothèque. Les yeux de verre sans vie, les pâles écailles dorées, la gueule ouverte découvrant une multitude dents aiguisées…

– J'étais en train de faire la poussière, poursuivit-il. Je t'ai vue entrer et je savais que j'aurais dû sortir, te laisser tranquille, mais… – il déglutit – je n'en ai rien fait. Tu portais un caftan bleu et tu avais les cheveux lâchés. Tu m'as rappelé quelqu'un.

Derrière lui, comprenant que le petit jeu était terminé, le dragon s'éloigna en poussant un profond soupir.

– Je t'ai vue effleurer du bout des doigts les poignées de bois des parchemins à la recherche de celui qui t'intéressait. Tu l'as tiré de l'étagère, puis tu t'es assise sur les coussins et tu l'as lu jusqu'au bout. Puis tu es retournée en chercher d'autres.

« Je m'étais aventurée par là pour les parchemins, se souvint-elle. Je cherchais des histoires. »

Cette pensée la surprit. Était-ce bien cela ? Était-elle déjà attirée par les histoires avant que l'Ancien n'intervienne ?

– Tu t'approchais dangereusement de l'étagère derrière laquelle je m'étais caché. Et je savais que tu risquais de m'apercevoir entre les rouleaux.

Asha essaya de se remémorer si elle avait vu un garçon skral dans la bibliothèque ce jour-là.

– Pourtant, je n'ai pas bougé.

La lumière qui se reflétait dans le bassin dansa sur son visage.

– Je… je voulais que tu me voies.

– Mais je ne t'ai pas vu, murmura-t-elle.

Asha se sentit soudain très exposée. Comme lorsqu'elle avait ôté son armure face au dragon. Elle se détourna rapidement du Skral, pour rejoindre la créature.

– Iskari.

Elle s'arrêta mais sans se retourner.

– L'autre jour, à l'infirmerie, je savais que nous étions à l'aube d'un grand changement. Et avant que cela n'arrive…

Il marqua une pause.

– … je voulais que tu me voies. Juste une fois.

Quand Asha se retourna, son regard n'était plus d'acier. Il baissa les yeux, brusquement intimidé, puis fit un geste vers le dragon.

– Allez. Je vais t'aider à le soigner.

Chapitre 23

Asha raconta une première histoire pour attirer le dragon. Elle en raconta une deuxième pour qu'il reste calme pendant qu'elle nettoyait sa blessure à l'aile, puis une troisième pendant que l'esclave recousait la déchirure. Chaque fois qu'une histoire la quittait, le dragon lui en fournissait une nouvelle. Et, au fur et à mesure, avec l'aide d'Asha, les histoires de la créature prenaient de la consistance. Elles étaient moins brouillonnes et plus claires.

– Bon dragon, le félicita-t-elle, en le grattouillant sous le menton quand ils eurent fini.

L'esclave, qui fredonnait une chanson inachevée en travaillant, les regarda et sourit.

Quand le dragon fut soigné, ils ramenèrent Asha à la clairière en volant. Le soleil était sur le point de se coucher. Asha alla reprendre le luth où elle l'avait laissé tomber au pied des arbres.

– Juste un petit détail…, dit-elle en lui tendant l'étui en cuir.

– Oui ? fit-il en le prenant.

– Tu ne peux pas l'appeler Ailerouge.

Il s'accroupit pour ouvrir l'étui.

– Tu as une meilleure suggestion ?

– Il se trouve que oui.

Il leva les yeux vers elle.

– Shadow, c'est mieux. Parce qu'il me suit comme mon ombre.

– Shadow…

Il s'arrêta pour la dévisager, puis regarda le dragon étendu au soleil.

– Shadow… c'est pas mal.

Ses yeux se plissèrent dans un sourire. Mais quand il ouvrit l'étui, son sourire s'évanouit. Il contempla le luth, sans le sortir.

– Ce n'est pas le mien, dit-il.

Il avait une voix étrange. Sur le point de se briser.

– Je sais, dit Asha. Je l'ai acheté ce matin pour remplacer l'autre.

– Remplacer l'autre ? Que lui est-il arrivé ?

– Je l'ai brûlé.

– Tu…

Très lentement, il se leva.

– Tu l'as… quoi ?

Asha leva les paumes en signe d'impuissance.

– Jarek avait trouvé la pièce où tu te cachais, alors j'ai fait la seule chose qui m'est venue à l'esprit : j'ai brûlé les parchemins, le lit, le luth. Tout.

Il la saisit par le poignet, ce qui la surprit. La tempête faisait rage dans ses yeux.

– Tu es sans cœur ! Tu le sais, ça ?

Ces mots la brûlèrent. Ils n'auraient pas dû parce que, bien sûr, elle le savait. Elle était encore pire que sans cœur. Son cœur était une enveloppe vide.

Elle aurait pu facilement lui donner un coup de coude sur le bras, forcer ses doigts à la libérer. Mais elle ne le fit pas. Elle avait envie qu'il la croie.

– J'ai fait ça pour te protéger.

– Pour te protéger, toi, plutôt, répliqua-t-il.

Puis, comme si elle était un monstre dont le simple contact lui était insupportable, il la relâcha et tourna les talons.

– C'est Greta qui m'avait donné ce luth.

L'image de l'esclave aux cheveux gris s'insinua dans l'esprit d'Asha.

– Elle était ce que j'avais de plus proche d'une mère. Et maintenant, elle a disparu, et le seul souvenir que j'avais d'elle également.

Asha avait l'impression qu'il lui lacérait le cœur. Comme un tapis ou une tapisserie, dont ses mots, telles des griffes, arrachaient tous les fils.

– Je n'ai pas…

– Et tu t'en moques, n'est-ce pas ? C'est pour ça que vous n'appelez jamais aucun esclave par son nom. Et c'est pour ça que tu ne voulais pas nommer ce dragon.

Il s'avança vers elle, plus proche que jamais.

– Car si vous nous donniez un nom, vous risqueriez de vous soucier de nous. Et si vous commenciez à vous soucier de nous, vous ne pourriez plus nous tuer quand ça vous chante.

Fini l'esclave qui fredonnait en travaillant. À sa place se trouvait un étranger. Un ennemi. Une partie d'elle lui disait qu'il fallait avoir peur. Mais une autre partie objecta : « Regarde comme ses mains tremblent. Regarde les fantômes qui hantent son regard. »

Asha avait perdu sa mère, mais il avait perdu tellement plus que cela. Et elle venait de détruire ce qu'il possédait de plus précieux. Peut-être même la seule chose qu'il possédait.

Elle avait l'impression qu'on lui avait planté une hache dans la poitrine.

Elle ne se rendait jamais compte des conséquences de ses actes jusqu'à ce qu'il soit trop tard.

Mais tout comme il avait bandé sa main brûlée et recousu sa plaie aux côtes, elle voulait panser sa blessure. Elle voulait apaiser sa douleur.

Posant sa paume abîmée sur le cœur de l'esclave, Asha enfreignit sa propre règle.

– Torwin…

Ses lèvres s'entrouvrirent. Il fixa sa bouche comme s'il ne comprenait pas. Comme si elle parlait une langue étrangère.

– Je suis désolée.

Très lentement, il tendit les doigts pour toucher sa main, pour vérifier qu'elle était bien là, vraiment posée sur sa poitrine. Elle regarda le nouveau luth, toujours dans son étui.

– Je vais le reprendre.

Elle ôta sa main de son torse.

– Non.

Il l'arrêta en la prenant par le poignet. Ils s'immobilisèrent tous les deux tandis qu'il caressait du pouce l'os rond de son poignet.

– Ce n'était pas juste de ma part. Tu ne savais pas.

Elle le regarda dans la lumière du soleil couchant. Il laissa retomber sa main.

– Tu n'es pas sans cœur, dit-il en la regardant dans les yeux. Je m'en veux d'avoir dit ça.

Asha détourna la tête.

– Il faut que j'y aille.

Elle enfila les différentes parties de son armure et les boucla.

Après avoir rangé ses épées sur son dos, elle tendit la main vers sa hache gisant dans l'herbe. Au lieu de la passer à sa ceinture, elle se retourna.

– Au cas où ils te trouvent, dit-elle en lui tendant la hache, ne réfléchis pas. Frappe. Défends-toi.

Quand il prit le manche orné de pierres précieuses, ses doigts effleurèrent les siens. Avant de s'engouffrer dans la forêt, elle marqua un temps d'arrêt à la lisière, à l'endroit où la lumière du soleil cédait la place à l'ombre des arbres. Elle sentait encore son pouce chaud sur son poignet.

– Torwin ? dit-elle, sans oser regarder en arrière.

– Oui ?

– Tu peux m'appeler Asha. Si tu veux.

Chapitre 24

Deux soldats passaient dans la rue en contrebas. Asha retint son souffle et attendit qu'ils tournent au bout de la ruelle avant de sauter. Elle atterrit avec un bruit sourd, soulevant un nuage de poussière.

Elle évitait les artères principales. Dès qu'elle entendait des pas ou croisait un regard dans la pénombre, elle faisait marche arrière. Le but était de ne pas se faire voir.

Il était plus difficile de monter sur le toit du palais que d'en descendre. Mais si Asha en était capable enfant, elle pourrait certainement y arriver maintenant. Elle chercha le mur le plus bas et se hissa par-dessus. Elle traversa le toit-terrasse en courant, croisant les esclaves qui roulaient le couscous et charriaient le linge, elle passa même devant le boucher qui se préparait pour son abattage du soir. Personne ne la remarqua.

Elle se rendit dans sa chambre, où un nouvel écrin au couvercle en argent l'attendait. Les cadeaux de Jarek commençaient à s'accumuler : un caftan, un collier de rubis, et maintenant un coupon de soie végétale rouge vif. Elle les poussa dans un coin pour prendre ce dont elle avait besoin : une lanterne en cuivre au verre coloré. Elle tira ses épées de son dos et les cacha sous son lit, puis ôta l'armure qui la rendait immédiatement reconnaissable. Elle n'avait pas besoin de tout ça pour tuer Kozu. Elle avait juste besoin de sa peau de feu et de sa hache – qui se trouvait actuellement entre les mains de l'esclave.

« Non, pas "l'esclave". »

« Torwin. »

Asha défit sa natte, revêtit son manteau le plus simple et s'approcha de la fenêtre. Sa lanterne à la main, elle attendit. Fixant l'horizon. La lune de sang se leva.

« Encore deux jours avant mon mariage. »

Le ciel passa du bleu au violet.

« Encore deux jours pour traquer Kozu. »

Le soleil se coucha sur la Faille, et alors...

Des cris résonnèrent. Les soldats hurlaient :

– Alerte au dragon !

Si elle n'avait pas été aussi stressée, Asha aurait peut-être souri.

Torwin était pile à l'heure.

En cas d'alerte au dragon, tous les soldats abandonnaient leur poste et, une fois le roi à l'abri, montaient sur les toits ou sécurisaient les rues.

Dissimulée sous sa grande capuche, Asha se faufila rapidement dans les couloirs, parmi les soldats affolés.

Cependant, à l'approche de la salle du trône, les couloirs devinrent silencieux. Au loin, Asha entendait les cris de panique montant de la rue, les ordres des soldats tentant de maintenir l'ordre ; mais ici, au fin fond du palais, tout était calme.

Lorsqu'elle entra dans la salle du trône, Asha avait les mains moites et la poignée de la lanterne glissait dans sa paume. Elle se dirigea droit sur le piédestal, ses pas résonnant dans la grande pièce vide. Dans la coupe en métal, la flamme blanche brûlait sans bruit. Mystérieusement.

Enfant, ce miracle l'émerveillait, l'hypnotisait. Désormais, tout émerveillement avait disparu, cédant la place à la peur.

Asha ouvrit sa lanterne. La sueur perlait à son front et coulait dans son dos. Elle ignorait comment Elorma avait rapporté la flamme du désert jusqu'à la ville. Elle, elle n'avait que sa lanterne. Elle espérait que ce serait suffisant.

Asha plongea la main dans la coupe en métal. Celle-ci se referma sur quelque chose de lisse, lourd comme une pierre. Au moment où elle toucha le cœur de la flamme, elle sentit sa brûlure – pas sur sa peau, cependant. Beaucoup plus profond. Peut-être dans son âme.

Mille murmures s'élevèrent dans son esprit, chacun pour raconter une histoire sacrée. Comme si les voix de tous les raconteurs depuis le commencement des temps étaient demeurées à l'intérieur.

Asha poussa la flamme dans la lanterne, qu'elle referma bien vite. Les voix se turent.

– Halte !

Elle tourna la tête, le cœur battant. Sur le seuil, un seul soldat la regardait. Jeune. Environ l'âge de Dax. Il avait la main sur la poignée de son sabre, mais son casque avait disparu. Il l'avait sans doute perdu dans la panique.

– Qu'est-ce que... ?

Son regard embrassa la scène : la lanterne allumée qu'elle avait à la main et le bassin vide derrière elle. Réalisant ce qu'elle venait de faire, il dégaina son sabre.

Asha voulut prendre sa hache – qui n'était pas là – et grimaça.

– Remets cette flamme à sa place, voleuse.

Il fit irruption dans la pièce, pointant la lame sur sa poitrine.

Asha avait deux possibilités : foncer, au risque de se faire embrocher, ou baisser sa capuche, en espérant que la peur de l'Iskari pétrifierait son assaillant sur place. Elle allait choisir la deuxième solution quand son frère entra dans la salle du trône.

– Ça alors, comme c'est intéressant.

– Monseigneur, fit le soldat, qui n'avait pas encore reconnu Asha. Elle a volé la flamme.

Comme elle ne bougeait pas, Dax tendit la main.

– Donne-moi ton sabre. Je vais retenir la voleuse ici, pendant que tu vas chercher des renforts.

Le soldat acquiesça et courut donner l'alarme. Prévenir tout le palais qu'il y avait une voleuse entre les murs du palais.

Dès qu'il fut parti, Dax abaissa son arme.

– Je ne sais pas ce que tu fabriques, petite sœur, dit-il en lançant un regard par-dessus son épaule, mais tu ferais mieux de te dépêcher.

Les yeux d'Asha s'emplirent de larmes de soulagement.

– File !

Elle hocha la tête et s'éclipsa bien vite, dissimulant la lanterne dans les replis de son manteau afin d'atténuer sa lueur surnaturelle.

Dès qu'elle put bifurquer dans un couloir, elle le fit. Dès qu'elle put se mettre à courir sans attirer l'attention, elle détala. Et dès qu'elle croisa une fenêtre sans vitre, elle l'enjamba et se hissa sur le toit.

C'est à ce moment que des cris s'élevèrent dans son dos.

La voleuse s'était fait repérer.

Chapitre 25

Asha fila. Elle bondit de toit en toit dans la pénombre du crépuscule, elle escalada tant bien que mal les murets de plâtre. Elle se faufila le long des ruelles bondées et traversa les places où régnait le chaos.

Mais le ciel était vide maintenant. Pas de dragon en vue. Torwin était passé à la deuxième partie de leur plan. Elle devait le retrouver au temple. Dès qu'un soldat surgissait sur son chemin, elle se rencognait sous un porche ou s'engouffrait dans un magasin. Elle y restait jusqu'à ce qu'ils s'éloignent, les écoutant décrire la voleuse masquée du palais.

Puis Asha courut d'une traite jusqu'au temple sans même essayer de rester dans l'ombre. Sous les fleurs orange vif d'un grenadier, elle attacha la lanterne à sa ceinture, puis s'agrippa à la branche la plus basse et s'y hissa. Elle s'introduisit alors à l'intérieur par la fenêtre du premier étage, mais la lanterne cogna fort contre le rebord.

Asha se mordit la lèvre, craignant que l'Ancien ne la punisse d'avoir pris si peu soin de sa flamme sacrée.

Heureusement, il s'en abstint.

Asha dévala l'escalier voûté de la crypte. Il fallait qu'elle trouve Torwin et qu'elle reparte aussi vite que possible.

Elle pénétra dans l'alcôve qui menait à son tunnel secret, mais Torwin n'était pas là. Asha s'enfonça plus profondément, le cœur battant, la lumière flamboyante de sa lanterne éclairant les parois rocheuses.

« Et s'il lui est arrivé quelque chose ? »

Comme en réponse à sa question, une lueur brilla au loin.

Asha pressa le pas. Elle traversa les premières grottes vides aux parois luisant d'humidité. L'air était frais ici, comme dans une cave. À la porte du sanctuaire, elle s'arrêta, repensant à la seule et unique fois où elle y était entrée. Le jour où sa mère était morte. Le jour où l'Ancien l'avait corrompue pour de bon.

Torwin était adossé au mur, la hache de chasse passée à sa ceinture. Mis à part la lueur de sa lampe, le sanctuaire était plongé dans l'obscurité.

Le cœur d'Asha s'emballa à sa vue.

– Où est Shadow ? demanda-t-elle.

– Il t'attend à l'entrée du tunnel.

Il jeta un coup d'œil par-dessus son épaule.

– Viens voir.

Asha n'en avait pas envie. Elle était venue dans un but bien précis, et ensuite, elle devait filer. Inspirant profondément, elle franchit le seuil et se dirigea vers le centre du sanctuaire, où une étoile à neuf branches était gravée dans le sol. Elle s'accroupit, posant la lanterne à terre. Elle l'ouvrit pour saisir la lumière qui brillait à l'intérieur. Prenant entre ses mains son cœur froid comme de la pierre, Asha en retira la flamme.

Les murmures emplirent son esprit, plus fort encore qu'auparavant. Un puissant flux d'énergie la traversa, générant des picotements dans tout son corps, de la plante de ses pieds à la paume de ses mains. Il était si intense qu'il battait à ses tempes et lui fit mal aux dents.

Elle s'empressa de poser la flamme au centre de l'étoile.

La flamme sacrée de l'Ancien étincela si vivement qu'elle illumina la grotte autour d'eux, révélant des mots écrits en lettres d'or sur les murs, au plafond, au sol. Des centaines d'histoires qui brûlaient comme le feu.

Asha les connaissait toutes.

Elle tendit la main pour effleurer les mots du bout des doigts. Elle serrait les lèvres pour se retenir de les lire à haute voix. Une étincelle s'alluma en elle, et se mua très vite en flamme avide.

Derrière Torwin, une mosaïque chamarrée représentait l'homme qui lui avait rendu visite trois fois au cours des quatre derniers jours. Elle aurait reconnu ce sourire entre tous. Un sourire qui la narguait : « Regarde dans quel pétrin tu te retrouves à cause de moi. »

Asha se planta face au portrait d'Elorma. Elorma, le premier des sept Namsaras, héros sacrés apparus en temps de crise. Les flammes sacrées de l'Ancien, brûlant dans la nuit. Lorsqu'elle se perdit dans ces yeux sombres, les voix s'élevèrent à nouveau. Seulement, cette fois, ce n'était pas pour raconter des histoires.

– Namsara, murmuraient-elles, comme le vent soufflant sur le sable.

Torwin la saisit par le bras pour la mettre face à lui.

– J'entends quelqu'un qui arrive.

Le charme se rompit, comme une corde qui casse. Asha se retourna vers la porte par laquelle elle était entrée et distingua une lueur au loin, dans la crypte – faible, mais qui se rapprochait.

Elle prit la main de Torwin. Ils filèrent à travers les grottes, laissant derrière eux la flamme sacrée brûler enfin à sa place.

– C'est une impasse, dit une voix au loin. Et il y a des soldats partout. Si elle était venue par ici, ils l'auraient vue.

Plus Asha et Torwin progressaient vers la sortie, plus la lueur de la torche se rapprochait. Ils n'atteindraient jamais le tunnel secret à temps. Alors, Asha s'arrêta devant une étroite faille de la roche et poussa Torwin à l'intérieur. Quand il comprit ce qu'elle faisait, il la tira par le poignet. Mais il n'y avait pas assez de place pour deux. Asha allait se faire repérer et ils seraient tous les deux pris.

Elle secoua la tête, essayant de se dégager.

Torwin la prit par la taille, l'attirant contre lui. Leurs hanches se heurtèrent, ils se retrouvèrent collés l'un à l'autre au moment même où la lumière de la torche éclairait le mur d'en face. Torwin posa son menton sur le crâne d'Asha. Elle ferma les yeux, luttant contre la panique.

La voix de Jarek se rapprocha, puis se tut. Le front plaqué contre la gorge de Torwin, Asha essaya d'imaginer ce que le commandant voyait. Les grottes sacrées, immenses. La flamme de l'Ancien illuminant les histoires, qui se gravaient dans son esprit.

Le cœur d'Asha battait à ses oreilles. Torwin dut l'entendre, parce qu'il lui caressa la tête pour essayer de l'apaiser. Quand son pouce effleura son oreille déformée par les flammes de Kozu, il marqua un temps d'arrêt.

« Je sais, pensa-t-elle. C'est hideux. »

Mais au lieu de s'écarter, dégoûté, il continua, caressant les boursouflures de sa chair de la même manière que ses yeux aimaient suivre le tracé de sa cicatrice – avec une douce curiosité. Asha se détendit.

« Comment puis-je m'habituer au contact d'un esclave ? »

Elle s'y était même plus qu'habituée. Son corps s'électrisait au contact de son bras qui l'enserrait, la maintenait plaquée contre lui. Asha inspira son odeur. De sel et de sable. D'homme et de terre.

Était-il possible d'aimer à ce point l'odeur de quelqu'un qu'on ait envie de le goûter juste pour voir si la saveur est la même ?

« Tu es corrompue, dit une voix dans sa tête. Regarde-toi, pleine de désir pour un esclave. »

Asha aurait dû s'écarter immédiatement. Elle aurait dû écouter cette voix.

Au lieu de ça, pour échapper au danger qui rôdait dans l'obscurité, elle passa ses bras autour de la taille de Torwin, le serrant plus fort contre elle. Ses doigts stoppèrent leur mouvement. Il était parfaitement immobile. Après plusieurs battements de cœur, il se pencha vers elle.

Tout doucement, il frôla sa pommette du bout de son nez pour lui poser une question silencieuse. Des étincelles parcoururent tout son corps. Son sang se changea en lave. Elle tendit le cou en réponse, lui caressant la joue.

Il appuya son front contre le sien. Leurs nez se touchèrent tandis qu'il glissait ses mains dans ses cheveux, prenait son menton en coupe.

– Elle est ici, lança la voix de Jarek.

Torwin se figea, pétrifié. Les bras d'Asha se resserrèrent autour de lui.

– Tu vois cette lanterne ? Elle se cache quelque part. Va me chercher du petit bois.

– Oui, commandant.

Des pas s'éloignèrent.

– Si elle veut jouer avec le feu, marmonna Jarek, je vais la battre à son propre jeu.

Asha comprit qu'il avait l'intention de les enfumer.

« Non, pas question. »

Elle ne pouvait pas laisser Torwin se faire prendre. Si Jarek le retrouvait, il était mort. Peut-être même pire que mort.

Il n'y avait qu'un moyen de s'en sortir.

S'arrachant à l'étreinte de Torwin, Asha se hissa sur la pointe des pieds et murmura :

– Je viendrai te chercher à la tombée de la nuit. Soyez prêts à décoller.

Avant qu'il ne puisse l'arrêter, elle prit une profonde inspiration et sortit de la fissure, s'exposant à la lueur de la torche de Jarek.

Chapitre 26

Après la chaleur de la peau de Torwin, le contact de l'air frais la fit frissonner. Jarek se tenait à l'entrée du sanctuaire, lui tournant le dos, comme s'il avait peur de pénétrer à l'intérieur.

– Votre voleuse est ici, annonça-t-elle.

Jarek fit volte-face. Il plissa les yeux en découvrant son long manteau, ses cheveux lâchés.

– Tu as commis un crime contre le roi, déclara-t-il. Contre ton propre père. Pourquoi ?

Des pas résonnèrent. Un de ses soldats revenait, les bras chargés de petit bois. Il s'arrêta et regarda à l'intérieur du sanctuaire.

– La flamme sacrée, murmura-t-il en écarquillant les yeux.

Jarek planta ses yeux dans ceux d'Asha, attendant la réponse à sa question. Comme elle ne répondait pas, il l'attrapa par le bras et l'entraîna à travers les couloirs étroits de la crypte, vers l'escalier voûté qui menait au temple. Asha n'opposa aucune résistance. Plus vite il la sortait d'ici, plus vite Torwin pourrait gagner le tunnel secret et s'échapper.

Jarek la fouilla mais ne trouva pas la moindre arme sur elle. Il la traîna jusqu'à la salle du trône, puis lui arracha son manteau et la jeta sur le sol glacé devant le piédestal vide. Lorsque ses genoux heurtèrent la pierre, elle ravala un cri furieux.

– Qu'est-ce qui se passe ?

Les pas glissés de son père résonnaient à peine à travers la pièce.

– Voici votre voleuse, annonça Jarek.

Son père se dressait devant elle. Elle resta les yeux rivés sur ses ballerines finement brodées qui dépassaient de l'ourlet doré de sa robe.

– Asha ? Il y a sûrement erreur. Asha, lève-toi.

Elle n'obéit pas. Comment aurait-elle pu soutenir son regard ? Elle garda le front plaqué contre le carrelage.

– Je l'ai trouvée dans la grotte sous le temple. Et la flamme sacrée est dans le sanctuaire.

– Impossible.

Elle imagina Jarek en train de secouer la tête.

– Un de mes soldats l'a vue la prendre, monseigneur.

Elle imagina le trouble qui se peignait sur le visage de son père.

– Asha ? Il y a sûrement une explication…

Elle essaya de se voir au travers des yeux de son père. Quand il lui avait proposé son marché, elle était la plus féroce des chasseuses de dragons, prête à tout pour échapper à ce mariage. Et à présent ? Si son père avait su que son plus vieil ennemi tenait sa fille entre ses griffes, quelle emprise il avait sur elle, qu'aurait-il fait ? Aurait-il eu conscience qu'elle était irrécupérable ? L'aurait-il bannie ? Aurait-il cherché quelqu'un d'autre pour tuer Kozu ?

– Dis-moi pourquoi tu as fait ça, Asha.

– Je… je suis désolée, murmura-t-elle d'une voix tremblante.

– Je ne veux pas d'excuses !

Sa voix résonna dans la salle déserte, à part lui, son commandant et une poignée de soldats.

– Ce que je veux, c'est une explication.

Elle déglutit, fixant les carreaux bleu et vert sous ses mains. Il fallait qu'elle choisisse ses mots avec soin, car Jarek ne devait rien savoir de l'accord qu'elle avait conclu avec son père. Et son père ne devait rien savoir des missions que lui avait confiées l'Ancien.

– Je… j'ai fait ça pour… la chasse.

Elle jeta un regard à Jarek, les bras croisés sur le torse.

– Le dragon que je traque en ce moment est… plus difficile à coincer que les autres. Il me fallait quelque chose pour l'attirer.

– Alors tu as volé la flamme ?

– Ce dragon est incapable d'y résister.

« Menteuse », pensa-t-elle avant de se risquer à lever les yeux.

Le regard de son père se durcit en croisant le sien.

– S'il vous plaît, murmura-t-elle. Faites-moi confiance.

Le regard du souverain se radoucit à ces mots.

Jarek s'avança.

– Mon roi, vous ne pouvez lui éviter le châtiment qu'elle mérite simplement parce qu'il s'agit de votre fille. Cela créerait un précédent. Voulez-vous que l'on se souvienne de vous comme du roi qui respectait la loi seulement quand ça l'arrangeait ?

Un lourd silence tomba sur la salle du trône tandis que le roi dragon contemplait tour à tour l'Iskari et son commandant.

– N'ai-je pas fait tout ce que vous me demandiez, mon roi ? N'ai-je pas défendu vos murs ? Étouffé vos révoltes ? Gardé vos secrets ?

En entendant cette dernière question, le roi dragon s'assombrit comme le ciel avant la tempête. Asha se demanda quel genre de secrets il avait bien pu confier à Jarek. Elle ressentit comme une pointe de jalousie. Ce devaient être de gros secrets. Assez compromettants pour qu'il cède sous la pression, car c'est exactement ce qu'il fit.

– Qu'attendez-vous de moi? demanda le roi dragon en toisant sa fille, agenouillée à ses pieds.

Jarek se mit à arpenter la pièce.

– Il y a quelque chose qui ne tourne pas rond...

Ses pas lourds résonnaient sous la haute coupole.

– D'abord, mon esclave disparaît. Puis vos prétendus alliés s'évanouissent au beau milieu de la nuit et s'emparent de Darmoor le lendemain. Et voilà que votre propre fille vole la flamme sacrée.

Il secoua la tête.

– Il ne faut pas la quitter des yeux. Je vous demande simplement d'appliquer la loi et de la punir pour le crime qu'elle a commis en l'enfermant au cachot jusqu'à notre mariage.

Non, son père ne pouvait pas accepter. Il voulait la mort de Kozu, et Asha était la seule à pouvoir le débarrasser du Premier Dragon.

Il hésita néanmoins.

La gorge d'Asha se noua.

Il les regardait tour à tour, Jarek et elle, comme s'il avait du mal à faire son choix. Comme s'il s'agissait d'un jeu de stratégie où il devait décider quelle pièce sacrifier : son commandant ou son Iskari?

Il inspira profondément, avant de déclarer d'un ton prudent :

– Très bien.

Asha en eut le souffle coupé.

– Père...

Le roi leva la main.

– Lève-toi, Asha.

Ce n'était pas une demande mais un ordre. Elle se redressa, gardant les yeux rivés au sol. Le roi dragon lui prit le menton pour la forcer à croiser son regard. Asha en fut choquée. Le roi dragon ne touchait jamais son Iskari. Ses sourcils formaient une vallée ombrageuse et ses yeux d'ordinaire si chaleureux étaient froids, distants.

– Ai-je eu tort de te faire confiance ?

« Oui, je suis plus corrompue que vous ne pouvez l'imaginer. »

Asha aurait voulu fermer les yeux pour ne pas avoir à affronter son air déçu.

– Non, Père.

– Comment puis-je en être sûr ?

– Si vous me laissez retourner dans la Faille, je ferai ce que vous m'avez demandé. Je vous rapporterai la tête de ce dragon avant l'aube.

Il n'y avait plus rien pour la retarder, maintenant. Plus de mission à accomplir. Plus de cadeaux maudits.

– Je ne peux pas te laisser t'en tirer sans punition.

Il plissa le front. Il lui fallait quelqu'un pour traquer Kozu, certes, mais il lui fallait aussi appliquer la loi.

– Tu as commis un crime très grave. Un crime contre ton roi.

Il la dévisagea longuement avant de lâcher son menton.

– Tu pourras donc retourner dans la Faille…

Asha poussa un soupir de soulagement.

– … dans deux jours.

Elle se figea. Un frisson glacé la parcourut.

– Mais c'est…

– … Le jour de ton mariage.

Son regard lui indiqua qu'il savait très bien dans quelle position il la mettait, mais qu'elle ne lui avait pas laissé le choix.

Chapitre 27

Le jour de son mariage, à l'aube, la porte de la cellule s'ouvrit.

Ce ne fut pas Jarek qui entra. Une fois les yeux d'Asha accoutumés à la lumière des torches, elle découvrit deux soldats sur le seuil.

– Vous devez venir avec nous, Iskari.

Asha se leva, croisant les bras pour lutter contre le froid humide.

– J'ai purgé ma peine. Mon père a dit que je pouvais retourner dans la Faille le jour de mon mariage.

– Il y a une robe dans votre chambre, annonça l'un des soldats, ignorant sa remarque. Vous devez la mettre et nous suivre, sur ordre de votre père.

– Quoi ?

Elle envisagea de s'échapper, mais six autres hommes de Jarek attendaient dans le couloir.

Quand ils arrivèrent à sa chambre, Asha remarqua d'abord les verrous fixés sur sa porte.

Puis les épais barreaux de fer qui bloquaient sa fenêtre.

Et enfin, son mur vide. Ils lui avaient pris toutes ses armes.

– Est-ce Jarek qui a fait ça ?

Personne ne lui répondit. Asha leur claqua la porte au nez puis se laissa tomber à genoux et chercha ses épées à tâtons sous le lit, à l'intérieur du cadre. Toujours là. Elle les sortit de leur cachette.

Une robe avait été soigneusement disposée sur le lit. Ce n'était pas sa robe de mariée, mais Asha reconnut le goût de Jarek : les nombreuses perles, le décolleté plongeant, la soie crémeuse.

Les soldats frappèrent à la porte.

Asha n'enfila pas la robe.

Au lieu de cela, elle se dirigea vers la commode, au pied de son lit. Son armure était bien à l'intérieur. Posant ses épées, Asha la sortit et la mit – de son plastron jusqu'à ses bottes. Dès qu'elle en aurait l'occasion, elle filerait à la Faille.

Sous son armure, Asha se sentait en sécurité, protégée du regard avide de Jarek.

Après avoir attaché ses cheveux en une simple tresse sur une épaule, elle glissa ses épées dans son dos, puis mit son casque.

La porte s'ouvrit.

Asha prit les cadeaux de Jarek – le caftan bleu indigo, le collier de rubis, le coupon de soie végétale – et les entassa dans la cheminée avec un peu de petit bois. Elle gratta une allumette et la jeta sur la pile. C'est la soie qui prit feu en premier.

Une cavalcade de pas lourds et bottés emplit ses oreilles.

Ils étaient dans sa chambre.

– Ça suffit ! Emparez-vous d'elle !

Asha se retourna vers la robe pour la brûler également, mais un soldat la saisit puis l'entraîna vers la porte.

– Nous allons être en retard, Iskari.

Asha jeta un regard par-dessus son épaule au feu qui crépitait. À ses cadeaux qui brûlaient. Tous sauf un.

Les soldats échangèrent un regard méfiant avant de l'escorter dans le couloir.

Safire les retrouva à l'entrée de l'arène où, pour une fois, il n'y avait pas un seul manifestant.

Le cœur d'Asha s'emballa à la vue de sa cousine. Elle avait failli ne pas la reconnaître, dans son caftan turquoise. Ses cheveux noirs étaient nattés et épinglés sur sa nuque.

– Asha, où étais-tu passée ?

Au milieu de tous ces Draksors hurlants, le premier réflexe d'Asha fut d'aller vers sa cousine. Mais avec les soldats de chaque côté, elle ne put l'approcher.

– Qu'est-ce que je viens faire ici ? leur demanda-t-elle. Que se passe-t-il ?

Tout autour d'elle, des rangées et des rangées de gradins à moitié pleins entouraient l'arène. De tous côtés, des Draksors vociféraient en agitant leurs bourses pleines d'argent pour placer leurs paris.

Mais c'est la fosse elle-même qui attira son attention.

En principe, les piques de fer qui l'entouraient étaient levées vers le ciel afin d'empêcher les criminels de s'échapper et les spectateurs de tomber dedans.

Mais là, elles étaient baissées, croisées au-dessus de l'ouverture.

– Tu te maries aujourd'hui, lui rappela Safire qui s'efforçait de la suivre en se frayant un passage dans la foule. Tu es censée échanger tes cadeaux avec Jarek.

Asha n'avait pas de cadeau à offrir. Et même si elle en avait eu un, l'idée d'offrir quoi que ce soit à Jarek lui semblait ridicule.

Mais pourquoi à l'arène ?

En principe, l'échange des cadeaux de mariage avait lieu sur la plus grande place de la ville, pour tenir la foule en haleine jusqu'au mariage qui se déroulerait à l'heure du lever de lune. Elle regarda autour d'elle, cherchant une issue.

Des hommes en tuniques de soie et des femmes en caftans richement brodés étaient assis tout autour de la fosse. Cependant, l'arène semblait relativement vide pour une occasion aussi importante. Même si Asha arrivait à semer son escorte et à emmener Safire avec elle, elles ne pourraient pas se fondre dans la foule. Pas moyen d'atteindre la sortie sans se faire repérer.

L'Iskari était trop aisément reconnaissable. La foule s'écartait sur son passage. Des regards apeurés la fixaient.

Arrivée au dais bordeaux, situé tout en haut des gradins, d'où l'on avait la meilleure vue sur les combats, elle aperçut Jarek. Il avait troqué son habituelle tunique noire, brodée de son blason – deux sabres croisés –, contre une tunique blanche gansée d'or. Assortie à la robe qu'il avait fait déposer dans sa chambre. Aux couleurs du mariage.

Jarek l'attira à lui. Asha se raidit.

– J'ai trouvé le cadeau idéal pour toi, annonça-t-il, galvanisé par une énergie étrange.

Il ne semblait pas avoir remarqué sa tenue vestimentaire. Le roi dragon s'assit, le dos droit et son médaillon en citrine autour du cou, les doigts chargés d'anneaux étincelants. À côté de lui se tenait un esclave portant un plateau de nougat et d'abricots secs. Le roi adressa un signe de tête au commandant, lui donnant la permission de commencer.

Jarek leva la main sans lâcher celle d'Asha.

Le silence se fit. Tous les regards se tournèrent vers eux en un instant.

– Ce soir, l'Iskari et moi, nous nous unirons ! Que mon cadeau soit un gage de notre merveilleuse union !

Des applaudissements déchaînés rugirent aux oreilles d'Asha. Quand le silence retomba, c'était à son tour de prendre la parole. Elle regarda Safire, restée à l'extérieur de la tente, et se rappela une blague qu'elle avait faite récemment.

« Il paraît que les cœurs de dragon sont à la mode ces temps-ci, surtout comme cadeau de mariage. »

L'Iskari se tourna face à son peuple. Elle savait ce qu'elle avait à faire.

– Ce soir, le commandant et moi, nous nous unirons.

Sa voix n'était ni forte ni confiante.

– Que mon cadeau soit le gage de la durée de notre union !

Les applaudissements furent cette fois beaucoup plus modérés. Mais Asha n'en avait pas fini. Elle se dégagea de l'étreinte de Jarek et passa devant lui.

– Aujourd'hui, je vais chasser le Premier Dragon !

Les applaudissements cessèrent brusquement.

– Aujourd'hui, je vais porter un coup final aux traditions des temps anciens et me débarrasser de ce mal qui ronge mon âme !

Un silence glacial se fit tandis qu'elle se retournait vers Jarek.

– Pour prouver mon dévouement à mon promis, je rapporterai le cœur de Kozu. Ce sera mon cadeau.

Personne n'applaudit. Personne n'osait même respirer. Tous les regards se tournèrent vers le roi dragon. Quand Asha elle aussi se tourna face à son père, il leva son gobelet de vin. Pour lui porter un toast. « Bien joué », semblait-il dire.

Ce fut la folie dans l'arène. Mais les réactions étaient contrastées : certains Draksors l'acclamèrent, tandis que d'autres marmonnaient entre leurs dents, échangeant des regards inquiets.

Tout le monde était au courant de sa mission, désormais. Ils étaient obligés de la laisser partir pour qu'elle puisse tenir parole.

– Que le combat commence ! ordonna Jarek en lui reprenant la main pour la faire asseoir à côté de lui.

Asha tressaillit. Elle avait envie de se relever. Mais elle devait jouer son rôle, maintenant.

Et si elle ne parvenait pas à tuer Kozu, elle devrait le jouer pour le restant de ses jours.

En contrebas, un groupe de Draksors se pencha vers la fosse et se mit à hurler, le poing levé, réclamant l'entrée des combattants. Petit à petit, tous les autres reprirent leurs cris en chœur. Ils résonnaient aux oreilles d'Asha, couvrant tout autre bruit.

La fosse était plongée dans l'obscurité. On n'avait pas encore allumé les torches. Elle ne distinguait que des hordes de spectateurs assis, debout ou plantés devant les tables de paris. Gesticulant, braillant. Impatients que les combats commencent.

Un rugissement fit brusquement taire le vacarme et ébranla Asha.

Jarek lui passa un bras autour de la taille pour la maintenir fermement contre lui.

« Un dragon ? s'étonna-t-elle en scrutant le ciel. Ici ? »

Mais le ciel était d'un bleu pur. Et vide.

Les spectateurs qui n'avaient pas encore pris place montaient dans les gradins. Jarek la tenait fermement, débordant d'énergie.

– J'ai trouvé quelque chose qui t'appartient, dit-il d'une voix forte pour couvrir le vacarme environnant. Quelque chose que tu avais laissé dans les sous-sols du temple.

Il glissa la main sous le banc. Lorsqu'elle réapparut, elle brandissait une hache au manche serti de pierres précieuses. La hache qu'elle avait confiée à Torwin.

Son sang se glaça.

Par réflexe, elle tendit la main vers son arme. Pile au moment où sa main se refermait sur le manche, toutes les torches s'allumèrent d'un seul coup.

Des hommes vêtus de lourdes armures firent entrer un dragon dans l'arène. Protégés par de grands boucliers rectangulaires, ils l'excitaient avec de longues lances d'acier, enfonçant leurs pointes entre ses écailles couleur terre rouge.

Asha laissa tomber sa hache à ses pieds avec fracas.

– Shadow...

Forcé d'avancer, le dragon poussait des rugissements furieux et claquait des mâchoires. Il n'avait aucune échappatoire, pas d'endroit où se cacher. Les piques de fer abaissées lui bloquaient toute issue par les airs.

Mais le pire...

Le pire, c'est qu'au milieu de l'arène gisait Torwin.

Il était à genoux et tanguait comme s'il allait s'évanouir. Un couteau reposait entre ses mains. C'était tout ce qu'il avait pour se défendre contre un dragon terrifié, torturé, prêt à tuer tout ce qui lui semblait menaçant.

Un coup de lance particulièrement violent arracha un hurlement féroce à Shadow. Les soldats se ruèrent hors de la fosse.

Juste avant que le dragon ne charge, Torwin leva la tête pour faire face aux hordes de Draksors qui se réjouissaient de sa mort. Mais son regard glissa sur eux sans s'arrêter pour se fixer sur Asha.

Chapitre 28

Shadow chargea, soulevant un nuage de sable rouge. Torwin roula à terre et lui échappa de justesse. Il avait le dos en sang. Ses vieilles blessures s'étaient rouvertes et le faisaient souffrir. Cela allait le ralentir. La queue fourchue de Shadow siffla dans les airs, faucha l'esclave et le fit tomber à la renverse.

Asha colla son poing contre ses lèvres pour s'empêcher de pleurer. Shadow souffrait, lui aussi. Le sang coulait de longues estafilades sur ses flancs et il boitait légèrement. Pris au piège et blessé, il ne reconnaissait pas l'esclave qui se tenait devant lui. La terreur lui avait fait oublier le lien qui l'unissait à Torwin. Il était récent, après tout – encore fragile et jamais mis à l'épreuve.

« Ils vont s'entre-tuer », paniqua Asha.

Sous ses yeux. Elle serait obligée de regarder.

– Je me suis souvenu à quel point tu aimais les combats de dragons, dit Jarek, en la maintenant fermement. J'ai tenu à faire revivre la tradition en en organisant un spécialement pour toi.

Asha déglutit amèrement. Elle regarda Shadow, qui tournait autour du Skral, se préparant à frapper. Le soleil faisait étinceler le couteau de Torwin.

S'il éliminait Shadow, Asha n'aurait pas respecté la condition d'Elorma qui était de protéger le dragon. L'Ancien laisserait libre cours à sa colère. Et cette fois, le châtiment qu'il lui infligerait serait sans doute permanent.

Mais si Shadow tuait Torwin…

La colère enflamma le ventre d'Asha et ses mains se crispèrent autour du bras de Jarek. Ses ongles s'enfoncèrent dans la peau, puis dans la chair, comme s'ils voulaient atteindre l'os. Poussant un cri, le commandant la lâcha brusquement. Asha se leva d'un bond.

Elle n'avait pas fait trois pas dans la foule qu'il la saisit à nouveau par le bras. Vu la lueur assassine qui brillait dans ses yeux, il n'avait pas l'intention d'abandonner la partie. Jamais. En un seul battement de cœur, Asha défit la plaque d'armure protégeant le bras qu'il avait agrippé et fila, dévalant les gradins à toute allure.

Quand elle atteignit les piques de fer fermant la fosse, elle s'accroupit. Shadow avait chargé Torwin, qui s'était plaqué au sol au dernier moment. Le ventre d'un dragon était l'endroit le plus vulnérable pour y planter un couteau. Il aurait pu porter un coup fatal, mais il s'abstint.

Ses lèvres remuaient. En tendant l'oreille, Asha distinguait le son de sa voix. Il essayait de calmer Shadow. De l'apaiser. Sauf que, cette fois, il avait recours à une histoire.

– Non…

Les histoires des temps anciens renforçaient les dragons. Elles leur donnaient le pouvoir de cracher du feu.

– Torwin, non !

Shadow s'arrêta juste avant de rentrer dans le mur et fit volte-face, les naseaux dilatés, ses écailles couleur terre rouge brillant au soleil. Torwin se releva en continuant à murmurer.

Shadow se planta sur ses quatre pattes et recula la tête. Sa poitrine se gonfla. Son ventre étincela.

– NON ! hurla Asha.

Voyant les soldats accourir, elle se hissa sur les piques métalliques, tituba, puis reprit son équilibre. Elle avança comme sur une poutre pour leur échapper, jusqu'au milieu. La foule retenait son souffle. Asha se cramponnait aux barres de fer car elle n'arrêtait pas de glisser. Elle finit par trouver un espace assez large pour se faufiler entre elles.

Elle resta suspendue, à se balancer au-dessus de la fosse, jaugeant la distance qui la séparait du sol. C'était haut. Elle ne risquait pas de se tuer, mais de se faire très mal, c'était certain.

Le ventre de Shadow rougeoyait comme la braise.

Asha se laissa tomber dans le vide.

L'air siffla à ses oreilles, puis une douleur intense irradia dans ses chevilles, remontant le long de ses jambes. Elle avait atterri pile entre le dragon et l'esclave. La foule étouffa un cri.

Asha leva les bras – l'un protégé par une plaque de son armure, l'autre non. Elle aperçut son reflet dans les pupilles fendues du dragon. Une silhouette casquée. Une chasseuse. Une ennemie.

Le feu arrivait et elle ne pouvait rien faire pour l'arrêter.

Asha fit volte-face et se rua sur Torwin. Elle tomba à genoux devant lui pour le couvrir de son corps comme un bouclier. Elle prit sa tête entre ses mains et la baissa, protégeant son visage avec son épaule.

– Reste baissé.

Sa propre voix résonna sous son casque.

Torwin hurla lorsque le feu les enveloppa. Cette chaleur cuisante. Il s'agrippa à sa cuirasse, la serrant contre lui.

Ici et là, des flammèches scintillèrent avant de s'éteindre dans le sable.

Asha se retourna vers le dragon. Il se tapit à terre en sifflant.

Ils avaient transformé son adorable Shadow en prédateur.

– Shadow, dit-elle en enlevant son casque, qui tomba dans le sable avec un bruit mat. C'est moi.

Le dragon gronda, cinglant l'air de sa queue.

Asha entreprit d'ôter son armure, plaque par plaque.

– Tu me connais.

Dans les gradins, la foule fascinée fixait l'Iskari de ses yeux incrédules. Quand, soudain, un cri couvrit leur murmure : les soldats avaient reçu l'ordre d'ouvrir les grilles. De faire sortir l'Iskari.

Cet ordre venait de son père. Pire encore que la voix furieuse du roi dragon, elle sentait sur elle son regard glacial.

D'une main tremblante, Asha défit les lacets de ses bottes en peau de dragon pour les enlever, et montrer à Shadow qu'elle n'était pas une ennemie.

– Il te reconnaît, dit Torwin dans son dos.

Asha leva les yeux. Shadow s'était calmé, il ne battait plus l'air de sa queue. Il fit un pas hésitant vers elle, baissa sa tête plate couverte d'écailles et émit un petit bruit. Comme un jappement.

Asha dut résister à l'envie de lui sauter au cou.

Elle jeta ses bottes à terre et s'approcha lentement, pieds nus, tendant la main. Shadow vint loger son museau dans sa paume. Il tremblait de tous ses membres.

Il fallait le faire sortir d'ici.

Des pas lourds accouraient. Asha et le dragon levèrent la tête d'un même mouvement et virent les soldats de l'autre côté de la grille. Ils étaient coincés. Elle avait empêché Torwin et Shadow de s'entre-tuer, mais elle ne pouvait rien contre l'armée de son père.

– Asha !

C'était la voix de Safire.

– Décolle !

Un vacarme métallique retentit. Les piques de fer commençaient à monter vers le ciel dans un grincement assourdissant.

Safire était dans la machinerie, elle tournait la manivelle !

Puis un sifflement leur fit lever les yeux.

Dax ! Il jeta dans la fosse deux objets l'un après l'autre. Torwin attrapa un carquois rempli de flèches d'une main et un arc de l'autre.

Asha n'eut pas le temps de se demander pourquoi son frère avait un arc et des flèches sous la main. Elle scruta le sable à la recherche de ses épées, qu'elle avait ôtées en même temps que son armure, tandis que Torwin encochait une flèche.

« Sait-il seulement tirer ? »

Comme s'il lisait dans ses pensées, il croisa son regard. Asha remarqua sa lèvre fendue, sa pommette enflée, ses hématomes bleu violacé.

Quelqu'un l'avait frappé.

À plusieurs reprises.

Une rage écumante monta en elle.

– Reste derrière moi.

Elle ramassa dans le sable les deux épées, qui sortirent de leurs fourreaux en tintant.

– Je te couvre jusqu'à ce que Shadow ait la voie libre pour sortir d'ici.

Torwin obéit, bandant son arc juste au moment où les portes s'ouvraient, laissant entrer une vague de soldats. Asha fit tournoyer ses épées, alerte et déterminée. Elle se posta à l'avant tandis que Shadow couvrait leurs arrières.

– Tire à gauche !

Asha pointa son épée tandis que le premier homme de Jarek

pénétrait dans l'arène. Le soldat tomba avant même qu'elle ait fini sa phrase, une flèche plantée dans le cœur.

Stupéfaite, elle vit Torwin encocher la flèche suivante, et tirer avant qu'elle lui ait indiqué le prochain ennemi à viser. Derrière eux, Shadow faucha trois soldats d'un coup de queue, les envoyant dans le mur.

– Où as-tu appris à tirer comme ça ?

Un autre soldat avec une flèche dans le cœur.

– Pourquoi ? Tu es impressionnée ?

Dans la machinerie, Safire envoya au diable celui qui essayait de forcer la porte. Elle s'était enfermée à clé dans la petite pièce.

– C'est Greta qui m'a appris, expliqua Torwin alors qu'une autre flèche volait, frôlant les cheveux d'Asha. Et ensuite, j'ai appris à ton frère.

« Mon frère ? »

Asha revit alors les doigts calleux de Torwin et de son frère. Mais elle n'avait pas le temps de poser les questions qui bourdonnaient dans son esprit.

– Dès que les piques seront levées, dit-elle, monte sur le dos de Shadow et décolle.

À la porte, les soldats s'écartèrent pour laisser passer quelqu'un. Un homme vêtu de blanc et d'or.

Le commandant pénétra dans l'arène et fonça droit sur eux, brandissant son sabre.

Asha serra plus fort le pommeau de ses épées. Tout ce que Safire lui avait enseigné sur l'art d'affronter un adversaire plus grand et plus fort lui revenait en mémoire. Frapper vite. Viser les jambes. Bouger sans cesse. Ne jamais s'arrêter.

À mi-chemin, cependant, Jarek stoppa net. Autour de lui, les soldats baissèrent leurs armes, en regardant par-dessus l'épaule d'Asha. Surprise, celle-ci se retourna.

Torwin avait armé son arc de sa dernière flèche. Elle était prête à partir, pointée droit sur sa poitrine.

Aucun soldat n'oserait avancer tant qu'il menacerait la fille du roi dragon.

– Tu montes la première.

– Quoi ?

– Asha.

C'était la première fois qu'il prononçait son nom. Il résonna comme un tintement chaleureux à ses oreilles, la remplissant de bonheur.

– Fais ce que je te dis.

Asha le dévisagea.

– Tu es fou, chuchota-t-elle.

Au-dessus d'eux les piques émirent un dernier grincement. Dans un instant, Shadow aurait la voie libre.

– Tu crois ?

Pointant toujours sa flèche sur elle, il désigna du menton les spectateurs dans les gradins, ou massés autour de la fosse, fixant l'Iskari qu'ils haïssaient autant qu'ils la craignaient.

– Combien d'entre eux aimeraient que je te plante cette flèche dans le cœur ?

Asha avala sa salive.

« Tous. »

– Et ton père ?

La honte monta aux joues d'Asha. Son père assis sous le dais bordeaux avait tout vu. Avait sans doute compris la vérité : sa fille était corrompue.

À cette pensée, elle recula d'un pas.

– Je t'en prie, supplia-t-elle. Va-t'en.

Le regard de Torwin s'attarda sur son visage.

– Personne ne te pardonnera ce que tu viens de faire.

Non, pas au début. Mais son père avait besoin d'elle pour tuer Kozu. Son père et les autres lui pardonneraient dès qu'elle aurait rapporté sa tête. Ce seul acte l'absoudrait de tous ses crimes.

– Il faut que j'arrange les choses, répondit-elle. Pendant que tu veilles sur Shadow. C'était notre marché.

Les piques cessèrent de monter dans un dernier crissement de protestation. Un cri s'échappa de la machinerie. Et elles recommencèrent à descendre.

La panique s'empara d'Asha. Si les piques s'abaissaient complètement alors que Torwin était encore au fond de l'arène, elle n'aurait aucun moyen de les sauver.

– Si tu meures là maintenant alors que je viens de te sauver la vie, je te poursuivrai jusqu'à la porte de la Mort pour te tuer une seconde fois.

– Tu peux me tuer cent fois, dit-il en levant son arc pour viser son maître. Si je ne peux pas te libérer de ses griffes, je ne partirai pas tant qu'il sera en vie.

Asha écarquilla les yeux.

Il voulait *la* protéger, maintenant ?

Folie.

– Torwin.

Au-dessus d'eux, leur seule issue se refermait petit à petit.

– Je te dois toujours une danse, tu te souviens ? Tu ne pourras pas danser avec moi si tu es mort.

Il lui jeta un regard surpris.

– Promets-moi de ne pas l'épouser, dit-il, les muscles bandés par la tension de l'arc. Car si tu lui appartiens...

Ses yeux devinrent fiévreux.

– … ça te tuera, Asha.

Elle contempla ses articulations blanchies par l'effort. Il portait toujours l'anneau de sa mère.

– Je ne partirai pas tant que tu n'auras pas promis.

– Je te le promets, chuchota-t-elle.

Alors il fit claquer sa langue à l'adresse de Shadow et se hissa entre ses ailes.

Maintenant que la menace de la flèche était levée, Jarek repartit à grands pas. Comme une tempête de sable qui s'abat sur le désert. Les yeux rivés sur son esclave, qui était sur le point de lui échapper une seconde fois.

Le cri de Safire, montant de la machinerie, glaça le sang d'Asha.

Le courant d'air créé par les battements d'ailes de Shadow fit voler ses cheveux. Mais elle ne tourna pas la tête. Elle n'osait pas quitter le commandant des yeux. Elle adressa juste une prière silencieuse à l'Ancien, le suppliant de les mettre à l'abri du danger.

Jarek leva la main pour réclamer l'attention de ses soldats, mais il n'eut pas le temps de leur donner ses ordres car Asha attaqua la première, défiant toutes les règles que Safire avait tenté de lui enseigner.

Il bloqua facilement ses épées mais, quand il voulut la repousser, Asha résista. Pas besoin de le battre, il fallait juste qu'elle le retienne un instant.

– Écarte-toi de mon passage, Iskari. Ou tu le regretteras.

Asha serra les dents pour supporter le poids de son sabre. Tout son corps protestait. Ses jambes commençaient à céder. Jarek poussa un rugissement.

Asha rugit également. Un grondement furieux.

Et elle tint bon.

Quand il jeta un coup d'œil derrière elle, la rage déforma son visage. Soudain la pression sur Asha s'allégea, tandis qu'il reculait, plantant son sabre dans le sable.

Elle se retourna alors et regarda en l'air juste au moment où les piques se refermaient. À travers la grille qu'elles formaient, elle aperçut le ciel bleu et sans nuages. Vide.

« Ils sont partis. »

Un sentiment de solitude brutal s'abattit sur son cœur comme une hache, le coupant en deux.

Chapitre 29

Au-dessus des piques de fer, la foule sifflait, maudissant Asha. La honte s'insinua en elle comme un poison.

Elle ne résista pas lorsque Jarek lui prit ses épées, puis donna l'ordre d'évacuer l'arène. Elle n'osa pas croiser le regard des soldats qui ôtaient les flèches du torse de leurs camarades tombés au combat, car ils semblaient tous avoir très envie de les lui planter dans le cœur.

Accablée par ce qu'elle venait de faire, Asha s'effondra à genoux dans le sable.

Son père était en train de descendre des gradins pour gagner la fosse. Elle aurait dû réfléchir à ce qu'elle allait lui dire. Au lieu de cela, elle entendait dans sa tête Torwin prononcer son nom.

« Asha ». Le nom que sa mère lui avait donné. Pas « Iskari », le nom imposé par un dieu corrompu.

« Et si je ne le revois jamais ? »

Cela n'aurait pas dû avoir d'importance.

Un gémissement de Safire lui fit lever les yeux. Deux soldats l'escortèrent dans la fosse. Asha allait se mettre debout, mais trois soldats fondirent aussitôt sur elle, et la haine qu'elle vit sur leurs visages la stoppa net.

Jarek traîna Safire devant sa cousine et la jeta dans le sable, où elle s'affala mollement.

– Asha !

Le rugissement de son père résonna dans l'arène vide lorsqu'il pénétra dans la fosse. Il rejoignit son Iskari à grands pas, soulevant des nuages de sable.

– Tu m'as ridiculisé !

Asha garda les yeux baissés tandis qu'il se plantait devant elle.

– Regarde-moi.

Docilement, elle leva les yeux. Ils remontèrent le long de sa robe dorée, dépassèrent le blason royal et se posèrent sur son visage ténébreux.

– Depuis des années, je crois en toi. Depuis des années, je suis de ton côté alors que tout le monde te tourne le dos. Et en un jour, tu as tout gâché. Tout notre travail acharné. Pourquoi ?

Une voix s'éleva derrière le roi.

– Laisse-la tranquille.

Dax pénétra dans la fosse d'un pas désinvolte, tout en faisant passer d'une main à l'autre un couteau rustique et grossièrement forgé. Comme une balle. Son regard se fixa sur leur père et sa sœur.

Dans les yeux de son frère, Asha entrevit une menace. Son père grimaça et fit signe à un soldat à sa gauche.

– Faites-le sortir d'ici.

Mais Dax continua et se dirigea droit sur le roi, le menton levé, ses yeux marron plus vifs que jamais.

Quand le soldat s'approcha de lui, Dax leva son couteau.

« Forgé par les Terreux », réalisa Asha.

– Si tu me touches, je te tranche la gorge, menaça Dax.

Le soldat se figea et se tourna vers Jarek. Qui se tourna vers le roi, attendant ses ordres.

Mais Dax n'attendit pas.

– Il y a cinq jours...

Sa voix résonna dans l'arène déserte tandis qu'il se dirigeait vers leur père.

– ... j'ai supplié ma sœur de sauver la vie d'un esclave.

Le roi plissa les yeux.

– Naturellement, Asha a refusé. Alors je lui ai fait du chantage.

Dax se posta devant sa sœur, la cachant à la vue du roi.

– De la même façon, je l'ai fait chanter pour qu'elle vole votre précieuse flamme et qu'elle interrompe le combat dans l'arène.

« Quoi ? »

Perplexe, Asha se tourna vers Safire. Mais sa cousine gardait les yeux rivés sur ses mains enfoncées dans le sable. Elle tremblait de tout son corps, à force d'avoir été battue.

Le roi dévisagea Dax avec attention.

– Et pourquoi, mon fils, aurais-tu fait cela ?

– N'est-ce pas évident ?

Les yeux de Dax étincelèrent.

– Je vous hais. Et quel meilleur moyen de vous atteindre que de retourner contre vous le monstre que vous avez créé ?

« Monstre ». Ces mots la blessèrent plus profondément que si Dax lui avait donné un coup de couteau. Mais il avait menti au sujet du chantage. Peut-être était-ce également un mensonge.

– Emmenez-le. Hors de ma vue.

La voix du roi demeurait calme et posée, mais Asha y perçut une fêlure.

– Mettez-le au cachot et attendez-moi. Je veux l'interroger moi-même.

Pendant que les soldats intervenaient, Dax s'accroupit devant

Asha. Il contempla son visage marbré de cicatrices d'un regard doux.

– Quand s'abattent les ténèbres, petite sœur, l'Ancien allume la flamme.

Alors qu'ils l'attrapaient par les bras pour l'emmener, Dax lui adressa un clin d'œil. Il ne montrait pas le moindre signe de peur. Comme s'il ne jouait qu'un petit rôle dans une pièce beaucoup plus importante.

Ils firent sortir Safire de la fosse après lui. Elle jeta un coup d'œil inquiet par-dessus son épaule.

Elle s'inquiétait pour Asha. Pas pour elle-même.

Asha fronça les sourcils, se remémorant quelque chose que Torwin lui avait dit : « L'autre jour, à l'infirmerie, je savais que nous étions à l'aube d'un grand changement. »

« Qu'est-ce qui est censé changer ? se demanda-t-elle. Et Dax avec son arc, ses flèches, son couteau... Qu'est-ce qu'il complote ? »

– Maintenant que nous nous sommes débarrassés de la vermine...

Jarek tendit quelque chose au roi dragon. C'était la plaque d'armure d'Asha. Celle qu'elle avait détachée de son bras pour lui échapper.

– Son bras n'était pas protégé quand le dragon a craché ses flammes.

Il se dirigea vers Asha, saisit son bras nu et le leva.

– Alors pourquoi n'a-t-elle aucune brûlure ?

Son père leva la plaque d'armure, lui posant une question silencieuse.

– Le feu ne me brûle pas, murmura-t-elle à l'attention du sable.

– Parle plus fort !

Levant le menton, Asha répéta un ton plus haut :

– Le feu de dragon ne me brûle pas, pas plus que n'importe quel feu, d'ailleurs. C'est un… cadeau. De l'Ancien.

Gardant les yeux baissés, elle ajouta :

– Je n'ai pas pu refuser.

Jarek et son père échangèrent un regard. Ensemble, ils lui tournèrent le dos pour se consulter à voix basse.

Asha les observait : son père et son commandant, entourés par des soldats. L'arène était déserte. L'Iskari était désarmée, agenouillée dans le sable, pendant que l'héritier du trône était emmené au cachot. Si Jarek avait vraiment l'intention de prendre le pouvoir, qu'est-ce qui le retenait ? Pourquoi ne renversait-il pas le roi maintenant ?

Son père se retourna vers elle, la main crispée sur la plaque d'armure.

– L'Ancien t'a-t-il offert d'autres cadeaux ?

Asha détourna les yeux, submergée par la honte.

– Oui.

– Alors ? De quoi s'agit-il ?

– Les épées, dit-elle. Et… le dragon.

Un silence lourd comme la pierre tomba entre eux.

– Tu veux dire que, pendant tout ce temps, tu traitais avec l'Ancien ?

Les larmes lui piquaient les yeux. Elle les ferma.

– Si je ne fais pas ce qu'il dit, il m'ôte toutes mes forces et m'empêche de…

Elle jeta un coup d'œil en biais à Jarek.

– … de chasser.

« Il va me dénoncer, maintenant. Il va réaliser que je suis une cause perdue et me renier. »

Son père scrutait son visage marqué d'un œil inquiet.

– Il veut se servir de toi, Asha. Comme il s'est servi de toi il y a huit ans. Tu te laisses trop facilement corrompre. Tu es une arme dangereuse, qu'il peut retourner contre nous.

Il commença à faire les cent pas, tout en caressant ses joues barbues d'un air pensif. Quand il s'arrêta, il s'accroupit devant elle.

– Ma chère enfant, pourquoi ne m'as-tu pas confié cela plus tôt ?

Asha soupira :

– Parce que j'avais honte. Parce qu'il y a toujours eu quelque chose de dangereux au fond de moi. J'avais peur, si je vous révélais la vérité, que vous jugiez que j'étais une cause perdue.

– Regarde-moi.

Elle obéit.

La lueur chaleureuse était revenue dans ses yeux.

– Je ne peux pas t'aider si tu ne me dis pas quand tu as des ennuis.

Asha le dévisagea, prête à fondre en larmes de soulagement.

– Notre marché tient toujours, lui glissa-t-il de sorte qu'elle seule puisse l'entendre. Tu as jusqu'au lever de lune, ce soir.

Le commandant se pencha pour aider son roi à se relever. Asha regarda leurs mains se nouer, la force de ce geste.

– Elle va chasser un dragon pour vous, annonça le roi à Jarek. Cette fois, j'aimerais que vous l'accompagniez.

Asha se figea, bouche bée. Jarek haussa les sourcils, surpris.

– Vous l'avez sauvée une première fois des manœuvres de l'Ancien, dit le roi. S'il cherche à la manipuler à nouveau, je tiens à ce que vous soyez à ses côtés.

Asha dévisagea son père. Leur secret brillait dans ses yeux. Il voulait qu'elle tue Kozu devant Jarek. Jarek qui s'imaginait que son cœur serait un gage de son dévouement, et non le signe de leur rupture.

Était-ce une façon de l'encourager ? De lui dire qu'il la savait capable de réussir ?

Et soudain, pour la seconde fois en quelques jours, le roi tendit la main pour toucher sa fille, serrant fort son épaule.

Sans même une hésitation.

– J'aurais aimé pouvoir être là quand tu porteras le coup fatal, dit-il. Car c'est en cet instant que tu nous libéreras tous.

Chapitre 30

L'Iskari et le commandant pénétrèrent dans la Faille à midi. Asha chevauchait en tête sur sa jument Oleander, dont les sabots frappaient la terre en cadence. Jarek était sur sa gauche et, à leur suite, venaient une douzaine de soldats, armés de lances et de hallebardes, protégés par des boucliers. Fauvettes et pinsons pépiaient bruyamment sur leur passage.

L'air était lourd, chargé d'électricité. Comme si une tempête se préparait.

Asha galopait sur les sentiers de chasse. Elle prenait tous les raccourcis qu'elle connaissait, coupant à travers bois, ruisseaux, et autres terrains rocailleux et accidentés.

Jarek suivait le rythme.

– Il y a quelque chose que je ne comprends pas, dit-il tandis que leurs chevaux pataugeaient dans un cours d'eau glacé, en les éclaboussant. Pourquoi Dax te ferait-il chanter ? Que lui importe le sort de mon esclave ? Ou la flamme sacrée ?

Oleander avait atteint le rivage la première. Elle se hissa sur la terre ferme, pressée de s'éloigner de l'étalon noir de Jarek. Mais ce dernier attrapa Asha par le bras. Elle tira fort sur les rênes de sa jument avant qu'il ne la désarçonne.

La lumière qui filtrait à travers les cèdres et les arganiers diminua tandis que le ciel s'assombrissait au-dessus d'eux.

– Que mijote-t-il, Asha ? Quel secret me cachez-vous ?

Jarek la toisa, resserrant son emprise.

– Dis-moi pour quelle raison tu t'es jetée dans cette fosse. Vraiment.

Asha revit le visage tuméfié de Torwin, son dos ensanglanté. Puis le ventre de Shadow, rougeoyant comme la braise.

Elle n'avait pas eu le choix.

Asha n'aurait jamais pu les regarder mourir.

– Si on passait un marché ? proposa-t-elle en plissant les yeux. Je te dis mon secret si tu me révèles celui de mon père.

Asha ne s'attendait pas à ce qu'il la lâche.

Elle ne s'attendait pas non plus à voir cette panique dans ses yeux.

Asha profita que les soldats traversaient le ruisseau pour planter Jarek là, filer à travers les pins, puis déboucher dans la clairière. Les nuages étaient bas. Gonflés et sombres, d'un bleu violacé, comme un hématome.

Jarek arriva derrière elle, suivi de ses soldats, les pins bruissant dans leur sillage.

– Restez où vous êtes, ordonna Asha en descendant de cheval.

Les nuages d'orage donnaient une teinte argentée à la prairie.

C'était là que tout avait commencé.

Une présence familière rôdait à la lisière des bois. Asha connaissait cette odeur de brûlé et de cendre. Elorma ne pouvait pas l'arrêter désormais. Cela faisait huit ans que Kozu l'avait défigurée. Huit ans que la ville était partie en fumée et que des gens avaient perdu la vie à cause d'elle. Asha était là pour racheter ses fautes.

– Alors ? fit Jarek. Où est-il ?

– Il viendra, dit-elle, cherchant l'histoire enfouie au plus profond de sa mémoire. Dis aux soldats de se cacher.

Ceux-ci se postèrent derrière les arbres, hors de vue. Un souvenir lui revint à l'esprit. Huit ans plus tôt. Un souvenir de la dernière fois qu'elle était venue dans cette clairière.

Elle le chassa.

– Asha ?

Jarek avait l'air inquiet.

Il n'y avait aucun moyen de faire autrement. Elle allait devoir raconter l'histoire devant le commandant de son père et, ce faisant, révéler la vérité : elle n'avait jamais réussi à vaincre sa vraie nature. Seulement à la cacher.

Mais cela n'aurait pas d'importance au final. Pas une fois que Kozu serait mort.

Fixant le ciel nuageux, Asha projeta sa voix dans les airs, aussi loin que possible. Ce n'est pas une histoire des temps anciens qu'elle raconta, cette fois – pas vraiment.

– Il était une fois une fille qui était attirée par les choses défendues !

Le vent emporta sa voix à travers la clairière. Les hautes herbes ondoyaient et sifflaient tout autour d'elle.

– Pourtant, les histoires des temps anciens avaient tué sa mère et beaucoup d'autres avant elle. Peu lui importait. Malgré tout, la fille laissa les histoires l'envahir. Elle les laissa ronger son cœur et pourrir son âme. La fille s'en moquait.

L'air crépita au-dessus de sa tête. Au loin, elle vit une silhouette noire s'élancer du haut d'une montagne déchiquetée, plongeant dans les nuages sombres.

– Dans le secret de la nuit, elle filait sur les toits et serpentait dans les ruelles désertes. Elle s'éclipsait de la ville pour rejoindre la Faille, où elle racontait histoire sur histoire aux dragons. Elle leur raconta tant d'histoires qu'elle réveilla le dragon le plus meurtrier de tous : un dragon aussi noir qu'une nuit sans lune. Un dragon aussi vieux que le temps lui-même. Kozu, le Premier Dragon.

– Asha…

Jarek avait une voix étrange. Apeurée.

Elle fit quelques pas dans les hautes herbes. Malgré les mugissements du vent, de plus en plus violent, elle distinguait des battements d'ailes au loin. Les bourrasques lui ébouriffaient les cheveux et lui fouettaient le visage.

– Kozu voulait cette fille ! Il voulait s'accaparer le pouvoir mortel qui coulait de ses lèvres ! Il voulait qu'elle raconte des histoires pour lui et lui seul. Pour toujours et à jamais !

Une ombre tomba sur elle. Levant les yeux, elle vit un dragon tournoyer dans les airs. Noir comme l'encre. Noir comme un lac immobile sous une nuit sans lune. Noir comme les yeux d'Asha.

Elle tira la hache de sa ceinture.

Kozu atterrit avec un bruit sourd, ébranlant le sol. Son ombre la recouvrit, la plongeant dans les ténèbres. Ses écailles scintillaient et son unique œil jaune à la pupille fendue était rivé sur elle. Asha fit de même, fixant sa cicatrice. Reflet en miroir de la sienne, elle zébrait son museau de reptile, coupant à travers son œil, ternissant ses écailles. Deux cornes torsadées surmontaient son crâne, parfaites pour éventrer les proies, et ses pattes se terminaient par cinq serres, tranchantes comme des couteaux. Il avait déployé ses ailes – dont l'envergure rivalisait avec la largeur d'une cour intérieure – dans une démonstration de force, pour prouver qu'il pourrait l'écraser aisément.

Véritable légende, Kozu était fantastique et féroce, beau et puissant.

À l'idée de le voir mort, Asha ressentit une profonde tristesse.

Elle serra plus fort sa hache dans sa main.

Quelqu'un remua dans son dos. Le regard de Kozu suivit le mouvement, les naseaux dilatés. Mais qui que ce soit, le Premier Dragon n'était pas venu pour lui. Il était venu pour Asha.

En bon prédateur, il tourna autour d'elle dans un bruissement d'herbe.

Asha leva sa hache, les yeux rivés sur l'endroit où son cœur égrenait sa musique millénaire. C'était elle ou cette musique ; elles ne pouvaient coexister. Si Asha ne la faisait pas taire, elle serait forcée de s'unir à Jarek ce soir.

La poitrine de Kozu luisait comme un charbon ardent. Ses doigts se resserrèrent autour de sa hache, guettant le moment idéal.

Elle attendit trop longtemps.

La queue de Kozu siffla dans les airs et la frappa au ventre – pas avec sa pointe fourchue cette fois, mais avec violence. La force du coup lui arracha sa hache de la main, qui atterrit dans l'herbe tandis que Asha reculait en titubant.

Elle parvint à dégainer ses épées, mais la queue de Kozu revint à l'attaque, s'enroulant autour de sa poitrine, immobilisant ses bras et comprimant ses poumons. Asha commençait à étouffer lorsque le dragon la souleva de terre et l'attira à lui.

Elle sentit son souffle chaud sur son visage. Aperçut les centaines de pointes jaunies de ses dents.

« Non... »

Elle ne pouvait tout de même pas échouer si près du but !

Dans un instant, elle marcherait vers la porte de la Mort. Emprunterait le chemin parcouru par Willa il y a si longtemps...

Soudain, une étincelle brilla dans l'esprit d'Asha, comme une flamme sacrée scintillant dans les ténèbres. La ramenant à la réalité, dans cette clairière, face à ce dragon, entourée par tous ces soldats.

Sauf que ce n'était pas son histoire.

Une autre étincelle jaillit...

C'était l'histoire de Kozu.

Elle lui avait raconté une histoire. Et maintenant, comme autrefois, il lui en racontait une en retour.

Juste avant de la tuer.

L'histoire de Kozu

Il attendait entre les arbres que la fille sorte du rocher. Il faisait noir et il attendait. Il avait envie d'entendre sa voix vibrant de ce pouvoir ancien. Envie que la fille raconte les histoires à haute voix.

Le soleil se leva et elle n'était toujours pas là. Il fouetta l'air de sa queue. Ses ailes avaient besoin de voler. Son ventre avait besoin de manger.

Mais il avait encore plus envie d'histoires que ses ailes avaient besoin d'air et son ventre de viande, alors il resta. Elle viendrait. Elle venait toujours.

Quand il entendit sa voix, elle ne provenait pas du bon endroit.

Il sortit de la forêt et s'élança dans les airs. La chaleur du soleil lui donnait de l'énergie. La force du vent le portait. Il la vit seule, loin de la ville maudite, loin des yeux et des dents du mur.

Il ne comprenait pas pourquoi. Pourquoi ici, alors que c'était toujours au rocher, plus haut sur le flanc de la montagne. Kozu avait besoin, alors Kozu y alla.

Il ne voyait qu'elle. Il la vit lever la tête vers lui, l'histoire d'Elorma coulait de sa bouche. Il tournoya, se posa, soulevant la poussière rouge. Le nuage dissipé, il s'approcha d'elle pour lui raconter une histoire à son tour. Il avait besoin qu'elle donne voix à toutes les histoires qu'il avait en lui pour que l'Ancien puisse survivre.

Concentré sur son noir joyau, il ne vit pas le reflet du soleil sur le métal. Quand il le vit, c'était trop tard. Ils sortaient du bois, armés de lames qui arrêtent les cœurs de dragon.

Il regarda tour à tour la fille et ses semblables qui se ruaient sur lui. Ils sentaient le fer et la haine. Ils avaient des yeux avides, impatients de le dépecer.

Son histoire finie, elle tendit la main vers lui. C'était à son tour de raconter.

Mais Kozu recula. Elle avait amené ses semblables, tout effrayés sous leurs armures. Elle l'avait piégé, attiré dans cet endroit où il était à découvert. Où il n'avait nulle part où se cacher.

Le feu crépitait dans ses veines. Le tonnerre grondait dans son sang.

Lorsque le cercle de métal se resserra autour de lui, il donna un coup de queue. Il rugit pour les dissuader d'approcher.

Mais ils ne faisaient pas attention à lui, ils n'écoutaient qu'un seul homme qui leur donnait des ordres : le roi qui avait le pouvoir. C'était ce roi que Kozu allait détruire.

Le feu grandit dans sa poitrine, un grand feu brûlant et dévorant.

Le cercle se resserra encore, avec ses dents pointues et affamées.

Le roi appela le joyau de Kozu. Elle le rejoignit, en pleurs, suppliant Kozu d'arrêter. Mais le feu en lui était trop grand, trop brûlant.

Les hommes en armure s'approchèrent encore, pointant leur métal, prêts à transpercer le cœur de Kozu. Un cœur qui battait trop vite et trop fort.

Kozu bondit. Sa queue et ses griffes rencontrèrent le métal. Une pointe aiguisée comme une griffe lui entailla le museau. Une douleur intense explosa dans son œil, bientôt suivie par les ténèbres.

Kozu hurla, en sang.

Le feu en lui se déversa sur les hommes en armure qui lui tailladaient le museau. Il se déversa sur ceux de derrière, stoppant leur avancée.

Il se déversa sur son joyau noir.

Kozu ne pouvait l'arrêter.

Impuissant, il vit le roi lever son bouclier. S'éloigner de sa fille, l'abandonnant seule face au feu.

Son cri transperça le ciel.

Ce cri.

Ce cri le poursuivit alors qu'il s'élançait dans les airs. Il demeura en lui tandis qu'il déversait sa colère sur la cité du roi. Laissant la ville en flammes derrière lui, il partit à tire-d'aile, vite, loin. Loin de la Faille, survolant le désert sans fin jusqu'à l'autre bout du monde, à moitié aveugle, au désespoir d'être privé de la fille à la voix des temps anciens.

La fille qui l'avait trahi.

Chapitre 31

– Menteur !

Kozu la laissa tomber dans l'herbe. Dès qu'elle toucha le sol, elle dégaina ses épées.

Mensonges. Voilà ce qu'étaient toutes les histoires ! Voilà ce qui les rendait si dangereuses !

Soudain, une voix familière s'éleva en elle.

« Le feu de dragon est mortel, Iskari. Et une brûlure pareille… »

Asha s'efforça de chasser la voix de Torwin. Mais elle s'était logée dans son esprit.

« Tu n'étais qu'une petite fille. »

Si ce qu'elle croyait était vrai, qu'elle était seule quand Kozu l'avait brûlée, comment le poison avait-il pu être éliminé à temps ? Asha se souvint de sa brûlure à la main, que Torwin l'avait aidée à panser. Ses mains tremblaient si fort. Le poison avait agi si vite…

Kozu demeurait immobile, à la contempler. L'éclat rougeoyant de son ventre diminuait petit à petit.

– Qu'est-ce que tu attends ? cria Jarek. Attaque !

Asha regarda le commandant. Celui qui l'avait trouvée ce jour-là et ramenée en ville au plus vite.

« N'ai-je pas fait tout ce que vous m'avez demandé, mon roi ? »

Jarek tira son sabre – qui scintilla, reflétant le courroux du ciel.

Il fit signe à ses soldats, qui envahirent la clairière comme des cafards.

« N'ai-je pas défendu vos murs ? Étouffé vos révoltes ? Gardé vos secrets ? »

Kozu se tenait derrière Asha, ses immenses ailes déployées, observant les hommes en armure qui les encerclaient. Asha aurait pu faire volte-face et plonger ses épées sacrées dans sa poitrine. Ç'aurait été facile. Cela aurait immédiatement mis fin à tout ça.

Mais au lieu de cela, elle fixa son regard sur Jarek, comme un chasseur sur sa proie.

– Dis-moi, au bout de combien de temps m'as-tu découverte, le jour où Kozu m'a brûlée ?

Jarek se tourna vers elle. Elle vit encore la peur briller dans ses yeux.

L'histoire de Kozu l'envahissait, se mêlait à ses propres souvenirs : le feu brûlant sa peau, les cris prisonniers dans sa gorge.

– Combien de temps ? insista-t-elle.

Elle le vit tenter d'enfouir sa peur comme elle avait enfoui sa honte. Elle le vit contempler le dragon dans son dos, puis se raviser et rengainer son sabre. Il demanda à un soldat derrière lui de lui jeter une lance.

– Vraiment, tu es aussi folle que ton frère, dit-il, en serrant l'arme dans son poing tandis qu'il progressait dans les hautes herbes. L'ennemi est derrière toi, Asha. Tout ce que tu as toujours voulu est à la portée de ta lame et voilà pourtant que tu hésites.

Un soldat muni d'un bouclier de taille humaine l'accompagnait.

« Tout ce que j'ai toujours voulu... »

Elle voulait être délivrée de Jarek. Elle voulait qu'on lui pardonne ses crimes. Elle voulait être vengée de celui qui l'avait défigurée et avait détruit Firgaard.

Mais si ce n'était pas elle la responsable ?

Si l'ennemi n'était pas celui qu'elle avait toujours cru ?

Jarek avança. Dans son dos, Kozu gronda à nouveau, plus fort cette fois. Le commandant s'arrêta net, à quinze pas de là. Le soldat qui était à côté de lui tremblait de tous ses membres.

Asha s'approcha du cœur battant de Kozu.

Kozu, qui aurait pu la tuer un instant plus tôt s'il l'avait voulu. Kozu, qui ne décollait pas alors que les soldats l'encerclaient.

Si Kozu avait vraiment été son ennemi, elle ne serait plus en vie.

– Le feu de dragon est mortel.

C'était une vérité dont elle était sûre.

– La moindre petite brûlure nécessite des soins immédiats pour en extraire le poison.

– C'est moi qui ai découvert ta trahison.

Jarek glissa un regard vers les soldats qui approchaient, vérifiant leur position tout en cherchant à la distraire.

– Il y a huit ans, je t'ai suivie. Je t'ai vue raconter les histoires des temps anciens tout haut. J'ai vu le Premier Dragon venir vers toi.

Asha abaissa ses armes.

– Tu m'as *suivie* ?

– J'ai prévenu ton père et il y a mis fin.

Asha avait la tête qui tournait.

Elle se revit à l'infirmerie, huit ans auparavant. Comme elle n'avait aucun souvenir de ce qui s'était passé, son père avait comblé les blancs. Tout était de sa faute, d'après ce qu'il lui avait raconté. Mais ensemble, ils allaient arranger les choses, lui avait-il promis. Sa cicatrice lui permettrait de prouver à tout le monde que les traditions des temps anciens étaient trop dangereuses.

Alors que, par peur ou par dégoût, les gens n'osaient poser les yeux sur sa cicatrice, son père en était fier. Comme si c'était l'aboutissement de son règne. Son chef-d'œuvre sublime.

« Son œuvre... »

Asha aurait voulu arrêter de réfléchir, ne pas suivre ses pensées jusqu'à leur conclusion logique. Mais elles se déroulaient comme un parchemin, dont elle devait absolument lire la fin.

Le père d'Asha avait toujours voulu débarrasser le royaume des traditions des temps anciens. Il s'était servi d'elle pour traquer Kozu. Et quand elle avait été brûlée, il s'était également servi de sa fille – il avait fait d'elle un conte édifiant. Une propagande vivante.

Un monstre.

Asha ne voulait pas y croire. Elle voulait croire que c'était Kozu qui mentait. Mais la brûlure était là... et elle aussi – toujours là et bien vivante.

Son père était présent quand c'était arrivé. Avec ses soldats et – elle se le rappelait, maintenant – ses guérisseurs.

Asha dévisagea son fiancé. Voilà le secret que Jarek gardait pour le roi. Il y avait huit ans, son père s'était écarté et avait laissé Asha se faire brûler. Et Jarek le savait. C'était pour cela qu'elle lui avait été promise – en échange de son obéissance et de son silence.

Toute sa vie, elle s'était considérée comme mauvaise, corrompue... Elle avait cru devoir se racheter.

Désormais, elle se demandait : « Et si ce n'était pas vrai ? Si je n'étais rien de tout cela ? »

Un grondement sourd fit trembler la terre sous ses pieds. Asha se retourna et vit les soldats s'approcher de Kozu par l'arrière.

– Tuez-le maintenant ! ordonna Jarek. Attaquez avant qu'il ne s'envole !

Asha brandit ses épées. Mais la queue de Kozu s'enroula autour d'elle pour l'empêcher de charger, la collant contre les écailles brûlantes de son poitrail.

Asha sentit ses poumons se gonfler d'air. Elle entendit le battement de son cœur ancestral.

Jarek se cacha derrière le grand bouclier du soldat.

Kozu cracha un jet de flammes. Asha vit un flot rouge orangé engloutir les soldats. L'air était flou de chaleur.

Quand il s'arrêta, toute la clairière était en feu. Mais pas seulement…

Au loin, derrière les bois, derrière la Faille et la muraille, les toits de la ville partaient en fumée.

– Firgaard ! hurla Asha en tendant le bras.

Jarek – indemne derrière son bouclier – se retourna.

– La cité est attaquée !

Asha serra les poings en voyant le gros nuage noir envahir le ciel. Dax et Safire étaient là-bas.

« Quand s'abattent les ténèbres, petite sœur, l'Ancien allume la flamme. »

C'était la dernière chose que son frère lui avait dite.

Asha se détendit en repensant à l'expression qu'il arborait lorsque les soldats l'avaient traîné au cachot. Comme si cela faisait partie de son plan.

« Non, pensa-t-elle, Dax ne détruirait jamais son royaume. »

– Les Skrals se révoltent ! lança l'un des soldats. Il faut qu'on rentre.

Tous les Skrals de la ville devaient être au courant de ce qui s'était passé dans l'arène. Que l'Iskari avait sauvé un esclave de la mort. Cela avait dû leur donner du courage. Et avec la moitié de l'armée en route pour Darmoor et le commandant ici, dans la clairière…

C'était l'occasion idéale.

Comme les soldats autour d'elle se figeaient, partagés entre leur cité en feu, leurs foyers et leurs familles, et leur loyauté envers leur commandant, Asha se tourna vers Kozu.

Elle revit Torwin pointant une flèche sur son cœur. Elle se demanda ce qu'il aurait dit s'il avait été là.

« Monte sur ce dragon, Asha. »

Kozu la dévisageait. Si elle montait sur son dos, ils seraient liés à jamais. Alliés. Et Asha hésitait à s'allier avec son plus vieil ennemi.

« Non, pensa-t-elle en plongeant ses yeux dans sa pupille jaune et fendue, nous n'avons jamais été ennemis, toi et moi. »

Elle s'agrippa à sa crête dorsale comme elle avait vu Torwin le faire. Grimpa sur le creux de sa patte et se hissa sur le dos du Premier Dragon.

Perchée là-haut, Asha se sentait invincible. Les éclairs zébraient le ciel au-dessus de sa tête. Une clairière en feu s'étendait à ses pieds. Et au milieu du chaos, Jarek la fixait, les yeux écarquillés, terrifiés.

– Prends ton envol ! cria-t-elle. Vole loin d'ici.

Jarek donna l'ordre de les arrêter, de tuer le dragon. Mais Kozu déploya ses ailes comme la nuit qui tombe sur le désert. Juste au moment où il décollait, un bruit sourd résonna. Kozu rugit et se cabra.

Asha se cramponna à lui. Baissant les yeux, elle vit la lance de Jarek plantée dans le flanc du dragon.

« Non… »

Alors que le tonnerre grondait, Asha saisit la hampe en bois lisse de ses deux mains. Lorsqu'elle tira, la douleur fit tanguer le dragon. Ils se rapprochaient dangereusement du sol. Quand la lance sortit de la plaie, Kozu perdit l'équilibre. Ils s'écrasèrent et le dragon roula à terre. Asha fut désarçonnée.

Elle entendit un craquement sinistre. Elle sentit une odeur de terre et d'herbe. Puis la douleur l'envahit.

Tout devint noir.

Chapitre 32

Asha se réveilla dans une cellule des sous-sols du palais de son père.

Elle ignorait combien de temps s'était écoulé. Elle ignorait dans quelles proportions la ville avait brûlé suite à la révolte des Skrals.

Elle ignorait si Kozu était mort ou vivant.

« Il ne peut pas être mort, se dit-elle, sinon les histoires seraient mortes aussi. »

Elle avait des chaînes aux poignets et on lui apportait rarement à manger. Elle glana des informations en écoutant les gardes chuchoter.

Le soulèvement avait démarré au quartier des esclaves, disaient-ils. Il avait pris feu et l'incendie s'était propagé à travers un quart de la ville. Des centaines de Skrals s'étaient échappés. Des centaines de Draksors manquaient également à l'appel. Et parmi eux, Dax et Safire. Selon des témoins, on avait vu dans les rues l'héritier du trône et sa cousine en tête d'un groupe de Skrals et de Draksors. Ensemble, ils avaient forcé la porte qui avait permis tant d'évasions.

Des jours et des jours passèrent avant que les soldats ne

viennent la chercher, la libérer de ses chaînes et la faire remonter au palais. Entre-temps, la nouvelle lune avait crû et décru. Trois esclaves l'attendaient dans sa chambre, les chevilles entravées. Les soldats se postèrent à la porte pendant que les esclaves nettoyaient son corps crasseux. Elle se regarda bien en face dans le miroir, en se demandant comment elle avait un jour pu être fière de sa cicatrice.

La plus vieille esclave s'approcha d'elle, masquant son reflet pour lui tendre le fond de robe. Celui qui était doré. Asha ne le mit pas.

– Si tu refuses, murmura l'esclave en évitant de croiser son regard, c'est nous qui serons punies.

Alors Asha revêtit le fond de robe – qui avait été recousu après son dernier essayage –, passant ses bras dans les manches étroites. Quand elles lui présentèrent la robe blanche, elle l'enfila également.

Elles passèrent la moitié de la soirée à attacher la multitude de petits boutons dans le dos. Quand elles eurent fini cette tâche pénible, elles lacèrent la ceinture, en tirant fort. Enfin, elles soulignèrent ses yeux avec du khôl et barbouillèrent ses lèvres de miel.

Juste avant minuit, les soldats l'escortèrent dans les couloirs, jusqu'à l'extérieur. Asha s'arrêta sur le seuil du palais pour regarder dehors. Des badauds avaient envahi les rues de la ville. Des bougies illuminaient leurs visages. Leurs flammes étaient aussi nombreuses que les grains de sable dispersés à travers le désert.

Des gens qui la détestaient et la craignaient. Que diraient-ils s'ils apprenaient la vérité – qu'Asha n'était pas responsable de l'incendie de leurs maisons, de la mort de leurs proches ? Que feraient-ils ?

Les soldats la conduisirent à une litière tressée en bois de thuya parfumé. Elle grimpa sur les coussins de soie et s'agrippa au cadre en bois tandis que la litière basculait, puis elle se redressa lorsque les soldats la hissèrent sur leurs épaules.

Leurs pas rythmés résonnaient dans les rues. Le vent avait faibli sur les toits. À travers le treillis de bois, Asha regardait défiler les visages des passants. Elle pensa à Elorma qui avait attendu au temple – comme Jarek aujourd'hui – sa fiancée cheminant à travers les rues. Willa était peut-être morte trop jeune, mais elle avait trouvé sa place. Elle était aimée et estimée. Si Asha devait mourir ce soir, comment son histoire serait-elle racontée ? Aux alentours du temple, les rues étaient bondées de Draksors munis de bougies. Les soldats étaient alignés de chaque côté du perron. La double porte était grande ouverte, si bien qu'on ne voyait pas le symbole de l'Ancien gravé sur les battants.

Les porteurs se frayèrent un passage dans la foule et posèrent la litière. Le silence se fit quand Asha en sortit. Les carreaux de pierre étaient glacés sous ses fines ballerines. L'air de la nuit était encore plus froid.

Ils l'escortèrent dans les couloirs du temple, éclairés par les chandelles des alcôves et bordés de soldats. Quand ils franchirent les portes de la grande salle centrale, Asha s'arrêta.

Cela faisait des années qu'elle n'avait pas mis les pieds ici.

Le sol était couvert de dalles de marbre taillées dans les montagnes de la Faille. Les colonnes immenses montaient vers le ciel, soutenant la coupole. Il n'y avait pas si longtemps, les Draksors s'agenouillaient dans cette salle pour réciter leurs prières ou psalmodier des hymnes, face à l'autel bas où la cire de centaines de cierges à moitié consumés dégoulinait jusqu'au sol.

Asha se souvenait qu'on entendait leurs voix jusqu'au marché. Asha se souvenait s'être jointe à eux.

Désormais, plus aucun cierge ne brûlait sur l'autel. Aucune voix ne murmurait sous la coupole.

À la place, de larges bannières rouges pendaient aux murs, portant toutes le blason de son père : un dragon avec une épée plantée dans le cœur. Asha savait que ces étendards cachaient des vitraux racontant des scènes éblouissantes tirées des histoires des temps anciens : le Premier Dragon, éclos de ses braises ; Elorma à la recherche de la flamme sacrée brûlant dans la nuit ; la fondation de Firgaard et l'édification du temple. La fenêtre centrale, aussi large qu'un dragon, représentait le symbole de l'Ancien : un dragon noir au cœur enflammé. Elle était également masquée par les bannières de son père.

Au milieu de la salle brûlait un cercle de torches. À l'intérieur se tenaient Jarek, le roi dragon et une gardienne du temple, en robe. En dehors, postées au pied de chaque colonne, se tenait un cercle de six autres gardiennes, en guise de témoins.

Dans sa tunique de cérémonie blanche brodée d'or, Jarek était assorti à sa fiancée. La lueur rougeoyante des torches dansait sur son visage et, malgré ses traits tirés, on voyait clairement son désir tandis qu'il détaillait Asha des pieds à la tête.

Le roi dragon se tenait un peu en retrait du commandant, chatoyant dans sa robe dorée. À sa vue, toutes les souffrances, toutes les questions qu'Asha avait enfouies au plus profond d'elle-même remontèrent à la surface.

– Pourquoi ? le questionna-t-elle. D'abord, vous faites de moi une criminelle. Et maintenant, vous allez me donner à quelqu'un que je hais. Quelqu'un que, même vous, vous craignez. Pourquoi faites-vous cela ?

Jarek regarda le roi, perplexe.

– Vous me craignez ?

Il se tourna vers sa fiancée.

– Il sait ce que tu complotes.

Jarek fronça les sourcils, de plus en plus troublé.

– Qu'est-ce que je complote ?

Le père d'Asha s'avança dans la lumière des torches.

– Vous avez l'intention de retourner mon armée contre moi.

Jarek secoua la tête.

– Pourquoi voudrais-je me retourner contre l'homme à qui je dois tout ?

« Quoi ? »

D'une voix tremblante, elle affirma :

– Tes parents sont morts à cause de lui !

Jarek l'attrapa, ses doigts se refermèrent autour de son bras. Asha n'essaya même pas de lui échapper. Pour aller où ? Il y avait des soldats dans tous les recoins du temple. Et, au dehors, la ville était pleine de gens qui la maudissaient.

– Ma mère aimait mon père plus qu'elle ne m'a jamais aimé, expliqua Jarek. Et mon père aimait son armée plus que nous deux réunis. Je n'étais qu'un accident, rien de plus.

Jarek porta sa main à ses lèvres, pour y déposer un baiser. Asha frissonna.

– Sont-ils morts dans un terrible accident ? Oui. Mais regarde-moi, Asha. Je n'en serais pas là aujourd'hui s'ils étaient encore en vie. Leur mort a été ma chance.

Asha le dévisagea. Tout ce qu'elle avait toujours cru n'était donc que mensonges ? Et si Jarek ne constituait pas une menace pour son père, pourquoi lui avait-il proposé d'annuler le mariage ?

– Vous n'avez jamais eu l'intention d'annuler ce mariage, dit-elle tout haut, alors qu'elle venait de le comprendre.

Elle peinait à y croire, cependant, et espérait encore qu'il allait nier. C'était tellement pervers, tellement cruel.

– Vous m'avez fait miroiter ça pour que je tue Kozu, c'est tout.

Et ainsi détruire les histoires des temps anciens. Et, avec elles, toute trace de l'Ancien. Éliminer la moindre résistance au règne de son père.

– Regarde-toi, Asha. Regarde ton frère. Que suis-je censé faire avec un fou pour fils et une traîtresse pour fille ? Comment l'un de vous pourrait-il diriger ce royaume ?

Il secoua la tête, exprimant sa profonde déception.

Elle quêtait l'approbation de cet homme depuis si longtemps que, malgré tout, ce regard lui faisait encore honte.

– Jarek est l'héritier que j'ai toujours voulu. L'héritier que j'aurais dû avoir.

Son père fit signe à la gardienne du temple de commencer la cérémonie.

La jeune femme frissonnait de se trouver si proche de l'Iskari – la voleuse de vie. Voilà ce que son père avait fait d'elle.

– Demain matin, une fois votre mariage consommé, je reviendrai sur le droit de naissance de Dax. En tant qu'ennemi de Firgaard, il ne pourra plus prétendre à mon trône. À la place, Jarek me succédera.

Dans ses yeux, Asha ne voyait que de la haine, glaciale et tranchante.

– Gardiennes !

La voix de la jeune femme s'éleva, un peu tremblante :

– Nous sommes réunis ici ce soir pour être témoins de l'union de ce couple pour la vie. Ce qui est lié ici ce soir ne pourra jamais être défait.

Asha la regarda ainsi que les autres gardiennes silencieuses, autour d'eux. Leurs capuches pendaient dans leur dos. Elle les dévisagea tour à tour, jusqu'à ce que ses yeux se posent sur la dernière : Maya, la gardienne qui avait caché Torwin dans la petite chambre aux parchemins.

Elle croisa son regard et le soutint.

– Par le pouvoir que m'a conféré le roi dragon en personne...

Ce n'étaient pas les vrais vœux de mariage. Le pouvoir d'unir un couple venait de l'Ancien, pas du roi.

Finalement, son père n'avait peut-être pas besoin que Kozu meure pour inaugurer sa nouvelle ère. Peut-être n'avait-il qu'à le décider.

– J'unis ces deux vies pour qu'elles n'en fassent qu'une ! Seule la Mort pourra rompre ce lien !

Normalement, les futurs mariés réfutaient cette dernière phrase en récitant les vœux d'union tirés de l'histoire de Willa. Parce que cette affirmation était fausse : Willa avait prouvé que la Mort ne pouvait rompre le lien qui l'unissait à son bien-aimé. L'amour était plus fort que la mort.

– Seule la Mort, répéta Jarek, pourra rompre ce lien.

Ce n'étaient pas les vrais vœux. Ils avaient détourné les mots de Willa.

Elle fixa la gardienne, sûre qu'elle allait protester. Mais la jeune femme restait plantée là, à attendre qu'Asha répète les vœux.

Jarek la prit par le bras et l'attira contre lui. Avec sa poigne de fer. Toujours si brutal.

– À ton avis, que va-t-il t'arriver si tu ne répètes pas les vœux, Asha ?

« Mon père me donnera quand même à toi. »

C'était le pire châtiment qu'elle pouvait imaginer.

– Alors répète.

Pas question. Elle ne pouvait pas dire ces mots à Jarek. Les mots de Willa. Les adresser à Jarek aurait été blasphémer. Tourner en dérision l'amour inaltérable, inconditionnel de Willa.

Le regard d'Asha se porta sur les gardiennes à l'extérieur du cercle de feu. Six paires d'yeux qui assistaient à la scène, impassibles. Comme si elle n'était rien d'autre qu'une esclave à qui on passait un collier après la vente.

Elle pensa aux gens attroupés à l'extérieur. Dire qu'avant la mort de sa mère, on entendait leurs prières jusqu'au marché.

Asha n'avait peut-être pas de prière à réciter. Mais elle avait autre chose.

– Il était une fois un roi pourri de l'intérieur.

Elle fit porter sa voix si fort, si haut qu'elle l'imagina monter jusqu'aux vitraux cachés par les bannières de son père. Monter jusqu'au ciel.

– Il avait tendu un piège à sa fille pour qu'elle trahisse le Premier Dragon ! Il avait attisé la haine de Kozu contre elle, il avait fait en sorte qu'il la brûle. Exprès. Pour pouvoir se servir d'elle afin d'accomplir ses noirs desseins !

Derrière le cercle de feu, les gardiennes échangèrent des regards surpris.

– Le roi dragon fit ensuite croire à sa fille que tout était sa faute. Qu'elle avait été brûlée parce qu'elle était corrompue. Il se montra faussement indulgent envers elle pour qu'elle lui soit redevable. Pour se servir d'elle afin d'instaurer une nouvelle ère, où son pouvoir ne connaîtrait aucune limite.

– Silence ! ordonna son père.

Jarek la serra à lui broyer les os.

Mais Asha ne se tut pas.

– Elle crut tous les mensonges qu'il lui racontait. Elle traqua les monstres parce qu'il le lui demandait, sans réaliser que le pire des monstres était juste devant elle.

Asha eut l'impression que, à l'extérieur, les murmures se changeaient en cris. Elle crut entendre les lanternes se fracasser sur la pierre.

– Unis-les, ordonna le roi dragon.

– Mais, mon roi, elle n'a pas prononcé les...

– UNIS-LES !

La gardienne du temple s'avança, les mains tremblantes. Elle prit la soie blanche et, alors que Jarek entrelaçait ses doigts avec ceux d'Asha, elle la noua autour de leurs poignets.

– Votre pire crainte est devenue réalité, Père.

Asha toisa le roi dragon.

– Je suis corrompue. L'Ancien vous a pris votre Iskari. Vous n'avez plus rien pour la manipuler, rien pour lui faire faire ce que vous voulez.

La gardienne acheva de prononcer les vœux d'union. Un instant plus tard, Jarek déchira la soie qui tomba sur le marbre à leurs pieds. Il prit Asha et l'entraîna hors du cercle de torches.

Un bruit de verre brisé retentit alors.

Des milliers d'éclats de couleur explosèrent au-dessus de leurs têtes.

Jarek lâcha prise. Asha leva les bras pour se protéger. Elle risqua un coup d'œil en l'air et vit la bannière déchirée de son père flotter jusqu'au sol.

Un vent violent s'engouffra par le vitrail brisé en hurlant – ou bien était-ce l'air déplacé par le dragon ?

Les ailes déployées, le dragon couleur terre rouge descendit en cercles, tandis que de la rue montaient des cris. Les gens se bousculaient, cherchant désespérément à s'abriter.

Shadow se posa maladroitement sur le sol de marbre aux pieds d'Asha.

Derrière elle, les gardiennes du temple étouffèrent des cris surpris. Deux d'entre elles tombèrent à genoux.

Shadow se redressa, il scruta d'abord Asha de ses pâles pupilles fendues, vérifiant qu'elle n'était pas blessée, puis fixa le commandant et le roi derrière lui. Le dragon rugit, ébranlant le temple tout entier. Comme si l'Ancien en personne venait de se réveiller d'un trop long sommeil, furieux, prêt à reprendre ce qui lui appartenait.

Sur le dos de Shadow se tenait Torwin, un arc en bandoulière et un couteau glissé dans sa botte. Ses yeux gris acier croisèrent ceux d'Asha. Il portait un étrange manteau et des gants, une écharpe vert foncé couvrait son nez et sa bouche.

« Tu étais censé partir, pensa-t-elle. Tu devrais être en lieu sûr. »

Et pourtant, elle reprit espoir à sa vue.

Shadow siffla. Jarek recula, s'écartant d'Asha et du cercle de feu, les mains en l'air.

Le roi dragon appela ses soldats à la rescousse. Mais les portes de la salle étaient bien fermées. Maya et quelques autres gardiennes s'étaient plaquées contre leurs battants de bois.

Comme le regard de Shadow pétrifiait Jarek, Torwin en profita pour tendre la main à Asha. Elle la saisit, le laissant la hisser sur le dragon. Elle remonta le bas de sa robe pour s'installer sur son dos. Torwin passa un bras autour de sa taille pour la serrer contre lui. Puis il fit claquer sa langue à l'adresse de Shadow, qui émit un nouveau sifflement menaçant et déploya ses ailes.

– Prête ?

Son cœur s'emballa au son de sa voix, légèrement étouffé par l'écharpe. Il sentait le feu de dragon et la fumée.

– Je n'ai jamais été aussi prête, déclara-t-elle.

De petits plis apparurent au coin des yeux de Torwin. Elle savait que, sous l'écharpe, il souriait. De ce sourire qu'elle aimait le plus, celui qui relevait les deux coins de ses lèvres.

– Tiens-toi bien.

Il resserra légèrement son étreinte tandis que Shadow battait des ailes pour prendre son envol.

Le ventre d'Asha se serra lorsqu'ils décollèrent. Le dragon renversa une torche au passage et une des bannières de son père prit feu.

Tandis qu'ils s'élevaient vers la fenêtre aux vitraux brisés, Asha contempla les flammes et, derrière Jarek, le roi dragon. Les volutes de fumée s'enroulaient autour de lui.

Elle vit la colère luire dans ses yeux. Mais en dessous, elle voyait surtout naître une grande peur.

« Vous avez raison d'avoir peur, Père. Je vais vous faire regretter tout ce que vous m'avez fait. »

Shadow traversa la fenêtre aux vitraux brisés et plongea dans la nuit.

Asha se mit à rire – tout doucement au début. Et puis à gorge déployée.

Elle venait de s'enfuir de son propre mariage à dos de dragon.

Ils survolèrent les toits de la ville, puis le mur d'enceinte. Asha se tourna et regarda en arrière, regarda la ville rapetisser. Comme les rues et les maisons paraissaient différentes de là-haut. Semblables à une toile d'araignée. Une fois de l'autre côté de la muraille, Shadow prit de l'altitude, en direction de la Faille.

Plus ils montaient, cependant, plus il faisait froid. Bientôt, Asha se mit à claquer des dents. Torwin l'attira plus près de lui pour tenter de la réchauffer. Elle se blottit contre lui, enfouissant son nez dans sa nuque, et regarda le palais disparaître au loin avant de lever les yeux vers le ciel. Les étoiles scintillaient tels des cristaux au-dessus d'eux, tout comme la lune, qui désormais grossissait petit à petit.

Le croissant argenté d'une nouvelle lune.

Chapitre 33

Asha se réveilla la joue contre une épaule osseuse. Torwin ôta ses mains cramponnées à son bras et Shadow attendit patiemment que ses cavaliers descendent.

Ils avaient atterri au bord d'un précipice. Ils étaient dans la Faille et distinguaient sa forme, sinueuse comme un serpent sous les étoiles. À l'horizon se trouvait la ville, mais ils étaient si haut, si loin, qu'Asha ne pouvait même pas distinguer la muraille. À leurs pieds s'étendait une forêt touffue. Torwin descendit le premier, glissant sans effort sur le flanc de Shadow. Asha passa la jambe pour le suivre tandis qu'il se tournait déjà pour la rattraper, en la prenant par la taille.

Lorsque ses pieds touchèrent la pierre, elle leva les yeux et croisa son regard inquiet sur sa cicatrice. En se remémorant son reflet dans le miroir, elle se détourna pour la cacher à sa vue.

– Je vais bien, dit-elle.

Torwin prit son visage en coupe entre ses mains et, doucement, le tourna face à lui.

– Vraiment ?

Asha en avait le souffle coupé. Elle se contenta d'acquiescer.

Les mains toujours sur ses joues, il continuait à la dévisager.

Asha le prit par les poignets, pour détourner son regard scrutateur.

– Personne ne m'a fait de mal, dit-elle.

Sous-entendu : «Jarek ne m'a pas fait de mal.»

– Je te le promets.

Son regard s'attarda sur elle, cherchant à savoir si elle disait la vérité ou si elle essayait juste de le protéger.

Finalement, il hocha la tête.

Shadow souffla.

Torwin et Asha levèrent les yeux vers son imposante silhouette sombre.

Torwin lâcha enfin son visage.

Sifflant le dragon, il tendit la main et Shadow y blottit son museau avant de se retourner et de reprendre son envol.

Torwin fit signe à Asha de le suivre dans les bois.

– Par ici.

Elle resta un moment à l'observer. Il semblait différent ici, si loin de la ville. Avec son étrange manteau et ses gants, son arc en bandoulière et son couteau dans sa botte.

Il paraissait libre.

Les arbres poussaient si serrés que leurs branches occultaient la clarté des étoiles. Le vent bruissait dans les feuilles des eucalyptus. Asha ne connaissait pas bien cette partie de la Faille et avait du mal à suivre le rythme. Elle trébuchait dans l'obscurité, sa robe se prenait dans les branchages, ses pieds dans les racines. Les aiguilles de pin craquaient sous ses pas, résonnant à ses oreilles.

– Tu parles d'une chasseuse, commenta Torwin en souriant dans la pénombre.

Ses doigts effleurèrent Asha, qu'une douce chaleur envahit.

– Tu vas alerter tout le camp de notre arrivée.

– Le camp ? s'étonna-t-elle, distraite par le va-et-vient de ses doigts sur les siens, doux et hésitants. Quel camp ?

– On n'est plus très loin maintenant, affirma-t-il.

Mais Asha ne voulait pas sortir des bois. Elle voulait rester ici, seule dans le noir avec lui. Torwin semblait d'accord, car ses pas ralentirent. Il entrelaça ses doigts chauds avec les siens.

– Asha ?

– *Mmm ?*

– Il y a… quelque chose que je dois t'avouer.

Son pouce caressa nerveusement sa peau.

– Avant qu'on y aille. Au cas où je perdrais mon sang-froid.

Asha s'arrêta, gagnée par la nervosité, elle aussi.

– D'accord.

Dans la nuit, elle l'entendit déglutir.

– Je pars.

Les mots tranchèrent le silence, froids et abrupts.

– Tu pars ?

Asha fronça les sourcils.

– Comment ça ?

Torwin prit une profonde inspiration.

– Ton frère m'a donné assez d'argent pour payer le voyage à bord d'un navire à Darmoor. De là, j'irai vers le nord. De l'autre côté de la mer.

Cela n'aurait pas dû la surprendre. C'était ce qu'il voulait depuis qu'il lui avait volé ses épées pour qu'elle lui montre le moyen de sortir de la ville.

Il voulait fuir. Loin de tout ce qui lui avait fait tant de mal.

Elle ne pouvait l'en blâmer.

Pourtant, elle s'arrêta.

L'idée qu'il parte...

Torwin s'arrêta aussi, et se tourna pour lui faire face dans la pénombre. Il sentait toujours le musc de dragon et le brûlé.

– Tu pourrais venir avec moi. Si tu voulais.

Asha demeura silencieuse, repensant à la dernière fois où il lui avait fait cette proposition. Elle avait alors refusé et cela avait été une terrible erreur.

– Penses-y, Asha : la liberté, l'aventure, l'air de la mer sur ton visage...

Elle sentait qu'il souriait, tout excité.

– Je n'ai même jamais vu la mer.

Il se pencha, appuyant son front contre le sien. Elle essaya de sourire, de partager son excitation. Mais elle avait soudain le cœur si lourd.

– Quand ? demanda-t-elle alors même qu'elle redoutait la réponse. Quand pars-tu ?

Avant qu'il ait pu répondre, cependant, la lumière d'une lampe éclaira leurs visages.

Asha ne réfléchit pas avant d'agir. Elle lâcha la main de Torwin. Tirant le couteau qu'il avait dans sa botte, elle le poussa derrière elle, s'interposant entre lui et l'intrus. Mais elle distingua juste une lueur entre les arbres.

– Tout va bien.

Elle sentit de nouveau la chaleur de Torwin dans son dos.

– Ce n'est que la patrouille.

– En fait, corrigea une voix avec un accent mielleux, ce n'est que moi.

– Jas ? fit Torwin.

Asha plissa les yeux, éblouie par la lumière orangée de la

lampe, et baissa son arme. De son côté, le propriétaire de la lampe la baissa également, éclairant son visage.

L'intrus était un jeune homme, d'un an de moins qu'Asha environ. Les manches de corne de deux gigantesques couteaux brillaient à sa ceinture et une écharpe marron était drapée autour de ses épaules.

Tout en lui indiquait qu'il s'agissait d'un Terreux.

« Un ennemi. »

Asha brandit à nouveau le couteau.

Le sourire du garçon vacilla.

– C'est Jas, expliqua Torwin, en la contournant pour poser sa main sur la sienne avant de lui reprendre son couteau. Le frère de Roa. Un ami.

Roa. La fille qui avait trahi Dax.

– Que fait-il ici ? demanda-t-elle.

Jas sourit nerveusement, quêtant le soutien de Torwin.

– Il est là pour nous aider, déclara celui-ci, en glissant le couteau dans sa botte. Jas, je te présente Asha.

À son nom, le garçon écarquilla les yeux. Il jeta un regard en biais à sa cicatrice.

– L'Iskari, murmura-t-il.

Sa réputation l'avait apparemment précédée, car Torwin n'ajouta rien.

– J'ai entendu… beaucoup de choses à votre sujet.

Il posa le poing sur son cœur, et puis, craignant visiblement qu'elle ressorte le couteau s'il s'adressait davantage à elle, il se tourna vers Torwin.

– Vous n'avez pas vu ma sœur ?

Celui-ci secoua la tête.

– On vient juste d'arriver.

Jas se mordit la lèvre, préoccupé.

– Elle s'est disputée avec Dax, et elle a disparu.

Asha fronça les sourcils, perplexe.

Dax était là ? *Avec Roa ?*

Elle questionna Torwin :

– Que se passe-t-il ?

– Il y a... beaucoup de choses que tu ignores, répondit-il. Allons-y. Je vais te montrer. Tu viens, Jas ?

Le garçon secoua la tête.

– Je dois retrouver ma sœur.

Puis il se tourna vers l'Iskari.

– Ravi d'avoir fait ta connaissance, Asha.

Elle lui adressa un signe de tête avant de suivre Torwin à travers les bois. À mesure que la forêt s'éclaircissait, des voix se mêlèrent au bruit du vent dans les feuilles. Quand il n'y eut plus du tout d'arbres, Asha se retrouva au sommet d'une colline couverte de pommes de pin, surplombant un camp. Ses occupants étaient assis en petits groupes autour de dizaines de feux. Des tentes en toile de tailles variées se dressaient tout autour.

– Bienvenue à New Haven, annonça Torwin en désignant la vallée en contrebas. Ce nom, c'est une idée de ton frère. C'est là qu'il a rassemblé son armée.

« Mon frère, pensa-t-elle le cœur battant, se prépare à la guerre. »

Elle avait du mal à croire que Dax soit capable d'une telle chose.

Soudain, deux silhouettes approchèrent. Quand elles s'arrêtèrent, Asha vit qu'il s'agissait de Draksors. Ils la scrutèrent avec le même regard méfiant qu'elle. Ils firent signe à Torwin, puis reculèrent.

Torwin tendit la main à Asha, mais – trop gênée par le regard des patrouilleurs – elle ne la prit pas. Au lieu de cela, elle dévala la colline en direction des tentes et des feux de camp.

Dès qu'elle mit un pied dans le camp, des centaines de regards se levèrent pour se poser d'abord sur l'Iskari, puis sur l'esclave à côté d'elle. Asha ne put s'empêcher de les fixer également. Autour de chaque feu, il n'y avait pas seulement des Draksors et des Skrals, mais aussi des Terreux.

Des ennemis… réunis.

« C'est l'œuvre de Dax ? »

– Asha, dit Torwin.

Le silence se fit alors.

Asha s'arrêta sur le sentier et regarda en arrière. Torwin voulait clairement qu'elle le suive.

Elle contempla les visages éclairés par la lumière du feu. Draksors et Skrals. Assis côte à côte, partageant des pichets de vin. Mais les Skrals avaient toujours des colliers autour du cou. Et ils n'osaient pas tout à fait regarder les Draksors dans les yeux. Leurs regards se fixèrent sur un jeune homme. L'esclave qui avait prononcé le nom de l'Iskari. À voix haute. Comme s'il en avait le droit.

Les poils d'Asha se hérissèrent sur ses bras. Elle se posta à côté de Torwin, tendant la main vers une hache qui n'était pas là. Elle resta près de lui tandis qu'il la menait à une tente gardée par deux Terreux, armés d'épées courbes à double tranchant dans leurs fourreaux de cuir. Ils adressèrent un signe de tête à Torwin, qui entra dans la tente.

Asha le suivit.

Chapitre 34

Une carte était étalée sur une table de facture grossière. Dax était penché dessus, suivant du doigt une sorte de frontière qu'Asha ne pouvait voir. À côté de lui, cherchant son regard, les bras croisés sur la poitrine, se tenait Safire, dont les hématomes au visage s'atténuaient petit à petit. Autour d'eux, une tente dressée à la hâte, la toile écrue maintenue par des piquets rustiques taillés dans des branches épaisses.

Le cœur d'Asha s'emballa à leur vue.

Quand Torwin toussota, Dax et Safire levèrent les yeux, et leurs bouches s'entrouvrirent en même temps. Safire réagit la première, enjambant la table pour sauter au cou d'Asha. Désormais, personne ne risquait de la punir pour avoir touché sa cousine, et elle profitait pleinement de cette liberté en la serrant à l'étouffer.

– Saf, réussit à articuler Asha, je suis vraiment désolée.

Safire recula, fronçant les sourcils.

– Pour quoi ? Ça ?

Elle désigna son visage meurtri et sourit.

– Si tu avais vu dans quel état je les ai mis !

Se détournant d'Asha, elle s'adressa à Torwin :

– Comme la lune de sang a disparu et que tu n'étais pas revenu…

– Ils l'avaient mise au cachot, expliqua-t-il. Je ne pouvais pas entrer seul. J'ai dû attendre.

Le regard d'Asha allait de Safire à Torwin et à Dax. Ils avaient planifié son évasion tous les trois ensemble.

– Le jour de la révolte, nous t'avons cherchée partout, dit Dax en contournant la table.

Ses mains ne tremblaient plus. Il était toujours aussi mince, l'air fatigué, mais ses yeux étaient clairs et sérieux.

– … Mais tu n'étais nulle part.

Il détourna le regard.

– Nous avons donc dû te laisser…

Elle entendit ce qu'il ne disait pas : « entre les griffes d'un monstre ».

« Il s'en veut de m'avoir abandonnée », réalisa-t-elle.

– Je ne me le serais jamais pardonné si…

Asha secoua la tête.

– Je suis là maintenant.

– Oui, confirma Safire, ce qui signifie que Jarek est à ta recherche.

Elle jeta un coup d'œil à Dax.

– Il faut doubler nos patrouilles.

Il acquiesça.

– Vas-y.

Safire étreignit sa cousine une dernière fois avant de quitter la tente. Asha se tourna alors vers son frère. Sa tunique dorée avait beau être froissée et maculée de terre, il était radieux.

– Expliquez-moi ce que c'est, tout ça, dit-elle en désignant d'un geste circulaire la carte, la tente, la porte menant à un camp plein de rebelles.

– Nous allons envahir Firgaard et renverser le roi dragon, déclara Dax. Mais nous avons besoin de davantage d'hommes, de femmes et d'armes afin de pouvoir parer à toute éventualité. Alors Roa m'a proposé un marché : les Terreux nous prêteront ce dont nous avons besoin si je fais d'elle ma reine.

Asha avait l'impression que son cœur venait de faire une chute vertigineuse. C'était la maison de Roa qui avait trahi Dax autrefois.

– Mais…

– C'est Roa qui a eu l'idée de prendre Darmoor, expliqua-t-il, anticipant son objection. Elle nous a fourni la diversion dont nous avions besoin. Elle savait que Jarek enverrait l'armée là-bas, ce qui diviserait par deux le nombre de soldats de Firgaard.

Voilà pourquoi le soulèvement avait si bien réussi.

Asha était époustouflée. Roa était une fine stratège.

– Mais *reine de Firgaard*? Es-tu sûr de pouvoir lui faire confiance?

Il soupira, sans oser croiser son regard, et passa la main dans ses boucles brunes.

– Je n'ai pas trop le choix. Sans l'armée des Terreux, notre père va détruire le royaume d'un bout à l'autre.

D'un bout à l'autre. Jusqu'à ce qu'il retrouve Asha.

Elle regarda Torwin, dont la silhouette se découpait dans l'ouverture de la tente.

Jusqu'à ce qu'il les trouve tous les deux.

Sa voix résonna dans sa tête : « Penses-y, Asha : la liberté, l'aventure, l'air de la mer sur ton visage… »

Ce n'était qu'un rêve. Un fantasme. Tant que son père serait sur le trône, Torwin serait traqué. Même s'il partait à l'autre bout du monde.

Cette vérité l'atteignit comme une flèche en plein cœur.

Elle ne pouvait pas fuir. Elle devait rester et se battre.

– Une caravane apportant des armes doit arriver dans trois jours, annonça Dax. Une fois qu'elle sera là, le mariage aura lieu. Et alors nous partirons en guerre.

– Je veux vous aider, décréta-t-elle.

Elle seule savait ce dont son père était vraiment capable. Il lui avait menti, s'était servi d'elle comme d'une arme monstrueuse. Puis il l'avait donnée à Jarek, comme un vulgaire objet. Comme si ce qu'elle désirait n'avait aucune importance. Comme si elle n'avait ni cœur ni âme.

Dax lui sourit.

– J'espérais que tu dirais ça.

– Quoi ? Non, protesta Torwin.

Il s'avança à l'intérieur de la tente, jetant un regard furieux à Dax.

– Tu avais dit que si je te la ramenais, tu veillerais sur sa sécurité.

– C'est son combat aussi.

Torwin se tourna face à Asha, les yeux pleins d'angoisse.

– Tu viens juste de t'échapper. Tu ne peux pas y retourner tout de suite...

– Qui es-tu pour me dire ce que je peux et ne peux pas faire ? Tu as fomenté une révolution avec mon propre frère dans mon dos.

Torwin serra les dents et les poings.

– J'ai fomenté une rébellion d'esclaves. Pour libérer mon peuple. Je ne veux jouer aucun rôle dans ce coup d'État.

Ses yeux dérivèrent vers Dax un bref instant, puis sa voix se radoucit.

– Asha, tu es libre. Et si cela échoue ? Et si tu retombes entre leurs griffes ?

Elle vit la peur dans ses yeux. Il avait tant risqué pour la sauver. Et voilà qu'elle lui jetait à la face qu'elle voulait retourner à Firgaard avec son frère.

– Asha.

La voix de Torwin était tendue, son regard suppliant.

– Rien ne t'oblige à faire ça.

Et pourtant si. Elle voulait – non, elle avait besoin – de voir son père à genoux.

« Il doit payer pour ce qu'il m'a fait. »

Asha se planta devant son frère.

– Demande-moi ce que tu veux, je le ferai.

Dans son dos, Torwin murmura tout bas :

– Alors, je suppose que c'est un au revoir.

Quand elle se retourna, il était déjà parti.

Chapitre 35

Asha suivit Torwin à travers le camp puis s'enfonça dans l'obscurité bleutée des bois, où elle perdit rapidement sa trace. Pourquoi n'avait-elle pas emporté une torche ? Son cœur battait la chamade. Il fallait qu'elle le retrouve.

Ils ne pouvaient pas se quitter comme ça.

Grâce à la clarté des étoiles filtrant à travers les cèdres, elle parvint jusqu'à l'orée des bois. À l'endroit où Shadow avait atterri. Asha regarda le royaume qui s'étendait devant elle. Les falaises déchiquetées de la Faille qui petit à petit se fondaient dans le désert et, au-delà, des étoiles à l'infini.

Elle se posta au bord du précipice, frissonnant dans l'air froid de la nuit, cherchant dans les cieux un dragon couleur terre rouge et son cavalier. Avec la Faille devant elle et le camp dans son dos, Asha fit la seule chose qui lui vint à l'esprit : elle raconta une histoire des temps anciens, que le vent emporta. Une histoire destinée au dragon plus noir que la nuit.

Elle entendit ses battements d'ailes au loin. Vit sa silhouette en vol se découper sur le clair de lune. Asha serra les bras sur sa poitrine pour se tenir chaud et attendit.

Enfin, Kozu atterrit dans un tourbillon de terre et de feuilles, puis replia ses ailes. Asha contempla la plaie au flanc que lui avait causée la lance de Jarek. Elle le revit tanguer dans les airs avant de s'écrouler par terre. Se rappela comment elle avait été désarçonnée.

Elle avait peur de faire une nouvelle tentative.

Kozu se tourna face à elle. Ils se regardèrent longuement, l'Iskari et le Premier Dragon. Puis Asha prit une profonde inspiration.

Elle chercha à tâtons la bosse de son omoplate. Elle s'y agrippa et se hissa sur son dos, remontant sa robe sur ses cuisses. Les écailles du dragon étaient chaudes et lisses sous ses mains. Il sentait la fumée et la cendre.

Si elle commençait à réfléchir à ce qu'elle s'apprêtait à faire, alors elle risquait de redescendre. Elle ne réfléchit donc pas. Elle fit claquer sa langue contre ses dents, comme Torwin avec Shadow.

Kozu s'élança du bord de la falaise dans le ciel.

Asha avait l'estomac noué. Le vent lui fouettait le visage et les crêtes rocheuses semblaient se soulever pour venir à leur rencontre. Elle s'accrocha au cou de Kozu et tint bon jusqu'à ce qu'il se stabilise.

Cette fois, au plus profond d'elle-même, elle sentit qu'elle était faite pour ça. Comme si elle accomplissait enfin son destin.

Asha releva la tête, contemplant les rochers escarpés, les prés parsemés de lauriers-roses. Elle avait l'impression que Kozu n'était pas seulement sous elle, créature dangereuse qui la portait de courant aérien en courant aérien, mais qu'il vivait dans son esprit aussi. Comme une ombre noire. Une présence ancestrale. Stable, féroce et *sienne*.

Le vent cinglait ses jambes et son visage nus. Lui tirait les cheveux et lui piquait les yeux. Comme ses dents se mettaient à claquer, elle se serra contre Kozu pour ne pas geler. Mais elle ne lui demanda pas de faire demi-tour, il fallait qu'elle retrouve Torwin.

Pour le convaincre de rester. De se battre avec eux contre son père.

En vol, Asha scruta le ciel. Luttant contre les frissons, elle explora les nuages noirs qui passaient au-dessus d'eux, la privant de la clarté des étoiles. Puis elle balaya du regard les pics et les crêtes en contrebas. En vain. Il n'y avait nulle trace d'un autre dragon.

Comme elle grelottait de plus en plus fort, elle comprit pourquoi Torwin avait mis un manteau et des gants. Si elle ne le trouvait pas bientôt, elle devrait rentrer – ou elle mourrait de froid.

C'est quand elle baissa les yeux à nouveau qu'elle repéra une silhouette familière. Asha adressa un claquement de langue à Kozu et il descendit en piqué, pour le plus grand déplaisir de son estomac. Un battement de cœur plus tard, les deux dragons volaient côte à côte.

Le cavalier de Shadow se tourna vers elle. Son écharpe couvrait son nez et sa bouche.

« Ne m'oblige pas à te dire au revoir », pensa-t-elle.

Asha fit porter sa voix pour couvrir le mugissement du vent.

– Où vas-tu ?

Il ne répondit pas.

Plissant les yeux, elle aperçut au loin, juste après deux sommets rocheux, la surface vitreuse d'un lac, argentée au clair de lune.

– Il y a de l'eau là-bas !

À nouveau, il demeura silencieux.

– On fait la course ? cria-t-elle. Le premier arrivé !

Torwin n'eut pas le temps de répondre. Asha se pencha en

avant tout contre Kozu, qui savait exactement ce qu'elle voulait, et, ensemble, ils plongèrent dans le vent.

Différentes émotions la traversèrent : excitation, peur, joie de vivre, toutes mêlées au creux de son ventre. Bientôt, cependant, une émotion plus vive encore les remplaça. Asha jeta un coup d'œil sur le côté, à la recherche de Torwin et de Shadow. Ils n'avaient pas suivi. Elle était seule avec Kozu.

Asha ravala sa déception. Kozu le sentit et commença à redresser la trajectoire. Juste à ce moment-là, un dragon couleur terre rouge et son cavalier fusèrent devant eux. Asha les observa un instant : Torwin penché sur le dos de Shadow tandis que le dragon repliait ses ailes pour piquer droit vers le sol. Comme s'ils l'avaient fait des milliers de fois. Comme si c'était leur jeu préféré.

Un instant plus tard, elle piqua aussi vers le sol.

Asha se cramponna au cou de Kozu tandis que le vent faisait voler ses cheveux. Quand il se redressa légèrement, Kozu était au même niveau que Shadow.

Torwin leur lança un regard, puis fit claquer sa langue. Shadow accéléra.

Un instant plus tard, presque paresseusement, Kozu les rattrapa.

Au-dessus de son écharpe, les yeux de Torwin étincelèrent. Il fit claquer encore sa langue. Mais Shadow était à sa vitesse maximale. Il était plus petit et plus agile, mais Kozu était plus costaud et avait plus de force pour se propulser.

Il doubla Torwin et Shadow. Asha se concentra alors sur le lac.

Elle pensait que Kozu allait atterrir au bord… mais non. Alors qu'Asha fixait le rivage, le dragon fonça droit dans l'eau. Elle fit claquer frénétiquement sa langue, et essaya de tirer sur son cou, puis ses ailes, pour le faire ralentir.

L'arrêter avant que…

Kozu fendit la surface du lac. Elle eut juste le temps de retenir son souffle avant d'être submergée.

Sous l'eau, elle glissa de son dos. Quand elle toucha le fond, elle donna un grand coup de pied pour refaire surface. Une Asha toussotant et crachotant aspergea Kozu en représailles, mais le dragon plongea plus profond pour lui échapper. Le lac était plus chaud que l'air de la nuit et Asha demeura un moment étendue sur l'eau, contemplant le ciel serti de joyaux tandis que sa robe flottait autour d'elle.

Shadow se posa au bord du lac.

Asha voulut rejoindre le rivage lorsque Torwin mit pied à terre mais, empêtrée dans sa robe, elle avait du mal à nager et cela lui prit deux fois plus de temps. Elle perdit ses deux ballerines. Quand elle atteignit enfin la rive, Asha se dirigea vers Torwin. Ses pieds nus glissaient sur les cailloux au fond de l'eau.

– Tu as gagné, reconnut-il en se penchant vers elle.

Asha lui prit la main en grimaçant et il la tira hors de l'eau. La robe mouillée lui collait à la peau et l'alourdissait. Frissonnant, elle en prit l'ourlet pour l'essorer.

– Tiens.

Il ôta son étrange manteau et le posa sur ses épaules.

– J'ai des vêtements secs dans ma tente, si tu veux.

Elle voulait bien – surtout pour pouvoir enlever cette robe. Torwin désigna une structure de toile un peu plus haut sur le rivage.

– Je vais faire du feu pendant que tu te changes.

Asha hocha la tête en frissonnant et se dirigea vers la tente. À mi-chemin, cependant, elle s'immobilisa en se rappelant les minuscules boutons dans le dos de sa robe.

« Je ne peux pas l'ôter sans aide. »

Ses joues s'enflammèrent. Jarek avait fait faire sa robe exactement pour cette raison : pour qu'elle ait besoin de son jeune époux pour se déshabiller.

À cette pensée, Asha resserra le manteau de Torwin contre sa poitrine. Elle se retourna vers le Skral qui, agenouillé devant un tas de petit bois crépitant, soufflait sur les flammes naissantes. Le collier d'argent autour de sa gorge étincela à la lueur du feu.

Il n'y avait pas si longtemps, elle pensait que ce garçon et elle n'avaient rien en commun. Désormais, elle savait que la seule différence entre eux était qu'il portait son joug autour du cou, alors que le sien était invisible. Elle pensait que son titre, Iskari, était sa plus grande force. Elle pensait que la chasse au dragon dans la Faille était l'expression de sa plus farouche liberté. Mais en vérité, tout ça n'avait jamais rien été d'autre qu'un collier autour de son cou.

Et maintenant qu'ils étaient tous les deux libres, il allait échapper à l'horreur tandis qu'Asha y fonçait tout droit.

« Comment puis-je lui demander de rester et de se battre ? réalisa-t-elle. Ce n'est pas son combat. »

Torwin avait assez souffert. Il méritait d'être libre.

Elle détourna les yeux. Elle n'allait pas lui demander son aide pour la robe. Pas après ce qui s'était passé au camp. Mais maintenant que le soleil avait disparu, la température allait chuter. Il était très dangereux de ne pas être bien couvert la nuit dans la Faille.

Tremblant de froid, Asha s'approcha du feu, en espérant que la chaleur des flammes suffirait à la sécher. Sans ça...

Elle préférait ne pas imaginer la deuxième option.

Chapitre 36

Frissonnant dans sa robe trempée, Asha se laissa tomber sur une souche à côté du feu encore vacillant. En dehors du cercle de lumière, Shadow s'approcha d'un Kozu endormi. Il fouetta l'air de sa queue fourchue. S'accroupit sur ses pattes avant, prêt à bondir. Kozu ouvrit alors son unique œil jaune, vit le dragon se préparer à l'attaque, et le referma à nouveau.

– Pourquoi dors-tu ici ? demanda Asha alors que Torwin alimentait le feu. Si loin de New Haven ?

Un grondement sourd les surprit. Plissant les yeux, Asha scruta l'obscurité. Les écailles de Kozu scintillèrent à la lueur des flammes tandis qu'il plaquait Shadow sur le dos. La queue de Kozu était dans la gueule du jeune dragon alors que celle de Shadow battait joyeusement.

Asha se retourna vers Torwin, claquant des dents. Elle tendit ses mains tremblantes vers le feu, laissant la chaleur lécher sa peau moite.

– Il n'y a pas assez de place au camp ?

– J'ai passé toute ma vie dans des espaces confinés, répondit Torwin, en soufflant sur les flammes pour les attiser. Je préfère dormir à la belle étoile.

Asha aurait voulu dire qu'elle comprenait. Dormir à la belle étoile était l'un des meilleurs aspects de la chasse. Mais ses dents claquaient tellement qu'elle se contenta de serrer les mâchoires en se penchant vers le feu.

Torwin y jeta deux autres bûches et, seulement quand elles eurent pris feu, il s'accroupit et leva les yeux vers Asha. Il avait les mains grises de cendre.

Il plissa le front.

– Tu portes toujours ta robe de mariée.

Elle n'osa pas croiser son regard et se contenta d'agiter vaguement la main.

– Ça va.

Elle grelottait de la tête aux pieds.

– Je t'assure.

– Je promets que les vêtements sont propres. Ils ne t'iront peut-être pas très bien, mais ça t'évitera d'attraper la mort.

Comme elle ne répondait pas, il se leva un peu lourdement.

– Bien. Fais ce que tu veux. Comme d'habitude.

Asha lui lança un coup d'œil et vit qu'il s'efforçait de retirer l'anneau de sa mère de son petit doigt. Quand il eut réussi, il le lui tendit.

– Tiens. C'est à toi.

Asha fixa le cercle d'os blanc au creux de sa paume.

Dire qu'au départ elle ne voulait pas le lui donner. Tant de choses avaient changé depuis. Maintenant qu'il l'avait gardé pour elle, elle ne voulait pas le reprendre. Comme si cela signifiait reprendre tout le reste.

– Je partirai dans la matinée, lui annonça-t-il. Je ne te reverrai probablement jamais. Prends-le.

À ces mots, Asha écarta ses mains du feu et les glissa sous ses fesses d'un air décidé.

– Je ne peux pas le reprendre.

Elle lui présentait seulement le côté indemne de son visage.

– On avait un marché. Je t'avais promis de t'emmener à Darmoor, et je ne l'ai pas fait. L'anneau est à toi, maintenant.

– Je m'en fiche, dit-il en le lui tendant à bout de bras. C'était à ta mère, Asha. Je pense qu'elle aurait préféré que tu le portes plutôt qu'un esclave quelconque.

La colère la submergea.

Comment osait-il lui dire cela – à elle, entre tous ? Asha avait risqué sa vie pour lui. Elle avait même risqué plus que sa vie.

Elle se leva en le regardant droit dans les yeux.

– Je t'ai dit que je ne pouvais pas le reprendre.

Il lui prit la main et posa l'anneau dans sa paume moite. Mais Asha ne le saisit pas et il tomba dans le sable à leurs pieds.

Ils le fixèrent tous les deux durant plusieurs battements de cœur.

Puis Torwin s'éloigna.

Asha s'enflamma.

– Arrête !

Il continua à marcher.

– Reprends-le !

Il s'immobilisa alors, presque hors de la lumière du feu. Sans se retourner, il dit tout doucement :

– Est-ce un ordre, Iskari ?

Elle avait la gorge en feu.

– Torwin…

Cette fois, il se retourna, mais ne la regarda pas. Comme un bon Skral obéissant, il garda les yeux rivés sur le sol. Où gisait l'anneau.

– Regarde-moi.

La voix d'Asha tremblait.

Ses poings se serrèrent. Ses épaules se raidirent. Mais il ne releva pas les yeux.

La colère la submergeait. Il n'avait pas le droit de lui faire cela. Pas dans la Faille, où personne ne respectait les règles. Pas après tout ce qu'ils avaient traversé.

Elle bondit comme l'éclair.

Juste avant qu'elle ne se jette sur lui, Torwin leva les yeux.

Son regard plein d'angoisse rencontra le regard plein de fureur d'Asha.

Et puis, sous la force de ses paumes, il recula.

Derrière eux, les deux dragons avaient arrêté de jouer et les observaient.

– Pourquoi fais-tu cela ? le questionna Asha, que la colère avait réchauffée.

Il laissa échapper un soupir entrecoupé.

– Je pensais t'avoir mise hors de danger.

Elle se figea. Desserra les poings.

– Mais en réalité, je t'ai jetée en plein dedans.

Elle le regarda. Dans son dos, le lac scintillait. Le reflet des étoiles faisait des vagues d'argent sur l'eau noire.

– Et le pire, c'est que ça te convient. Tu es heureuse d'être un pion entre les mains des autres, de participer à leurs petits jeux.

Il se passa nerveusement la main dans les cheveux.

– Ils te considèrent comme une arme dont il n'y a qu'à se servir. Comme si tu n'étais bonne qu'à détruire. Et tu les crois.

Elle fronça les sourcils derrière son rideau de cheveux trempés.

– Ce n'est pas ce que tu es, Asha. Et ils ne devraient pas te voir comme ça.

Autour d'eux résonnait le doux chuchotis de l'eau clapotant contre les rives du lac.

Asha croisa les bras. Ses mots avaient touché un point sensible. Qu'elle devait protéger à tout prix.

Tout doucement, elle murmura :

– Et comment devraient-ils me voir ?

Torwin baissa les yeux vers son cou et, dans un souffle, répondit :

– Comme une belle personne. Quelqu'un de bien et de précieux.

Ces mots fendirent sa carapace, la mettant à nu.

Cela l'agaçait qu'il puisse faire ça si facilement.

Cela l'horripilait qu'il l'atteigne si profondément avec ses simples mots.

Mais Asha se souvint de son reflet dans le miroir. Elle savait ce qu'elle était.

– J'ai passé toute ma vie à croire aux mensonges.

Elle leva la tête pour croiser son regard.

– S'il te plaît, murmura-t-elle, ça suffit. Plus de mensonges.

Torwin n'hésita plus. Il s'approcha d'elle.

– Si j'avais passé ma vie à croire aux mensonges, bien sûr, j'aurais du mal à croire à la vérité quand elle est sous mes yeux.

Asha demeura face à lui, sans se détourner. Sans cacher sa cicatrice. Pour le forcer à regarder son propre mensonge en face.

– Pourquoi est-ce si difficile à entendre pour toi, Asha ? Tu es belle.

Elle ouvrit la bouche pour protester, mais il la coupa :

– Tu es précieuse, dit-il, plus doucement, cette fois. Tu es…

– Arrête !

Elle leva le poing et il le saisit au vol. Quand elle essaya de le libérer, il resserra son emprise, alors elle lui donna un coup de coude dans le ventre.

Il en eut le souffle coupé. Il posa ses mains sur ses genoux, peinant à respirer.

Mais Torwin n'abandonnait pas aussi facilement.

– C'est ce que j'ai pensé la première fois que je t'ai vue, dit-il, une fois remis. Dans la bibliothèque de ma maîtresse, alors que tu déroulais les parchemins.

Asha le poussa à nouveau. Il tituba en arrière.

– C'est ce que j'ai pensé quand Kozu t'a brûlée et que tu t'es présentée devant toute la ville. C'est ce que j'ai pensé quand ils t'ont insultée, tourné le dos et craché dessus… Et toi, tu es restée là, à encaisser. Je n'ai jamais, pas une seule fois, cessé d'en être convaincu.

Asha avait la gorge en feu. Les larmes lui piquaient les yeux.

– Menteur.

Il lui prit le poignet et l'attira contre lui. Elle essaya de le repousser, mais il la serra dans ses bras. Elle avait beau lui donner des coups de coude et de genou, Torwin se contenta d'enfouir son visage dans son cou en la tenant contre lui.

Quand sa rage finit par s'éteindre, elle s'affala contre lui. Elle claquait des dents et tremblait de tout son corps. Elle passa les bras autour de son cou, se serra contre lui, capitulant dans sa chaleur.

– Tu vas mourir de froid, murmura Torwin. Pourquoi tu ne t'es pas changée ?

Comme elle ne répondait pas, le serrant plus fort dans ses bras, Torwin se dégagea de son étreinte, silencieux et pensif. Elle voyait les réflexions qui s'enchaînaient dans son esprit tandis que son regard parcourait sa robe. C'était un esclave domestique. Les esclaves domestiques savent ce genre de choses.

– Tu ne peux pas l'enlever, réalisa-t-il.

Asha baissa les yeux vers le sable et croisa les bras sur sa poitrine, tentant d'immobiliser ce traître de corps, de faire taire ses dents qui claquaient.

Il tendit la main.

Elle ne la prit pas. Elle n'osait même pas le regarder. Elle fixait ses orteils. Ses orteils qui ne sentaient plus rien.

– Asha.

Il prononçait son prénom comme si c'était quelque chose d'exquis et d'exaspérant en même temps.

Lui relevant le menton d'un doigt, il l'obligea à le regarder dans les yeux.

– Ce ne sera pas la première fois que je te déshabille.

Le pouls d'Asha s'emballa.

– J'ai passé ma vie à habiller et à déshabiller des Draksors, dit-il. C'est juste une tâche domestique. Rien de plus.

Mais ses doigts tremblants le trahirent. Le vacillement nerveux de sa voix faisait écho à son pouls affolé.

Malgré tout, elle le suivit.

Chapitre 37

À l'intérieur de la tente, il faisait noir, puis le craquement d'une allumette se fit entendre. Les mains en coupe, Torwin protégea la flamme tremblante et alluma la lanterne suspendue au-dessus de sa tête. Elle se balança, jetant des lueurs dansantes à travers la tente, éclairant ici un couchage, là une pile de vêtements pliés et le luth qu'elle lui avait acheté au marché.

Ils se tenaient face à face : Asha bavardait, tremblante et dégoulinante. Torwin attendait, silencieux et immobile.

Asha avait déjà été habillée et déshabillée par des esclaves. Mais c'étaient toujours des femmes. Pas Torwin.

Et la robe en question était sa robe de mariage, destinée à être ôtée par son mari.

Il fallait qu'elle se retourne pour qu'il puisse défaire les boutons. Elle ne l'avait pas encore fait cependant. Au cas où une meilleure option se présenterait. Elle pourrait peut-être invoquer Kozu, retourner au camp et demander de l'aide à Safire à la place. Mais la simple idée de voler à nouveau toute trempée, d'affronter le vent glacé, la fit grelotter encore plus fort.

Torwin effleura sa ceinture. Comme elle ne résistait pas, il s'approcha. Les doigts tremblants, il défit le nœud. Quand il tira, la soie humide glissa sur sa taille et la robe se détendit, la laissant respirer. La ceinture tomba à terre.

Il repoussa la robe en voile léger de ses épaules. Sans beaucoup d'efforts, elle rejoignit la ceinture à leurs pieds. Comme Asha ne se retournait toujours pas, il lui prit le poignet. Ses doigts remontèrent lentement jusqu'à son coude, il la tourna doucement face à la toile rugueuse de la tente. Le cœur battant, elle rassembla ses cheveux mouillés sur une seule épaule.

Torwin entreprit de sortir les minuscules boutons semblables à de petits cailloux du fond de robe pour les ôter de leurs boutonnières.

Le silence devenait chaque instant plus pesant, comme une tempête qui couve.

Bientôt, Asha n'y tint plus.

– Merci, dit-elle, brisant le silence.

Sa voix le surprit. Il tâtonna, ses doigts effleurèrent sa peau nue. Le pouls d'Asha s'emballa comme le vent du désert.

– Je n'ai pas fait exprès, murmura-t-il.

Lorsque la robe se desserra et qu'Asha sentit l'air sur sa peau, elle vit son regard s'attarder sur elle. Les bosses de sa colonne vertébrale. Les ailes de ses omoplates. La courbe de ses reins.

– Là.

Il déglutit en défaisant le dernier bouton.

– Tu es libre.

Asha se retourna face à lui, les bras croisés sur sa poitrine pour tenir sa robe.

La lumière de la lanterne faisait luire la peau de Torwin. Les ombres accentuaient ses pommettes. Son regard glissa jusqu'à sa bouche, où la ligne de sa lèvre inférieure plongeait comme les falaises de la Faille.

Elle se demanda ce qui se passerait si elle collait sa bouche contre la sienne. Si elle se rapprochait de lui? Pour le faire sien, ici et maintenant, sous sa tente?

Comme s'il devinait ses pensées, Torwin leva les yeux vers elle. Asha se détourna légèrement pour cacher sa cicatrice.

– Pourquoi tu continues à faire ça?

Sa voix se durcit.

Comme elle ne répondait pas, il ôta sa chemise. Asha eut l'impression qu'elle plongeait dans un trou d'air avec Kozu. Laissant tomber sa chemise à leurs pieds, Torwin se retourna de sorte qu'elle voie son dos lacéré.

– Est-ce que ça te fait horreur?

Asha prit une profonde inspiration.

– Quoi? Non.

Il lui fit face, le regard glacial.

– Alors pourquoi devrais-je avoir horreur de te regarder?

Sauf que Torwin n'avait jamais été fier de ses cicatrices, alors qu'Asha avait aimé la sienne – parce que son père l'aimait. Elle s'en était servie comme prétexte pour tuer des dragons. Son père lui avait menti, encore et toujours, pour qu'elle lui rapporte leurs têtes. C'est ce qu'elle voyait désormais lorsqu'elle regardait sa cicatrice.

Les larmes lui piquèrent les yeux et lui brouillèrent la vue. Elle enfouit son visage entre ses mains, pour essayer de les cacher.

– Asha...?

Comme elle refusait de le regarder, Torwin l'enlaça, l'enveloppant de sa chaleur. La joue contre ses cheveux, il ne dit pas un mot. Il se contenta de la tenir dans ses bras pendant qu'elle pleurait. Sa paume chaude dessinait des cercles lents dans son dos, pour la calmer.

– J'ai failli tuer Kozu, murmura-t-elle, le visage toujours caché dans ses mains lorsque ses sanglots finirent par se taire. J'ai failli détruire les histoires des temps anciens.

– N'est-ce pas ce que tu voulais ?

Asha secoua la tête. Il arrêta de lui caresser le dos pour lui prendre les poignets et écarter ses mains de son visage.

– Raconte-moi.

Elle lui raconta tout. Ce qui s'était réellement passé le jour où Kozu l'avait brûlée et tout ce qui était arrivé après. Tous les mensonges qu'elle avait crus. Tous les dragons qu'elle avait tués. Et pour quoi ? Pour un tyran. Pour un père qui ne l'avait jamais vraiment aimée.

Torwin la serra plus fort. Après un long moment, il se pencha vers ses cheveux humides et luisants.

– Passe la nuit ici, dit-il. C'est calme et paisible, tu te reposeras bien. Mieux que si tu retournais au camp.

– Ici ?

Elle essuya les larmes sur ses joues.

– Dans ta tente ?

– Juste ce soir.

Il s'écarta pour remettre sa chemise. L'air frais la saisit, la refroidissant une fois de plus. Il lui tendit un tas de vêtements secs.

– Je dormirai à l'extérieur.

En les prenant, elle protesta :

– Torwin...

– Je préfère dormir à la belle étoile.

Il prit son luth, s'apprêtant à sortir afin qu'elle puisse se changer.

– Et puis, je ne dors pas beaucoup. Les cauchemars, rappelle-toi.

Mais avant de quitter la tente, il s'arrêta et se retourna.

– Tu n'es pas obligée de repartir là-bas. Pas si tu n'en as pas envie.

Elle fronça les sourcils. Il fit un pas hésitant vers elle.

– Nous pourrions partir, dit-il. Nous pourrions partir ce soir.

– Torwin, où irions-nous ?

Il fit son demi-sourire qui lui tordait légèrement la bouche.

– Nulle part. Au bout du monde.

Ce sourire fit monter un léger frisson le long de son dos. Asha l'ignora.

« Fuir ? Non. »

Elle comprenait qu'il ait envie de fuir Jarek, mais lui ne cesserait jamais de les pourchasser. Et les autres ? Que deviendraient Dax et Safire ? Elle ne pouvait pas les laisser disputer cette guerre tout seuls.

Asha fit un pas en arrière.

– Je ne peux pas.

Elle secoua la tête.

– Tous ceux que j'aime sont dans ce camp.

« Et le roi des menteurs règne sur Firgaard. »

– Tous ceux que tu aimes, répéta Torwin.

Il demeurait parfaitement immobile. Comme s'il attendait quelque chose.

Mais Asha ne voyait pas ce qu'il voulait.

L'étincelle dans ses yeux s'éteignit.

– Repose-toi, dit-il en tournant les talons.

Sans lui jeter un regard, il se faufila hors de la tente et s'engouffra dans la nuit.

Asha fixa le rabat de toile jusqu'à ce que les frissons reviennent. C'était comme lorsqu'elle l'avait laissé dans la clairière. Il y avait quelque chose d'inachevé entre eux. Comme une tapisserie qui s'effiloche.

Elle ôta sa robe trempée et la laissa tomber en tas. Les vêtements de Torwin, bien que beaucoup trop grands, étaient chauds et secs.

Baissant la flamme de la lanterne, elle se coucha. Elle se tourna et se retourna dans son lit, troublée par mille questions épineuses.

Elle se calma seulement lorsqu'une mélodie monta de dehors. Torwin jouait un air familier sur son luth. Celui de la chanson qu'il fredonnait depuis qu'il avait recousu sa plaie aux côtes. Il était un peu plus long que la dernière fois, mais toujours inachevé. Torwin s'arrêtait toujours au beau milieu, pour recommencer du début.

Elle imagina ses mains, si habiles et sûres, pinçant les cordes avec la même aisance que pour bander sa main et recoudre sa plaie. Ou pour défaire les boutons de sa robe.

Avalant péniblement sa salive, Asha imagina que ces mains allaient plus loin. Lui ôtaient sa robe. Se déplaçaient sur sa peau nue.

Elle ferma les yeux pour chasser ces pensées, les sachant dangereuses. Mais elles n'en devinrent que plus vives derrière ses paupières.

Beaucoup plus tard, alors que Torwin avait fini par abandonner sa chanson et s'endormir, Asha demeura éveillée, hantée par ses mains.

Chapitre 38

Le lendemain matin, quand Asha pénétra dans la tente de rassemblement, elle tomba sur Jas. En la voyant, il écarquilla ses grands yeux soulignés de cils sombres. Puis, revenu de sa surprise, il sourit, posant son poing sur son cœur pour la saluer.

– Tu as bonne mine ce matin, Asha.

Sa gentillesse la surprit. Après tout, pas plus tard que la veille, elle l'avait menacé avec un couteau. Et la plupart des gens qui rencontraient l'Iskari n'étaient pas si prompts à lui sourire. Torwin entra à leur suite en s'excusant :

– Désolé, nous sommes en retard. Nous…

Comprenant qu'il arrivait au beau milieu d'une assemblée, il se tut. Une douzaine de personnes assises sur des bancs grossièrement taillés levèrent la tête. Dax se tenait au centre et servait le thé.

Asha en fut choquée. Servir le thé était une tâche d'esclave. Et voilà que son frère, l'héritier du trône, levait haut dans les airs la théière d'airain pour faire couler un arc de cercle d'or liquide, remplissant les verres de thé mousseux et fumant.

Avant la Rupture, suivant les traditions des temps anciens, c'était toujours le maître de maison qui servait le thé.

Dax s'interrompit pour toiser Asha. Qui portait les vêtements de Torwin. La fille du roi dragon portait les vêtements de l'esclave de son mari.

Son visage s'empourpra lorsqu'elle comprit l'impression que cela pouvait donner. Mais elle était entourée d'étrangers – Draksors, Terreux, Skrals –, alors elle ne dit rien. Elle n'osa pas croiser le regard de Dax, qui lui brûlait la peau. Elle se contenta de contourner Jas sans un mot pour aller s'asseoir sur les coussins à côté de Safire, qui la dévisagea, intriguée.

Le regard de Dax se changea en question muette, puis se posa sur Torwin. Torwin, qui était censé être parti.

Baissant la tête, ce dernier s'installa à une place vide de l'autre côté du cercle, aussi loin d'Asha que possible, entre Roa et une femme qu'elle reconnut comme celle qui avait forgé ses épées sacrées.

Elle lui adressa un signe de tête. Asha le lui retourna. Safire rompit le silence gênant en reprenant comme si de rien n'était :

– N'avons-nous pas oublié un détail ?

Elle faisait passer son couteau d'une main à l'autre. Sa lame d'acier renvoyait la lumière en taches multicolores à travers la tente.

– Le régicide est interdit par la loi, tant dans les temps anciens que dans les temps nouveaux.

Asha pensa aux trois derniers assassins venus des Terres des Brousses pour essayer de tuer son père. Elle se rappela la lame qui leur avait tranché le cou sous le soleil ardent de midi. Leurs têtes qui étaient tombées sur les pavés avec un bruit sourd. Dax y avait assisté, lui aussi, assis juste à côté d'elle.

Elle pensa à Moria, des siècles plus tôt, agenouillée sur ces mêmes pavés, posant sa tête sur le même billot ensanglanté. La loi interdisant le régicide était une loi sacrée des temps anciens. Incontournable. Si Dax tuait leur père, lui aussi devrait poser sa tête sur le billot. Et Asha serait obligée d'y assister.

– Vous n'envisagez tout de même pas de tuer le roi, objecta-t-elle.

– Nous ne pourrons pas prendre le trône si votre père reste en vie, répliqua Safire, qui avait Essie, le faucon aux yeux argentés de Roa, perché sur l'épaule. Pas officiellement.

Asha se tourna vers son frère.

– Mais si tu le tues, tu le paieras de ta vie.

– Un détail qui reste à régler.

Dax tendit la première tasse de thé à Roa. Elle la prit en restant toute raide, sans croiser son regard, comme si elle était encore vexée de leur dispute. Mais au moment où Dax se tournait pour verser la tasse suivante, elle le fixa de ses yeux bruns.

– Laisse-moi t'aider, proposa Asha.

Dax secoua la tête.

– Je ne veux pas que tu mettes un pied à Firgaard.

– Je n'ai pas besoin d'entrer dans la ville, affirma-t-elle.

Il lui jeta un regard perplexe.

– Nous pouvons nous servir des dragons, expliqua-t-elle. Le roi ne s'attend pas à une attaque venue du ciel.

Des murmures montèrent autour d'elle alors que tout le monde échangeait des coups d'œil nerveux.

– Si les dragons sont de notre côté, reprit Asha, ainsi que l'Ancien, alors tous les Draksors de la ville restés fidèles aux traditions des temps anciens seront avec nous.

Dax secoua la tête, incrédule.

– Toi, la fille qui a consacré sa vie à pourchasser les dragons jusqu'à l'extinction, tu veux maintenant t'allier à eux ? Les dragons nous détestent, Asha. Comment peux-tu ne serait-ce qu'imaginer les convaincre de nous aider?

Fixant le collier d'argent autour du cou de Torwin, elle déclara :

– Je connais un moyen.

Dax attendit, l'air sceptique. Il avait raison de douter. Car Asha ne savait pas vraiment comment réagiraient les dragons – pas avec certitude. Mais selon Shadow, les dragons s'étaient retournés contre les Draksors parce qu'ils avaient asservi les Skrals. Donc, si les Draksors les libéraient…

– Vous devrez prouver que vos intentions sont pures. Prouver que vous n'agissez pas par soif de pouvoir.

– Et comment je fais ça? demanda Dax.

Asha contemplait toujours Torwin. Son regard se fixa sur l'anneau d'os passé sur son petit doigt. Ses mains tremblaient légèrement tandis qu'il le faisait tourner nerveusement. Il devait l'avoir récupéré pendant qu'elle dormait.

– Brisez les colliers de chaque Skral de ce camp, ordonna-t-elle.

Torwin leva alors les yeux vers elle.

– Et quand vous vous emparerez du trône, brisez les colliers de ceux qui sont encore en ville. Ce doit être la première chose que vous ferez.

Son frère la dévisagea comme s'il ne la reconnaissait plus. Elle ne l'en blâma pas. Il n'y avait pas si longtemps, elle pensait que si les Skrals étaient libres, ils achèveraient ce qu'ils étaient venus faire des siècles auparavant. Asha jeta un coup d'œil à Torwin. Elle avait changé d'avis.

La forgeronne prit soudain la parole, sa voix résonnant comme un marteau sur une enclume :

– Je peux retirer tous les colliers de ce camp d'ici la tombée de la nuit.

Asha hocha la tête, puis se tourna vers son frère.

– Tout ce qu'il me faut, ce sont des cavaliers, et tu pourras compter plusieurs dragons à tes côtés.

– Je m'en occupe, proposa Torwin.

Asha le regarda pour demander, très doucement :

– Ça signifie que tu restes ?

Il détourna la tête.

– Seulement… jusqu'au mariage. Ça me laisse juste le temps de trouver les cavaliers et de les entraîner pour qu'ils soient prêts à voler.

Asha se mordit les lèvres pour ne pas sourire.

Dans le silence qui suivit, le couteau de Safire étincela tandis qu'elle le lançait une dernière fois avant de le glisser dans sa botte.

– Bien, dit-elle. Alors je suppose que c'est réglé.

Pour aider son frère à échafauder son plan, Asha lui parla du tunnel secret sous le temple. Ils décidèrent que l'armée des Terreux attendrait à l'extérieur des murailles avec Roa tandis que Dax, Jas, Safire, et quelques autres – ceux que Dax appelait son groupe de rebelles – emprunteraient le tunnel pour pénétrer dans la ville, puis fileraient à la porte nord. Ils l'ouvriraient assez longtemps pour laisser entrer l'armée.

Le faucon de Roa, Essie, donnerait le signal. Dax le prendrait avec lui et, une fois la porte ouverte, le laisserait s'envoler.

Quand la ville serait prise et sécurisée, le roi dragon emprisonné et Dax sur le trône en tant que régent, tout pourrait changer. Son union avec Roa réparerait le lien brisé et scellerait la paix entre les Draksors et les Terreux. Les Skrals, quant à eux, auraient le choix de rester à Firgaard ou d'aller faire leur vie ailleurs.

Une fois l'assemblée terminée, Asha allait suivre Safire hors de la tente quand Dax interrompit sa conversation avec une fille de la Terre des Brousses et demanda à sa sœur d'attendre.

La tente se vida et Dax prit appui sur la petite table où était étalée une carte de Firgaard. Agrippé au bois rugueux, il toisa sa sœur.

– Tu disparais sans prévenir hier soir, puis tu réapparais dans ses vêtements ?

Il désigna la chemise et le pantalon qu'elle portait.

– Tu imagines de quoi ça a l'air ?

Asha croisa les bras sur sa poitrine et releva le menton.

– Tu préférerais que je sois encore dans ma robe de mariage ?

Il émit un soupir agacé.

– Tu es la fille du roi dragon.

Il repoussa la table.

– Et Torwin est…

« De rang inférieur. Défendu. »

– … un Skral. Et bien que la plupart des Draksors de ce camp soient bien disposés envers eux, beaucoup ne le sont pas. Tout comme il y a beaucoup de Skrals qui n'hésiteront pas à l'attaquer simplement pour lui faire regretter de te regarder ainsi.

Les bras d'Asha retombèrent.

– Aussi bien dans le camp qu'en dehors, si les gens voient que tu tiens à lui, ils vont s'en servir pour te faire du mal. Pour te forcer à faire des choses que tu ne veux pas faire.

– Je suis tombée dans le lac, répondit-elle. Torwin m'a gentiment prêté des vêtements secs. C'est tout.

– Asha, soupira Dax.

Comme un adulte qui réprimande un enfant. Comme s'il venait de la surprendre en train de mentir.

Elle lui lança un regard noir.

– Quoi ?

– Toi plus que tout autre, tu sais comment se termine ce genre d'histoire. Je ne veux pas que l'un de vous deux souffre.

Incapable de le regarder dans les yeux, Asha fixa par-dessus son épaule la toile de la tente éclairée par le soleil du matin.

– Lillian ne serait pas morte si Rayan ne l'avait pas poursuivie, fit valoir Dax. S'il s'était d'abord soucié de sa sécurité, au lieu d'être égoïste, ils seraient tous les deux en vie aujourd'hui.

« Mais Safire ne serait jamais venue au monde. »

Cette simple pensée lui brisa le cœur.

Dax s'approcha d'elle.

– Si tu tiens à sa sécurité, tu dois le garder à distance.

Asha baissa les yeux vers ses pieds nus. Ses ballerines étaient probablement échouées sur le rivage désormais.

– Je sais, murmura-t-elle. J'essaie.

Dax soupira. Il la prit doucement par l'épaule pour lui faire lever les yeux.

Quelle qu'ait été sa souffrance, il était en voie de guérison, sinon tout à fait remis. Ses yeux brillaient à nouveau, pleins d'étoiles. Il avait repris du poids, ses traits étaient moins marqués. Il avait presque retrouvé sa superbe.

Cependant, un détail préoccupait toujours Asha. Le plan de son frère était assez solide : entrer dans la ville, la prendre avec l'aide des Terreux, ça pouvait marcher. Quant au trône… tant que leur père vivrait, personne ne considérerait Dax comme le roi dragon. Il pourrait le jeter en prison à vie, tant que le vrai roi vivrait, il serait le souverain légitime de Firgaard. Pas Dax.

Leur père devait mourir. Et Dax ne confierait une tâche aussi délicate à personne. Il considérerait cela comme sa responsabilité.

Pourtant, la loi des temps anciens interdisant le régicide était inflexible : si Dax tuait le roi, Dax mourrait aussi. Et dans ce cas, qui régnerait sur Firgaard ?

Roa était une Terreuse. Aucun Draksor ne se soumettrait à son pouvoir.

Asha était l'ancienne Iskari, détestée et redoutée par son peuple.

Safire était à moitié skral, une abomination aux yeux de tout Firgaard.

Il ne restait donc… personne.

Dax ne pouvait pas mourir. Il devait monter sur le trône. Mais s'il ne pouvait pas mourir, alors il ne pouvait pas tuer le roi.

Ce qui signifiait que quelqu'un d'autre devait s'en charger.

Chapitre 39

Asha passa les quelques jours avant l'arrivée de la caravane d'armes à invoquer les dragons. Torwin lui avait trouvé une douzaine de cavaliers, principalement des Draksors et des Terreux, mais aussi deux Skrals. En les voyant, Asha haussa un sourcil et Torwin haussa les épaules.

– Tu m'as demandé des cavaliers. Je t'ai déniché les meilleurs.

Asha déclama les histoires des temps anciens au-dessus de la canopée, hors de portée de voix. Elle ne voulait pas qu'elles intoxiquent ceux du camp, comme elles avaient intoxiqué son frère et sa mère. De plus, depuis son mariage, elle avait remarqué que les mains de Torwin tremblaient. Il avait maigri, et sous ses yeux se creusaient deux demi-lunes sombres. Quand elle le questionna, il attribua tout ça à la fatigue.

Mais Asha ne pouvait se défaire de l'impression qu'il y avait autre chose.

Alors elle avait invoqué les dragons seule, racontant les histoires loin du camp et de Torwin, avant de lui amener les dragons.

Il avait associé chaque dragon à un cavalier, leur montrant comment tisser leur lien privilégié en vol. Il avait également recruté l'ancienne couturière d'Asha, une jeune Skral du nom de

Callie. Elle avait pour mission de fabriquer manteaux, gants et écharpes afin de protéger les cavaliers des éléments. Mais c'était beaucoup de travail et il lui fallait de l'aide.

Au crépuscule, le troisième jour, Asha trouva Torwin tout seul dans la tente des cavaliers qu'ils avaient installée un peu plus haut dans la vallée. Il était accroupi, en train de coudre la manche d'un manteau à la lueur d'une lampe. Cela lui faisait toujours bizarre de le voir sans son collier. Les yeux d'Asha s'égaraient souvent sur ses cicatrices au niveau des clavicules, traces de sa présence.

Mais comme Dax le lui avait suggéré, elle gardait ses distances.

Il y avait tant à faire en si peu de temps qu'elle n'avait guère de mal à l'éviter.

Ils avaient beau passer leurs journées non loin l'un de l'autre, ils parlaient rarement. Et le soir, quand Torwin l'attendait pour la reconduire au campement, elle secouait la tête et lui disait de rentrer sans elle. Qu'elle avait encore du travail à faire.

Aux assemblées, elle s'installait entre Safire et Dax. Si Torwin croisait son regard au dîner, elle engageait la conversation avec Jas, qui était bavard et d'une curiosité insatiable. Quand Torwin s'immisça dans leurs conversations et qu'il devint évident que Jas appréciait son opinion, Asha chercha un autre interlocuteur – n'importe qui. Parfois, au beau milieu de la journée, elle sentait qu'il la regardait. Parfois, quand elle lui tournait le dos au dîner, elle voyait la peine dans ses yeux. Comme s'il comprenait ce qu'elle faisait et qu'il lui facilitait la tâche.

Et c'était bien normal. Puisqu'il allait partir.

Bientôt, il cessa de l'attendre. Il cessa d'essayer de s'asseoir à côté d'elle. De tenter de croiser son regard.

Ça lui brisa le cœur.

Aussi, quand il n'y avait personne aux alentours, elle se mit à l'observer. De loin, elle le voyait flatter le flanc des dragons, montrer aux cavaliers comment calmer leur monture et dépasser leur peur. Il leur enseigna différentes combinaisons de claquements de langue pour les faire décoller, tourner ou descendre sur commande. Il leur apprit tout ce qu'il savait, et ses yeux se creusèrent de plus en plus.

Elle l'observa, penché sur les créations de Callie, la couturière. Elle remarqua comment, avec ses mains, il lui indiquait ce qui convenait ou pas, lui proposait une amélioration. Chaque fois qu'il lui souriait de son fameux sourire, le cœur d'Asha se serrait. Elle se surprit à comparer le visage lisse de Callie au sien. Cette fille était belle comme l'aube sur le désert. C'était une Skral, tout comme lui. Peut-être l'emmènerait-il avec lui de l'autre côté de la mer.

De retour au camp, Callie et Torwin jouaient de la musique ensemble, avec une poignée d'autres. Asha n'osait pas les suivre, mais parfois elle s'attardait hors de leur vue, affûtant sa hache déjà bien affûtée en écoutant les notes du luth de Torwin se mêler à celles de la flûte en roseau de Callie et du tambour des Terreux. Elle guettait sa chanson inachevée… qui ne vint jamais.

« Si tu tiens à sa sécurité, tu dois le garder à distance. »

Mais, après des jours passés à l'éviter, elle se retrouva seule avec lui dans la tente des cavaliers.

Prenant une profonde inspiration, Asha se dirigea vers une table où s'entassaient le cuir coupé et la laine cardée. C'était l'établi de Callie. Ses outils – couteaux, aiguilles, charbon de bois, fil de fer – étaient soigneusement rangés, bien alignés. Asha avait posé sa cape en laine à côté, sur une chaise grossière.

– Où est Callie ? demanda-t-elle d'une voix qu'elle voulait posée en prenant son manteau pour le mettre sur ses épaules.

Elle ne voulait pas risquer d'avoir froid en rentrant au camp.

Il ne leva pas les yeux de son travail.

– C'est la première fois que tu m'adresses la parole en deux jours.

Les doigts d'Asha se figèrent sur les liens de la cape.

– Comment ça ?

– Allez, Asha.

Il leva les yeux vers elle. La lueur de la lampe à huile faisait étinceler ses cheveux.

– On sait parfaitement tous les deux que tu m'évites.

C'était peut-être vrai. Mais Asha l'avait vu présenter Callie à Shadow, lui montrer où le dragon aimait être caressé – sous le menton. Elle avait vu Callie s'attarder sur le seuil de la tente deux jours de suite, pour faire le trajet jusqu'au camp avec lui, et il la raccompagnait à chaque fois.

– Et toi ? murmura-t-elle.

Il posa l'aiguille sur ses genoux.

– Et moi ?

« Tu m'abandonnes. »

C'était ridicule, bien sûr. Il *fallait* qu'il renonce à elle.

Asha attacha la cape autour de son cou.

– Laisse tomber.

Au moment où elle allait sortir de la tente, elle l'entendit dire :

– Safire a raison. Tu es têtue comme une mule.

Asha s'arrêta et jeta un regard par-dessus son épaule. Safire discutait de son cas avec Torwin ?

Elle était vexée.

– Safire n'a qu'à aller se faire voir ailleurs.

Un coin de ses lèvres se souleva.

Elle n'aurait pas dû se retourner. Si elle ne l'avait pas fait, elle aurait pu partir.

Mais si elle était partie, elle n'aurait pas remarqué comme ses épaules maigres étaient voûtées ou comme ses mains tremblaient quand il travaillait. Il avait l'air épuisé, avec ce manteau à moitié cousu étendu sur ses genoux, ses aiguilles, son fil sur le tapis.

Il lui rappelait son frère, avant la révolte.

L'angoisse l'étreignit.

« Mais j'ai fait attention, pourtant. Qu'est-ce qui se passe ? »

Asha dénoua les liens de sa cape. Elle rentra dans la tente, la laissant tomber de ses épaules tandis qu'elle s'asseyait à côté de lui sur le tapis de jonc tissé.

Elle se pencha pour prendre une aiguille et du fil, listant ses symptômes pour les comparer à ceux de sa mère. « Perte de poids rapide, épuisement, tremblements... »

Peut-être fallait-il l'éloigner des dragons, complètement. Car les dragons racontaient aussi des histoires à leur manière, sans mots. Peut-être était-ce ce qui l'avait affecté...

– Tu sais te servir de ça ?

Sa question la tira de ses pensées. Elle s'était posé la même en le voyant brandir l'arc et les flèches, dans l'arène.

Elle lui lança un regard noir.

– Et comment j'ai fabriqué toute mon armure, à ton avis ?

Elle enfila l'aiguille pour travailler sur l'autre manche. Quand son genou frôla le sien, elle leva les yeux et le vit sourire. Une étincelle jaillit dans son cœur. Elle n'aurait pas dû, mais elle laissa sa jambe reposer contre la sienne. Juste une fois.

Ils travaillèrent dans un silence las. Quand ils avaient fini de coudre les manches d'un manteau, ils passaient au suivant. À un moment, Torwin se mit à fredonner sa mystérieuse chanson. Mais

Asha finit par avoir du mal à garder les yeux ouverts. Quand il le remarqua, il lui prit l'aiguille des mains.

– Il est l'heure d'aller se coucher, féroce chasseuse de dragons.

Asha était trop fatiguée pour le contredire, mais elle ne chassait plus les dragons. Elle ne voulait plus être l'Iskari.

Elle prit appui sur le tapis pour se relever, s'apprêtant à faire la longue marche à travers les bois jusqu'à la tente qu'elle partageait avec Safire, quand Torwin posa sa main sur la sienne.

– Reste.

Elle secoua la tête, évitant son regard.

– Je ne peux pas.

– Asha.

Entendre son nom dans sa bouche la dévastait. Elle croisa ses yeux fébriles. Il avait l'air si fragile, ce soir-là. Ça l'inquiétait. Elle détourna la tête.

– Bien. Je reste jusqu'à ce que tu aies terminé le manteau.

Un petit sourire étira sa bouche.

– Réveille-moi quand tu auras fini, dit-elle en se pelotonnant sur le tapis à côté de lui et en fermant les yeux.

Un battement de cœur plus tard, il étendit son manteau sur elle. Un battement de cœur après, un rêve l'emporta. Un rêve sur son homonyme, la déesse Iskari.

Beaucoup plus tard, Torwin posa son aiguille et son fil puis s'étendit à ses côtés. Asha se réveilla. Elle se retourna pour le trouver sur le dos, les mains sous la tête, fixant le plafond de toile de la tente.

Son rêve encore bien présent à l'esprit, elle oublia le danger.

– Torwin ? murmura-t-elle.

Il se tourna vers elle.

– Tu penses que la déesse Iskari ne s'aimait pas ?

Ce n'était pas la question à laquelle il s'attendait. Elle le vit, car il retint sa respiration, comme si elle lui avait donné un coup de coude dans le ventre.

– Je pense..., répondit-il au bout d'un long moment, en scrutant son visage. Je pense qu'on a forcé la déesse Iskari à être ce qu'elle ne voulait pas être.

Ce n'était pas une réponse. Asha allait le lui dire quand il poursuivit :

– Iskari a laissé les autres la définir parce qu'elle pensait ne pas avoir le choix. Parce qu'elle se croyait seule et mal aimée.

Il se tourna sur le côté, en appui sur un coude, et la regarda.

– La première fois que je les ai entendus t'appeler Iskari, j'ai fait des recherches sur son histoire. Je me moquais du danger ou de la loi. J'ai trouvé un vieux mendiant sur le marché qui a bien voulu me la raconter. Et, Asha, quand je l'ai entendue, cela ne m'a pas semblé être une tragédie.

– Bien sûr que c'est une tragédie.

Asha fronça les sourcils.

– Elle meurt à la fin. Elle meurt toute seule.

– Mais est-ce vraiment la fin ?

Ses lèvres remontèrent d'un côté et Asha sentit son cœur fondre.

– Je ne pense pas. Et Namsara, alors ? Il va la chercher. Le ciel change sept fois avant qu'il la trouve. Et puis, quand il la trouve, il tombe à genoux et il pleure. Parce qu'il *l'aime*. Parce qu'elle n'est pas aussi seule qu'elle le croyait. Elle n'est pas seulement la *voleuse de vie*. À ses yeux, c'est sa sœur avant tout. Elle est précieuse. C'est une histoire d'amour, Asha. Tragique, bien sûr. Mais une histoire d'amour quand même.

Asha étudia son visage amaigri. La ligne de sa mâchoire. La courbe de sa bouche.

– Si Iskari s'aimait ? (Sa voix prit un accent plus tendre.) Bien sûr que non.

Il dit cela comme s'il venait juste de le comprendre. Comme si la question d'Asha l'avait amené à comprendre.

– Autrefois, j'en voulais à Namsara d'avoir laissé faire. J'en voulais aussi à Iskari d'avoir tenu le rôle qu'on la forçait à jouer. De n'avoir jamais essayé d'être différente.

Torwin lui prit une mèche de cheveux pour la glisser derrière son oreille déformée.

– J'en voulais à Iskari de ne jamais regarder autour d'elle. De ne pas voir ceux qui l'aiment. Ceux qui pourraient la sauver.

– Mais personne ne peut la sauver.

– Comment peux-tu le savoir ? Elle ne laisse jamais personne essayer.

Cette nuit-là, Asha fit un cauchemar. Elle rêva qu'elle était dans la pénombre du cachot et que devant elle se dressait une porte en fer. Elle entendait des bruits affreux. Le sifflement de la shaxa qui lacérait le dos de quelqu'un. Le craquement d'os brisés. La plainte d'un corps qui se tordait de douleur.

Et une voix qui implorait : « Non... Je vous en prie, non... »

Quand les supplications se changèrent en hurlements, elle réalisa qu'elle connaissait cette voix. Elle connaissait son propriétaire. Et parce qu'elle le connaissait, elle se jeta contre la porte. Elle tambourina de ses poings.

Elle chercha la clé. Seulement, il n'y avait pas de trou de serrure. Elle ne pouvait pas ouvrir la porte.

Elle ne pouvait pas le sauver. Elle ne pouvait pas le libérer.

Elle ne pouvait qu'entendre les échos de son agonie.

Asha se réveilla en sueur, le souffle court. Quelqu'un se penchait sur elle, sa silhouette se détachant à contre-jour. Encore hantée par son cauchemar, elle se redressa, paniquée. « Jarek. » C'était Jarek. Elle se retourna pour trouver le tapis vide à côté d'elle. Torwin était parti.

– Asha.

Elle se releva et recula. Elle se cogna dans l'établi de fortune de Callie, éparpillant ses outils. Elle chercha à tâtons quelque chose qui pourrait lui servir d'arme.

– Asha.

Cette voix.

Elle se figea.

Laissa échapper un souffle rauque et saccadé.

Elle releva la tête. Plissant les yeux au soleil, elle découvrit son frère accroupi à côté d'elle.

– Tout va bien. Tu es en sécurité.

Autour d'elle, le décor se transforma, il n'était plus contaminé par le cauchemar. La voix de son frère l'aida à retrouver ses esprits. Dax baissait les yeux vers elle, drapé dans un manteau gris à l'ourlet maculé de boue. Ses sourcils foncés se croisèrent au-dessus de ses yeux inquiets. Dans son dos, les parois de toile laissaient filtrer le soleil du matin. La lampe, toujours allumée, était posée sur le tapis à côté d'un manteau inachevé.

– Où est Torwin ?

Tout doucement, Dax répondit :

– Il reçoit des soins.

Le cœur d'Asha s'emballa.

– Comment ça ?

– Un groupe de Draksors et de Skrals t'a vue venir ici avec lui.

Asha avait la bouche sèche.

Elle se rappela le jour où Torwin l'avait amenée à New Haven, le regard que lui avaient jeté les Haveners quand il avait prononcé son nom à haute voix… comme s'il n'en avait pas le droit. Elle se rappela l'avertissement de Dax : « Il y a beaucoup de Skrals qui n'hésiteront pas à l'attaquer simplement pour lui faire regretter de te regarder ainsi. »

Elle se mit debout. L'air froid du matin la fit frissonner.

– Où est-il ?

Dax avait l'air peiné.

– Je t'avais dit que ça arriverait. Je t'avais dit de garder tes distances.

Safire entra alors dans la tente. Son regard balaya les lieux avant de s'arrêter sur Asha.

– Saf, implora-t-elle, que s'est-il passé ?

– Viens.

Sa cousine passa un bras autour de ses épaules.

– Je vais t'emmener le voir.

– Comme tu n'étais pas rentrée à la tente, je suis partie à ta recherche, expliqua Safire tandis qu'elles traversaient le camp. Dans les bois, je suis tombée sur un groupe de Haveners qui rouaient de coups quelqu'un, un corps recroquevillé par terre, en l'insultant.

Safire écarta le rabat de toile d'une petite tente. Des éclats de voix s'en échappaient.

– Ils allaient lui casser les jambes quand je suis intervenue.

À l'intérieur, Asha découvrit une rangée de lits de camp sur un sol de terre battue… et un Torwin torse nu qui tentait d'atteindre le ballot de vêtements que Callie cachait dans son dos.

– Le médecin a dit que tu avais besoin de repos, protestait-elle en désignant le lit.

– Donne-moi ma chemise, gronda Torwin.

Il avait les cheveux trempés de sueur et les yeux étrangement enfoncés dans leurs orbites.

– Au lit !

Il allait répliquer quand il remarqua leur arrivée. À sa vue, toute velléité de rébellion le quitta.

– Asha.

Torwin la toisa, cherchant des yeux des marques de blessures. Comme il n'en trouvait pas, il se tourna vers Callie.

– Je resterai si Asha reste avec moi.

Elle secoua la tête, incrédule. Abandonnant, elle passa derrière Asha et sortit de la tente, emportant ses vêtements avec elle.

Torwin adressa un sourire victorieux à la fille pleine de cicatrices qui se tenait à l'entrée. Asha se demanda s'il avait même remarqué le comportement de Callie en sa présence. S'il avait la moindre idée de ce qu'elle ressentait.

Repensant à l'avertissement de Dax, elle dit :

– Je suis juste venue m'assurer que tout allait bien.

Torwin s'approcha d'elle, un peu raide. Il était gravement blessé, surtout à la jambe.

– Je ne peux pas rester, dit-elle en reculant. Voilà ce qui arrive quand je suis près de toi.

Elle se força à faire volte-face, à se diriger vers la porte.

– Je te vois ce soir. Au…

– Ils m'ont donné un somnifère.

« Parce que tu as besoin de repos », pensa-t-elle tout en tendant la main vers le rabat de toile.

– Tu sais ce que ça fait d'être prisonnier de ses cauchemars toute la nuit ?

Asha faiblit.

– De toujours rêver de toi ?

Elle ne se retourna pas. Se contenta de fixer la porte de la tente, sachant que Safire l'attendait de l'autre côté.

– Toujours de toi, murmura-t-il.

Les mots s'enroulèrent autour de son cœur et le serrèrent.

Torwin lui prit le poignet, délicatement. Asha se laissa faire. Il la fit pivoter. L'attira contre lui. Voyant qu'elle ne résistait pas, il appuya son front contre son épaule, comme si elle – et elle seulement – était le baume capable de soigner sa blessure cachée.

– Encore et encore, je les vois qui te traquent.

Il frissonna.

– Et je ne peux jamais les arrêter.

Elle passa ses bras autour de son cou, et le tint fermement. Comme sa mère quand elle faisait des cauchemars.

– Je suis là, dit-elle en collant sa joue contre la sienne. Je suis saine et sauve.

Asha lui passa la main dans les cheveux pour le calmer. Mais soudain elle se figea, la peur au ventre.

Très lentement, elle retira sa main. Fit un pas en arrière, baissa les yeux.

Une épaisse touffe de cheveux gisait au creux de sa paume.

Le passé défila devant ses yeux. Asha se revit en train de caresser les cheveux de sa mère mourante. Se souvint des mèches sombres qui lui restaient entre les doigts.

Asha étouffa un sanglot.

Elle leva les yeux vers le visage creusé de Torwin.

– Non, souffla-t-elle.

Mais il la regardait sans comprendre.

La fureur et le désespoir la submergèrent.

– Tu as raconté des histoires des temps anciens ?

Il fronça les sourcils, encore plus perplexe.

– Quoi ?

– Les histoires ! insista-t-elle. Tu as raconté les histoires ?

Il secoua la tête.

– Je ne les connais pas assez bien.

– Alors ce doit être les dragons.

Elle se mit à faire les cent pas tout en réfléchissant à voix haute :

– Je vais demander à quelqu'un d'autre de former les cavaliers. Tu resteras au camp…

Il lui prit la main.

– Qu'est-ce que tu racontes ?

Asha le laissa prendre ses mains dans les siennes. Elle baissa les yeux vers leurs doigts entrelacés. Ceux de Torwin étaient constellés de taches de rousseur, les siens étaient durcis par les cicatrices. Il avait encore le bijou de sa mère.

« L'anneau. »

L'anneau que sa mère portait sur son lit de mort, sculpté et offert par le roi dragon. Le roi dragon fabriquait toujours des bijoux en os pour sa femme.

Il aurait dû être brûlé avec ses autres affaires, et pourtant son père l'avait gardé. Puis il l'avait donné à Dax.

Dax, qui avait à son tour développé tous les symptômes de leur mère…

… jusqu'à ce qu'il le confie à Asha.

Mais Asha ne l'avait porté qu'une journée avant de le donner en gage à Torwin. Et il le portait depuis.

Et maintenant, lui aussi présentait ces symptômes.

« Père a sculpté cet anneau dans l'os, pensa-t-elle. Comment… ? »

Une histoire lui revint à l'esprit. L'histoire d'une reine qui avait empoisonné ses invités avec de la cendre d'os de dragon. Les esclaves avaient trouvé les invités morts dans leur lit, vidés de toute substance, comme des coquilles vides.

L'horreur la saisit.

Asha prit Torwin par le poignet pour lui retirer l'anneau.

– Aïe ! Asha, tu es…

Elle tira de toutes ses forces et le lui ôta du doigt.

Elle avait passé huit ans à chasser des dragons. Elle savait comment les tuer. Comment les dépecer. Savait à quoi pouvaient servir toutes les parties de leur corps. Et elle savait surtout une chose : face à une brûlure de feu de dragon, la seule substance assez forte pour drainer le poison était la cendre d'os de dragon. Mais, utilisée seule, en petites quantités, elle était aussi mortelle que le feu de dragon et vidait lentement le corps de toute vie.

Fixant l'anneau dans sa paume, Asha comprit : le bijou que son père avait fabriqué pour sa mère était fait de cette même substance mortelle.

– Il l'a assassinée, réalisa-t-elle à voix haute. Puis il a essayé de tuer Dax.

Torwin la dévisagea comme si elle parlait une langue étrangère.

– Viens avec moi, dit-elle en lui prenant la main.

Torwin la suivit hors de la tente.

Asha alla trouver Dax et lui tendit l'anneau. Puis, en présence de Torwin, elle expliqua que ce n'étaient pas les histoires qui avaient tué leur mère. C'était l'anneau. Et peut-être d'autres bijoux. Tout ce que leur père avait sculpté pour sa femme, Asha était prête à parier qu'il s'agissait d'os de dragon toxique. Cela avait donné l'impression que les histoires l'avaient tuée, parce que les symptômes avaient débuté pile à ce moment-là. Grâce aux esclaves qui écoutaient aux portes, tout le monde savait que la reine dragon racontait les histoires des temps anciens à sa fille. Tout le monde savait qu'elle était en train de commettre un crime.

– Et quel meilleur moyen de prouver que les histoires étaient maudites qu'en faisant mourir la raconteuse ?

Dax la fixa, serrant les poings. Elle pouvait voir les pensées qui s'enchaînaient dans sa tête. Les pièces du puzzle qui se mettaient en place.

– Et si ça ne s'était pas arrêté là ? murmura-t-il, comme pour lui-même.

Asha fronça les sourcils.

– Que veux-tu dire ?

– Si les histoires n'ont jamais été mortelles, reprit-il, alors qu'est-ce qui a tué les raconteurs ?

« Ou plutôt, qui les a tués ? »

La question ébranla Asha.

Elle pensa à une tapisserie ornant la salle du trône. Un portrait de la femme qui était reine au moment de la Rupture. Une reine qui avait besoin de prouver que l'Ancien s'était retourné contre son peuple.

– Tu crois que notre grand-mère a empoisonné les raconteurs ?

Dax ne répondit rien. Ce n'était pas la peine.

Tout tournait autour d'elle.

Si les histoires n'étaient pas toxiques, si elles n'avaient jamais tué personne, alors elles n'étaient pas maudites. Ce qui voulait dire qu'Asha n'était pas maudite parce qu'elle les avait racontées.

Non seulement le roi dragon avait retourné sa fille contre Kozu, contre l'Ancien, contre elle-même… mais il avait tué sa mère. Puis il avait voulu tuer son frère.

Il avait essayé de dépouiller Asha de tout ce qu'elle aimait. Son nouvel objectif lui apparut alors avec une clarté éblouissante : elle allait lui rendre la pareille.

Chapitre 40

Asha avait invoqué douze dragons en cinq jours. Lorsque la caravane arriva de la Terre des Brousses, elle était épuisée. Elle aurait voulu dormir pendant un mois. Mais le mariage avait lieu le soir même et, le lendemain, ils partiraient en guerre.

Pas le temps de se reposer.

À la tombée du jour, Asha et Safire se dirigèrent vers le centre du camp, qu'on avait débarrassé des tentes pour la cérémonie. Asha portait une robe couleur de sang et de feu. C'était une robe simple, lacée dans le dos, qui lui arrivait aux genoux. Elle l'avait trouvée qui l'attendait dans leur tente. Elle demanda à Safire d'où elle venait.

– De Jas, je pense. Il est passé un peu plus tôt. Il a dit qu'il avait envie de danser avec toi.

– J'espère que tu lui as dit que je ne dansais pas, répondit Asha en regardant autour d'elle.

À la place de la bande de voyous sales et puants qui peuplait le camp le matin même se tenait une rangée polie et respectable de Terreux, de Skrals et de Draksors, attendant que la mariée pénètre dans le cercle d'union.

Les lanternes entouraient Dax, vêtu de la seule tenue qu'il

avait apportée. Des bancs de cèdre avaient été disposés tout autour. Les planches avaient été sciées et fixées le matin même et, en s'asseyant dessus, Asha sentit la douce odeur du bois.

Des bribes de conversations arrivèrent à ses oreilles.

– Comment pourrais-je refuser cette offre ? disait une Skral âgée aux cheveux courts et grisonnants.

Elle était assise à côté d'une jeune Draksor, dont elle partageait le pichet de bière.

– Mais tu as vécu à Firgaard toute ta vie. C'est ta maison.

– Vraiment ?

La vieille femme se pencha vers la jeune.

– Ou est-ce une cage dont je viens de me libérer ?

La Draksor lui passa la cruche.

– Alors, tu iras en Terre des Brousses quand tout sera fini ?

La Skral but une gorgée puis s'essuya la bouche d'un revers de main.

– Comme la plupart d'entre nous, je pense. Il y a des terres libres là-bas. Les Terreux disent qu'il suffit de les travailler pour qu'elles soient à nous. Alors que si nous restons à Firgaard, nous serons sans abri et nous mourrons de faim.

– Monseigneur Dax ne vous laisserait jamais dépérir !

– Monseigneur Dax aura bien autre chose à faire que de s'occuper de nous autres, les Skrals. Crois-moi, ma fille. J'ai déjà vécu trois soulèvements.

– Des soulèvements ratés, fit remarquer la Draksor.

La vieille Skral se contenta de hausser les épaules.

– Même si monseigneur Dax l'emporte demain, il pourra être vaincu le lendemain, le mois suivant ou l'année d'après. Il se fera beaucoup d'ennemis en s'emparant du trône de son père. Et ces ennemis voudront se venger sur quelqu'un. J'ai passé toute ma vie parmi vous. Je sais parfaitement qui prendra...

Elle tapota sa poitrine avec son index.

– Personne ne veillera sur nous. Nous ne pourrons compter que sur nous-mêmes.

Elle tendit le pichet à la fille qui secoua la tête.

– Si ça se trouve, ce sera pire là-bas.

– Je prends le risque, affirma la Skral en avalant une autre goulée de bière.

Le silence se fit soudain dans le camp. Roa sortit de sa tente. Asha la regarda fendre la foule, qui s'écartait sur son passage. Elle portait une robe en coton sans manches, avec un décolleté dégagé mais peu profond. Sa peau luisait à la lueur des lanternes et ses yeux étincelaient comme des lacs sombres.

Au moment où elle pénétra dans le cercle, quelque chose changea. Asha vit une femme qui était déjà reine. Roa, fille de la maison des Chants, était gracieuse, digne et... un peu sauvage.

– Ce qui est lié ici ce soir ne pourra jamais être défait! déclara Jas.

Comme il n'y avait pas de gardienne pour accomplir les rites, le frère de Roa s'était proposé.

– J'unis ces deux vies pour qu'elles n'en fassent qu'une! Seule la Mort pourra rompre ce lien!

Roa récita d'abord les vœux, d'une voix tranchante comme une lame :

– Que la Mort m'envoie ses pires épreuves! Le froid glacial pour geler l'amour dans mon cœur. Le feu pour réduire mes souvenirs en cendres. Le vent pour me forcer à franchir sa porte. Et le temps pour mettre à l'épreuve ma loyauté.

Elle soutenait le regard de Dax en prononçant les mots de Willa avec conviction.

– Je t'attendrai, Dax, à la porte de la Mort.

Asha frissonna. Dax répéta les vœux. Alors que la voix de Roa était posée, la sienne tremblait d'émotion.

– Que la Mort m'envoie ses pires épreuves ! Le froid glacial pour geler l'amour dans mon cœur. Le feu pour réduire mes souvenirs en cendres. Le vent pour me forcer à franchir sa porte. Et le temps pour mettre à l'épreuve ma loyauté.

Il prit sa main dans la sienne avec une douceur surprenante.

– Je t'attendrai, Roa, à la porte de la Mort.

Une fois leurs poignets liés, ils levèrent leurs mains jointes afin de les montrer à tout le camp. On les acclama, puis la foule en délire les porta en triomphe. Les Draksors soulevèrent Dax, les Terreux, Roa, et ils les conduisirent ainsi jusqu'à la tente de Dax.

Les regards des jeunes mariés se croisèrent. Asha vit son frère sourire un peu nerveusement. Et puis ils s'enfoncèrent dans la nuit, emportés par la foule.

Chapitre 41

Après la cérémonie, les musiciens jouèrent au milieu du cercle de lanternes ; Draksors et Terreux se mirent à danser tout autour. Asha resta assise sur son banc, à attendre Safire qui était partie chercher à manger. Séparé d'elle par le flot mouvant des danseurs, un certain joueur tapait du pied en rythme pendant que ses doigts égrenaient morceau après morceau sur les cordes. À sa gauche, un Terreux costaud au ventre rond et aux yeux pétillants frappait son tambour en chantant, tandis que, à sa droite, Callie jouait de la flûte tout en dansant. Soudain, quelqu'un se planta devant Asha, lui cachant les musiciens. Levant la tête, elle croisa des yeux doux ourlés de cils épais. Jas, dans toute sa beauté, lui sourit. Il sentait la cardamome et les agrumes.

– Je ne danse pas, le prévint Asha sans lui laisser le temps de poser la question.

– C'est ce qu'on m'a dit.

Il désigna la place libre sur le banc, à côté d'elle.

– Je peux m'asseoir ?

Elle ouvrit la bouche pour répondre qu'elle gardait la place pour Safire, mais il s'était déjà assis. Ils restèrent ainsi côte à côte un moment, fixant en silence les danseurs, marée floue de couleurs, de jambes, de bras et de visages. Asha regardait la robe de Callie virevolter tandis qu'elle tournoyait pieds nus dans la terre.

– D'après Dax, tu aimes les histoires des temps anciens, dit Jas en toisant une Terreuse dont les boucles brunes tombaient en cascade dans son dos.

Asha se tourna vers lui.

– Il a sans doute raison.

– Il a également dit que tu avais brûlé les seuls exemplaires de la ville.

Asha tressaillit à ce souvenir.

Voyant sa réaction, Jas poursuivit :

– Je voulais t'inviter officiellement à la maison des Chants.

Il jeta un regard affectueux à la danseuse aux boucles brunes ; Asha supposa qu'il s'agissait d'une amie.

– Beaucoup d'histoires ont été perdues, mais notre bibliothèque possède une belle collection de parchemins. Si tu venais, tu y aurais accès. Tu pourrais même les copier.

Asha ne se souvenait plus de la dernière fois qu'un étranger avait été aussi gentil avec elle. Cela la fit sourire. Légèrement. Jas sourit aussi. D'un sourire qui l'éclaira de l'intérieur.

– Quant aux histoires oubliées, dit-il, tu pourrais peut-être les retrouver.

Asha fronça les sourcils.

– Je ne saurais même pas où les chercher.

– Tu es une chasseuse, n'est-ce pas ? Alors, au lieu de chasser les dragons…

Il s'interrompit pour voir s'il l'avait offensée.

– … tu pourrais traquer les histoires perdues et nous les rapporter. Restaurer nos traditions. Réunifier notre royaume.

Mais les histoires n'avaient pas ce pouvoir ; seule la mort du roi pourrait sauver le royaume. Jas était tellement optimiste, néanmoins, qu'elle n'osa pas le contredire à haute voix.

– Et maintenant, je pense que tu devrais danser avec moi.

Asha le dévisagea, bouche bée. Elle jeta un coup d'œil à la jeune femme bouclée qui tournoyait avec deux autres filles, le visage tourné vers les étoiles.

– Pourquoi ne proposes-tu pas à ton amie plutôt ?

Jas suivit son regard.

– Qui ? Lirabel ?

Il se mordit les lèvres, comme si cette pensée lui faisait un peu peur.

– Elle est déjà bien entourée. Et c'est avec toi que je veux danser.

Il voulait à tout prix être son ami. À elle. Une fille qu'on lui avait pourtant appris à mépriser. Parce qu'il était un Terreux, et elle une Draksor. Asha en fut... étrangement flattée.

– Je ne sais pas danser, avoua-t-elle.

– Moi non plus, pas vraiment.

Asha réprima un sourire.

– D'accord. Une danse, alors. Mais si c'est un désastre, ce ne sera pas ma faute. Je t'aurai prévenu.

Sourire aux lèvres, il se leva et lui prit la main. Mais tandis qu'ils étaient emportés par le flot des danseurs, Asha sentit ses mains devenir moites. Elle se rappela pourquoi elle refusait toujours de danser : parce qu'elle se sentait maladroite et ridicule.

Elle regarda Callie, qui se balançait au rythme de sa flûte. Elle regarda l'amie de Jas, au sourire aussi étincelant que la lune. La danse était réservée aux autres. Pas aux voleuses de vie.

Jas la prit par la taille.

– Prête ? demanda-t-il au début du morceau suivant.

Asha n'était pas prête. En fait, elle commençait à paniquer. Mais même si elle avait réussi à articuler un mot, le tambour, le luth et la flûte auraient couvert sa voix.

Puis, juste au moment où Jas entrelaçait ses doigts avec les siens, quelque chose attira son attention. Torwin se tenait au bord de la piste de danse, là où elle était assise quelques instants plus tôt. Il portait une simple chemise blanche, au col ouvert, révélant la fine ligne de sa clavicule.

Son cœur s'emballa.

Asha jeta un coup d'œil aux musiciens. À côté de Callie, un Draksor dégingandé jouait du luth à la place de Torwin.

Elle se retourna vers lui. Il l'avait vue et la regardait danser au bras de Jas, bouche bée de surprise, et les yeux… tristes.

Avant qu'elle puisse comprendre pourquoi, il prit le sentier entre les tentes.

Chapitre 42

Asha n'attendit pas la fin du morceau. À la place, tenant toujours Jas par la main, elle arrêta de danser et l'entraîna à travers la foule.

– Qu'est-ce que tu… ?

Elle le tira jusqu'à son amie.

– Excusez-moi de vous interrompre, dit Asha comme les filles arrêtaient de danser pour se tourner vers elle.

Devinant ce qu'elle était sur le point de faire, Jas essaya de dégager sa main et de s'échapper, mais Asha tint bon.

– J'ai bien peur de devoir partir, mais je ne voulais pas abandonner mon cavalier. Alors je me demandais…

Asha fixa la fille que Jas semblait admirer. Lirabel.

– Je me demandais si vous voudriez danser avec lui ?

Surprise, Lirabel dévisagea Asha et Jas avec de grands yeux. Elle avait le visage en forme de cœur et des lèvres charnues. Intimidée, elle baissa la tête en disant :

– J'en serais honorée.

Et voilà. Asha sourit. Jas avait l'air terrifié. Mais quand Lirabel leva les yeux vers lui, il avala sa salive et s'approcha d'elle. Asha lui lâcha la main.

Puis elle tourna les talons et se fraya un chemin hors de la foule, dans la direction où Torwin avait disparu. Elle prit le sentier qui serpentait entre les tentes et, laissant derrière elle le bruit et le monde, elle l'aperçut enfin presque à la sortie du camp.

– Torwin ! Attends !

Au son de sa voix, il ralentit. Puis se retourna.

Asha le rattrapa en courant et s'arrêta juste devant une construction penchée qui sentait le fer. Il n'y avait pas de porte, juste une petite ouverture et, à la lueur des étoiles, elle distingua la forme d'une enclume dans la pénombre. On avait installé la forge tout au bout du camp. Ici régnaient le silence et l'obscurité. Les étoiles faisaient comme des taches de sable scintillant au-dessus de leurs têtes.

– Que fais-tu là ? demanda-t-il. Je croyais que tu étais en train de…

– Danser avec Jas ?

Torwin détourna la tête.

Était-il… jaloux ?

– C'est tellement rare que quelqu'un que je viens juste de rencontrer soit gentil avec moi au lieu d'avoir peur, dit-elle en caressant du plat de la main le tissu rouge de sa robe.

Il était un peu rêche, mais elle ne s'était jamais vraiment sentie à l'aise dans ses caftans en belle soie végétale, si bien que ça ne la dérangeait pas.

– Il m'a offert ça.

– Ah oui ?

Torwin eut un sourire sombre. Forcé.

– Eh bien, Jas a très bon goût. Tu es particulièrement en beauté ce soir.

Il jeta un regard par-dessus son épaule.

– Il doit se demander où tu es. Tu devrais…

– Non. Toi, tu devrais me dire ce qui ne va pas.

Torwin demeura silencieux, contemplant le ciel nocturne au-dessus des tentes. Asha étudia sa silhouette. Il avait déjà récupéré des effets nocifs de l'os de dragon. Il était mince, grand et fort. Mais pas fort comme Jarek. La force de Torwin était mentale. Asha n'avait pas oublié ce qu'il lui avait dit dans la tente de rassemblement quelques jours plus tôt. Il comptait rester jusqu'au mariage. Et maintenant, le mariage était passé.

– J'ai entendu une rumeur, ce soir.

Elle fit un pas vers lui.

– Il paraît que les Skrals envisagent de quitter Firgaard, c'est vrai ?

Il évita de croiser son regard, se contentant de hocher la tête.

– Les Skrals soutiennent ton frère, mais la plupart ont l'intention de partir après l'invasion.

Torwin soupira, passant ses longs doigts dans ses cheveux.

– Quand ce sera fini, si ton frère réussit à monter sur le trône… les Terreux ont proposé de nous faire traverser le désert.

« Nous ». Le cœur d'Asha se serra à ce mot.

« Mais pas toi, pensa-t-elle en le regardant. Tu as prévu de partir encore plus loin. »

– Quant à ceux qui resteront…

Il haussa les épaules.

– Nul ne sait quel sort les attend.

– Dax a promis de libérer tous les esclaves.

Il acquiesça.

– Donc où est le problème ? insista-t-elle.

– C'est plus facile à dire qu'à faire, Asha.

– Tu ne penses tout de même pas qu'il reviendrait sur sa parole.

– Quand nous serons tous libres, qui vous habillera et préparera vos repas ? Construira vos temples et travaillera dans vos vergers ? Votre mode de vie va voler en éclats et, en plein bouleversement, nous serions censés trouver notre place parmi vous ? Être traités comme vos égaux ?

– Oui, répliqua-t-elle avec colère.

Mais sa colère était-elle dirigée contre ses doutes à lui, ou les siens, elle n'en était pas sûre.

Il secoua la tête.

– Dans la grande majorité, les Draksors n'ont pas très envie de perdre leurs esclaves. Et puis, où vivrons-nous maintenant que nous sommes libres ? Qui va nous employer ?

Il tapa du pied.

– Les choses vont empirer avant de s'améliorer. Les Draksors seront furieux et les Skrals feront des cibles faciles. Ce sera dangereux pour nous de rester en ville.

– Donc, tu pars, conclut-elle.

Elle aurait voulu ne pas montrer à quel point elle était contrariée.

Torwin la regarda à peine.

– Quand ? demanda-t-elle.

La question la brûlait depuis des jours.

– Ce soir ? Demain ?

Il déglutit.

– Quand l'armée prendra la direction de Firgaard demain matin, je partirai pour Darmoor. Mes affaires sont déjà prêtes.

Quelque chose se brisa en elle.

– Très bien. Vas-y.

Elle cracha ces mots comme s'ils étaient amers. Comme si elle détestait leur goût. Elle ne pouvait pas soutenir son regard alors qu'elle repensait à ce qu'il lui avait dit. À ce qu'il désirait le plus ardemment : la liberté.

Elle contempla les centaines de tentes dispersées à travers la vallée.

– Tu seras plus en sécurité loin d'ici.

Loin d'*elle*.

Torwin se tut. Au bout d'un moment, il se rapprocha.

– En sécurité ? Est-ce que… ?

Il plongea les yeux dans les siens.

Elle voyait presque les rouages tourner dans son esprit.

– Tu essaies de me protéger, Asha ?

Consciente que ses yeux risquaient de la trahir, elle fixa sa clavicule, remarquant comme elle saillait un peu, avant de plonger élégamment vers sa gorge.

Pour s'empêcher de la toucher, elle enfonça ses ongles dans ses paumes.

– Asha. Regarde-moi.

Comme elle ne bougeait pas, il se pencha vers elle. Ses doigts effleurèrent sa peau marquée, suivirent la ligne de son front, à ras des cheveux, frôlèrent sa joue et son cou.

Asha leva la tête. La lueur qui illuminait son regard lui coupa le souffle. C'était comme plonger les yeux au cœur d'une étoile brillante et brûlante.

– Tu sais ce que ça fait de te voir danser avec quelqu'un, sachant que je ne pourrai jamais être à sa place ? murmura-t-il.

Sa main retomba.

– Tu sais ce que ça fait de savoir que tu n'imagines même pas que le cadeau qui t'attend dans ta tente… pourrait venir de moi ?

Asha baissa les yeux sur son vêtement parfaitement ajusté.

– La robe ?

Il acquiesça.

– Je savais que tu n'avais rien à te mettre. Et Callie me devait une faveur. Je lui ai demandé de la faire pour toi.

– Pourquoi tu ne me l'as pas dit ?

Soudain, des pas se firent entendre sur le sentier. Ils s'écartèrent vivement l'un de l'autre.

Torwin se retourna pour faire face à l'intrus. Asha recula.

Le musicien qui avait remplacé Torwin se tenait devant eux, tout dégingandé et boutonneux, quinze ans à peine. Le luth à la main, il regarda tour à tour la fille du roi dragon et le Skral.

– Je... je suis venu vous dire...

Il resta bouche bée devant la cicatrice d'Asha.

– ... qu'il faut que tu reviennes.

Il tendit le luth à Torwin.

– Ils disent que je joue faux.

« Sais-tu ce que ça fait... ? »

Asha savait. Torwin prit l'instrument.

– Dis-leur que j'arrive.

Le garçon hocha la tête, puis repartit comme il était venu.

– Il faut que j'y aille, dit Torwin, avant...

– C'est comme quand je te vois avec Callie, lui confia-t-elle, sachant qu'elle, elle ne te met pas en danger par sa simple présence.

Torwin se retourna pour la dévisager.

– Quoi ?

– Tu m'as demandé si je savais ce que ça faisait.

Asha en avait assez. Elle ne voulait plus se soucier de tout ça. Le mariage et la guerre ; le fait qu'il était un Skral et elle une Draksor. Elle tendit le bras et suivit du doigt les cicatrices sur sa clavicule. Torwin retint son souffle tandis que son index s'attardait au creux de sa gorge, s'arrêtant là où son pouls battait un rythme effréné.

– Asha...

Elle avait envie de l'emmener loin d'ici. Elle avait envie de l'entendre répéter son nom.

– Asha...

Ses doigts suivirent la courbe de sa gorge, remontant lentement le long de sa mâchoire et de ses pommettes.

Il lâcha son luth et s'approcha plus près. Si près qu'elle sentait presque le goût salé de sa peau.

Il lui passa la main dans les cheveux, lui pencha la tête en arrière. Et, les yeux dans les yeux, il l'embrassa. Doucement, d'abord. Puis plus fort. Comme s'il avait faim et que seule Asha pouvait le rassasier.

Elle l'attrapa par le col de sa chemise et lui rendit son baiser, un baiser encore plus affamé et maladroit que le sien. Torwin la prit par la taille, l'attira contre lui.

La forge se trouvait juste derrière elle. Torwin la guida à l'intérieur, jusqu'à ce qu'elle soit adossée au mur chaud. Elle passa la main sur son torse, ses épaules. Il enfouit ses doigts dans ses cheveux, l'embrassant au creux du cou.

Asha laissa échapper un petit cri. Elle aurait voulu s'agripper à lui, enrouler ses jambes autour de ses hanches, mais il lui prit les poignets pour l'arrêter, alors que des pas se faisaient à nouveau entendre dans l'obscurité.

Asha se figea. Torwin appuya son front contre le sien, tendant l'oreille.

– Torwin ?

C'était encore le jeune musicien.

Torwin serra les dents.

D'autres bruits de pas montèrent du sentier.

– Je te jure qu'il était là...

Une seconde voix marmonna une réponse.

Torwin se pencha vers Asha, front contre front, la maintenant plaquée contre le mur gorgé de chaleur.

Relâchant ses poignets, il effleura lentement sa lèvre inférieure de son pouce. Quand les pas se rapprochaient, son pouce s'immobilisait. Quand ils s'éloignaient, il reprenait ses caresses. Asha se pencha pour l'embrasser, mais il ne la laissa pas faire, préférant poursuivre son doux supplice. Son pouce frôla sa gorge. Il s'attarda sur sa clavicule et son épaule.

Asha ferma les yeux, pencha la tête en arrière pour qu'il continue à explorer.

Une éternité s'écoula avant que les pas ne s'éloignent à nouveau. Quand ils se furent définitivement tus, Asha soupira.

Torwin l'embrassa dans le cou.

– Quand j'aurai fini de jouer... Asha, puis-je venir dans ta tente ?

– Ma tente ?

Cette pensée la terrifia.

– On va te voir.

Sans compter qu'elle la partageait avec Safire.

– Mais non.

C'était trop risqué. Cela lui faisait courir un véritable danger.

« Je suis censée garder mes distances. Pour sa sécurité. »

– S'il te plaît, supplia-t-il. Je serai prudent.

Elle repensa à toutes les fois où elle l'avait mis en danger.

Il appuya son front contre le sien. Il prit son menton en coupe.

– Et si tu venais me voir, à la place ?

Asha ferma les yeux.

Elle imagina sa tente sur la plage. Se faufiler là-bas au milieu de la nuit. S'allonger à côté de lui à la belle étoile.

Et au matin, elle partirait en guerre. Une guerre qu'ils risquaient de ne pas gagner.

Et il partirait de son côté. Pour de bon.

Ce serait leur dernière nuit ensemble.

« Dis non. »

Il n'y avait pas d'avenir pour eux ici.

Elle ne pourrait jamais être avec ce garçon. Il fallait qu'elle étouffe ce sentiment naissant. Qu'elle le tue à la racine. Il partait et elle restait, et même si tout avait été différent…

Elle pensa aux parents de Safire – un Draksor et une Skral. Sa mère brûlée vive sous les yeux de son père.

L'idée que Torwin puisse connaître le même sort la dévastait… mais cela eut l'effet inverse. Elle ne répondit pas non. À la place, elle se hissa sur la pointe des pieds et l'embrassa.

Torwin lui sourit. Un sourire rare, de toute sa bouche et pas seulement la moitié.

– C'est un oui ? murmura-t-il en s'écartant d'elle.

Elle hocha la tête.

Il sortit de la forge à reculons sans la quitter des yeux, comme s'il essayait de graver son image dans sa mémoire pour l'emporter.

– Alors, à ce soir, féroce chasseuse.

Chapitre 43

Asha demeura étendue dans sa tente longtemps après que la musique et les voix se furent tues. Longtemps après que New Haven eut retrouvé son calme. Son corps en feu lui criait de se lever et d'y aller. Maintenant que tout le monde dormait. Maintenant que personne ne risquait de la voir.

Mais elle voulait être sûre. Alors Asha attendit plus longtemps.

Elle attendit trop longtemps.

Un cri rompit le silence du camp. Suivi de deux autres. Des cris d'alerte, paniqués et sauvages. Plusieurs battements de cœur plus tard, d'autres cris résonnèrent tandis qu'un vacarme métallique d'armes s'entrechoquant retentissait comme le premier coup de tonnerre d'un orage.

Asha et Safire sortirent en même temps de leurs sacs de couchage. Safire lui tendit un couteau. Ensemble, elles quittèrent la tente pour se mêler au chaos.

Partout s'affichait le blason de son père, ornant les boucliers des soldats qui fondaient sur New Haven.

Safire lança ses couteaux. Asha hurla les histoires des temps anciens en direction du ciel pour faire venir tous les dragons qu'elle avait invoqués au cours des cinq derniers jours.

La plupart d'entre eux étaient déjà en route, les liens qu'ils avaient tissés avec leurs cavaliers les avaient avertis que quelque chose clochait. À la vue des silhouettes sombres tournoyant au-dessus de leurs têtes, les soldats reculèrent.

Les Haveners, réveillés en sursaut, s'armaient, de plus en plus nombreux. Roa menait les combats. Sa lame en demi-lune tailladait et tranchait tandis que son faucon blanc, Essie, narguait l'ennemi par ses plongeons en piqué et ses cris perçants. À chaque avancée, Roa donnait ses ordres et, un battement de cœur plus tard, des flèches enflammées jaillissaient dans son dos pour prendre l'ennemi par surprise.

Au moment où Asha arriva, les soldats battaient en retraite entre les arbres, poursuivis par Safire, Jas et des centaines de Haveners.

Asha chercha s'il y avait des blessés autour d'elle, mais ils étaient rares. Comme Dax s'accroupissait auprès d'un homme avec une plaie sanglante à la jambe, elle se baissa pour le soutenir par l'autre bras et, ensemble, ils le ramenèrent à sa tente, où un ami découpa son pantalon pour examiner la blessure.

Asha entendit Safire crier qu'elle organisait une battue dans les bois.

– C'était quoi, ça ?

– Je ne sais pas.

Dax s'arrêta en voyant Jas venir à leur rencontre. Il rengaina ses couteaux.

– Il sait tout, maintenant, soupira Jas. Nos effectifs. Notre emplacement. Peut-être même les armes dont nous disposons.

Il désigna les silhouettes sombres perchées sur les rochers au-dessus d'eux.

– Sans compter les dragons.

Dax fronça les sourcils.

– Convoque une assemblée. Avant toute décision, il faut évaluer les dégâts.

Jas acquiesça.

Avant de partir, Asha lui prit le bras.

– Tu as vu Torwin ?

Il secoua la tête.

– Il s'est établi loin du camp, dit-il avant de partir faire ce que son frère lui avait demandé.

– Il est plus en sécurité que quiconque.

– Je vais lui faire porter un message par Essie, décida Dax en voyant son air inquiet. Va à la tente de rassemblement. Je ne serai pas long.

Lorsque la cloche sonna, les Haveners se dirigèrent vers la grande tente. Asha était l'une des premières. L'un après l'autre, ils s'engouffraient à l'intérieur. Safire et Jas. La forgeronne. Une Terreuse avec cinq boucles en or dans une oreille. Dax et Roa furent les avant-derniers à arriver.

Le seul qui manquait était Torwin.

Dès que Dax pénétra dans la tente, les questions fusèrent en tous sens, comme les chants d'oiseaux au lever du soleil. Tandis que son frère les traitait une à une, Asha fixait le seuil de la tente, guettant l'arrivée de Torwin. Il lui fallait plus de temps que les autres. Il devait non seulement recevoir le message, mais aussi longer la forêt et descendre au camp.

« Voilà pourquoi il n'est pas encore là. »

– Nous devrions attaquer rapidement, déclara Safire. Le roi dragon ne s'attend pas à une réplique immédiate, il s'imagine sûrement que nous allons hésiter sur la conduite à tenir. On devrait prendre ses soldats en chasse et attaquer *maintenant*.

Soudain, le rabat de toile se souleva et le cœur d'Asha s'emballa – mais c'était seulement Essie qui revenait pour aller se percher sur l'épaule de Roa. Elle lui pinça l'oreille.

– Elle l'a trouvé ? s'inquiéta-t-elle.

Roa détacha le message de Dax de la patte du faucon.

– On dirait bien que non.

L'oiseau alla se poser sur l'épaule de Dax et se mit à pousser des cris perçants, le coupant alors qu'il répondait à Safire. Roa se leva pour rappeler Essie et la faire sortir de la tente.

Asha aurait dû aller chercher Torwin elle-même.

– On a toujours l'avantage du tunnel, dit Dax. Il faut juste qu'on soit plus prudents.

Les rabats de toile bruissèrent à nouveau et furent écartés de chaque côté. Mais ce n'était que Jas, flanqué de deux soldats terreux dont l'un tenait un rouleau de parchemin fermé d'un sceau de cire.

– Pour l'Iskari.

Tous les regards se tournèrent vers Asha, qui se leva. Elle prit le parchemin, brisa le sceau – qu'elle avait tout de suite reconnu : c'était celui du commandant. Les doigts tremblants, elle le déroula et lut :

– « Si tu veux le revoir vivant, rends-toi ce soir. »

C'était signé : « Ton époux bien-aimé ».

Le parchemin tomba à ses pieds, dans la poussière.

– Asha ?

Comme elle s'apprêtait à quitter la tente, Dax l'arrêta et la força à le regarder dans les yeux.

– Qu'est-ce qui se passe ?

– Lâche-moi.

Safire ramassa le message et le lut.

– Il a pris Torwin en otage…

Ces mots lui donnèrent le vertige. Asha, plus que tout autre, savait ce que cela signifiait.

Elle repoussa son frère et partit en courant. Jas tenta de la rattraper, mais elle était plus rapide. Elle courut hors du camp et s'enfonça dans les bois. Elle avait Safire sur les talons, elle aurait reconnu le rythme régulier de ses pas entre tous. Mais Asha courait plus vite, tout en invoquant Kozu.

Elle savait se repérer dans la forêt, maintenant. Le temps qu'elle ressorte de l'autre côté, le Premier Dragon l'attendait, scintillant sous les étoiles. Elle se hissa sur son dos.

Safire déboucha des bois juste à ce moment-là.

– Asha !

Elle s'arrêta.

– Je t'en prie. N'y va pas seule.

Asha jeta un regard par-dessus son épaule. Elle vit le visage de sa cousine tendu vers elle, luisant dans la nuit, les traits déformés par l'angoisse.

Un bruissement dans les arbres leur fit tourner la tête. Asha tendit la main et aida sa cousine à monter derrière elle.

– Tiens-toi bien.

Les bras de Safire se refermèrent autour de sa taille juste au moment où Kozu prenait son envol.

Chapitre 44

Dès que le lac apparut à l'horizon, miroitant sous la pâle lumière de la lune, Asha vit le rocher brûlé. Il y avait eu un incendie. La tente de Torwin était en lambeaux.

Mais ce n'était pas le pire.

Kozu se posa et Asha se laissa tomber sur le rocher, Safire l'imita, et toutes deux aperçurent un monticule dans l'obscurité.

– Shadow ? fit Asha tout doucement.

La forme sombre ne bougea pas.

Safire resta en arrière tandis qu'Asha s'approchait. Elle mit les pieds dans une flaque de sang. Il faisait scintiller la roche tout autour d'elle, coulant d'une plaie profonde. Le dragon couleur terre rouge était roulé en boule. Les yeux clos.

– Shadow ?

La voix d'Asha avait un timbre métallique à ses propres oreilles.

Les yeux pâles s'entrouvrirent lentement, à demi.

Asha laissa échapper un souffle tremblant.

– Oh, Shadow…

Elle tomba à genoux et prit son museau dans ses mains. Ses paupières se refermèrent.

– Non, dit-elle.

Elle avait besoin de voir si la blessure était profonde. Où elle se trouvait. Alors elle pourrait le soigner.

– Allez, viens. Lève-toi.

Les yeux pâles s'ouvrirent, mais le dragon ne leva pas la tête, il se contenta de la regarder. Comme s'il était trop fatigué. Comme si toute espièglerie l'avait quitté. Ce regard... il lui rappelait Torwin, qui s'éloignait, essayant de fixer son image dans sa mémoire avant de partir.

– Lève-toi !

Sa voix tremblait. Ses mains tremblaient.

Elle se mit debout et tourna autour de lui. Sa poitrine se soulevait et retombait lentement. À peine.

– Asha..., fit Safire, tout doucement, derrière elle.

Ignorant sa cousine, Asha se pencha et haussa le ton :

– Lève-toi, Shadow.

Cette fois, il essaya. Il redressa la tête et, plusieurs battements de cœur plus tard, il poussa sur ses pattes avant, mais ses griffes dérapèrent dans son propre sang et il s'affala avec un affreux bruit sourd.

Asha avait eu le temps de voir la plaie dans sa poitrine. Si profonde. Juste au niveau du cœur, qui ralentissait à chaque battement.

Les yeux d'Asha s'emplirent de larmes. Elle le sentait qui luttait, qui se débattait – parce qu'elle le voulait. Parce qu'il l'aimait et que c'était la dernière chose qu'il pourrait faire pour elle.

– Bien, Shadow, murmura Asha en posant la main sur son cœur.

Il battait si faiblement maintenant. Comme un écho mourant à travers la Faille.

– C'est très bien, Shadow. Tu peux te rallonger maintenant. Couche-toi…

Le dragon s'effondra. Asha se laissa tomber à genoux. Le sang noir imbiba sa robe. Safire vint s'asseoir à côté d'elle.

Pendant que son étincelle intérieure s'éteignait petit à petit, Asha prit le museau chaud de Shadow sur ses genoux. Comme il fermait les yeux, elle lui raconta une dernière histoire. L'histoire d'une fille qui chassait les dragons pour calmer la souffrance en son cœur. L'histoire du dragon qui l'avait changée.

Lorsqu'elle eut fini, plus aucun souffle ne soulevait sa poitrine. Plus aucune lueur ne brillait dans ses yeux pâles. Shadow avait cessé de respirer. Il était parti.

– Oh, Asha, murmura Safire.

Alors qu'elle hoquetait de rage et de chagrin, Safire la prit dans ses bras pour la bercer pendant qu'elle pleurait.

Kozu sortit alors de l'ombre. Il poussa le jeune dragon avec son museau. Une fois, deux fois. Comme Shadow ne réagissait pas, un cri déchira la nuit, se joignant aux sanglots d'Asha. Un gémissement sourd mais puissant. Le chant funèbre des dragons.

Chapitre 45

– Je vais le tuer.

Safire tira Asha de la mare de sang et la conduisit au bord du lac pour laver ses jambes.

– Je vais l'éventrer à mains nues et jeter ses tripes aux dragons.

Sa robe était fichue. Trempée de sang. Quand Safire eut fini de la nettoyer, Asha retourna auprès de Kozu. Elle allait regagner la ville ce soir même pour arracher le cœur de Jarek.

– Asha…

Sa cousine la prit par les épaules et la secoua.

– Non.

Elle se débattit.

– Lâche-moi !

Mais Safire tint bon.

– Il faut que tu te calmes.

Safire avait toujours été la plus forte.

– Il faut que tu sois plus maligne qu'eux au lieu de te jeter droit dans la gueule du loup.

Deux dragons volaient au-dessus de leurs têtes. Asha arrêta de se débattre pour les observer. Kozu également. Lorsqu'ils se posèrent, le Premier Dragon se fondit dans la nuit.

Il s'agissait de deux jeunes, qui faisaient la moitié de sa taille. Celui de gauche avait les écailles marron et les cornes noires. Celui de droite était gris charbon avec des cornes pâles, dont une était cassée. Leurs ailes se replièrent comme des feuilles fanées et ils attendirent que leurs cavaliers descendent.

– Si je n'y vais pas ce soir, Jarek le tuera.

Quatre cavaliers mirent pied à terre. Deux d'entre eux restèrent avec les dragons tandis que les deux autres – Jas et Dax – rejoignaient Asha et Safire.

– Jarek a besoin de Torwin vivant pour t'attirer, raisonna Safire, posant son front contre celui de sa cousine. Il s'attend à ce que tu débarques, en furie, prête à tout. Ne lui donne pas ce qu'il veut.

À la lueur de la lanterne de Jas, Dax semblait avoir pris dix ans en une seule nuit. Il était du même avis que Safire.

– Dès que tu auras mis les pieds en ville, il n'aura plus aucune raison de garder Torwin en vie. En restant à distance, tu gagnes du temps.

Asha secoua la tête tandis que le sifflement de la shaxa résonnait encore à ses oreilles. Elle pensa à la seule divinité à laquelle Torwin croyait.

La Mort miséricordieuse.

– Il est des sorts pires que la mort, murmura-t-elle.

Safire relâcha son étreinte. Asha se tourna alors vers le corps de Shadow.

Si Torwin était parti pour Darmoor quand il en avait l'intention, il aurait été sur un bateau en ce moment même, filant vers le large. Il aurait été en sécurité.

Pour éviter d'être submergée par l'émotion, Asha serra les poings.

– Si seulement j'avais été là !

– Si tu avais été là, Jarek aurait égorgé Torwin sous tes yeux et il t'aurait prise en otage à la place, répondit Dax d'une voix lasse. Ils étaient plus nombreux. Tu n'aurais rien pu faire.

– Non. *Toi*, tu n'aurais rien pu faire. *Moi*, je suis l'Iskari.

Elle jeta un regard noir à son frère, le défiant de la contredire. Il n'essaya même pas.

Au lieu de cela, il la prit par les épaules.

– On va le délivrer. Je vais trouver un plan, Asha. Ne tente rien d'insensé. Promets-le-moi.

Asha ne pouvait pas le lui promettre. Elle savait que Dax avait raison : Jarek l'attendait. Il lui avait tendu un piège. Mais si elle n'y allait pas...

Asha chercha Kozu des yeux dans l'obscurité. Elle sentait sa présence dans son esprit, son impatience face à l'ennemi. S'il ne voulait pas venir à elle, elle irait à lui. Asha voulut contourner son frère, mais il se dressa en travers de son chemin.

– Pousse-toi.

– Si je me pousse, tu iras à Firgaard et tu mettras tout le monde en danger, répliqua Dax. Je suis désolé, mais je ne peux pas te laisser faire ça.

Le lendemain matin, tout New Haven avait levé le camp. Ils ne pouvaient pas rester maintenant que le commandant connaissait leur emplacement exact. Aussi avaient-ils replié les tentes et préparé les dragons. Asha aurait dû mener les dragons et leurs cavaliers dans la Faille, là où débouchait son tunnel secret. Mais Dax lui avait interdit de décoller – au cas où elle déciderait de se rendre droit au palais.

Asha avait donc choisi la meilleure cavalière pour mener l'escadron.

Une fois au fond de la Faille, Dax réunit tout le monde sous une tente de fortune afin d'exposer le plan. Il entrerait seul dans la ville pour faire diversion. Tandis qu'il pénétrerait par la porte nord, Jas, Safire et une poignée d'autres se faufileraient dans le tunnel. Pendant que Dax négocierait avec le roi dragon, Jas et Saf maintiendraient la porte ouverte assez longtemps pour faire entrer l'armée postée juste derrière l'enceinte. Jas les préviendrait en envoyant Essie. Asha ne devait pas mettre les pieds en ville car personne ne l'estimait capable de s'en tenir au plan.

Une fois qu'il ne resta plus que lui, Safire et Asha dans la tente, Dax reprit :

– Je sais que ça paraît injuste...

Sa sœur était par terre, adossée contre un des poteaux de la tente, le menton sur les genoux. Safire s'assit à côté d'elle, aiguisant ses couteaux. Dax se laissa tomber entre elles.

– ... mais j'aimerais que tu attendes ici avec l'armée jusqu'à ce que la ville soit sécurisée.

Sans le regarder, Asha répondit :

– Tu veux dire jusqu'à ce que tu aies tué le roi.

Un lourd silence se fit.

Quand elle releva la tête, des larmes brillaient dans les yeux de son frère.

– Je dois le faire, Asha.

Safire arrêta un instant d'aiguiser ses lames.

– Non, objecta Asha. Toi, tu dois rester en vie pour devenir un meilleur roi que lui.

Dax secoua la tête.

– Tant qu'il sera en vie, on ne me considérera pas comme le roi.

– Pense à Roa, alors. Tu laisserais une Terreuse seule sur le trône ? Firgaard n'en fera qu'une bouchée.

– Crois-moi, répliqua-t-il, les dents serrées, Roa saura se débrouiller.

– Et moi, alors ? Tu t'es demandé ce que je veux ? le questionna Safire. Et ce qu'Asha veut ?

Dax s'essuya les yeux d'un revers de manche.

– Je veux que tu restes en vie, affirma Safire avec un peu de colère.

– Et moi, je veux que tu règnes, compléta Asha.

Il s'écarta d'elle. Sa sœur le laissa se lever. S'éloigner.

– C'est ce que font les bons chefs, dit-il, sans oser les regarder dans les yeux.

Il avait bien l'air d'un héros dans sa tenue de Terreux toute sale avec ses joues zébrées de larmes.

– Ils se sacrifient pour leur peuple.

Asha repensa au jour où elle avait brûlé les parchemins, quand Dax lui avait dit que l'Ancien ne les avait pas abandonnés. Qu'il attendait le bon moment. La bonne personne.

« Il attend que le prochain Namsara sauve le monde. »

Ce jour-là, Asha avait pris son frère pour un imbécile. Maintenant qu'elle le regardait quitter la tente, elle avait complètement changé d'avis.

« Là. Le voilà, notre Namsara. »

Safire demeura assise, à aiguiser ses couteaux en attendant le signal.

– Tu dois l'arrêter, dit Asha au moment où Dax s'éclipsait.

Sans lever les yeux, Safire répondit :

– C'est bien mon intention.

Asha appuya sa tête contre le poteau en bois, écoutant le sifflement strident de l'acier sur la pierre à aiguiser. Safire s'arrêta soudainement, posant le couteau tranchant sur ses genoux.

– Quoi qu'il arrive, je veux que tu saches que je t'aime.

Asha regarda sa cousine dans les yeux.

– Quoi ?

– Car même si j'aimerais beaucoup t'avoir à mes côtés là-bas…

Elle désigna du menton l'entrée de la tente, en direction de la ville.

– … je n'ose même pas imaginer ce que Jarek pourrait te faire si tout ça tournait mal.

Asha regarda sa cousine, horrifiée.

– Qu'est-ce qu'il pourrait me faire ? Pense à ce qu'il t'a déjà fait, Saf.

Sa cousine leva le couteau pour examiner le tranchant de la lame.

– Il suffit d'un coup bien placé.

Ça ne plaisait pas du tout à Asha. Elle détourna les yeux, furieuse. Elles auraient dû y aller ensemble. Mais comme autour d'elles la tente s'assombrissait et que le départ de Safire approchait, Asha laissa tomber sa tête contre l'épaule de sa cousine. Elles restèrent assises en silence pendant longtemps, imaginant toutes les deux ce qui se passerait si ça tournait mal. Elles étaient encore ainsi lorsque des pas crissèrent sur la terre dure et sèche.

– Safire ?

Jas entra dans la tente.

– C'est l'heure.

Juste avant de se lever, Safire se pencha vers Asha.

– Tu n'as pas intérêt à jouer les héroïnes.

Asha regarda sa cousine se lever et glisser le couteau aiguisé dans sa ceinture.

– Toi non plus, répliqua-t-elle comme Safire passait devant Jas, qui lui tenait le rabat de toile ouvert.

Il se tourna vers Asha, le poing solennellement posé sur le cœur, puis laissa retomber le rabat.

Asha récupéra la pierre à aiguiser de sa cousine et tira la hache passée à sa ceinture. Elle l'avait prise à l'arrivée de la cargaison au camp. Le manche en bois d'acacia sans fioritures était usé et lisse.

Lentement, doucement, Asha commença à affûter la lame.

Chapitre 46

Asha n'aurait su dire combien de temps s'était écoulé. Seulement que la nuit était tombée peu de temps après le départ de Safire et de Jas, et qu'il faisait encore noir.

Trop noir.

Et trop silencieux.

Des pas crissèrent sur les aiguilles de pin qui jonchaient le sol à l'extérieur de la tente. Asha se leva et passa la hache dans sa ceinture.

« Ça y est. Ils ont pris la porte. »

La tente s'ouvrit dans un bruissement de tissu. Roa se tenait sur le seuil, seule, une torche à la main. Le rabat de toile retomba derrière elle.

– Il y a quelque chose qui cloche.

Son regard noir se posa sur Asha.

– Essie est revenue, mais la porte est toujours fermée.

– Quoi ?

– Je pense qu'ils ont été capturés.

La panique s'empara d'Asha. Toutes les personnes qu'elle aimait étaient entre ces murs. Ils ne pouvaient pas avoir été capturés. Parce que cela signifiait que tous ceux qu'elle aimait étaient aux mains de deux personnes qui n'hésiteraient pas à leur faire du mal, pour l'atteindre, elle.

– Peut-être qu'il y a trop de gardes devant la porte, hasarda Asha, regrettant de ne plus être adossée au poteau de la tente.

Regrettant de ne pas avoir quelque chose pour la soutenir.

– Peut-être qu'ils se regroupent.

– Ils ont eu toute la nuit pour revenir et rassembler plus de soldats. C'est presque l'aube.

Roa ouvrit la tente et se tourna vers elle.

– On y va.

Elles ne pouvaient pas s'y rendre à dos de dragon – pas alors que le commandant avait tant d'otages à sa disposition. Roa craignait que la vue des dragons ne pousse Jarek à les éliminer, en commençant par le moins important. Asha ne voulait même pas imaginer qui serait le moins important à ses yeux.

– Le tunnel, alors ?

Roa acquiesça, ses yeux étincelant à la lumière des torches. Un désir familier s'enroula comme une volute de fumée au creux du ventre d'Asha. Elle avait envie de chasser. Pas un dragon, cependant. Plus jamais elle ne chasserait de dragons.

Ce soir, elle avait envie de chasser son propre mari.

Roa siffla et tendit le flambeau. Deux silhouettes sortirent de la nuit. Asha reconnut les deux jeunes femmes de la soirée du mariage.

– Voici Lirabel et Saba, annonça Roa en posant la main sur l'épaule de l'amie de Jas, puis de l'autre fille.

Les boucles noires de Lirabel étaient rassemblées en une épaisse natte tandis que Saba avait deux tresses de chaque côté de la tête.

À en juger par les carquois passés à leur ceinture et les arcs en bandoulière sur leurs épaules, c'étaient des archères.

Trois Terreuses, même armées, contre une troupe entière de soldats, le combat semblait inégal. Mais Asha se garda cependant de le dire par peur que Roa ne change d'avis et ne la laisse sous la tente. Prenant la torche, elle les conduisit dans le tunnel.

Le faucon blanc de Roa les suivit à tire-d'aile.

La flamme orange dispersait les ténèbres tandis qu'elles s'enfonçaient plus profondément dans la roche. Arrivée au bout du tunnel, Lirabel posa la main sur l'épaule d'Asha pour l'arrêter. Tirant une flèche de son carquois, elle l'approcha de la flamme. La pointe était enveloppée d'un chiffon qui sentait l'alcool. Lirabel alluma la flèche qui brilla d'une lueur intense. Lorsqu'elle la tira à travers la crypte, elle éclaira une zone beaucoup plus grande que le flambeau, leur permettant de vérifier qu'il n'y avait personne en embuscade dans l'obscurité. Décidant que la voie était libre, Lirabel entra la première. Asha la suivit et les guida dans la grotte jusqu'à l'escalier voûté qui menait au temple. Au fur et à mesure, Lirabel tirait ses flèches enflammées pour s'assurer qu'aucun ennemi ne les guettait.

Elles auraient dû croiser quelqu'un au niveau de la porte d'entrée. Une gardienne. Un soldat. Mais le temple était désert, plongé dans le silence.

Asha en avait les poils hérissés. Roa posa les deux mains sur l'un des battants de la porte, prête à l'ouvrir, quand Asha marcha sur quelque chose.

– Attends, souffla-t-elle, levant son pied pour s'accroupir.

Sa torche éclaira un couteau au manche d'ivoire et de nacre.

Le couteau de Safire. Celui qu'elle avait passé un temps infini à aiguiser sous la tente.

Asha le ramassa. Le manche était froid.

Sa cousine ne laissait jamais tomber son arme – pas par accident, pas même au combat. Ce qui signifiait qu'elle l'avait laissé là exprès.

Asha suivit la direction que le couteau pointait : l'entrée du temple. Roa avait encore les deux mains sur le battant de bois, prête à pousser. Elle croisa le regard d'Asha, qui secoua la tête. En se levant, elle fit signe aux trois Terreuses de la suivre – quoi que Safire ait voulu leur signifier, elle préférait s'éloigner le plus possible de la porte.

Elle les conduisit à la fenêtre qui s'ouvrait face au grenadier. La rue en contrebas était aussi déserte que le temple. Aucune torche ne brillait dans les étroites ruelles aux alentours. La seule lumière venait des étoiles.

Où étaient donc passés les soldats ?

– Tu sais comment rejoindre la porte nord d'ici ?

Roa se tapota le front.

– La carte de ton frère est gravée là-dedans.

Asha secoua la tête.

– Ne prenez pas les artères principales.

Elle s'accroupit, tenant sa torche au ras du sol afin de tracer une carte sommaire dans la terre.

– Ça prendra plus longtemps par ce chemin, mais il y a davantage de croisements.

Roa s'accroupit à ses côtés, observant le dessin en silence.

– Comme ça, vous aurez plus de possibilités pour prendre la fuite, au cas où. Et personne ne s'attendra à ce que vous passiez par là.

Roa mémorisa le plan.

Asha lui tendit la torche.

– Vous en aurez besoin pour allumer les flèches.

Inclinant subrepticement la tête, Roa déclara :

– Que l'Ancien guide tes pas.

Asha enjamba la fenêtre et sauta dans les branches du grenadier. Elle jeta un regard par-dessus son épaule.

– Roa ?

La fille à la fenêtre la dévisagea.

– Ne brise pas le cœur de mon frère.

Roa lui adressa un petit sourire.

– C'est une menace, Iskari ?

Elle posa son poing sur son cœur pour la saluer.

Asha se laissa tomber dans la ruelle en contrebas. Drapée dans la nuit comme dans une cape, elle fila seule jusqu'au palais, Kozu toujours présent à son esprit. Kozu qui s'impatientait. Faisait les cent pas. Se demandait où elle était.

Chapitre 47

Sans le pas cadencé des soldats, les bruits et les odeurs du marché nocturne, la ville paraissait morte. Pas d'ânes pour braire. Pas de mendiants pour tendre la main. Pas de vendeurs d'eau pour aller et venir en criant. Autour d'Asha régnait le plus profond silence. L'écho de ses propres bottes sur le sol et les toits résonnait si fort à ses oreilles qu'elle les ôta pour continuer pieds nus.

Elle avait l'impression de foncer droit dans un piège.

Ça lui était déjà arrivé. Elle traquait un très vieux dragon quand, au bout de deux jours, elle s'était aperçue qu'elle tournait en rond. Et, le troisième jour, elle avait compris que c'était le dragon qui la faisait tourner ainsi. En réalité, c'était lui qui la traquait, caché dans l'ombre, hors de sa vue.

Asha avait cependant réussi à le vaincre en faisant comme si de rien n'était. Elle avait joué le jeu, elle avait foncé dans le piège et, quand le dragon avait fini par la coincer, alors seulement elle avait révélé qu'elle n'était pas si naïve… et qu'elle avait des griffes acérées.

Le piège qu'on lui tendait maintenant n'était pas si différent de celui du dragon. Il n'y avait qu'une seule chose à faire : foncer droit dedans.

Descendant du toit pour s'introduire dans l'une des galeries du palais, Asha s'arrêta sur le rebord de la fenêtre en berceau afin de sonder la pénombre. Elle allait sauter à terre lorsque des éclats de voix l'arrêtèrent.

Elle entendit d'abord celle de son frère, puis celle de son père. Elle descendit sans bruit, pieds nus sur le sol de marbre, et suivit leurs voix jusqu'à la plus grande cour intérieure du palais.

– Pas question, affirmait Dax.

– Alors je les tuerai un par un. En commençant par celui-là.

Asha passa sous une arcade. Des torches murales éclairaient la cour. Leur lueur se réfléchissait sur la lame noire aux contours familiers que le roi dragon avait à la main. L'une de ses épées sacrées. La dernière fois qu'elle les avait vues, c'était quand elle avait défendu Kozu dans la clairière.

Son père plaqua la lame contre une gorge.

La gorge de Torwin.

– Arrêtez !

Le roi dragon se tourna vers l'arcade.

– Ah, te voilà.

Il avait l'air étrangement soulagé. Comme si, malgré tout, la vue de son Iskari le rassurait.

Dax se retourna également. Il avait les mains attachées dans le dos et les deux soldats qui le flanquaient lui avaient pris ses armes.

– Asha ! Je t'avais dit de ne pas…

– Roa t'embrasse, dit-elle en lui lançant un regard plein de sous-entendus, espérant qu'il comprendrait le sens caché : « Tais-toi. Roa arrive. »

Mais où étaient Safire et Jas ? Asha scruta la cour.

Déserte.

Ses yeux se posèrent sur Torwin. Il n'avait pas l'air à bout. Il n'avait même pas l'air d'avoir peur quand il croisa son regard de l'autre bout de la cour. Comme s'il était résigné. Comme s'il savait ce qui l'attendait et qu'il était prêt à affronter son sort sans faillir.

La cour ne lui avait jamais semblé aussi vaste et infranchissable.

– Je crois bien que j'ai en ma possession quelque chose auquel tu tiens, ma chérie.

– Ah oui, et quoi donc ? demanda-t-elle d'une voix qu'elle voulait posée tout en s'approchant de son père, guidée par son instinct de chasseuse.

« Vas-y lentement. Pas de mouvements brusques. »

Sentant ce qu'elle mijotait, son père fit glisser la lame sur la gorge de son otage. Le sang perla. Torwin se raidit.

Asha stoppa net, levant les bras en signe de reddition.

– Non, pitié. Je n'approcherai pas davantage.

Son père relâcha la pression de la lame en souriant. S'il avait eu des doutes, il n'en avait plus. Il possédait en effet quelque chose auquel elle tenait.

Le cœur battant à un rythme effréné, Asha regardait le col de la chemise de Torwin se teinter de sang. La chemise qu'il portait lorsqu'elle l'avait embrassé.

Rien ne se passait comme prévu.

« Réfléchis, Asha. »

Au plus profond d'elle-même, une ombre s'agitait.

Inquiète. Impatiente.

« Non », pensa-t-elle.

Son père savait qu'ils avaient des dragons. Il s'y était sûrement préparé.

Asha ne pouvait pas laisser Kozu la rejoindre. Ils le tueraient.

Alors, elle fit la seule chose qui lui vint à l'esprit. Plaçant tous ses espoirs en Roa, elle chercha à gagner du temps.

– Vous avez essayé de tuer Dax avec l'anneau en os de dragon. Vous avez tenté d'assassiner votre propre fils.

Son regard allait de son père à son frère.

– Pourquoi ?

Leur père eut un sourire cruel.

– Tu as deviné, alors ? Tu as toujours été la plus intelligente. Ma chérie, nous savons très bien, toi et moi, que ton frère ne pourra jamais être roi. J'ai toujours pensé que l'affection qu'il avait développée pour nos ennemis menaçait le trône. Et regarde : ce soir, il vient de me donner raison.

Il fixa Dax, les yeux plissés.

– J'espérais que l'anneau allait le tuer pendant qu'il était là-bas. Ç'aurait été l'occasion idéale pour déclarer la guerre aux Terreux... et les soumettre, enfin.

– Vous auriez tué votre héritier... pour avoir une bonne raison de déclencher une guerre ? s'étonna Dax, qui avait compris ce qu'Asha essayait de faire.

– Un héritier mort, c'est plus utile qu'un héritier traître.

La colère submergea Asha.

– Et il en va de même pour les épouses ?

L'espace d'un demi-battement de cœur, une émotion étrange passa sur le visage de son père. Surprise, peut-être ? Ou remords ? En tout cas, il se reprit aussitôt et resserra sa prise sur la poignée de l'arme de sa fille.

– Ta mère avait enfreint la loi, Asha. Elle défiait mon autorité. J'ai dû en faire un exemple.

– C'était ma mère !

– Elle te corrompait.

Asha brûlait de saisir sa hache.

Le roi dragon jeta un regard derrière elle.

– Ah…, fit une voix qui lui glaça les sangs. Je vois que vous avez trouvé ma femme.

En se retournant, Asha vit Jarek sous l'arcade. Il était vêtu d'un très élégant caftan bleu nuit. Mais le tissu avait beau scintiller au clair de lune, le regard affamé du commandant en faisait une vision terrifiante.

Dans son dos s'éleva le vacarme des soldats en marche, au pas rythmé par le tintement métallique des armes, de plus en plus fort, de plus en plus près. Soudain des soldats surgirent de la nuit, s'engouffrèrent sous les arcades et envahirent la cour.

Une lueur orangée attira le regard d'Asha. Levant la tête, elle vit des centaines de soldats postés sur les toits agiter des torches enflammées.

– Il est temps de remplir ta part du marché, ma chérie. Il est trop tard pour annuler votre mariage, évidemment. Mais j'accepte de laisser la vie sauve à l'esclave de Jarek si tu invoques le Premier Dragon et que tu lui règles son compte.

Alors que son père prononçait ces mots, Asha sentit encore la présence sombre au fond de son esprit. Kozu savait exactement où elle se trouvait et quel danger la menaçait. Il l'avait su dès qu'elle avait mis un pied au palais.

Et il arrivait.

« Non », supplia Asha, en pensant aux soldats perchés sur le toit avec leurs arcs et leurs flèches.

Un archer isolé n'avait aucune chance contre un dragon. Mais des dizaines ? Les esclaves chasseurs d'Asha l'avaient souvent aidée à tuer des dragons en les bombardant de flèches.

– Alors, que choisis-tu ?

Son père appuya un peu plus fort la lame contre la gorge de Torwin, le forçant à lever le menton.

– Le dragon ou l'esclave ?

Asha ne quittait pas Torwin des yeux.

– Il arrive, murmura-t-elle, furieuse que, malgré tout, son père ait toujours le pouvoir de lui faire faire ce qu'il voulait.

Le roi dragon plissa les yeux, soupçonneux.

– Ne t'imagine pas que tu peux jouer à la plus maligne avec moi, Asha.

– Il sait où je suis. Il l'a su dès que je suis entrée dans la cour.

Elle toisa le roi des pieds à la tête.

– Parce que je suis sa cavalière.

Le visage de son père s'assombrit.

L'acier noir de son épée sacrée étincela tandis que le roi s'avançait vers Jarek. Autour d'eux, les archers se mettaient en position. Les hallebardes et les lances scintillaient, prêtes à frapper.

– Si tu veux cet esclave vivant, attaque Kozu dès qu'il arrivera, ordonna le roi dragon. Sinon, je l'égorgerai sous tes yeux.

Mais Asha ne l'écoutait pas, c'était un menteur. Même si elle lui obéissait, Torwin mourrait. Une fois que son père aurait ce qu'il voulait, il n'aurait plus aucune raison de le garder en vie. Et si elle choisissait Kozu et laissait Torwin mourir, les soldats tueraient le dragon avant qu'il puisse s'échapper.

Elle allait les perdre tous les deux.

– Que la Mort m'envoie ses pires épreuves ! murmura Torwin, la tirant de ses pensées.

Asha se tourna vers lui. Il gardait les yeux rivés sur elle, comme si elle était son seul point de repère stable dans un monde qui échappait à tout contrôle.

– Le froid glacial pour geler l'amour dans mon cœur.

– Silence, siffla le roi.

– Le feu pour réduire mes souvenirs en cendres…

Le roi dragon pressa la lame plus fort, pour faire taire Torwin. Mais s'il appuyait trop fort, il le tuerait. Et il ne pouvait pas le tuer, pas avant l'arrivée de Kozu.

– Le vent pour me forcer à franchir sa porte.

C'étaient les vœux de Willa. Les vœux d'union. Mais pas seulement…

« La Mort est une libération », lui avait-il dit une fois.

– Et le temps pour mettre à l'épreuve ma loyauté.

– Non !

Asha s'approcha de lui.

– Arrière ! menaça son père.

Elle se figea. Son regard croisa celui de Torwin.

– Ne fais pas ça !

Les yeux de Torwin ne la quittaient pas. Des yeux tristes aux reflets d'acier.

– Je t'attendrai, Asha, à la porte de la Mort.

Elle pensa à la Mort appelant le nom de Willa.

Elle serra les poings.

– La Mort n'est pas ton dieu.

Une ombre passa au-dessus d'eux, éteignant soudainement les étoiles.

Les soldats s'agitèrent, mal à l'aise, tandis que son père levait les yeux vers le ciel. Ils entendirent un bruissement léger, comme un enchaînement de soupirs, et Asha sentit un courant d'air familier sur son visage.

Une gerbe de flammes jaillit dans le ciel, incendiant la moitié des archers de son père. Ils jetèrent leurs armes en hurlant, avant de basculer dans le vide.

Kozu se posa à côté de sa cavalière, ébranlant le sol. Ses écailles noires scintillaient à la lueur des torches. Son œil jaune se fixa sur le roi dragon tandis qu'il s'interposait pour protéger Asha.

– Maintenant ! ordonna Jarek.

Une pluie de flèches s'abattit sur le dragon.

– Non ! cria Asha.

Kozu gronda tandis que les flèches se plantaient dans sa chair et lui lacéraient les ailes.

– Attaque ! gronda le roi.

Le Premier Dragon sifflait, furieux, sans savoir sur qui répliquer en premier. La plus grande menace venait-elle des archers ou du roi ?

– Attaque-le, maintenant !

Le regard d'Asha allait et venait entre Torwin et Kozu. Elle était pétrifiée.

Nouvelle pluie de flèches. Kozu poussa un rugissement de rage et de douleur. Le sang dégoulinait de ses ailes et coulait le long de ses flancs.

Le Premier Dragon se décida. Il se jeta sur le roi, laissant Asha sans protection.

Du coin de l'œil, elle vit Jarek tirer son sabre. Elle le sentit foncer sur elle.

Paniqué, le roi dragon pivota et se servit de l'esclave comme d'un bouclier contre le monstre cracheur de feu.

Asha fixait le dos de son père. En un battement de cœur, le passé, le présent et le futur s'entrelacèrent comme dans une tapisserie.

Sa mère dans son lit, froide comme la glace.

Son frère, incapable d'obtenir la loyauté de son peuple.

Le garçon qu'elle aimait franchissant la porte de la Mort. Seul.

Ce roi devait mourir.

Ses doigts se refermèrent sur le manche de sa hache. Elle la tira de sa ceinture et la brandit. Elle savait parfaitement quel châtiment on réservait aux régicides. Elle savait qu'au moment où sa hache quitterait sa main, sa vie serait fichue.

Pourtant, elle la lança.

– Non ! hurla Dax.

L'arme fondit sur le roi dragon en sifflant dans les airs avant de s'enfoncer aisément dans la chair et les os. Un silence assourdissant s'ensuivit.

Jarek s'immobilisa à quelques pas d'Asha. Il laissa retomber son sabre étincelant pour contempler son roi.

Le sang rouge foncé traversa la robe dorée du roi dragon. L'épée sacrée d'Asha heurta le sol avec fracas tandis que, titubant, il lâchait le Skral pour se tourner vers sa fille. La pointe de la hache ressortait de sa poitrine, elle avait traversé son cœur.

Son père effleura son blason, maculé de son propre sang. Il déglutit encore et encore, mais la tache ne cessait de s'étendre.

– Asha… ?

Sa voix résonna dans la cour intérieure, mais pas aussi fort que dans la poitrine d'Asha où elle se logea pour hanter son cœur à jamais.

Le roi dragon s'écroula à ses pieds, recroquevillé sur lui-même dans une mare de sang. Comme tous les autres dragons qu'Asha avait tués. Ses yeux aveugles demeuraient fixés sur elle.

Elle soutint leur regard, incapable de se détourner.

Les ténèbres l'envahirent. Torwin la prit contre lui pour lui cacher le corps de son père, la serrant fort tandis qu'elle tremblait, agrippée à sa chemise.

– Lâche-la, Skral ! aboya Jarek.

Torwin la serra plus fort.

C'est alors que résonna le cri perçant d'un faucon.

Torwin relâcha son étreinte tandis qu'une volée de flèches fusait dans les airs. Chacune atteignit son but, se plantant dans la poitrine des archers postés sur les toits.

À ce moment, l'armée des Terreux fit irruption dans la cour, épaulée par des Draksors et des Skrals armés jusqu'aux dents. Roa était à leur tête. Son épée courbe à double tranchant luisait déjà de sang tandis qu'elle scrutait la foule. Safire se tenait à ses côtés, les yeux étincelants.

Un mot de Roa et son faucon rejoignit Dax à tire-d'aile.

– Tuez-les ! ordonna Jarek à ses hommes. Tuez-les tous !

Mais il n'avait pas assez de soldats et le roi dragon était mort. Au tir de flèches suivant, elles étaient deux fois moins nombreuses.

Asha se tourna vers Kozu qui, hérissé de flèches, saignait beaucoup. Le Premier Dragon posa sur elle son unique œil jaune, très calme, et s'enroula autour d'elle tandis qu'elle les ôtait en pensant à Shadow. À tout le sang qui coulait de sa plaie.

Kozu n'était pas aussi gravement blessé. Il allait survivre.

Torwin s'empara de l'arme d'un archer mort et attrapa quelques flèches au vol. Il les tira aussitôt, abattant un à un les archers restants. Un fracas métallique de fer contre fer retentit lorsque les soldats chargèrent. Asha reconnut le bruit affreux des corps qui encaissent les coups.

Dax était à côté de Roa. Ils combattaient dos à dos avec Essie qui tournoyait au-dessus d'eux pour les protéger.

On entendit une multitude de battements d'ailes se rapprocher. Un instant plus tard, les toits s'enflammèrent sous les jets de feu des dragons qui assombrissaient le ciel comme des nuages d'orage. Les archers encore vivants n'étaient plus à leurs postes. Les dragons se posèrent sur les toits, générant un violent courant d'air qui balaya la cour. Quand il n'y eut plus de place sur les toits, les autres restèrent à tournoyer au-dessus du palais.

Un silence de mort régnait dans la cour. Dépassés, encerclés, les soldats du roi commencèrent à déposer les armes pour se rendre.

Tous sauf Jarek, qui fixait Dax, les deux mains sur son sabre. Dax s'approcha d'un pas victorieux.

– Tu es fini.

Jarek cracha à ses pieds.

– Si je meurs, je mourrai en défendant le vrai roi.

– Qu'il en soit ainsi, répliqua une voix.

Un couteau siffla dans les airs, suivi de deux autres. Jaillissant des mains de Safire, ils se plantèrent dans la poitrine de Jarek. Il laissa tomber son sabre avec fracas sur le sol de marbre. Il tendit la main vers son poignard pour essayer de le dégainer, mais les soldats terreux se ruèrent sur lui et le plaquèrent au sol pour lui mettre les fers aux poignets et aux chevilles.

Safire se dressa au-dessus de lui, respirant fort, son dernier couteau dans la main.

– J'aurais dû faire ça depuis longtemps, dit-elle.

Et elle lui planta son couteau dans le cœur.

Chapitre 48

On brûla le corps du roi dragon sur un bûcher. Asha n'assista pas à la cérémonie, tout enchaînée qu'elle était aux murs humides d'un cachot.

Mais après coup, Safire lui raconta comment les flammes avaient consumé son corps. Comment la fumée avait rendu l'air irrespirable. Comment tout Firgaard était venu pleurer le roi tandis que Kozu observait la scène, perché en haut d'un mur.

Safire allait voir Asha dans sa cellule aussi souvent que possible, mais quand Dax la promut commandante, elle dut pratiquement interrompre ses visites. Ça ne plaisait guère que Dax monte sur le trône. Et encore moins qu'il ait une épouse terreuse. Aussi, lorsque Dax présenta sa commandante de sang skral, des émeutes éclatèrent. Les Draksors s'en prirent aux Skrals qui fuirent la ville par centaines. Et quand il n'y eut plus aucun Skral pour servir de bouc émissaire, les Draksors s'entre-tuèrent.

Dax, Safire et Roa durent lutter pour garder le contrôle de la ville, et Asha tomba dans l'oubli. Elle apprit à se situer dans le temps en fonction des relèves des gardes. Elle glanait des bribes d'informations en tendant l'oreille. Elle apprit ainsi que les soldats qui refusaient d'obéir aux ordres de leur nouvelle commandante étaient démis de leurs fonctions, ce qui divisa les effectifs de l'armée par deux. Et que sans le travail des esclaves, les gens peinaient à subsister.

Plus important encore, elle découvrit que son exécution devait avoir lieu trois jours plus tard.

La veille, avant qu'Asha soit envoyée au billot, Dax fut couronné roi.

En principe, quand un nouveau souverain montait sur le trône, il ou elle paradait dans les rues au son des trompettes et des roulements de tambour, tandis que les citoyens de Firgaard jetaient des pétales de rose en entonnant des chants de célébration. Le couronnement de Dax se déroula tout autrement. Ce fut une cérémonie bien plus simple, dans la plus petite des cours du palais, près de l'oliveraie. La pluie se mit à tomber dans l'après-midi et, le soir, le palais sentait le plâtre humide.

Ce fut la seule fois où Asha fut autorisée à sortir de sa cellule. Escortée par deux gardes, de lourdes chaînes aux chevilles, elle put assister à la cérémonie à l'écart, depuis une terrasse, loin de la foule qui, en la voyant, se mit à murmurer :

– Voleuse de vie.

– Porteuse de mort.

– Iskari.

Leurs regards accusateurs lui donnèrent envie de retourner dans sa cellule, à l'abri derrière la porte fermée à double tour. Elle avait beau les avoir sauvés d'un monstre, ils la craignaient toujours. Elle n'avait jamais eu la moindre chance de se racheter. Aux yeux du peuple, elle serait toujours l'Iskari.

Eh bien, ils n'auraient plus bien longtemps à supporter sa vue. Bientôt, Asha serait morte.

Torwin n'était pas là, constata-t-elle en se cramponnant à la balustrade. Elle ignorait s'il était mort ou vivant, s'il était en ville ou parti depuis longtemps pour la Terre des Brousses.

Durant les dernières semaines, chaque fois que ses gardes mentionnaient une nouvelle attaque des Skrals, Asha avait senti sa poitrine se serrer et ses mains agrippaient ses chaînes. Elle n'avait pas revu Torwin depuis la nuit où son frère l'avait menée au cachot et que, les joues trempées de larmes, il avait emprisonné sa propre sœur.

Elle eut beau scruter la cour encore et encore, il n'y avait aucun signe de Torwin.

Au-dessus du brouhaha des conversations, au-delà des murs, les trilles des oiseaux annonçaient la tombée de la nuit.

Asha se pencha par-dessus la balustrade, prenant appui sur le marbre dur et froid tandis qu'elle balayait du regard la cour éclairée de lanternes, toujours à la recherche de Torwin. Mais tout ce qu'elle vit au milieu des kumquats en pots et des haies d'hibiscus, c'étaient des Terreux en tenues bariolées et des Skrals sans collier, qui se mêlaient paisiblement aux Draksors. Une vision du futur. De ce que Firgaard pourrait devenir.

Dax se tenait sur une terrasse carrelée de blanc. À côté de lui, Roa étincelait dans un caftan bleu et or resserré à la taille, qui ondoyait comme de l'eau même lorsqu'elle restait immobile. Elle avait coincé une fleur écarlate derrière son oreille. Une fleur à sept pétales. Elle semblait faite pour ce destin de reine, éclipsant même Dax, vêtu lui aussi de bleu et d'or, avec le médaillon de leur père autour du cou.

Le nouveau roi paraissait fatigué et même un peu triste, mais sa posture droite, son torse bombé indiquaient clairement que ses émotions ne le détourneraient pas de la tâche à accomplir.

Lorsqu'il aperçut Asha, son sourire s'évanouit. Elle vit tout son chagrin tandis qu'ils restaient ainsi, les yeux dans les yeux. Il porta le poing à son cœur – le salut solennel des Terreux. Asha l'imita.

Le silence se fit dans la cour tandis que le peuple suivait le regard de son roi. Un frisson parcourut Asha lorsque les yeux de tous les Terreux, Skrals et Draksors présents se fixèrent sur elle. Dans leurs caftans immaculés et leurs tuniques de soie, ils contemplaient les chaînes et les vêtements en lambeaux d'Asha.

Elle n'était pas à sa place ici. Et ça ne changerait jamais.

Asha entachait par sa simple existence la royauté toute neuve de son frère.

Une ombre tomba sur elle. En se retournant, elle vit son plus vieux garde derrière elle. Il avait les sourcils perpétuellement froncés et une barbe grise en broussaille.

– Il est temps, Iskari.

Asha acquiesça, se laissant prendre par le bras.

Comme les autres gardes se déployaient devant et derrière elle, il la conduisit à l'escalier et dans la cour en contrebas.

Des murmures bruissèrent lorsque les gardes passèrent sous les arcades, cachant leur prisonnière à la vue des badauds attroupés. Asha se concentra sur l'arcade principale, sa voûte bordée de mosaïque jaune et rouge.

À mi-chemin, ses gardes s'arrêtèrent, la forçant à s'immobiliser également. Entre les deux soldats qui étaient devant elle, elle aperçut deux pieds chaussés de ballerines, remonta le long d'un caftan scintillant bleu et or jusqu'au visage de la reine dragon.

Roa se tenait juste devant eux, les empêchant de sortir de la cour.

Les gardes inclinèrent la tête.

– Écartez-vous, ordonna Roa.

Les deux soldats qui se tenaient entre elle et la prisonnière échangèrent un regard.

– Votre Majesté… elle est dangereuse.

Roa haussa élégamment le sourcil.

– Dois-je me répéter ?

Les deux gardes hésitaient à mettre la patience de leur nouvelle reine à l'épreuve. Finalement, ils secouèrent la tête et s'écartèrent.

– Toi aussi, fit Roa en désignant le garde à la barbe grisonnante.

Ce dernier lâcha docilement le bras de sa prisonnière et se poussa. Un battement de cœur plus tard, Asha était seule face à Roa.

Alors que tous les regards étaient fixés sur elles, la reine dragon s'inclina devant la criminelle.

– Kozu tournoie au-dessus de la ville toutes les nuits à ta recherche. Sa Namsara lui manque.

Murmures et cris étouffés montèrent de la cour tandis que les poils d'Asha se hérissaient sur ses bras.

Elle ? *Namsara* ? La *porteuse* de vie ?

Impossible.

Asha avait passé sa vie à tuer. Elle était haïe et redoutée. Elle était l'Iskari. Tout l'opposé de ce que pensait Roa.

– Tu te trompes, dit Asha en baissant les yeux vers la reine à ses pieds. Mon frère…

– Ton frère dit que tu connais les histoires des temps anciens mieux qu'aucun d'entre nous.

Roa se releva.

– Ce qui signifie que tu sais qui l'Ancien envoie pour désigner son Namsara.

Asha ouvrit la bouche. Les histoires fourmillaient dans sa tête. Elle fouilla dans ses souvenirs.

L'Ancien avait envoyé Kozu à Nishran. Et à Elorma. Tout comme il avait envoyé Kozu à… Asha, il y avait si longtemps.

Elle avait toujours pensé que c'était sa corruption qui avait attiré Kozu lorsqu'elle était enfant. Tout comme cette corruption lui permettait de raconter les histoires sans être empoissonnée.

Sauf que les histoires n'étaient pas corrompues. Et Asha non plus.

Selon les histoires, Kozu désignait le Namsara. Or, Asha était sa cavalière. Leur lien privilégié en était la preuve.

Mais même si tout cela était vrai, Asha avait passé sa vie à chasser les dragons et à tenter d'éradiquer les traditions des temps anciens. Elle n'était pas une Namsara.

Roa avança encore d'un pas vers elle. Le silence se fit dans la cour.

– Il y a d'autres signes, non ?

Asha pensa à Nishran. L'Ancien lui avait donné le pouvoir de voir dans le noir pour qu'il puisse trouver le camp ennemi. Tout comme il avait donné sa hika à Elorma – et cette fille avait sauvé la ville d'un roi félon.

Tout comme l'Ancien avait fait don à Asha de cadeaux pour lui permettre d'accomplir les tâches qu'il lui avait confiées : des armes, un dragon, la résistance au feu.

Persuadée qu'il fallait éliminer les histoires, qu'il fallait pourchasser Kozu, elle n'avait pas fait le lien. Il y avait si longtemps, lorsqu'elle avait pénétré dans la grotte la plus profonde après qu'on eut brûlé le corps de sa mère…

– L'Ancien m'avait choisie, moi ? chuchota-t-elle, plongeant les yeux dans ceux de Roa.

Mais… si elle avait été la Namsara, Elorma le lui aurait dit.

Sauf que… n'était-ce pas ce qu'il essayait de lui faire comprendre depuis le début ?

« Je suis la Namsara. »

Elle n'osait pas y croire.

Les yeux brillants, Roa prit la fleur couleur de feu à son oreille. Les sept pétales rouge sang s'enroulaient sur eux-mêmes tandis que l'étamine jaune disséminait son pollen, saupoudrant les pétales de poussière orangée. C'était la fleur représentée sur les carreaux de l'infirmerie. La fleur gravée sur la porte de la petite chambre du temple.

Une fleur si rare que c'en était presque une légende.

Roa s'approcha pour la coincer derrière l'oreille d'Asha en murmurant :

– Selon les histoires des temps anciens, Namsara est l'aiguille qui recoud le monde.

Asha était trop stupéfaite pour répondre.

– Et notre monde en lambeaux a bien besoin d'être recousu.

Puis, Roa s'en fut avec un petit signe de tête aux gardes. Ils reprirent leurs postes, séparant Asha de sa reine. Toujours sous les yeux de la cour entière, Roa rejoignit son mari. Dax semblait encore plus choqué que tous les autres.

Le silence le plus total régnait sur le passage d'Asha. Une fois les gardes remis de leur stupéfaction, ils la prirent par le bras pour la faire avancer au milieu de la cour scandalisée. Ils passèrent sous les arcades et la conduisirent dans le dédale de couloirs jusqu'à sa cellule.

Cependant, leurs pas étaient moins assurés, désormais.

Chapitre 49

Cette nuit-là, Asha ne put trouver le sommeil. Assise dans le noir, sur le sol humide et froid de sa cellule, elle entendait les mots de Roa tourner en boucle dans sa tête. Mais même si Roa avait raison, qu'est-ce que ça changeait ? Elle devait néanmoins se plier à la loi : Asha avait tué un roi et, pour cela, elle devait être condamnée à mort.

Elle était peut-être la Namsara, mais elle serait bientôt une Namsara morte.

L'aube approchait. Et avec elle la longue marche solitaire vers le billot.

Comment Moria avait-elle fait pour se rendre si bravement jusqu'à la mort ?

Tremblante, Asha se recroquevilla sur elle-même et ferma les yeux. Elle pensa à la Faille, espérant que cela la calmerait. Elle pensa aux pinsons qui pépiaient et au vent qui sifflait dans les pins. Elle pensa aux étoiles, comme des mots sur un parchemin déroulé à travers le ciel, et au soleil qui brillait férocement.

Elle pensa à ceux qu'elle aimait le plus.

« Safire. »

Les larmes lui montèrent aux yeux.

« Et Dax. »

Sa vue se brouilla.

« Et... »

Des pas résonnèrent dans le couloir, la tirant de ses pensées. Asha tendit l'oreille. Quelqu'un lui apportait le petit déjeuner.

Son dernier repas.

Une éternité s'écoula avant que le garde agite ses clés et en glisse une dans la serrure. Une éternité avant qu'elle ne tourne en cliquetant et que la lourde porte en fer s'ouvre pour laisser la lueur orange de la torche éclairer sa cellule. Dans le rectangle de lumière se tenait un domestique des cuisines, enveloppé dans un manteau de laine. Son visage était complètement enfoui sous son capuchon, le cachant au regard mortel de l'Iskari. Son plateau d'argent sous cloche étincelait à la lumière des flambeaux.

Le garde ôta la clé de la serrure.

– Elle est tout à toi.

Il avait à peine prononcé ces mots que le serviteur lui assena un grand coup de plateau sur la tête. L'écho métallique résonna dans la petite cellule. Les clés tombèrent un battement de cœur avant le garde.

Cependant, rien ne s'échappa du plateau. À part un flot de tissu.

Voyant son collègue à terre, le second garde tira son sabre. Il le pointa vers le serviteur, qui para l'attaque avec le couvercle en argent, lui donna un coup de pied à l'aine, puis l'assomma avec le plateau.

L'homme s'écroula comme une pierre. Une fois les deux gardes hors d'état de nuire, le domestique se pencha pour récupérer les clés et pénétra dans la cellule.

Asha recula contre le mur froid et humide, ses poignets et chevilles toujours enchaînés, le cœur battant à tout rompre.

– Qui êtes-vous ?

En trois pas, il la rejoignit et s'accroupit devant elle. Il posa alors son pouce sur la bosse de son poignet. Ses doigts étaient calleux mais délicats. Une douce chaleur envahit Asha. Elle connaissait ces doigts. Et elle connaissait le visage caché sous le capuchon même si elle ne pouvait pas le voir. Il passa les clés en revue jusqu'à ce qu'il trouve celle qui ouvrait les fers de ses poignets. Un cliquetis plus tard, les lourdes chaînes glissèrent au sol. Comme il s'occupait de ses chevilles, Asha saisit son manteau de laine. D'une main tremblante, elle repoussa la capuche, révélant une peau constellée de taches de rousseur et des yeux inquiets.

– Torwin…

Entendant son nom, il releva la tête. Quand leurs regards se croisèrent, il lâcha ses chaînes – juste un instant – pour l'attirer contre lui et inspirer son odeur en enfouissant son visage dans ses cheveux. Asha l'enlaça et le serra fort. Il se remit au travail et dut essayer plusieurs clés avant de trouver la bonne, cherchant désespérément à la libérer. Enfin, un cliquetis retentit et le poids de ses chaînes tomba pour de bon.

Quand l'air froid du cachot effleura ses chevilles nues, Asha lâcha Torwin. Il resta accroupi devant elle, à la dévisager.

– Asha…

Dans ces deux syllabes, elle entendit beaucoup plus que son prénom. Elle entendit toutes les nuits sans sommeil qu'il avait passées à arpenter les remparts sans savoir ce qu'elle était devenue. Elle entendit les violentes disputes qu'il avait eues avec son frère, obligé par une loi ancestrale de condamner à mort sa propre sœur. Elle entendit tout ce qui l'avait conduit ici, au cœur du palais, avec deux gardes inconscients à ses pieds et les clés de sa cellule à la main.

– Tu es en colère, murmura-t-elle.

En lui adressant son sourire préféré, Torwin la prit par le cou et l'embrassa. Asha, qui s'était accoutumée au froid du cachot, lui passa la main dans les cheveux. Elle l'attira contre elle pour se blottir dans sa chaleur.

– Peut-être bien, murmura-t-il en s'écartant d'elle. Allez, viens.

Il la prit par la main pour la relever, puis se pencha afin de ramasser quelque chose. C'était le vêtement qui s'était échappé du plateau, une cape vert sapin. Il la posa sur les épaules d'Asha, la lui noua sous le menton, puis lui mit la capuche pour cacher son visage. Ensemble, ils sortirent dans le couloir éclairé aux flambeaux. Dans l'alternance d'ombre et de lumière, ici et là, Asha aperçut de nouveaux gardes inconscients. Certains à terre, d'autres adossés aux murs. L'un d'eux revenait déjà à lui en gémissant doucement.

– C'est toi qui as fait ça ? demanda-t-elle.

– J'ai eu de l'aide.

Ils accélérèrent le pas et montèrent les escaliers menant au palais. Ils traversèrent en courant les couloirs endormis et la pénombre des jardins. Passèrent devant les soldats qui faisaient leur tour de garde. Le temps qu'ils réalisent de qui il s'agissait, Asha et Torwin étaient déjà loin, dans un autre couloir, de l'autre côté de la cour ou du jardin.

Des cris paniqués et une cavalcade de pieds bottés résonnèrent derrière eux. Asha avait cru qu'ils fuyaient en direction de la porte principale, mais voyant que Torwin empruntait des couloirs qui s'enfonçaient au cœur du palais, elle s'arrêta, pensant qu'il était perdu, et essaya de l'entraîner dans la direction opposée.

– Non, dit-il. Par ici.

Alors que trois soldats se rentraient dedans à moins de vingt pas derrière eux, Asha décida de lui faire confiance. Juste au moment où ils se trouvaient dans une impasse, Torwin ouvrit une porte en bois toute simple. Elle se retrouva dans une galerie étroite et poussiéreuse qui sentait le moisi.

« Un passage secret. »

Depuis l'enfance, Asha avait entendu parler des passages secrets du palais sans jamais avoir réussi à en dénicher un. Elle s'était donc figuré qu'il s'agissait d'une légende.

– Comment l'as-tu trouvé ?

– Dax me l'a montré.

Asha se demanda quels autres secrets son frère lui avait cachés durant toutes ces années.

– Viens.

Il l'entraîna dans l'obscurité vers une autre porte, plus ancienne, aux gonds rouillés et au bois vermoulu. Torwin glissa un œil dans une fente entre deux planches afin de s'assurer que la voie était libre de l'autre côté.

Asha s'adossa au mur humide et froid, le temps de reprendre son souffle. Elle fut alors obligée de regarder la vérité en face : ils étaient coincés, tous les soldats de la ville devaient être à leurs trousses à l'heure qu'il était et, une fois arrêtés, ils seraient à nouveau séparés.

– Torwin, il n'y a pas d'issue...

Comment se faisait-il qu'il ne le voyait pas ? Ils étaient au fin fond du palais, un palais plein de gardes qui les cherchaient.

Il ne répondit rien.

– Même si on parvenait à leur échapper, même si on avait un

endroit où se cacher, mon frère serait obligé de nous traquer. Il ne peut pas me laisser m'en tirer comme ça.

Torwin pivota face à elle.

– Écoute...

Il la prit par les épaules.

– On est ensemble, maintenant. Alors on peut abandonner et se rendre ou on peut essayer de s'enfuir. Mais quoi qu'on fasse, on le fera ensemble.

Asha le dévisagea. Elle effleura du bout des doigts ses joues, son menton.

– D'accord. Alors on va tenter la fuite, j'imagine.

Il lui prit le poignet et lui embrassa la main avant de se retourner vers la porte.

– Prête ?

– Prête pour quoi ?

– La porte est verrouillée, il faut la défoncer.

Asha se figea.

– Quoi ?

– Allez, à trois ! décida-t-il en la rejoignant contre le mur. Un...

– Torwin...

– Deux...

Il passa ses doigts dans les siens.

– Je ne crois pas que...

– Trois !

Ils se jetèrent contre la porte, épaules en avant. Elle s'enfonça au premier essai. Les charnières rouillées cédèrent et le bois vermoulu s'arracha du loquet. Le battant s'écroula avec Asha et Torwin par-dessus.

– Bon sang ! Vous en avez mis du temps !

Une silhouette familière était adossée au mur. Un genou replié, les bras croisés.

– Je t'ai laissé au cachot il y a des siècles !

Torwin sourit à Safire en se relevant et tendit la main à Asha pour l'aider.

– Venez !

La nouvelle commandante se redressa.

– Il faut se dépêcher !

Ils étaient dans l'un des vergers. Safire les guida entre les arbres dont les branches tortueuses se tendaient vers le ciel de plus en plus clair.

Le jour se levait.

– Roa a convaincu les Terreux que tu étais la nouvelle Namsara, leur expliqua-t-elle tandis qu'ils arrivaient à une autre porte, à l'autre bout du verger.

Elle glissa la clé dans la serrure. Le verrou cliqueta, la porte s'entrouvrit en grinçant.

– Ils vous offrent l'asile. Vous serez en sécurité là-bas... durant un temps, tout du moins.

Torwin s'engagea dans l'escalier le premier et Asha l'imita, suivie de Safire qui referma la porte derrière eux. Ensemble, ils montèrent jusqu'à une pièce sombre où Torwin prit une sorte de paquetage qu'il hissa sur son épaule.

Alors qu'ils traversaient un toit-terrasse, un dragon noir comme la nuit à l'unique œil jaune se dressa devant eux. Il les attendait. Depuis très longtemps. Ses serres noires étincelèrent dans la lueur de l'aube.

– Kozu, murmura Asha.

Un grondement sourd lui répondit.

Torwin ouvrit son paquetage et en tira deux manteaux conçus exprès pour voler, deux paires de gants et deux écharpes.

Asha se retourna vers sa cousine.

– Torwin a tout ce qu'il te faut, affirma Safire en la serrant dans ses bras à l'étouffer.

Asha lui rendit son étreinte, les larmes lui brouillaient la vue.

– Tu me manques déjà.

Elles se séparèrent brusquement, surprises par le vacarme qui montait de la ville. Un flot de soldats, torche au poing, se déversait dans les rues à la recherche de l'Iskari.

– Il faut que j'y aille, dit Safire, avant qu'ils ne s'aperçoivent que je vous ai aidés.

Déjà prêt à décoller, Torwin tendit un manteau à Asha. Elle l'enfila, s'empressa d'attacher les fermoirs et enroula l'écharpe de coton autour de son cou avant de s'en couvrir la tête. Puis elle monta la première sur le dos de Kozu, bientôt imitée par Torwin.

– Ne joue pas les héroïnes, Namsara ! cria Safire restée au sol.

Asha oscillait entre le rire et les larmes.

– Non, *toi*, ne joue pas les héroïnes !

Un cri s'éleva, beaucoup trop près. Safire regarda par-dessus son épaule tandis que Torwin prenait Asha par la taille.

– Il faut que j'y aille…, annonça la commandante qui venait de repérer ses soldats juste en contrebas.

Mais Asha n'était pas encore prête à la quitter. Elle lui tendit la main et, malgré la panique, Safire la prit et la serra fort.

– Je t'aime, dit Asha.

Quand Torwin fit claquer sa langue, elles se lâchèrent la main. Kozu déploya ses ailes. Safire se renfonça sous l'arcade de la terrasse, à l'abri des regards.

Kozu décolla brusquement et s'élança dans les airs. Asha fut projetée en avant tandis que le vent lui sifflait aux oreilles. Elle jeta un regard en arrière, mais l'ombre avait englouti Safire. Elle contempla les toits plats et les dômes de cuivre du palais, puis les appartements royaux. Une lampe brûlait derrière l'une des fenêtres. En plissant les yeux, elle distingua une silhouette solitaire, qui regardait une criminelle et un Skral prendre la fuite dans le ciel rosé du petit matin.

Chapitre 50

Ils ne se posèrent que lorsque le ciel s'assombrit à nouveau et que les étoiles s'allumèrent une à une au-dessus de leurs têtes. Torwin semblait néanmoins inquiet. Il aurait sans doute préféré faire le trajet jusqu'en Terre des Brousses sans s'arrêter. Malgré les marques de fatigue qui encadraient sa bouche, malgré les cernes noirs qui soulignaient ses yeux, malgré ses épaules voûtées tandis qu'il se penchait sur un repas frugal de noix et de pain dur, il aurait préféré continuer, s'éloigner le plus possible des horreurs qu'ils venaient de quitter.

En le regardant, Asha pensa à Shadow. Torwin devait avoir vu Jarek lui porter le coup fatal. Il devait avoir senti le moment où le jeune dragon avait rendu son dernier souffle. Il devait toujours souffrir de l'absence de son compagnon aux écailles couleur terre rouge.

Asha ignorait comment consoler un tel chagrin. Elle ne savait même pas si c'était possible.

Elle s'assit près de lui pour manger, laissant sa cuisse reposer contre la sienne. Elle lui sourit quand il la regardait.

Mais même lorsqu'il lui prenait la main, qu'il lui effleurait la joue ou qu'il la dévisageait comme s'il n'arrivait pas à croire à leur liberté, le silence demeurait pesant. Trop de non-dits les séparaient, comme des fils pendant d'une tapisserie inachevée.

– Je vais monter la garde, décida-t-elle une fois qu'ils eurent installé leur tente.

Torwin secoua la tête.

– Je n'arriverai pas à dormir, de toute façon. Profites-en pour te reposer.

Il prit son luth, déposa un baiser sur sa joue balafrée avant d'aller s'asseoir sur une dune.

– Demain, une longue journée nous attend encore.

Asha le suivit des yeux jusqu'à ce que l'obscurité l'engloutisse.

Elle pénétra dans la tente.

Au bout d'un moment, elle distingua un son familier. Les notes dorées et brillantes de son luth. Elle demeura parfaitement immobile, à l'écouter. Et bientôt, la fatigue eut raison d'elle.

Elle s'allongea, ferma les yeux et se laissa bercer par la musique.

C'est une odeur de brûlé qui la réveilla. Quand elle se redressa, elle vit Elorma penché au-dessus d'un feu juste assez grand pour éclairer son visage.

Trop fatiguée pour protester, elle alla s'asseoir à côté de lui.

– Je croyais que vous en aviez fini avec moi.

Elle replia ses genoux contre sa poitrine et les serra contre elle, luttant contre le froid.

– J'ai fait tout ce que l'Ancien demandait. Qu'est-ce qu'il me veut encore ?

Elorma sourit et les flammes se reflétèrent dans ses yeux. Les ombres creusaient son visage.

– Bien davantage, j'en ai peur. Ta mission vient tout juste de commencer, Namsara.

« Namsara. »

Ce nom. Il allait lui falloir un peu de temps pour s'y habituer.

Elorma fit craquer ses articulations et se mit debout.

– Je suis venu t'offrir ton dernier cadeau. Ton hika.

Asha redressa la tête. Un hika. Comme Willa pour Elorma.

– Que… quoi ? bégaya-t-elle.

Elorma l'ignora.

– Un hika spécialement pour toi. Comme tes épées sacrées, qui ont été forgées spécialement pour tes mains. Comme le ciel a été façonné pour la terre. Viens voir.

Asha resta où elle était, serrant ses genoux plus fort contre elle.

– Je suis une hors-la-loi. Coupable de régicide. Celui que vous avez choisi sera condamné à une vie de danger. Je préférerais que vous le laissiez tranquille.

Mais la vérité, c'était qu'Asha aimait quelqu'un d'autre.

Elle se leva.

Elle ne voulait pas regarder dans les flammes. Juste partir.

Seulement, ses yeux tombèrent sur le visage apparu au milieu du feu.

Asha s'approcha. Un garçon la dévisageait. Il avait un visage étoilé, constellé de taches de rousseur. Un regard d'acier, aux yeux aiguisés comme ses deux épées sacrées.

Le cœur d'Asha battait à tout rompre dans sa poitrine.

Elle recula.

L'Ancien savait parfaitement ce qui attendait les Draksors qui s'unissaient à des Skrals. Ce genre d'histoire connaissait toujours une fin tragique.

– Vous ne pouvez pas lui faire ça, supplia-t-elle. C'est le condamner à mort.

Le simple fait d'être avec Asha mettait sa vie en danger.

Elorma se leva pour lui faire face.

– La mort ne lui est pas étrangère. Et n'a-t-il pas son mot dire ?

« Il n'a pas le choix. Si l'Ancien en a décidé ainsi, alors non, il n'a pas le choix. »

Torwin avait toute sa vie été privé de la possibilité de faire ses choix.

– Impossible, murmura-t-elle. Je ne veux pas être une nouvelle maîtresse à qui il doit se soumettre.

Elle tourna les talons et s'éloigna sur le sable froid.

– Demande-lui de qui il rêve, la nuit ! lui lança Elorma. Demande-lui de qui il a rêvé toutes les nuits durant ces dix-huit dernières années.

Asha s'arrêta.

La voix de Torwin résonna dans sa tête : « Je la prenais pour une sorte de déesse, lui avait-il dit dans la petite chambre du temple lorsqu'il avait évoqué ses cauchemars incessants. Je pensais qu'elle m'avait choisi pour accomplir un grand destin. »

Puis, quand ils s'étaient retrouvés au camp : « Tu sais ce que ça fait… de toujours rêver de toi ? »

Elorma se tenait derrière elle. Elle sentait son ombre dans son dos.

– Sais-tu comment j'ai reconnu Willa la première fois que je l'ai vue ?

Asha se retourna et regarda le Premier Namsara dans les yeux.

– Simplement parce que j'avais passé ma vie à rêver d'elle.

Il sourit, et c'était comme si deux soleils brûlaient dans ses yeux.

– Willa a choisi l'amour, au final.

Doucement, mais fermement, il posa la main sur l'épaule d'Asha.

– Maintenant, c'est à toi de choisir. Parce que, contrairement à ce que tu penses, tu as le choix. Et lui aussi.

Asha repensa à ce que lui avait dit son frère, une fois. Que si Rayan n'avait pas été aussi égoïste, s'il n'avait pas poursuivi Lillian, ils seraient encore tous les deux en vie. Mais l'affirmer induisait que Lillian n'avait pas eu le choix. On la privait de tout libre arbitre. Pire encore, cela signifiait que la seule leçon à tirer de leur histoire était que la mort était plus forte que l'amour.

Et ça, Asha n'y croyait pas.

– Ensuite, reprit Elorma, tu as encore beaucoup à faire. Des histoires à retrouver. Un royaume à réunifier.

Le feu rugit dans le dos d'Elorma tandis qu'il lui souriait tendrement.

– Nous nous reverrons bientôt, Namsara.

Le feu s'éteignit, plongeant Asha dans l'obscurité.

Elle resta là, debout, un long moment, perdue dans la tornade de ses pensées.

Namsara.

Cette précieuse fleur du désert qui guérit tout.

Voilà ce qu'était Asha.

Chapitre 51

Une chanson tira Asha du sommeil. Elle resta allongée durant quelques battements de cœur encore, laissant la musique la pénétrer, la remplir de désir.

Les mots du Premier Namsara résonnant encore dans son cœur, elle se leva et suivit la chanson.

Elle trouva le joueur de luth assis dans le sable. Silhouette découpée sur un ciel tellement étoilé qu'il semblait argenté. Elle observa le mouvement de ses épaules, la courbe de son cou.

Elle fut émerveillée par ce spectacle.

Il dut sentir son regard, car la musique s'interrompit et il releva la tête pour scruter la nuit.

– Asha, c'est toi ?

Elle ne bougea pas.

Il se remit à jouer. Un autre morceau. La chanson inachevée qu'il fredonnait dans la Faille. La chanson qu'il avait essayé de terminer pendant qu'Asha s'endormait dans sa tente.

Il avait dû réussir, finalement, parce qu'il la jouait, maintenant. Il jouait en regardant vers elle.

– Greta disait, fit-il sans s'interrompre, que nous sommes tous nés avec une chanson dans le cœur. Une chanson rien qu'à nous. Et que notre mission dans la vie est de trouver cette chanson.

La sienne était tranchante comme un couteau et douce comme ses doigts lorsqu'il avait recousu sa blessure. Elle plongeait dans la nuit pour mieux s'envoler vers la lumière. Elle racontait une histoire, une histoire qui avait attiré Asha hors des ténèbres.

Lentement, Torwin s'avança vers elle.

– Parle-moi encore de tes cauchemars, dit-elle.

Sans cesser de pincer les cordes, il fit un autre pas vers elle.

– Ça n'a pas toujours été des cauchemars. Au début, c'étaient juste des rêves.

Elle sentit qu'il souriait dans la nuit en y repensant.

– Je rêvais d'une fille balafrée par une grande cicatrice sur le dos d'un dragon noir.

La musique s'arrêta, il lâcha son luth qui tomba dans le sable avec un petit bruit mat.

– Puis tu as été brûlée. Et j'ai compris, sans aucun doute possible, que la fille dont je rêvais, c'était toi. Et là, les rêves se sont changés en cauchemars.

Asha avala sa salive.

– Je sais ce que ça signifie, dit-il. Je l'ai toujours su.

Les larmes lui piquaient les yeux.

– Je t'ai mis en danger, avoua-t-elle, confessant sa plus grande peur.

– On en a déjà parlé. J'adore le danger.

– Torwin.

– Asha.

Sa voix était douce, délicate.

– Il y a trois choses que j'ai toujours voulues : un luth à moi pour jouer de la musique, une vie à moi pour faire ce que je veux, et la fille qui a toujours peuplé mes rêves, d'aussi loin que je me souvienne. Une fille qui était toujours inaccessible...

Il tendit la main vers elle. Ses doigts se refermèrent sur son bras et il l'attira à lui, renouant les fils flottants de la tapisserie.

– Tu risques de mourir, murmura-t-elle.

– Tout meurt, répondit-il. Et il est des choses que je crains bien plus que la mort.

Elle avait une grosse boule dans la gorge. En pensant à Willa, elle dit :

– Que la Mort m'envoie ses pires épreuves !

Torwin posa la main sur sa nuque et leurs deux fronts se touchèrent.

– Le froid glacial pour geler l'amour dans mon cœur.

Son pouce, tout chaud d'avoir joué du luth, effleura son menton.

– Le feu pour réduire mes souvenirs en cendres.

Il posa ses lèvres au creux de sa gorge, ce qui la fit bafouiller :

– Le... le vent pour me forcer à franchir sa porte.

Comme il l'embrassait dans le cou, Asha dut fermer les yeux pour rester concentrée.

– Et le temps pour mettre à l'épreuve ma loyauté.

Les baisers s'interrompirent.

– Je t'attendrai, Torwin...

Les derniers mots furent étouffés par la douceur de sa bouche.

Quelques battements de cœur plus tard, Asha s'écarta pour terminer :

– Je t'attendrai à la porte de la Mort.

La tapisserie était achevée, plus de fils flottants.

Une tapisserie complète, entière.

– Tu promets ? chuchota-t-il en la prenant par les poignets pour l'attirer contre lui.

Elle hocha la tête.

– Ah… Mais tu m'as déjà fait une promesse que tu n'as pas tenue. Alors puis-je vraiment te faire confiance ?

Asha fronça les sourcils.

– Quelle promesse ?

Il lui passa un bras autour du cou, l'autre autour de la taille, et une douce mélodie monta des profondeurs de sa gorge. C'était la chanson qu'il venait de jouer. Tout en fredonnant, il l'entraîna dans une lente danse à trois temps.

– Torwin ?

– *Mmm ?*

– Qu'est-ce que tu fais ?

– Je danse avec toi.

– Je ne sais pas danser.

– Eh bien, tu vas appendre, voilà.

Asha sourit tandis que sa chanson montait vers le ciel. Elle rit lorsqu'elle trébucha en essayant de suivre les pas de danse. Mais bientôt, ses pieds prirent le rythme.

Bientôt, elle virevolta dans le sable.

Il l'attira contre lui.

– Tu es belle, précieuse, merveilleuse, murmura-t-il. Et je t'aime.

Asha leva les yeux vers lui, là, sous les étoiles, et se surprit à penser que c'était peut-être vrai.

Peut-être Greta avait-elle raison. Chacun avait une chanson dans le cœur – ou une histoire. Bien à lui.

Si c'était le cas, alors Asha avait trouvé la sienne.

Et elle venait juste de commencer.

REMERCIEMENTS

J'ai commencé à écrire ce livre quand j'avais dix-sept ans. À l'époque, je m'identifiais à des héroïnes comme Mulan, Eowyn, Xena et princesse Mononoke. J'aimais les histoires où les jeunes femmes peuvent manier les armes, faire la guerre et se montrer redoutables. Je n'en étais pas consciente sur le coup, mais je recherchais des personnages féminins sortant du cadre culturel qui leur dicte ce qu'elles doivent être et faire. J'étais lasse de cette trame narrative qui part du principe que les femmes sont plus faibles, sont des victimes-nées. Je ne me voyais pas comme ça et je ne voyais pas non plus les femmes de mon entourage comme ça.

J'avais envie d'autre chose. Alors je me suis mise à écrire cette histoire.

Mais écrire une histoire, ce n'est que le début. Quand on prend un livre sur une étagère, on ne devine pas combien de personnes sont intervenues pour qu'il s'y retrouve. Même si c'est mon nom qui figure sur la couverture, *Iskari* n'est pas une aventure solitaire. Voici les gens qui m'ont aidée à en faire ce qu'elle est aujourd'hui.

Tout d'abord et pour commencer : Heather Flaherty, ma remonteuse de moral personnelle… et la plus optimiste des agents. Merci de t'être battue si férocement pour moi et pour ce livre. Je crois que nous n'attendions que toi.

Kristen Pettit, mon adorable et inimitable éditrice. Merci non seulement d'avoir amélioré mon texte, mais également de m'avoir soutenue tout du long.

Merci à l'incroyable équipe de la Bent Agency, dont Jenny Bent (qui a réalisé mes rêves), Victoria Cappello (pour sa patience sans fin face à mes questions casse-pieds), et surtout mon agent britannique, Gemma Cooper, qui a trouvé à mon livre la maison d'édition britannique parfaite.

Un grand merci à toute l'équipe de HarperTeen qui a contribué à faire de ce livre une belle réalité, plus particulièrement : Renée Cafiero, Allison Brown, Martha Schwartz, Megan Gendell, Vincent Cusenza, Audrey Diestelkamp, Olivia Russo, Michelle Taormina (je ne sais combien d'heures j'ai passées à admirer ma superbe couverture) et Elizabeth Lynch (qui a été incroyable tout du long et a rédigé une quatrième de couverture si belle qu'elle m'a fait pleurer).

Toute l'équipe de Gollancz, mais surtout Gillian Redfearn et Rachel Winterbottom. Je suis tellement excitée et fière de faire partie de la famille Gollancz.

Mes agents internationaux et éditeurs étrangers : jamais dans mes rêves les plus fous je n'aurais imaginé que mes histoires seraient traduites dans d'autres langues et vendues dans des pays aussi éloignés du mien. Merci d'avoir cru en ce livre.

Mes premiers lecteurs (des différentes versions) : Cassandra Roach, Kayli Kinnear, Shannon Thomson, Leslie Morgenson, Amber Sundy, Andrea Brame, Rachel Stark, Emily Gref, Franny Billingsley, Traci Chee, Renée Ahdieh, Chris Cabena, Joan He, Michella Domenici, Hope Cook, Merrill Wyatt, Kamerhe Lane, Heather Smith, Amy Mathers, Tomi Adeyemi, Isabel Ibañez, Kit Grant, Leila Siddiqui et Geoff Martin. J'en oublie sans doute. Si c'est le cas, je suis vraiment désolée !

Des remerciements tout particuliers à :

Franny Billingsley, pour m'avoir appris tout ce que je sais sur la narration.

Leila Siddiqui, pour ses commentaires honnêtes et son aide précieuse à la dernière minute.

Art et Myrna Bauman, pour m'avoir laissé le chalet chaque fois que j'avais besoin de m'échapper du monde pour écrire.

Leslie Morgenson, pour m'avoir dit il y a si longtemps que j'étais un écrivain. Tu m'as donné le courage de passer à l'acte.

Heather Smith et Nan Forler, pour leur café, leur amitié et nos bêtises en tous genres.

Ma cohorte Pitch Wars : je ne m'attendais pas à vivre une telle histoire avec vous tous, mais c'est une joie immense de vous accompagner.

Mes mentors de Pitch Wars, Traci Chee et Renée Ahdieh : merci de m'avoir tirée de l'abîme où j'étais tombée, puis d'avoir cru en moi et défendu ce livre. Votre mentorat est une des meilleures choses qui me soient jamais arrivées. Bien mieux que tous les contrats d'édition.

Brenda Drake : merci pour ton travail invisible et sans relâche, dans les coulisses de Pitch Wars. Tu changes nos vies.

Michella Domenici et Joan He, les amies, toujours prêtes à tout laisser tomber quand j'ai besoin d'un œil neuf et d'un autre point de vue. *vous embrasse à vous étouffer toutes les deux*

Isabel Ibañez, pour nos conversations à bâtons rompus de Charleston à Orlando. Pour avoir dévoré ce livre « comme un loup affamé ». Et surtout pour ton amitié et ton soutien, ma belle.

Hope Cook, qui est toujours d'attaque pour textoter quand j'ai besoin : a) de me noyer dans une flaque d'apitoiement sur moi-même ou b) de piquer ma crise. Je t'aime, ô sage amie.

Chris Cabena, pour les parties d'échecs et les alertes SAGA, pour m'avoir écoutée patiemment chaque fois que j'avais un problème d'intrigue. Je te chéris plus que tu ne peux l'imaginer.

Tomi Adeyemi, pour ton amitié, ta sagesse et ton soutien. Pour m'avoir éloignée du bord du gouffre et m'avoir ramenée au cœur des choses. Merci surtout d'être si fier de moi.

Joanna Hathaway, je ne sais pas comment j'aurais survécu sans toi. Quand tu es là, je suis plus courageuse.

Asnake Dabala, frère et très cher ami, pour m'avoir laissée abuser de tous tes privilèges d'impression. *Nilimuuliza Mungu kwa ajili ya rafiki na akakuleta wewe.* Merci d'être toujours là pour moi.

Toute ma famille Cesar : je ne serais pas celle que je suis aujourd'hui sans vous tous. Merci surtout à Nancy McLauchlin, Mary Dejonge et Sylvia Cesar de m'avoir appris tout ce que je sais sur l'amour et le courage et la fidélité à soi-même ; Larry Dejonge, Brian Baldoni et Jim McLauchlin, pour avoir fait de mon enfance une heureuse aventure ; Pa, de m'avoir portée jusqu'à mon lit tous les soirs pendant presque dix ans (tu nous manques) ; Bobbi, d'avoir préparé mes déjeuners, de m'avoir conduite à mes rendez-vous, de m'avoir appris à me faire des tresses... Tu as toujours été tellement plus qu'une grand-mère. Être l'une des vôtres est l'une des plus grandes joies de ma vie. Merci de m'avoir élevée.

Jordan Dejonge, merci d'avoir été mon camarade d'embrouilles tout au long de notre enfance. Le plus merveilleux, c'est qu'on ait pu écrire, partir à l'aventure et comprendre comment être un humain ensemble. Je t'aime.

Merci, papa, de m'avoir toujours soutenue et défendue. Je suis si fière d'être ta fille. Jolene, merci d'être toujours fière de mes œuvres. Nathan et Graeme, vous êtes deux phares dans ma vie.

Maman, tu es la meilleure chose qui me soit arrivée. Ton amour chaleureux et féroce est le cadeau le plus précieux que j'aie jamais reçu.

Joe, merci de n'avoir jamais douté de moi. De m'avoir soutenue tout au long de ce projet... et tout le reste. De m'avoir toujours, toujours aidée à me recentrer sur moi-même. Maintenant, allons réaliser ton rêve, mon amour.

Enfin, merci, cher lecteur, d'avoir parcouru tout ce chemin. N'oublie jamais : tu n'es pas ce qu'on dit de toi, tu es ce qui est en toi.

KRISTEN CICCARELLI grandit dans le vignoble de son grand-père, situé dans la péninsule du Niagara, au nord des États-Unis. Élevée par sa très grande famille slovénienne, elle passe son enfance à vadrouiller avec ses cousins, à s'aventurer dans les bois, à construire des forts dans une grange et à se passionner pour les livres, les dragons et les filles brandissant des armes vraiment cool. Aujourd'hui, Kristen réside à Kitchener, toujours en Ontario, avec son forgeron et son chien Yonder. Elle a écrit *Iskari* pour l'enfant qu'elle a été (et qu'elle est toujours, parfois). La suite de cette grande trilogie épique paraîtra en 2020.

Pour en savoir plus, rendez-vous sur son site Internet :
www.kristenciccarelli.com

Découvrez aussi…

L'Anti-Magicien

Sébastien de Castell

Kelen, seize ans, est l'héritier d'une des grandes familles qui se disputent le trône de la cité. Il prépare son premier duel pour devenir mage. Mais ses pouvoirs ont disparu. Il doit ruser… ou tricher, quitte à risquer l'exil, voire pire. Ses seuls soutiens, deux acolytes explosifs : Furia, la vagabonde imprévisible, et Rakis, un chacureuil féroce et acerbe.

Reckless

Cornelia Funke

En découvrant un monde extraordinaire derrière le miroir de son appartement new-yorkais, Jacob Reckless pensait avoir trouvé la liberté. Mais cet univers fascinant est aussi dangereux et, un jour, Will, son jeune frère, déjoue la vigilance de Jacob et le suit à travers le miroir. Victime d'un maléfice, il se transforme en monstre, brisant ainsi le cœur de celle qu'il aime… Reckless n'a que deux jours pour le sauver !

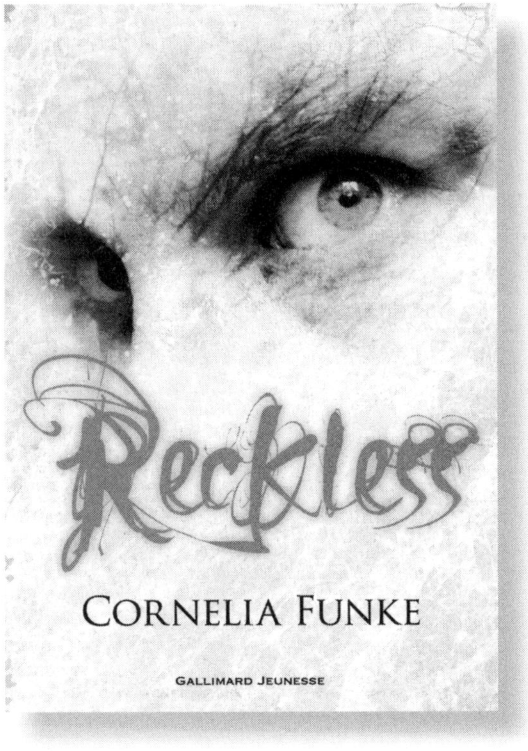

ON LIT
PLUS
FORT.
COM

L'ACTUALITÉ DES ROMANS
GALLIMARD JEUNESSE

Le papier de cet ouvrage est composé de fibres naturelles, renouvelables, recyclables, et fabriquées à partir de bois provenant de forêts gérées durablement.

Mise en pages : Dominique Guillaumin

Loi n° 49-956 du 16 juillet 1949 sur les publications destinées à la jeunesse
ISBN : 978-2-07-508275-4 – Numéro d'édition : 313033
Dépôt légal : avril 2019

Imprimé en Italie par Grafica Veneta S.P.A.